DER FLUCH DES SPIELZEUGMACHERS

GLASS AND STEELE 11

C.J. ARCHER

Übersetzt von
SIMONE HELLER

KAPITEL 1

LONDON, WINTER 1891

„*M*it dieser Mason muss sich jemand ausführlich unterhalten", sagte Tante Letitia in ihrer gebieterischsten Stimme. „Und du, India, musst diejenige sein, die es macht."

Ich schaute von dem Kartenspiel auf, das ich gemischt hatte, und schüttelte den Kopf. „Ich werde mich nicht einmischen, außer Cyclops will es." Ich beäugte ihn, wie er sich auf dem Sessel am Kamin drapiert hatte, die langen Beine ausgestreckt und ein schmales Anleitungsbüchlein über Polizeiarbeit locker in einer Hand. Ich dachte, er würde schlafen, bis sein Auge sich öffnete.

„Niemand kann Mrs. Masons Meinung über mich ändern, nur ich", sagte er.

„Vielleicht nicht mal du", murmelte Duke von seinem Platz, wo er sich fast übereinstimmend mit Cyclops auf dem Sessel drapiert hatte, der auf der anderen Seite des Kamins stand.

Ich funkelte ihn an.

Er zuckte entschuldigend die Schultern. „Ich sag ja nur, sie ist vielleicht einer der Menschen, die niemals zur Vernunft kommen, weil sie von ihren Vorurteilen geblendet werden."

„Mrs. Mason ist nicht so", sagte ich. „Das kann gar nicht sein, ansonsten hätte sie keine so freundliche, entgegenkommende und offene Tochter wie Catherine großziehen können."

Cyclops' Miene hellte sich nach meiner Antwort auf, nachdem er bei Dukes Worten in sich zusammengesunken war. „Ich schätze, da hast du recht, India."

„Das hat sie meistens", sagte Matt hinter der Zeitung hervor, die er gelesen hatte, womit er bewies, dass er unserer Unterhaltung gelauscht hatte, obwohl seine Haltung etwas anderes nahelegte.

Die Einzige, die an unserem ruhigen Abend fehlte, war Willie, was vermutlich erklärte, weshalb der Abend ruhig war. Sie hatte sich Lord Farnsworth beim Kartenspielen in einer Spielhölle angeschlossen. Nach dem heutigen Abend würden sie aber vielleicht niemals wieder dieses Etablissement aufsuchen. Lord Farnsworth hatte am Weihnachtsfeiertag eine Wette gegen Willie verloren und musste ein Kleid tragen. Ohne Zweifel würde er zu peinlich berührt sein, um den anderen Spielern ein weiteres Mal unter die Augen zu treten.

Cyclops, der ein Gähnen unterdrückte, legte das Buch auf den Beistelltisch, der seinem Sessel am nächsten war. „Ich gehe ins Bett."

„Du willst nicht hören, wie Willies Abend mit Farnsworth gelaufen ist?", fragte Duke.

„Nicht so sehr, dass ich aufbleiben möchte. Ich hatte den ganzen Tag zu arbeiten, anders als einige, die sich faul herumgedrückt, Tee getrunken und Kuchen gegessen haben."

Duke öffnete den Mund, um zu widersprechen, schloss ihn aber rasch wieder. Dagegen konnte er nichts einwenden. Er hatte heute sehr wenig getan, wohingegen Cyclops zu Übungseinheiten als Teil seiner polizeilichen Ausbildung angetreten war. Er war am zweiten Tag seines dreiwöchigen Kurses und war an beiden Abenden müde von den Übungsmanövern und Lektionen heimgekehrt.

Sobald Cyclops gegangen war, bat Tante Letitia um die Karten. „Matthew, Duke, wir brauchen euch, um Whist zu spielen." Sie deutete auf die freien Stühle.

Duke schloss sich uns pflichtergeben an, doch Matt murmelte abgelenkt: „In einem Augenblick."

„Was hat dich denn da drüben so vereinnahmt?", fragte ich.

„Elektrizität." Er faltete die Zeitung auf und deutete auf

einen Artikel über die neu eröffnete City and South London Railway, die erste Bahn tief im Untergrund, und die erste, deren Züge elektrisch betrieben wurden. „Eines Tages wird jedes Haus im Land von Elektrizität betrieben werden, nicht nur die Straßenlampen, ein paar Züge und ein paar öffentlich zugängliche Gebäude."

„Aber es ist zu teuer."

„Das ganze Haus umzustellen, ja, und es wird noch einige Jahre dauern, bis es sich jeder leisten kann, aber ich glaube, es lohnt sich, jetzt darin zu investieren. Ich werde morgen mit meinem Finanzberater reden. Duke, willst du in eine Firma mit elektrischem Licht investieren?"

Duke schüttelte den Kopf. „Ich habe nichts zu investieren. Cyclops vielleicht. Er ist besser im Sparen als ich."

„Und er hat eine zukünftige Frau und eine Familie, an die er denken muss", fügte ich mit einem Lächeln für Tante Letitia an.

Sie allerdings starrte Matt mit etwas an, das Entsetzen gleichkam. „Du wirst keine elektrischen Ströme in diesem Haus installieren, Matthew."

„Eines Tages schon", sagte er. „Es ist unaufhaltsam."

„Es ist viel zu gefährlich!"

„Tatsächlich ist es sicherer als Gas, wenn man es richtig einrichtet."

„Wenn jedes Haus Strom bekommt, werden wir unter dem Schatten von Drähten leben." Sie beäugte argwöhnisch die Decke, die sich über uns erhob. „Ganz zu schweigen von den Krankheiten, die von der austretenden Elektrizität verursacht werden."

„Dafür gibt es keine Beweise, Tante."

Sie wirkte nicht überzeugt, gab aber die Karten trotzdem aus und erwähnte zum Glück keine Ströme mehr. Genauso wenig klugerweise Matt.

Wir spielten nur eine halbe Stunde, bis Willie mit Lord Farnsworth im Schlepptau nach Hause kam. Der Dandy trug ein schlecht sitzendes Ballkleid aus rotbrauner Seide, brauner Pelz war in einem Diamantmuster auf den Rock genäht und weiterer Pelz säumte den Kragen und die Ärmel. Es war das hässlichste

Kleid, das ich je gesehen hatte, und bei seinem Anblick brach ich in Gelächter aus.

Lord Farnsworth schwebte mit der Eleganz einer Debütantin ins Wohnzimmer, die vorführt, wie ihr Rocksaum schwingt. „Es ist ziemlich unansehnlich, nicht?", fragte er, während er auf sein Kleid hinabschaute.

„An einer Frau wäre es nicht so schlimm", erklärte ihm Duke.

Willie schnaubte. „Du findest doch alle Frauen schön."

„Das liegt daran, dass auch alle Frauen schön sind. In einem Kleid", fügte er mit einem betonten Blick auf ihre Lederhose hinzu.

Willie streckte ihm die Zunge heraus und marschierte zu dem Getränkewagen, wo sie zwei Gläser Brandy einschenkte.

„Ich finde, Sie geben eine sehr hübsche Frau ab, mein Lord", sagte Tante Letitia. „Oder nicht, Willemina?"

Willie reichte eines der Gläser Lord Farnsworth. „Schon, hätte er eine Perücke getragen und sich rasiert. Ich schätze, er hat sich diesen Flaum im Gesicht nur für heute Abend wachsen lassen, damit ihn bloß keiner für eine Frau hält."

„Das nennt man einen Bart, Willie." Lord Farnsworth setzte sich in einen der Sessel am Kamin und glättete mit der Hand seinen Seidenrock. „Und ich habe ihn mir wachsen lassen, weil mir danach war." Er rieb sich mit der Hand über die spärlichen rotgoldenen Haare, die man noch nicht ganz einen richtigen Bart nennen konnte. „Ich glaube, damit sehe ich sogar noch stattlicher aus."

„Genau so ist es", sagte Tante Letitia. „Auf jeden Fall sehr stattlich."

„Er kann doch nicht hübsch *und* stattlich sein." Willie warf sich in den anderen Sessel, schaffte es irgendwie, keinen Tropfen aus ihrem Glas zu verschütten. „Auf jeden Fall, ich finde, der Bart war ein schönes Beiwerk. Ihr hättet die Gesichter von allen sehen sollen, und ihre anzüglichen Kommentare hören." Sie lachte leise in ihr Glas. „Er hat sogar einen Antrag bekommen, und ich schätze, es war sogar ein echter. Der Kerl war völlig besoffen und hielt Farnsworth für die bärtige Dame, die aus dem Zirkus entkommen ist."

Lord Farnsworth sank in den Sessel, die Beine unter den Rock breit aufgestellt. „Der hat doch nur Spaß gemacht."

„Er hat versucht, dir ins Mieder zu spechten."

Tante Letitia schnalzte mit der Zunge. „Das ist genug von diesem Gerede, Willemina. Du bist nicht mehr in Amerika. So sprechen wir hier in England nicht."

„Nicht in den Salons, aber die Engländer sind genauso vulgär wie die Amerikaner, wenn man an die richtigen Orte geht. Vielleicht sogar noch mehr."

„Als ich das letzte Mal nachgesehen habe, war das hier noch ein Salon, also hör auf. Lord Farnsworth hatte einen ziemlich anstrengenden Abend, und das hat er dir zu verdanken. Es ist Zeit, dass du ihn etwas Ruhe und Frieden genießen lässt." Ihr Lächeln wurde weicher, als sie sich an Lord Farnsworth wandte. „Vielleicht möchten Sie sich ja in etwas Passenderes umziehen und sich uns dann für ein Whistspiel anschließen. Duke würde doch seinen Platz aufgeben, oder nicht, Duke? Vielleicht kann India ihren an Willemina abtreten."

Duke erhob sich pflichtergeben, aber ich schaute Tante Letitia nur aus zusammengekniffenen Augen an. Es war nicht das erste Mal, dass sie versuchte, Lord Farnsworth und Willie in die Nähe des jeweils anderen zu bringen.

„Ich spiele kein Whist", erklärte Willie. „Außer, es liegt Geld auf dem Tisch."

„Du weißt doch, dass wir in diesem Haushalt nicht um echtes Geld spielen", sagte Tante Letitia.

„Ich lehne auch ab, liebe Miss Glass", sagte Lord Farnsworth. „Dieser Platz am Feuer wird mir eine Weile guttun." Um es zu beweisen, streckte er die Beine aus und seufzte zufrieden.

„Wenn Sie sich umziehen wollen, kann ich nach Bristow schicken", erklärte ihm Matt.

Lord Farnsworth hob eine Hand. „Danke, aber ich habe keine Kleider zum Wechseln dabei, und Ihre Kleider werden nicht passen. Sie sind ja ein oder zwei Zentimeter größer."

Willie stieß ein lautes Lachen aus, um zusammenzufahren, als Duke ihr auf die Schulter schlug, damit sie den Mund hielt.

Tante Letitia wirkte gequält wegen des Spektakels, das sie vor einem Adligen aufführten. Ganz gleich, wie lächerlich sich

Lord Farnsworth benahm, er war immer noch ein Earl, und sie würde ihn immer für besser als uns übrige halten, darunter ihren eigenen Bruder, einen Baron. „Duke, komm zurück und schließ dich uns an. Lass Seiner Lordschaft und Willemina doch etwas Privatsphäre."

Nun war es an Willie, Tante Letitia aus zusammengekniffenen Augen anzusehen.

Duke setzte sich wieder, offensichtlich war ihm nicht bewusst, dass Tante Letitia versuchte, ihn aus dem Weg zu räumen, damit Lord Farnsworth und Willie ein tieferes Verständnis füreinander entwickeln konnten. Es war ein so lächerlicher Gedanke, dass ich fast gestattete, dass mir ein leises Lachen entschlüpfte. Ich schaffte es allerdings, es auf ein Lächeln zu beschränken, und es fiel nur Willie auf.

Sie warf mir als Antwort ein wissendes Lächeln zu. Interessanterweise wirkte sie nicht abgestoßen oder erheitert. Sie dachte doch bestimmt nicht ernsthaft darüber nach?

Ich verbrachte die nächste Stunde damit, sie zu beobachten, um zu sehen, ob Tante Letitias Plan Früchte trug, und ob etwas mehr als Freundschaft zwischen Lord Farnsworth und Willie bestand. Ich war so entschlossen, sogar auch nur das kleinste Anzeichen einer Tändelei zu bemerken, dass ich vergaß, mich zu konzentrieren.

„Du bist beim Whist eine schreckliche Partnerin, India", beschwerte sich Duke, als wir ein weiteres Spiel verloren.

Matt nahm seine Karten und schaute über die Schulter. „Sie ist von Farnsworth in einem Kleid abgelenkt."

Lord Farnsworth, der am Feuer eingeschlafen war, hob den Kopf mit einem Schniefen, als er seinen Namen hörte. „Ach was, ist es schon so spät? Ich muss wohl aufbrechen. Ich brauche meinen Schönheitsschlaf, wenn ich für meine zukünftige Frau das beste Aussehen an den Tag legen soll."

Wir starrten ihn alle an, sogar Willie. Das war auch ihr neu.

„Sie heiraten?", fragte ich.

„Womöglich. Falls ich sie mag. Ich bin keiner dieser Kerle, die eine Dame heiraten können, wenn sie aussieht wie ein Pferd und den Charakter eines Esels besitzt." Er lachte leise. „Ganz gleich, ob sie die Tochter eines Herzogs ist, oder so reich wie die Königin."

„Ist sie denn eines von beidem?"

„Nein. Ihr Vater ist ein mittelmäßig reicher Viscount. Das Mädchen wird exzellent zu mir passen, wenn sie es schafft, mich für sich zu vereinnahmen." Er wippte auf den Fersen zurück. Er war entweder ziemlich zufrieden mit sich, oder ein wenig betrunken.

„Was, wenn sie *dich* nicht mag?", fragte Willie.

„Natürlich wird sie mich mögen. Das tun doch alle. Ich bin sehr wahrscheinlich der am meisten gemochte Adlige im Reich. Und ich bin natürlich auch gut aussehend."

„Welche Frau könnte da widerstehen?", fragte Duke mit einer großen Dosis Sarkasmus in der Stimme.

Lord Farnsworth zeigte mit dem Finger auf Duke. „So ist es."

Matt verdrehte die Augen, warf die Hände in die Luft und schob sich aus dem Sessel hoch. „Ich bringe Sie hinaus."

Lord Farnsworth verabschiedete sich, und sie brachen zusammen auf.

„Was für eine Schande, dass er heiratet", sagte Tante Letitia mit einem Seufzen.

„Warum?", fragte Duke. „Ein Gentleman mit einem großen Vermögen muss doch heiraten und Erben haben. Das weißt du doch besser als sonst jemand."

„Ja, aber ich hätte gehofft, er würde in Erwägung ziehen, eine bestimmte Frau zu heiraten, die wir kennen. Hätte ich gewusst, dass er so dicht davorsteht, sich eine Frau zu wählen, hätte ich eine Liste ihrer guten Eigenschaften angefertigt, um sie ihm zu präsentieren." Sie zwinkerte Willie zu, die sie anstarrte, ihr stand der Mund offen. „Ich bin sicher, wir finden welche, wenn wir uns alle anstrengen."

Willie stellte ihr Glas mit einem dumpfen Geräusch auf dem Tisch ab. „In Ordnung, Letty, das reicht jetzt. Es scheint, dass ich das mal deutlich machen muss. Ich habe kein derartiges Interesse an Farnsworth, und ich würde ihn nicht heiraten, selbst wenn ich keinen Penny hätte."

„Was du auch nicht hast", erklärte Duke. „Du schuldest mir

Geld. Sie hat sowieso nicht von dir geredet. Es ging um Charity Glass."

Willie rümpfte die Nase. „Die würde eine noch schlimmere Frau als ich abgeben!"

„Es wäre ungefähr gleich."

„*Hast* du Charity gemeint?", fragte Willie Tante Letitia. „Oder mich?"

Tante Letitia reichte mir das Kartenspiel und erhob sich. „Ich glaube, ich ziehe mich zurück. Gute Nacht, ihr alle."

„Letty?", fragte Willie, während Tante Letitia den Raum verließ. Sobald sie weg war, schnalzte Willie mit der Zunge und nahm sich wieder das Glas. „Ich wäre eine bessere Frau für ihn als Charity Glass, da gibt es keinen Zweifel."

Duke und ich wechselten einen Blick. Er zuckte mit der Schulter, und ich sah, was er meinte. In einem Wettstreit, wer die schlimmste Ehefrau war, würde es zu einem Patt zwischen Charity und Willie kommen.

Lord Farnsworth und Willie verstanden sich allerdings, was für eine erfolgreiche Ehe notwendig war. Er schien auch geduldig zu sein, was notwendig war, wenn man mit Willie zu tun hatte, etwas, das Duke fehlte. Eine Heirat zwischen Willie und Lord Farnsworth wäre keine völlige Katastrophe, beschloss ich. Der Gedanke überraschte mich.

Damit wäre Willie auch die Frau eines Earls. Sie würde über fast allen stehen, darunter Matt und seiner Familie. Ich kicherte bei dem Gedanken, dass Lady Rycroft um eine Einladung zu einem Mittagessen bettelte, zu dem die unvergleichliche Lady Farnsworth bat.

„Was ist so erheiternd?", fragte Matt, als er hereinspazierte.

„Dass Willie Farnsworth heiratet."

Er verzog das Gesicht. „Ich weiß nicht, wen ich in dieser Beziehung mehr bedauern sollte."

„Du bist nicht witzig, Matt", fuhr Willie ihn an. „Ich schätze, wir würden gut zusammenpassen. Wir würden zusammen spielen gehen und wilde Gesellschaften ausrichten. Ganz London würde über uns reden."

„Ich weiß nicht, ob das ein guter Grund ist, jemanden zu heiraten."

„Wir heiraten aber doch nicht. Das ist nur Gerede. Es scheint, als hätte er sowieso ein Mädchen im Sinn." War da ein Hauch von Enttäuschung in ihrer Stimme?

Vielleicht war es nur die Enttäuschung, dass sie womöglich ihren Spielpartner verlor. Cyclops und Duke schienen in letzter Zeit wenig geneigt, mit ihr auszugehen. Cyclops ließ sich nieder, und Duke verbrachte viele Abende mit der Witwe Rotherhide, die er während unserer Ermittlung zum Diebstahl eines magischen Golddiadems kennengelernt hatte.

„Was wolltest du mit Lord Farnsworth unter vier Augen besprechen?", fragte Duke Matt.

Matt schenkte sich ein kleines Glas Brandy am Getränkewagen ein, dann füllte er Willies Glas auf. „Ich habe ihn gebeten, mich einem Gentleman vorzustellen, der öfter in seinen Club kommt. Der Gentleman ist ein guter Freund des Innenministers, und ich hoffe, er kann herausfinden, weshalb Sir Charles Whittaker in den Ritterstand erhoben wurde."

Wir hatten erfahren, dass Sir Charles' Ritterschlag ihm insgeheim verliehen worden war, ohne dass es einen Grund dafür gegeben hatte. Gewöhnlich gingen solche Dinge durch ein Komitee, aber seine Nominierung nicht. Matt und ich waren dann zu dem Schluss gekommen, dass Sir Charles ein Spion der Regierung sein könnte, und sowohl er als auch die Regierung wollten diese Tatsache geheim halten. Beweise zu sammeln, die die Theorie stützten, erwies sich allerdings als schwierig.

„Ich treffe mich morgen Abend mit Farnsworth im Club", fuhr Matt fort.

Willie zog sich in ihr Zimmer zurück, und Duke sagte uns ein paar Minuten später Gute Nacht. Matt und ich kuschelten uns aufs Sofa, bis das Feuer zu glühenden Kohlen herabbrannte, dann küsste er mich auf den Kopf und schob mich von seinem Schoß.

Er stand auf und hielt mir eine Hand hin. „Wir werden schon bald mehr herausfinden", sagte er.

Ich nahm seine Hand und erhob mich. „Ich hoffe es doch. Ich bin äußerst neugierig auf sie."

Er runzelte die Stirn. „Sie?"

„Lord Farnsworths Zukünftige. Oh. Du beziehst dich wieder auf Sir Charles, nicht wahr?"

„Nur etwas, das ein bisschen wichtiger ist als die zukünftige Lady Farnsworth."

„Aber natürlich. Allerdings ist es nicht unbedingt interessanter."

***

AM FOLGENDEN NACHMITTAG, nach der Rückkehr von einem Spaziergang mit Tante Letitia, traf ich bei unserer Rückkehr ins Haus an der Park Street eine aufgeregte Besucherin. Louisa – Lady Hollingbroke – stand auf dem Tritt ihrer Kutsche, als sie sah, wie wir auf dem Bürgersteig näherkamen.

„India, zum Glück sind Sie zurück." Sie begrüßte Tante Letitia aus Höflichkeit nebenher, doch ihre ganze Aufmerksamkeit war auf mich gerichtet. „Bitte, kommen Sie mit mir. Wir müssen uns beeilen."

„Was ist denn, Louisa? Was ist passiert?"

„Meine Liebe, Sie verletzen sich noch, wenn Sie so herumzappeln", ging Tante Letitia dazwischen, bevor Louisa antworten konnte. „Kommen Sie herein und trinken Sie Tee mit uns. Das Problem wird nach einer beruhigenden Tasse weniger wichtig wirken."

Louisa ignorierte sie und nahm mich an der Hand. „Kommen Sie, India, bevor Oscar etwas tut, was er bedauern wird."

„Weshalb? Was will er denn tun?"

„Sir Charles Whittaker zur Rede stellen."

„Oje", murmelte Tante Letitia.

Ich keuchte. „Geht es etwa darum, dass Sir Charles ihm an dem Tag, als Lord Coyle Hope geheiratet hat, in dieser Gasse einen Schläger auf den Hals gehetzt hat?"

„Das, und die Tatsache, dass er Sir Charles vorwirft, ihn seine Anstellung bei der Zeitung gekostet zu haben", sagte Louisa. „Es ist keine Zeit, es zu erklären. Sie müssen mitkommen. Ich habe versucht, es ihm auszureden, aber auf mich will er nicht hören. Ich glaube aber, er wird auf Sie hören. Er respektiert Ihre Meinung."

Ich bezweifelte, dass ich Oscar aufhalten konnte, wenn er nur wütend genug war. Vielleicht erforderte die Lage eine eher körperliche Lösung. „Warten Sie hier", befahl ich, während ich meine Röcke raffte. „Ich werde Matt bitten, uns zu begleiten, und vielleicht Duke."

„Du solltest Willemina holen", sagte Tante Letitia hinter mir. „Und ihr Schießeisen."

„Seit wann bist du denn so blutrünstig geworden?"

„Du musst zugeben, es kann eine ziemlich wirksame Möglichkeit sein, eine Konfrontation aufzulösen."

„Wir werden auf niemanden schießen."

„Ich halte das für eine gute Idee", rief Louisa vom Bürgersteig herauf, während Bristow die Tür für mich öffnete. „Oscar war ziemlich wütend, und ich vertraue nicht darauf, dass entweder er oder Sir Charles sich ohne einen Kampf zurückziehen werden."

Trotzdem würde ich weder Willie noch ihre Waffe dazu bitten. Sie in eine bereits explosive Situation zu holen, wirkte ungefähr so klug, wie ein Streichholz in einem Raum voller Gas anzuzünden.

KAPITEL 2

Wir fanden Oscar und Sir Charles nicht in einen Faustkampf verwickelt, als wir an dem bescheidenen Reihenhaus in Hammersmith ankamen, das Sir Charles gemietet hatte, aber wir konnten ihr Gebrüll bereits auf dem Bürgersteig hören. Die Vermieterin wollte uns unbedingt einlassen, als wir erklärten, dass wir da waren, um den Konflikt friedlich zu lösen. Die arme Frau war weiß wie ein Bettlaken.

Matt nahm drei Stufen auf einmal, und als Louisa und ich in Sir Charles' Salon auf ihn aufholten, hatte er sich bereits zwischen die Männer geschoben, die Arme ausgestreckt, um sie getrennt zu halten. Sie funkelten einander über Matts Schulter hinweg an, obwohl nur Oscars Hände zu Fäusten geballt waren.

Sir Charles wirkte eher erleichtert als wütend, als er mit der Hand über seine Haare fuhr, die mit Makassaröl geglättet waren. Nicht, dass seine Haare durcheinander gewesen wären. Sir Charles' Aussehen war geschmeidig und elegant wie eh und je. „Danke, Glass, aber es gibt keinen Grund, dass Sie hier sind. Barratt und ich wollten gerade eine zivilisierte Unterhaltung führen."

„Für mich sah sie nicht zivilisiert aus." Matt senkte die Arme, behielt Oscar argwöhnisch im Auge. „Barratt, kann ich darauf zählen, dass Sie ein Gentleman sind und Ihre Differenzen im Gespräch lösen?"

„Ein Gentleman?" Oscar schnaubte. Er öffnete jedoch die Fäuste und hob die Hände. „Also gut, ich senke meine Stimme. Aber ich bin hergekommen, um Antworten zu erhalten, und ich werde nicht gehen, bis ich sie habe."

„Ich habe Ihnen bereits gesagt, dass ich nicht weiß, wovon Sie da reden." Sir Charles sprach milde, als würde er sich an einen Freund mit einer kleinen Beschwerde richten. „Kommen Sie, sind wir doch wieder Freunde, Barratt. Wir haben immerhin ähnliche Interessen. Es wäre doch schade, auf die Treffen des Clubs der Sammler zu gehen und einander aus dem Weg gehen zu müssen."

„Sie haben mich von der *Gazette* entlassen lassen", fauchte Oscar.

„Ich bin geschmeichelt, dass Sie glauben, ich hätte einen solchen Einfluss, aber den habe ich nicht."

„Sie haben mir in einer Gasse eine Falle gestellt", brüllte Oscar.

„Habe ich nicht."

„Sie haben vor dem Bureau der *Gazette* auf mich geschossen!"

„Was?", stieß Sir Charles hervor. Es war das erste Anzeichen, dass er verunsichert war.

„India und Glass waren dort. Versuchen Sie nicht, es zu leugnen."

„Ich habe ganz bestimmt ich nicht auf Sie geschossen!"

Oscar fletschte die Zähne und machte einen Schritt auf Sir Charles zu. Matt schob ihn zurück, und Oscar blieb stehen, seine Brust hob und senkte sich in abgehackten Atemzügen, während sein Blick sich in Sir Charles bohrte. Sir Charles funkelte ebenso zurück, aber sein Auftreten hatte sich wieder geglättet. Er war kein Mann, der sich von Gefühlen aus dem Tritt bringen ließ, selbst wenn er von einem entschlossenen Mitglied der Presse zur Rede gestellt wurde.

„Sie *sind* verantwortlich für den Überfall", sagte Matt zu Sir Charles. „Wir wissen das."

Wussten wir nicht, aber Matts Lüge war erfolgreich. Sir Charles nickte ganz schwach.

Wieder trat Oscar auf ihn zu; wieder hielt Matt ihn zurück.

„Dieser Kerl ist zu weit gegangen", gab Sir Charles zu. „Ich hatte niemals beabsichtigt, dass Sie verletzt werden. Ich wollte nur, dass Sie Angst bekommen und dieses verdammte Buch aufgeben."

Oscar lächelte ihn schwach an. „Ich gratuliere. Ihr Plan hatte Erfolg."

Ich versuchte abzuschätzen, ob er aufrichtig war oder nicht, aber es ließ sich unmöglich sagen. Louisas Gesicht verriet ebenfalls nichts. Sie ging neben Oscar und nahm ihn am Arm. Es war ein Beispiel an Solidarität bei einem Paar, bei dem ich mir niemals ganz sicher war, ob es solide genug war, um eine gute Ehe zu erreichen. Als eine Lady heiratete sie weit unter ihrem Stand, aber das bedeutete nicht, dass es eine Heirat aus Liebe war. Sie wollte Oscar wegen seiner magischen Abstammung. Er hatte zugestimmt, sie zu heiraten, weil ihr Geld für die Veröffentlichung seines Buches bezahlen konnte. Jetzt, da er beschlossen hatte, es nicht mehr zu schreiben, musste er sie nicht mehr heiraten.

Wenn man bedachte, dass sie Seite an Seite standen, legte das nahe, dass sie das Buch überhaupt nicht aufgegeben hatten und uns anlogen. Ich war nicht überrascht.

„Weshalb wollten Sie nicht, dass das Buch geschrieben wird?", fragte Louisa Sir Charles.

„Die Veröffentlichung des Buches könnte dazu führen, dass die Magie in die Öffentlichkeit gerät. Ich stehe da auf einer Seite mit Coyle und wünsche nicht, dass meine Sammlung an Wert verliert, falls Magier mit ihrer Magie alles durchwirken, und genau das wird passieren, wenn die Öffentlichkeit von ihren Vorteilen erfährt."

Ich hielt den Blick nach vorne gerichtet, obwohl ich mich nach den Gegenständen umsehen wollte, von denen Sir Charles behauptete, sie wären magisch. Ich hatte sie schon einmal berührt und keine magische Wärme in ihnen gespürt. Falls er irgendwelche magischen Gegenstände besaß, hielt er sie versteckt. Oder er hatte keine und log darüber.

„Egoistischer, gieriger kleiner Mann", spie Louisa aus. „Ihnen ist Geld wichtiger, als die Magier in Freiheit leben zu lassen."

Sir Charles fuhr zurück. Zu meiner Überraschung tat das

auch Matt. Er war es, der sprach, während Sir Charles nach einer Antwort suchte.

„Sie werden nicht frei sein. Nicht, wenn das Buch veröffentlicht wird. Magier werden von ihren talentfreien Mitbewerbern verabscheut und gefürchtet werden, und das wird zu ihrer Verfolgung führen. Die Geschichte zeigt uns, was die Mehrheit den Minderheiten antut, die sie fürchtet."

„Magie ist inzwischen im Allgemeinwissen angelangt, Mr. Glass", sagte Louisa. „Inzwischen ist es zu spät, um dieses Wissen zu unterdrücken."

„Es ist nicht zu spät. Durch die Artikel Ihres Verlobten argwöhnen es manche, das stimmt, aber nicht alle. Wenn das Buch veröffentlicht wird …" Sein Blick verlagerte sich auf Oscar. „Wenn die Welt von den Magiern erfährt, fürchte ich, sie werden unter Verfolgung leiden."

Sir Charles räusperte sich. „Das sehe ich auch so. Jetzt, wenn es Ihnen nichts ausmacht, ich muss zu meiner Arbeit zurückkehren. Ich bin sowieso schon spät genug."

„Noch nicht", sagte Matt. „Waren Sie ehrlich, als Sie behauptet haben, dass Sie nicht auf Barratt geschossen haben?"

„Natürlich. Ich habe nicht auf ihn geschossen, genauso wenig habe ich ihn bei der Zeitung entlassen lassen." Er wandte sich an Oscar. „Sie haben mein Wort als Gentleman."

Oscars Lippe hob sich verächtlich.

Louisa zog ihren Verlobten zur Tür, und ich folgte ihnen.

„Bin ich trotzdem noch zu dem Treffen heute Abend eingeladen?", fragte Sir Charles.

Louisa warf ihm einen Blick über die Schulter zu. „Natürlich. Sie sind ein Mitglied des Clubs."

Draußen auf dem Bürgersteig löste Oscar sich von Louisa, die sich weiterhin an seinen Arm geklammert hatte. „Ich glaube nicht, dass er eingeladen werden sollte", sagte er. „Kannst du ihn denn nicht ausschließen?"

„So geht das nicht, Oscar. Er ist ein Mitglied. Das liegt nicht an mir."

„Du kannst ihn aus deinem Haus verbannen."

Sie warf ihm einem Blick mit hochgezogenen Augenbrauen zu.

„Ich bin sicher, er oder Coyle haben mich bei der Zeitung entlassen lassen. Mein Herausgeber ist ein guter Kerl. Er mag mich. Er würde mich nicht vor die Tür setzen, außer jemand hat ihn dazu gezwungen."

Matt öffnete die Tür unserer wartenden Kutsche und streckte die Hand aus, um mir hinein zu helfen. „Coyle ist der wahrscheinlichere Verdächtige. Er hat den größeren Einfluss."

„Ich stelle ihn heute Abend zur Rede", knurrte Oscar.

„Du machst nichts dergleichen", schoss seine Verlobte zurück. „Außerdem musst du nicht arbeiten. Ich kann uns beide versorgen."

„Wann heiratet ihr denn?", fragte ich, während ich die Decke über meinem Schoß glättete.

„Bald", sagte Louisa auf dem Bürgersteig.

Oscar schaute weg.

Matt bot an, sie nach Hause zu fahren, doch sie winkten beide ab. Er gab unserem Kutscher Woodall Anweisung, bevor er einstieg und sich neben mich setzte.

„India, kommen Sie zu dem Treffen heute Abend?", fragte Louisa, bevor Matt die Tür schloss. „Und Sie natürlich auch, Mr. Glass."

„Danke, dass Sie mich einschließen, ich habe aber schon eine Verabredung für heute Abend." Matts trockener Tonfall entging mir nicht, doch Louisa verzog keine Miene.

„Kommen Sie doch, India. Sie sind äußerst willkommen, wie immer. Die Mitglieder des Clubs vergöttern Sie, und heute Abend gibt es außerdem einen Ehrengast."

„Ich komme", sagte ich.

„Wunderbar. Wir beginnen um acht."

Louisa und Oscar traten zurück, und unsere Kutsche rollte los. Ich nahm Matt an der Hand. „Bevor du etwas anmerkst, möchte ich dich wissen lassen, dass ich nur zugestimmt habe, teilzunehmen, damit ich Sir Charles ausspionieren kann. Vielleicht erfahre ich etwas über ihn, indem ich ihn genauer beobachte."

„Ich wollte nichts anmerken." Er lehnte sich zurück, um mich besser zu sehen. „Hast du gedacht, ich verbiete es dir?"

„Das würdest du nicht wagen. Aber ich dachte, du würdest vielleicht meine Urteilskraft infrage stellen."

„Niemals. Deine Urteilskraft ist völlig bodenständig."

Ich legte den Kopf schief. „Aber ...?"

„Aber ich finde, du solltest Duke oder Cyclops mitnehmen, nur für den Fall."

„Nicht Willie?"

„Ich will, dass du beschützt wirst, nicht auf einen Weg in einen Skandal oder in die Gefahr geschubst."

* * *

WILLIE WOLLTE ABER NICHT AUSSEN vor gelassen werden. Da Duke und Cyclops beide mit mir kamen, war sie entschlossen, uns zu begleiten.

„Du wirst aber gar nichts verpassen", erklärte ihr Duke. „Das sind doch nur die üblichen feinen Pinkel, die über die üblichen magischen Dinge prahlen, die sie gekauft haben."

Willie nahm ihren Stetson von Bristow entgegen. „Ich hab nichts Besseres zu tun, da Farnsworth ja mit Matt in seinem Club ist. Außerdem hat Louisa immer gutes Essen."

„Sie hat einen französischen Koch", erklärte ich ihr.

Bristow keuchte.

Wir starrten ihn alle an. „Stimmt etwas nicht?", fragte ich.

Er schaute über die Schulter, dann beugte er sich näher heran. „Lassen Sie Mrs. Potter nicht hören, wie sie französische Köche erwähnen. Sie mag sie nicht."

„Alle?"

„Einen insbesondere, einen Monsieur Claud, einen Koch, der sich anheuern lässt, um Gesellschaften in den feinsten Häusern auszurichten. Offensichtlich hat sie sein Gebäck kritisiert, er hat davon Wind bekommen, und nun sind sie im dauerhaften Krieg."

„Ein Krieg wegen Gebäck. Wie außergewöhnlich."

„Das ist doch kein Wettbewerb", sagte Cyclops. „Mrs. Potter macht das beste Gebäck."

„Du hast noch nicht das vom französischen Koch probiert", sagte Duke.

„Muss ich auch nicht."

Ich tätschelte Cyclops den Arm. „Mrs. Potter wird sich freuen, dass du das sagst."

Er seufzte. „Ich werde ihre Küche vermissen, wenn Catherine und ich unser eigenes Haus haben."

Es war das erste Mal, dass ich hörte, wie er zugab, dass Catherine und er bald ein Leben zusammen führen würden. Ich war bis zur Sprachlosigkeit geschockt, aber auch enorm erfreut. Sie hatten ihr Glück verdient.

Ich verbrachte die Fahrt zu Louisas Stadthaus mit einem Lächeln auf dem Gesicht. Ich freute mich sogar auf den Abend, besonders, sobald mir Willie erzählte, dass Lord Farnsworth ihr mitgeteilt hatte, dass der Ehrengast heute Abend ein Spielzeugmachermagier war. Die meisten Magier wirkten ihre Magie auf ein natürliches Element, etwa Metall, Holz, Baumwolle, Seide oder sogar den menschlichen Körper. Meine Magie funktionierte mit geschaffenen Gegenständen – Uhren –, die mehr als ein Element enthalten konnten. Ich durchwirkte die Uhr mit meiner Magie, nicht ihre Metallkomponenten. Ein Spielzeugmachermagier würde genauso arbeiten.

Es war ein wichtiger Unterschied zwischen den Magiearten, und einer, der mich neugierig auf das Wesen der Magie machte. Obwohl alle Magier Handwerker waren – sogar Gabe Seaford, der Arztmagier –, manifestierte sich unsere Magie nicht auf dieselbe Weise.

Bevor er das Haus verließ, hatte Matt mich gebeten, dem Spielzeugmachermagier meinen Namen nicht zu sagen. Nachdem Amelia Moreton, die Feuerwerksmagierin, versucht hatte, mich zu zwingen, die Magie ihres Freundes mit meinem Verlängerungszauber zu durchwirken, machte Matt sich Sorgen, dass andere Magier versuchen würden, es genauso zu machen. Obwohl wir Amelias Drohungen aus den Zeitungen ferngehalten hatten, hatte sich die Nachricht unter bestimmten Magiern gewiss verbreitet, dass ich die Dauer der Magie anderer Magier verlängern konnte. Die Büchse der Pandora war geöffnet, und wir konnten sie nicht wieder schließen, aber ich glaubte gern, dass die Vernunft überwiegen würde, und sonst niemand solche Extreme auf sich nehmen würde, wie es Amelia getan hatte.

Matt war nicht ganz so zuversichtlich.

Louisa zuckte nicht mit der Wimper, dass ich zusätzliche Gäste zu ihrer Soiree mitgebracht hatte, aber andere kniffen erst die Augen zusammen und rissen sie dann wieder auf, als sie Willie sahen. Mit den Daumen in ihre Gürtelschlaufen gesteckt, der Männerkleidung und dem unordentlichen Haar war sie eine ziemliche Kuriosität unter den eleganten Damen in ihren Abendkleidern. Wer sie schon zuvor getroffen hatte, lächelte sie gezwungen an, als sie vorüberkam, während andere die Richtung wechselten, damit sie ihr überhaupt nicht begegneten. Nur Mrs. Delancey rauschte auf sie zu wie eine Dampflokomotive, eingeschlagen in violette Seide mit Samtsäumen.

Willie sah sie nicht kommen, bis es zu spät war. Sie stöhnte, als Mrs. Delancey uns erreichte, und versuchte nicht einmal, es zu verbergen. „Ich unterschreibe keinerlei Abstinenzvereinbarung", erklärte Willie. „Die können Sie sich in ..."

„Willie!" Ich holte Luft und hoffte, damit auch etwas Geduld einzuatmen. „Sie will nur sagen, sie trinkt hin und wieder gern etwas, anstatt völlig abstinent zu werden", erklärte ich Mrs. Delancey.

Willie schaute an Mrs. Delancey vorbei. „Wo wir gerade dabei sind, wurden bereits Erfrischungen aufgetragen?"

Mrs. Delancey bewegte sich, um Willies Sicht auf den Erfrischungsraum nebenan zu verstellen. Willie ging in die andere Richtung, Mrs. Delancey tat es genauso. Es wirkte wie ein seltsamer Tanz, der zwischen unwilligen Partnern ausgeführt wurde.

„Sie können mich nicht die ganze Nacht überwachen", sagte Willie.

Mrs. Delancey tätschelte ihren Arm. „Ich weiß, meine Liebe. Deshalb habe ich Louisa überzeugt, die alkoholischen Getränke nur den Männern anzubieten. Wir Frauen werden Tee trinken."

Willie stemmte die Hände in die Hüfte. „Das ist nicht fair."

Duke lachte leise. „Es ist ihr Haus. Sie kann tun, was sie möchte."

„Wie haben Sie sie überzeugt?", fragte ich Mrs. Delancey.

„Indem ich ihr die Geschichte von Miss Johnsons Besuch bei mir zu Hause kurz vor Weihnachten erzählt habe, und wie sie sich nach zu viel Alkohol am Vorabend in meine magische Vase übergeben hat." Mrs. Delancey schaute Willie selbstzufrieden an. „Sie hat angenommen, dass Sie Miss Johnson heute Abend mitbringen, und zugestimmt, dass es am besten wäre, ihr den Brandy vorzuenthalten, damit das nicht erneut passiert."

„Damals hatte ich eine schlechte Auster gegessen", murmelte Willie. „Ich vertrage Alkohol." Sie marschierte zu der Gruppe Männer davon, zu denen auch Oscar gehörte. Vielleicht hoffte sie, mit ihnen zu verschmelzen und ein Glas Brandy von einem unaufmerksamen Diener angeboten zu bekommen.

Mrs. Delancey schob ihren den Arm durch meinen, als wären wir enge Freundinnen. „Was für eine Freude, Sie hier zu sehen, India. Sind Sie bereits Mr. Trentham begegnet?"

Ich folgte ihrem Blick dorthin, wo Fabian Charbonneau mit einem rundlichen mittelalten Mann mit buschigem Schnurrbart und dichtem, lockigem grauem Haar plauderte. Er schaute zu dem französischen Eisenmagier auf mit etwas, das man nur als verklärten Blick bezeichnen konnte. „Ist das der Spielzeugmachermagier?"

„Ganz genau. Ich freue mich darauf, ihn sprechen zu hören. Er hat eine große Kiste dabei, von der ich schätze, dass sie mit allen möglichen magischen Wundern gefüllt ist. Ich hoffe, er ist darauf vorbereitet, einiges zu verkaufen. Mr. Delancey hat mir freie Hand gelassen, jeden Gegenstand zu kaufen, den ich möchte, ganz gleich, was er kostet. Er konnte heute Abend selbst nicht kommen, aber es scheint, als wären alle üblichen Mitglieder da, nur nicht Lord Farnsworth."

„Mr. Trentham und Fabian scheinen sich vertieft zu unterhalten."

„Sie waren unzertrennlich, seit Louisa sie einander vorgestellt hat. Würden Sie ihn gern kennenlernen?"

„Vielleicht später." Ich suchte im Raum nach Sir Charles und sah ihn, wie er sich mit Lord Coyle unterhielt. Sie standen auf einer Seite des Raums in der Nähe eines großen Topffarns.

„Wo wir gerade bei Mr. Charbonneau sind", sagte Mrs. Delancey. „Bitte sagen Sie mir, dass Sie es sich überlegt haben und das Schöpfen neuer Zauber mit ihm wieder aufnehmen. Sie beide könnten so viel gemeinsam bewirken."

„Du liebe Zeit, es scheint, als hätte es Willie geschafft, bereits ein Getränk zu ergattern."

Ich nutzte die Gelegenheit, als Mrs. Delancey abgelenkt war, und entwischte. Ich klappte meinen Fächer auf und hielt ihn mir vors Gesicht. Mit einer kleinen Geste zu Cyclops und Duke entfernte ich mich von meinen auffälligen Begleitern und versteckte mich hinter dem Topffarn.

Lord Coyles Tonfall war verärgert, aber die Worte konnte ich nicht verstehen. Von meinem Standpunkt aus konnte ich ihre Gesichter nicht erkennen. Es war möglich, dass Lord Coyle überhaupt nicht auf Sir Charles wütend war, sondern einfach genervt, weil seine neue Frau ihm verbot, seine Zigarren zu rauchen.

Als hätten meine Gedanken sie heraufbeschworen, erschien Hope an meiner Seite. Sie war in ein dunkelgrünes Kleid mit schwarzen Seidenrüschen auf dem Rock und an den Ellbogen gekleidet. Der tiefe Ausschnitt brachte ihr Dekolleté zur Geltung, und das Smaragd-Gagat-Halsband, das dort ruhte. „India, was versteckst du dich denn da hinten? Na, das wirkt ja fast, als würdest du versuchen, meinen Mann und Sir Charles zu belauschen."

Lord Coyle und Sir Charles beendeten ihr Gespräch. Sir Charles verbeugte sich vor mir, als ich aus meinem Versteck kam, aber Coyle knurrte nur.

„Glass ist nicht da?", fragte Lord Coyle, während er sich im Raum umsah.

„Er hat eine andere Verabredung", sagte ich.

„Ich sehe, Sie haben stattdessen Ihre anderen Bulldoggen dabei."

„Ich weiß, dass Sie mit dem Konzept nicht vertraut sind, mein Lord, aber es sind meine Freunde. Ich wollte, dass sie herkommen."

Er kniff die Augen so sehr zusammen, dass sie beinahe in den Falten seiner wulstigen Lider verschwanden. „Sie sind heute Abend dreist, India."

Hopes Mundwinkel wölbten sich nach unten. „Aber wirklich. Du wirst jeden Tag amerikanischer."

Ich lachte. „Das ist nicht ganz die Beleidigung, für die du es hältst."

Hopes Blick wurde sogar noch härter, als ihr Mann ebenfalls lachte. „Mir gefällt diese Dreistigkeit an Ihnen, India", sagte er. „Sie sollten Ihren Mann öfter mal zu Hause lassen."

„Vielleicht sollten wir das alle." Hope marschierte davon und wurde bald von der Versammlung verschluckt.

Sir Charles räusperte sich, und er entschuldigte sich ebenfalls, wenn auch höflicher. Ich stand allein mit Lord Coyle da, aber anstatt mich in der Falle zu wähnen, fühlte ich mich ermutigt. Es war sehr wahrscheinlich, weil ich zum ersten Mal, seit ich ihm begegnet war, die Oberhand hatte. Er schuldete mir einen Gefallen. Matt hatte ihm den fliegenden Teppich verkauft, mit dem wir nach Brighton geflogen waren, um Amelia Moreton zu fangen. Der Preis des Verkaufs war Lord Coyles Information gewesen. Wir mussten unsere Schulden noch eintreiben.

Aber es war eine Schuld, die er uns nicht hätte bezahlen müssen. Matt hatte ihm nicht den echten fliegenden Teppich verkauft, sondern einen gefälschten, der keine Magie enthielt. Da er talentfrei war, konnte Lord Coyle den Unterschied nicht erkennen.

„Ihre Frau verabscheut Sie bereits?", fragte ich fröhlich. „Das ging schnell. Ich habe über zwei Wochen gebraucht, um zu beschließen, dass ich Sie nicht mag."

„Sie ist einfach nur verärgert, weil ich ihr keinen freien Zugriff auf mein Vermögen gewährt habe."

„Ist das nicht eine neue Halskette, die sie da trägt?"

„Es ist ein Familienerbstück. Sie will mehr."

„Meiner Erfahrung nach tut sie das immer." Ich wollte schon gehen.

„Ich habe Neuigkeiten für Sie", rief er mir nach.

„Ich will sie nicht hören." Trotzdem zögerte ich.

Er stützte sich auf seinen Gehstock. „Sie sind kostenlos und werden nicht durch meine Schuld für den Teppich abgedeckt." Seine feisten Backen wabbelten, als er lächelte. „Erinnern Sie sich noch an Hendry?"

„Den Papiermagier, der einen Mann umgebracht und versucht hat, mich zu töten?"

„Genau den. Er heiratet."

Ich blinzelte langsam. Mr. Hendry zog Männer Frauen vor. Dass er heiratete, musste einen guten Grund haben, und ich schätzte, der Grund lag darin, dass er seine Freiheit Lord Coyle schuldete, der ihn davor gerettet hatte, für den Mord gehenkt zu werden. Es schien, als hätte Lord Coyle diese Schuld eingetrieben, indem er ihn zwang, zu heiraten.

Es schien auch, dass Seine Lordschaft sich äußerst ins Zeug legte, um sicherzustellen, dass die Papiermagie-Abstammungslinie fortgeführt wurde; ein Erbe, das mit Mr. Hendry geendet hätte, hätte er keine Kinder gezeugt.

„Ist seine neue Frau Magierin?", fragte ich.

„Sie sind eine intelligente Frau, India. Was meinen Sie?"

„Ich meine schon."

Er lächelte nur, oder versuchte es zumindest. Lord Coyles Lächeln wirkte immer etwas wie eine Grimasse. „Hoffen wir, das glückliche Paar genießt ein langes und fruchtbares Leben zusammen."

„In Frieden, ohne die Einmischung anderer." Ich marschierte los und schloss mich Cyclops an, der allein dastand und versuchte, neben einer weiteren Topfpalme am gegenüberliegenden Ende des Raums unauffällig auszusehen. „Du wirkst gelangweilt."

„Das sind nicht meine Leute, India."

„Meine auch nicht." Ich seufzte. „Tut mir leid, dass ich dich hergeschleppt habe. Wir gehen, sobald der Vortrag vorbei ist."

„Ist das der Spielzeugmachermagier?", fragte er, nickte zu Mr. Trentham hin.

Es war der Mann hinter Mr. Trentham, der meine Aufmerksamkeit auf sich zog. Oscar stand allein da, sein eisiger Blick war direkt auf Louisa und Fabian gerichtet, die still miteinander sprachen. Sie wirkte erleichtert über etwas, das Fabian sagte, und rückte näher an ihn. Sie betastete sein Revers, bevor sie die Hand fest darauf drückte.

Oscar versteifte sich und marschierte weg. Er ging nicht auf sie zu, sondern fing Lord Coyle an der Tür ab. Ich konnte Oscars

Gesicht nicht mehr sehen, aber so, wie Lord Coyles Nasenflügel sich blähten, schätzte ich, er stellte Seine Lordschaft wegen seiner Verwicklung in Oscars Entlassung bei der Zeitung zur Rede.

Es war genau das, was Louisa von Oscar erbeten hatte, heute Abend nicht zu tun.

Lord Coyle verschränkte beide Hände über dem Knauf seines Gehstocks und schüttelte den Kopf. Er sagte etwas und wollte dann schon weggehen.

Oscar packte ihn am Arm. Coyle funkelte darauf hinab, aber Oscar ließ nicht los. Inzwischen hatten etliche Gäste ihre Unterhaltungen beendet und beobachteten sie.

„Ich war es nicht!", brüllte Lord Coyle.

„Nicht?", fragte Oscar, seine Stimme ebenso erhoben. „Für mich wirkt es genau wie etwas, das Sie tun würden, um mich zu zwingen, das Buch aufzugeben."

„Sie haben es aufgegeben, das sagen Sie doch allen. Oder ist das nicht der Fall?"

Alle Unterhaltungen hatten geendet, und eine unheimliche Stille legte sich über den Raum. Louisa war ganz reglos geworden. Sie schien wie versteinert, und ich schätzte, ich war die Einzige, der es auffiel. Die Aufmerksamkeit aller anderen war auf ihrem Verlobten und Lord Coyle.

„Sie sind ein Narr, wenn Sie glauben, dass ich es war, Barratt." Coyle hatte die Stimme gesenkt, sie war aber noch in dem stillen Raum hörbar. „Weshalb sollte ich Sie von der Zeitung entlassen lassen, wenn Ihnen das nur mehr Zeit verschafft, an Ihrem Buch zu arbeiten?" Lord Coyle stieß mit dem Ende seines Gehstocks vor Oscars Schienbein. „Aus dem Weg."

Oscars Brust hob und senkte sich in unregelmäßigen Atemzügen. Einen entsetzlichen Augenblick lang dachte ich, er würde Lord Coyle angreifen. Ich hatte Oscar nie als gewalttätigen Mann eingeschätzt, aber es erschütterte ihn eindeutig, dass er von der *Gazette* entlassen worden war. Wenn dazu noch seine Schwierigkeiten mit Louisa kamen, sorgte das vielleicht dafür, dass er frustriert genug war, um sich zu schlagen.

Louisa klatschte in die Hände, um unsere Aufmerksamkeit

zu bekommen. „Zeit für den Vortrag, die Herrschaften! Mr. Trentham, würden Sie bitte nach vorne kommen."

Bedienstete stellten Stühle in Reihen auf, während Louisa Mr. Trentham dorthin geleitete, wo er sich aufstellen sollte.

Ich setzte mich weit hinten hin, und Fabian nahm den Stuhl neben mir. „Das war ein seltsames Theater zwischen Barratt und Coyle", sagte er. „Hat Coyle gelogen, dass er Barratt nicht entlassen hat, was meinst du?"

„Das ist schwer zu sagen." Ich versuchte, weder Oscar noch Lord Coyle anzusehen, und richtete meinen Blick nach vorne. „Er ist ein guter Lügner."

„Und fähig, einen Mann seine Arbeitsstelle zu kosten." Fabian schnalzte mit der Zunge. „Ich verabscheue ihn. Ihn kümmert keiner, nur er selbst. Aber Barratt hätte ihn nicht zur Rede stellen sollen. Nicht vor allen."

„Louisa hat Oscar gebeten, es nicht zu tun."

Fabian runzelte die Stirn. „Weshalb hat er es dann getan?"

„Warum nur?" Die einzige Erklärung, die mir einfallen wollte, war Frust und vielleicht Eifersucht. Als Oscar gesehen hatte, wie Louisa Fabian in einer vertrauten Geste am Revers berührte, hatte er genau das getan, von dem er wusste, dass es ihre Aufmerksamkeit erringen würde.

Falls er eifersüchtig war, bedeutete das, dass er sie liebte. Vielleicht heiratete er sie doch nicht nur wegen des Geldes. Es erklärte, weshalb er die Verlobung aufrechterhielt, obwohl er sein Buch aufgegeben hatte und das Geld nicht mehr brauchte.

Armer Oscar. Louisa hatte nur Augen für Fabian.

Fabian lehnte sich dichter an mich. „Heute Abend liegt Wahnsinn in der Luft. Spürst du es, India?"

„Ein wenig. Weshalb bist du gekommen? Ich dachte, du versuchst, Louisa aus dem Weg zu gehen."

Seine dunklen Augen funkelten. „Sie hat mir heute Nachmittag eine Nachricht geschickt, um zu sagen, du wärst hier. Natürlich wollte ich kommen und meine Freundin treffen. Ich vermisse dich."

Ich lachte leise. „Du meinst, du vermisst es, mit mir Zauber zu schöpfen."

Er drückte sich eine Hand aufs Herz und kämpfte gegen ein

Lächeln. „Du verletzt mich, India. Ich vermisse meine Freundin."

„Du kannst mich besuchen, wann immer du magst. Nur weil wir keine Zauber mehr miteinander schöpfen, bedeutet das nicht, dass wir einander nicht sehen können."

„Ich möchte Glass nicht eifersüchtig auf mich machen."

Ich lachte. „Du bist so französisch, Fabian. Ich versichere dir, Matt wird nicht eifersüchtig."

„Dann verspreche ich, dass ich dich besuchen werde." Er wandte den Blick nach vorne, wo der Spielzeugmacher den Inhalt seiner Truhe untersuchte, während der Rest des Publikums Platz nahm. „Seine Magie ist seltsam, aber nicht stark. Er will dich unbedingt treffen."

„Ich werde später mit ihm reden, aber ich werde keinen Zauber mit ihm schöpfen."

„Ich habe dich auch nicht darum gebeten. *Du* musst zu *mir* kommen, wenn du es dir anders überlegt. Ich werde dich nicht behelligen." Er klang aufrichtig enttäuscht, dass ich dachte, das würde er.

„Tut mir leid, Fabian." Eine unbehagliche Stille füllte den Raum zwischen uns, die Fabian zum Glück nach einem Augenblick beendete.

„Ich kann dir allerdings den Teppich bringen, wenn du magst. Ich habe ihn von dem Feld in der Nähe von Brighton geborgen. Er war schmutzig, aber meine Diener haben ihn gereinigt."

„Es ist dein Teppich, Fabian. Behalte du ihn."

„Aber deine Magie hat ihn fliegen lassen."

„Deine auch. Ich hätte es ohne deine Eisenmagie in den Streben nicht schaffen können. Außerdem habe ich keinen Platz dafür." Ich schaute zu Lord Coyle, der zwei Reihen vor uns saß. „Was immer du tust, lass Seine Lordschaft nicht wissen, dass er ihn nicht gekauft hat."

Er lächelte verschlagen. „Das würde ich nie. Ihn hereinzulegen, macht mich glücklich."

Ich lächelte ebenfalls. „Es gibt einem schon ein Gefühl der Zufriedenheit. Wo wir von diesem Zauber sprechen, ich hatte vor, dich darum zu bitten."

„Du willst ihn aufbewahren?"

„Wenn es dich nicht stört."

„Wirst du ihn zerstören?"

Ich zögerte, bevor ich sagte: „Ich weiß es nicht."

Es gab nichts, was Fabian daran hinderte, eine Kopie anzufertigen, bevor er ihn mir übergab, darum spielte es keine Rolle, ob ich ihn zerstörte. Ich konnte mir nicht vorstellen, dass Fabian es fertigbrachte, sich von der einzigen schriftlichen Kopie unseres Zaubers für den fliegenden Teppich zu trennen, ganz gleich, wie oft er beteuerte, dass er mir gehörte, um damit zu tun, was ich wünschte. Ich vermutete, dass er ihn einfach aus dem Grund behalten würde, dass man in der Zukunft Magie studieren konnte. Selbst konnte er ihn nicht nutzen; seine Magie konnte den Teppich nicht fliegen lassen, nur die Eisenstreben darunter. Eisen- und Wollmagie mussten für unseren neuen Zauber zusammen benutzt werden, damit das ganze Gebilde flog.

„Ich bringe ihn dir morgen", sagte er.

Louisa bat um Ruhe, dann stellte sie Mr. Trentham vor.

Während des Applauses neigte Fabian den Kopf zu mir und flüsterte: „Vielleicht nutzt du ja den Zauber, um insgeheim einen weiteren zu schöpfen."

Ich starrte auf sein elegantes Profil, während er Mr. Trentham beobachtete. Das war eine der Gelegenheiten, zu denen es unmöglich war, zu wissen, ob Fabian mich auf den Arm nahm. Obwohl er erst wütend gewesen war, als ich im erzählt hatte, dass ich nicht länger Zauber mit ihm schöpfen wollte, dachte ich, er hätte es inzwischen akzeptiert. Aber seine Antwort schien zu besagen, dass er noch hoffte, ich würde es mir anders überlegen. Zum Glück drängte er mich nicht, meine Ansichten zu ändern. Ich mochte Fabian, und ich wollte mit ihm nicht streiten, oder ganz aufhören, ihn zu treffen.

Mr. Trentham war ein einnehmender Redner mit interessanten Geschichten, die er über seine Spielzeuge und die Menschen erzählte, die in seinen Laden kamen. Leider war seine Magie irgendwie weniger einnehmend. Der einzige Zauber, den er kannte, ließ seine Spielzeuge ein wenig länger in Bewegung bleiben als ohne den Zauber. Sie mussten allerdings trotzdem noch von menschlichen Händen gelenkt werden.

Der Kreisel drehte sich fünf Minuten, bevor er seinen Schwung verlor und umfiel. Der Holzzug fuhr weiter als erwartet, nachdem man ihn angeschoben hatte. Eine Puppe wiederholte die Worte „Ich heiße Polly", dreimal mit dem Zauber und zweimal ohne, aber nur, wenn Mr. Trentham an der Schnur in ihrem Rücken zog. Ich hatte gehofft, es würde funktionieren, ohne dass irgendjemand sie aufziehen musste.

„Du könntest sie gehen lassen", flüsterte mir Fabian ins Ohr.

Ich stieß ihn mit dem Ellbogen an, aber das Funkeln in seinen Augen blieb.

Höflicher Applaus folgte auf den Abschluss von Mr. Trenthams Vortrag, und Louisa kündigte Erfrischungen an, die bald aufgetragen werden würden. Während wir uns in den Nebenraum begaben, bauten die Bediensteten die Stühle ab und stellten das Sofa und die anderen Möbelstücke im Salon wieder auf, während er leer war.

Ich nahm eine Tasse Tee von einem Diener entgegen, wollte aber nichts zu essen. Cyclops und Duke gingen schnurstracks zum Tisch, zusammen mit Fabian und den meisten anderen Gästen. Willie kam ihnen allen zuvor.

„Mrs. Glass?", erklang eine sanfte Stimme hinter mir.

Ich drehte mich um, um Mr. Trentham zögerlich lächeln zu sehen. Ich streckte eine Hand aus. „Es freut mich, Sie zu treffen. Danke für Ihren Vortrag. Er war erhellend."

Seine Wangen wurden rot, und er schüttelte den Kopf. „Ich fürchte, das ist das Beste, was ich tun kann. Meine Magie ist ziemlich schwach, also habe ich versucht, es interessanter zu gestalten, indem ich ein paar Geschichten erzähle. Ich habe so etwas noch nie zuvor gemacht. Ich fürchte, ich bin nicht unbedingt ein Redner."

„Sie sind ein Naturtalent, und Ihre Magie ist faszinierend. Ich bin sicher, Kinder haben große Freude mit Ihren Spielzeugen."

„Sie sind zu freundlich. Meine Magie ist nichts verglichen mit Ihrer." Er räusperte sich. „Ich habe von Ihrem Verlängerungszauber gehört, Mrs. Glass."

Ich seufzte in meine Teetasse.

Mr. Trentham hörte es und hob ergeben die Hände. „Bitte, glauben Sie nicht, dass ich versuche, mich bei Ihnen anzubiedern. Ich habe nicht die Absicht, Sie zu bitten, meine Magie zu verlängern."

„Ich bin erleichtert, das zu hören."

„Mr. Charbonneau hat mich gewarnt, das nicht zu tun."

Ich biss mir auf die Lippe, damit ich nicht lächelte.

Fabian kam zu uns, ein fragender Blick auf dem Gesicht, aber ich bekam nicht die Gelegenheit, ihm für die Warnung an Mr. Trentham zu danken, da andere sich näherten. Sie fragten Mr. Trentham nach seiner Magie und seinen Spielzeugen.

„Können Sie Magie in anderen Gegenständen spüren?", fragte eine Frau.

Er nickte. „Alle Magier spüren magische Wärme."

„Sind Sie der einzige Spielzeugmagier in London?", fragte Sir Charles.

„Nein."

Ein Kerl mit Brille, den ich bei anderen Clubtreffen schon gesehen hatte, reichte Mr. Trentham ein Glas mit bernsteinfarbener Flüssigkeit. „Haben Sie jemals versucht, jemandem einen Schreck einzujagen, indem Sie eine Puppe mit einem Zauber bewegen? Sie wissen schon, ohne sie zu berühren, und während Sie auf der anderen Seite des Zimmers stehen."

„Das wäre ein Spaß", sagte seine weibliche Begleiterin, die lachte.

„Das kann ich nicht", sagte Mr. Trentham entschuldigend.

Das Gesicht des Mannes erschlaffte. „Schade."

Mrs. Delancey schob sich an zwei weiteren Mitgliedern vorbei. Einer von ihnen musste sich zurücklehnen, um nicht von der Feder in ihrem Kopfschmuck ins Auge gestochen zu werden. „Stehen von Ihren Stücken welche zum Verkauf?", fragte sie.

Mr. Trentham nickte. „Möchten Sie sie gern inspizieren?"

„Ja, bitte."

Sie gingen voraus zu Mr. Trenthams Spielzeugkiste, eine Schar Zuschauer hinter sich. Er konnte heute Abend eine ordentliche Summe verdienen, wenn er seine Karten richtig spielte.

Ich stellte fest, dass ich letztlich sehr dicht an Hope stand, während sie die Prozession beobachtete, die zurück zum Salon kehrte. „Du kaufst nichts?", fragte ich sie. „Ein Geschenk für deinen Ehemann vielleicht?"

„Er fügt seiner Sammlung Dinge hinzu, wie es ihm passt." Irgendwie schaffte sie es, zu wirken, als würde sie auf mich herabschauen, obwohl sie kleiner war als ich. „Genauso wenig würde er dazu raten, dass ich Transaktionen auf einer Versammlung wie dieser unternehme. Eine private Verhandlung ist eher schon sein Stil."

„Ich schätze, er kann unter vier Augen jede Taktik nutzen, die er möchte, ohne von der Menge zensiert zu werden."

Sie versteifte sich. „Was soll denn das heißen?"

„Es heißt genau das, was du glaubst, dass es heißt. Dein Mann ist skrupellos. Er tut und sagt, was immer nötig ist, um zu bekommen, was er will, ohne sich um jene zu kümmern, die er dabei in den Staub trampelt."

„Du weißt doch nicht, wovon du sprichst."

Ich trat zu ihr, blieb direkt vor ihr stehen und beugte mich nicht auf ihre Größe hinab. Sie musste den Kopf in den Nacken legen, um mir in die Augen zu schauen. „Ich kenne die Taktik deines Mannes ziemlich gut, wie es der Zufall so will. Ich würde aufpassen, wenn ich du wäre, Hope, oder er tritt vielleicht auch dich in den Staub."

Das Glitzern ihrer Augen wurde hart. „Oder er bringt mir vielleicht bei, wie ich bekomme, was ich will."

* * *

Wir blieben nicht viel länger und kehrten nach Hause zurück, bevor Matt aus Lord Farnsworths Club zurückkam. Duke und Cyclops gingen um Mitternacht zu Bett, aber Willie und ich warteten noch. Um halb zwei glaubte ich allmählich, dass Matt es für nötig befunden hatte, sich Farnsworth und dem Freund des Innenministers zu irgendeinem nächtlichen Abenteuer anzuschließen. Ich hoffte nur, dass er dabei nicht zu viel trank, wenn man Matts frühere Kämpfe mit dem Alkohol bedachte.

Ich zog in Betracht, mich zurückzuziehen, als ich hörte, wie sich die Eingangstür öffnete. Ich hatte Bristow schon vor einiger Zeit ins Bett geschickt, also kam Matt allein herein.

„Dachte ich mir doch, dass ich hier drin Licht gesehen habe", sagte er beim Eintreten. Er trug immer noch seinen Hut und seinen Mantel, während er an seinen Handschuhen zerrte, um sie abzunehmen. Er beugte sich herab, um mich zu küssen. „Guten Abend, meine Frau. Hattest du einen schönen Abend, oder hat irgendjemand etwas gesagt oder getan, um ihn zu ruinieren?"

„Richtet sich das etwa in meine Richtung?", fragte Willie, die eher neugierig klang als abwehrend.

„Nicht konkret, aber könnte schon sein. Warum? Was hast du gemacht?"

„Gar nichts! Das ist die grundehrliche Wahrheit."

Matt schien Schwierigkeiten zu haben, den Handschuh von seiner rechten Hand abzuziehen, darum half ich ihm. „Hast du getrunken?"

Er zog seine Hand aus dem Handschuh, dann rieb er sich übers Gesicht. „Ja."

„Halt ihm keine Vorträge, India", schimpfte Willie. „Er hat getan, was er tun musste, nicht wahr, Matt?"

„Ich habe ihn doch nicht getadelt", sagte ich und erhob mich.

Matt wandte sich an Willie. „Sie hat mich nicht getadelt."

Ich half ihm aus dem Mantel und lotste ihn weiter, damit er sich aufs Sofa setzte. Er sank hinein, hielt mich dabei an der Taille und zog mich auf seinen Schoß. Er warf mir ein teuflisches Lächeln zu, während sich sein erhitzter Blick auf meinen Mund senkte.

Willie gab ein angeekeltes Geräusch von sich. „Früher hast du den Alkohol besser vertragen."

Matt setzte mich neben sich. „Ich bin aus der Übung, aber ich bin auch nicht völlig betrunken. Es stimmt aber, dass ich mehr getrunken habe, als ich das gewöhnlich täte. Farnsworths Leber ist bestimmt aus Eisen."

„Was hast du erfahren?", fragte ich.

„Dass er eine Menge trinkt."

Ich lächelte. „Ich meinte, wegen Sir Charles und seines Ritterschlags."

„Noch nichts. Ich habe nur die Vorarbeit beim Freund des

Innenministers geleistet. Er hat versprochen, mich vorzustellen, wenn der Innenminister zurück in die Stadt kommt."

„Wann wird das denn sein?"

Matt zuckte mit den Schultern.

Ich seufzte und nahm ihn an der Hand. „Kommst du mit ins Bett, oder bleibst du noch etwas auf?"

„Auf jeden Fall ins Bett." Er stand auf und sagte Willie gute Nacht.

Sie schoss hoch. „Das ist alles? Mehr hast du nicht erfahren?"

Matt zuckte erneut mit der Schulter. „Heute Abend ging es darum, den Freund des Innenministers dazu zu bringen, mir zu vertrauen. Ich konnte doch nicht gleich direkt fragen, wie jemand in den Ritterstand erhoben werden konnte, ohne durch die üblichen Kanäle nominiert zu werden. Das wäre zu verdächtig gewesen. Außerdem wüsste er so etwas doch gar nicht, außer der Innenminister vertraut sich ihm an."

„Aber was ist mit Farnsworths Tag? Hast du ihn gefragt, wie es gelaufen ist?"

„Wie was gelaufen ist?"

„Mit dem Mädchen, das er getroffen hat. Seiner zukünftigen Frau."

Matt grinste seine Cousine schief an. „Eifersüchtig?"

„Nein!" Willie verschränkte die Arme vor der Brust. „Nur neugierig."

Matt nahm seinen Hut und deutete damit auf sie. „Wenn du Interesse hast, solltest du deine Gefühle vor ihm eingestehen. Vielleicht betrachtet er dich dann als ernsthafte Kandidatin."

„Ich bin nicht eifersüchtig. Ich will nur nicht noch einen Freund an die Ehe verlieren. Erst dich, als nächstes wird es Cyclops, dann Farnsworth. Zunächst habe ich noch Duke, aber der wird auch langweilig."

„Die Ehe ist doch keine Krankheit", sagte ich.

„Sie ist schlimmer. Von einer Krankheit erholt man sich zumindest wieder." Sie stürmte aus dem Wohnzimmer.

Matt lachte leise, während er den Hut auf das Sofa fallen ließ und die Arme um meine Taille legte. Er schmiegte sich unter meinem Ohr an meine Kehle. „Sie ist eifersüchtig", knurrte er.

Ich zog mich zurück. „Du solltest sie nicht dazu ermutigen, Farnsworth zu sagen, was sie empfindet."

Er fasste mich fester an der Taille, zog mich an seinen Körper. „Ich erwarte nicht, dass sie heiraten, aber vielleicht kann sie eine Beziehung zu ihm aufbauen. Jetzt küss mich."

Ich legte ihm meine Finger auf die Lippen, bevor er sie mir noch auf den Mund drückte. „Und was ist mit Kriminalinspektor Brockwell?"

Er seufzte. „Er weiß, dass er sie nicht für sich beanspruchen kann. Können wir jetzt aufhören, über Willie und ihre übermäßig komplizierten romantischen Liaisons zu reden, und lieber darüber, was ich gern mit dir anstellen würde, wenn wir ins Schlafzimmer kommen?"

Ich lächelte ihn hintersinnig an. „Rede doch nicht, zeig es mir einfach."

Seine Lippen streiften meine in einem zärtlichen Kuss, der sehr viel mehr versprach. „Wie Sie befehlen, Mrs. Glass."

* * *

DER FOLGENDE VORMITTAG war ein weiterer düsterer Tag. Ein Brief an Tante Letitia kam von ihrer Schwägerin Lady Rycroft, in dem es hieß, dass sie und Charity nach London zurückkehrten. Sie hatten festgestellt, dass es auf dem Land zu provinziell war, und es ihnen an gebildeter Gesellschaft fehlte. Die meisten ihrer Freundinnen waren wohl noch nicht in die Stadt zurückgekehrt, aber ein paar trudelten langsam ein, jetzt, da die Weihnachtsfeierlichkeiten hinter uns lagen.

„Was ist mit meinem Onkel?", fragte Matt.

„Er kommt nicht", sagte Tante Letitia, die den Brief noch einmal musterte. „Beatrice sagt, sie kann es nicht erwarten, Hope zu sehen. Sie hat einige Vorschläge, was Gäste angeht, die sie zu einer Dinnergesellschaft einladen sollte."

„Das wird Coyle Spaß machen", murmelte Matt.

„Was ist mit Patience?", fragte ich. „Irgendwelche Nachrichten über sie und Byron?"

„Sie erwähnt sie mit keinem Wort."

Es war, als würde es Patience nicht mehr geben. Seit dem

Zeitpunkt, da ihrem Mann sein Titel entzogen worden war, der an seinen älteren Halbbruder gegangen war, hatte Lady Rycroft die Existenz ihrer ältesten Tochter kaum noch zur Kenntnis genommen. Sie hätte auch tot sein können. Lady Rycroft hätte vermutlich vorgezogen, dass sie gestorben wäre, statt den Skandal zu erleben, der daraufhin gefolgt war.

Matt, der sich hinter mich stellte, drückte mir sanft die Schulter. „Mach dir keine Sorgen um sie. Sie haben einander, und ich vermute, dass Patience sich sowieso gern aus der Sphäre ihre Mutter entfernt hat."

Bristow betrat den Salon und kündigte die Ankunft von Fabian an. Er war kaum fertig mit dem Sprechen, als Fabian sich schon an ihm vorbeischob. Er atmete schwer, als wäre er gelaufen, und sein Gesicht war rot angelaufen.

„Bristow, holen Sie Mr. Charbonneau ein Glas Wasser", sagte ich.

„Haben Sie sich überanstrengt?", fragte Tante Letitia mit leicht gerümpfter Nase.

Fabian verbeugte sich knapp. „Ich bitte meinen Zustand zu entschuldigen, Miss Glass. Ich bin völlig durch den Wind." Er strich sich über die Haare und fingerte an seiner Krawatte herum. „Ich konnte nicht darauf warten, dass die Kutsche vorbereitet wird, also bin ich zu Fuß hergegangen, und das sehr schnell."

„Fabian, was ist denn los?", fragte ich.

Er wandte sich an Matt. „Glass, ich habe eine Aufgabe für Sie. Eine Ermittlung."

„Worum geht es denn?", fragte Matt.

„Einen Diebstahl." Fabian schluckte und richtete seinen nervösen Blick auf mich. „Dein Zauber wurde gestohlen, India."

KAPITEL 3

„Gestohlen!" Ich drückte mir eine Hand auf mein rasendes Herz. „Wann?"

„Gestern Nacht", sagte Fabian. „Das Dienstmädchen hat entdeckt, dass die oberste Schublade meines Schreibtisches aufgezogen war und alles darin fehlte."

„Der Zauber lag nicht in deinem Tresor?"

„Nein. Er war in der Schublade, aber die war abgeschlossen. Alle Papiere in der Schublade wurden gestohlen, und der Zauber war zwischen ihnen versteckt. Der Dieb stieg durch das Wohnzimmerfenster im Erdgeschoss ein."

Matt fluchte leise, was ihm einen funkelnden Blick von Tante Letitia einbrachte. „Hätten Sie mir den Zauber gegeben, gleich als India danach gefragt hat, wäre er sicher gewesen."

„Matt", tadelte ich. „Das ist nicht gerecht. Man hätte ihn genauso leicht von hier stehlen können."

Er warf mir einen Blick zu, der besagte, dass er das bezweifelte, aber er behielt den Gedanken zum Glück für sich. Fabian wirkte nicht, als müsse man ihn noch weiter zurechtweisen. Er fuhr sich mit einer zitternden Hand durch die Haare, richtete sich erst auf, als Bristow mit einem Glas Wasser auf einem Tablett eintrat.

„Haben Sie die Bediensteten befragt?", wollte Matt wissen.

Fabian nahm das Glas entgegen. „Nicht gründlich."

35

„Bristow, lassen Sie die Kutsche vorfahren. India, kommst du mit?"

„Natürlich", sagte ich und erhob mich. „Sollten wir Nachricht an Brockwell schicken?"

„Noch nicht."

„Sonst sollte es niemand erfahren", stimmte Fabian zu. „Das ist eine magische Angelegenheit."

„Kriminalinspektor Brockwell versteht die Magie", erklärte ich ihm. „Du weißt doch noch, wie diskret er bei der Sache mit Amelia Moreton war. Er hat das magische Element an dem Fall unterdrückt."

„Er ist trotzdem talentfrei."

„Genau wie Matt."

Matt legte mir eine Hand auf die Schulter. „Wir werden Brockwell in Kenntnis setzen, falls wir seine Ressourcen brauchen. Vorerst behalten wir das für uns. Je weniger Leute es wissen, umso besser. Ich will nicht, dass jemand wie Coyle auch nur den Hauch einer Ahnung davon bekommt."

„Coyle weiß es womöglich bereits", sagte Fabian düster.

Mein Herz setzte einen Schlag aus. Er hatte recht. Am wahrscheinlichsten wollte gewiss Lord Coyle diesen Zauber stehlen. Niemand sonst wusste, was Fabian und ich geschaffen hatten, obwohl etliche wussten, dass wir in der Vergangenheit zusammen an der Schaffung von Zaubern gearbeitet hatten. Es war möglich, dass sie annahmen, wir hätten gelogen, und es selbst sehen wollten, und dann das Glück gehabt hatten, über den Zauber zu stolpern. Aber was wollten sie damit tun, sobald sie ihn hatten?

Ich drückte meine Sorgen aus, sobald wir sicher in der Kutsche saßen und unterwegs zu Fabians Stadthaus in der Nähe des Berkeley Square waren. „Weshalb sollte sich jemand die Mühe machen, ihn zu stehlen? Er ist für alle nutzlos außer mich."

„Wir wissen nicht, ob es andere wie dich auf der Welt gibt, India", sagte Matt.

„Es gibt niemanden, der so mächtig ist wie sie", erklärte ihm Fabian. „Dessen bin ich mir nahezu sicher."

„Nahezu?", stieß Matt hervor.

„Matt hat schon recht", sagte ich rasch. „Es könnte einen weiteren starken Magier geben, der ihn ausführen kann. Falls Lord Coyle oder sonst jemand glaubt, dass es noch jemanden gibt, hat er vielleicht den Zauber gestohlen, um ihn an diese Person weiterzureichen."

„Oder zu verkaufen", fügte Matt an.

Fabian, der uns gegenüber saß, schaute erst kurz zu Matt, dann zu mir. „Oder derjenige könnte dich zwingen, ihn einzusetzen, India."

Mein Blut wurde eisig kalt. Da hatte er recht. Daran hatte ich nicht gedacht.

Genauso wenig Matt, wenn man sich ansah, wie alle Farbe aus seinem Gesicht wich. Er nahm meine Hand und strich mit dem Daumen darüber.

Als erstes, als wir bei Fabians Stadthaus ankamen, inspizierten wir das Fenster zum Wohnzimmer. Der Riegel war sauber abgerissen.

„Jemand hat da sehr viel Kraft eingesetzt", sagte ich.

„Nicht unbedingt." Matt strich mit dem Finger über die Fensterbank. „Dieses Holz hätte splittern sollen, aber es gibt nur ein paar Kratzer. War das Schloss locker, Charbonneau?"

„Ich weiß nicht", sagte Fabian.

„Hast du gehört, wie sich jemand durch das Haus bewegt?", fragte ich.

„Das ist wohl mitten in der Nacht passiert. Die Räumlichkeiten der Bediensteten sind ganz oben, und ich schlafe ziemlich tief."

„So war es noch nicht, als du vom Treffen des Clubs der Sammler zurückgekehrt bist?"

Er schüttelte den Kopf, dann blieb er plötzlich stehen. Er wedelte mit dem Finger in meine Richtung. „Dieser Spielzeugmachermagier, Mr. Trentham, war sehr interessiert an unserer Arbeit. Er hat mich zu Zaubern befragt, die wir zusammen geschaffen haben. Ich erzählte ihm, dass wir das nicht mehr machen, aber ..." Er murmelte etwas auf Französisch. „Ich denke nicht, dass er mir geglaubt hat. Vielleicht hat er geargwöhnt, dass wir einen Zauber geschaffen haben, bevor wir es aufgegeben haben, obwohl ich so etwas vor ihm nicht angedeutet habe, das kann ich dir versichern."

„Sie denken, er hat beschlossen, einzubrechen, weil die abwegige Möglichkeit bestand, dass Sie einen Zauber besitzen?" Matt schüttelte den Kopf. „Das wirkt nicht sehr wahrscheinlich."

„Was sollte er denn überhaupt mit dem Zauber anfangen?", fragte ich. „Seine Magie ist nicht so stark."

Fabian öffnete den Mund, um etwas zu sagen, schloss ihn dann aber wieder. Er schaute finster auf den Fensterrahmen, wo das Schloss angebracht gewesen war.

Matt näherte sich dem Butler, der an der Tür stand.

Ich nutzte die Gelegenheit, um unter vier Augen mit Fabian zu sprechen. Er wirkte beinahe, als wäre er krank. „Ich weiß, dass du dich fühlst, als hätte man dich körperlich angegriffen. Es ist schrecklich, wenn jemand ins Haus kommt, und man schläft unter demselben Dach."

„Das ist es nicht." Er kniff die Augen zusammen. „*Mon dieu*, ich kann nicht glauben, dass er weg ist. All die harte Arbeit umsonst."

„Du hast eine Kopie angefertigt, oder nicht?"

Er öffnete die Augen. Sie wirkten trauriger als damals, als ich ihm erzählt hatte, dass ich nicht mehr mit ihm arbeiten würde. „Nein."

„Oh." Ich lehnte mich an den Fensterrahmen. Der Zauber war wirklich verloren, wenn wir ihn nicht wiederbekamen. Der Gedanke gab mir irgendwie das Gefühl, als wäre ich beraubt worden, als wäre ein kleines Stück von mir abgerissen und weggeworfen worden.

Fabian nahm plötzlich meine Hand. Seine Augen leuchteten, auf seine Wangen trat Farbe. „Wir müssen ihn erneut schaffen, India. Erinnerst du dich noch an die Worte? Ich glaube, ich schon, aber ich brauche deine Hilfe."

„Nein, Fabian. Ich habe dir doch gesagt, dass ich keine neuen Zauber wirken möchte."

„Aber es ist derselbe Zauber, kein neuer."

Ich zog meine Hand zurück.

Sein Gesicht erschlaffte, aber seine Lippen waren geschürzt.

„Du würdest zulassen, dass der Dieb der Einzige mit dem Zauber ist? Das ist nicht gerecht."

„Wir erwischen den Täter. Du wirst den Zauber zurückbekommen."

Matt kam durch das Zimmer und schloss sich uns an. „Der Butler wird die Bediensteten hier drin zu einer Befragung zusammenholen." Er warf mir einen finsteren Blick zu. „Ist alles in Ordnung?"

Ich verschränkte die Arme und nickte.

Er musterte Fabian unter gesenkten Lidern und schaute erst weg, als ein Bediensteter eintrat.

Fabian schloss sich ihm und den anderen Angestellten an, die langsam in den Salon kamen. Sie stellten sich in einer Reihe auf, die Hände vor sich verschränkt. Alle hatten sie die Köpfe gesenkt, bis auf ein hochgewachsenes, hübsches Dienstmädchen, das bewundernd zu Fabian aufschaute. Ihm schien es nicht aufzufallen, als er sie der Reihe nach fragte, ob sie in der Nacht zuvor etwas Verdächtiges gesehen oder gehört hätten.

Die Haushälterin und die Köchin lebten nicht im Haushalt, aber der Butler, das Dienstmädchen und der Diener hatten alle Räumlichkeiten im Speicher, und keiner hatte etwas gehört.

„Bis auf jemanden, der gehustet hat", sagte das Dienstmädchen. „Der war auch wirklich laut. Er hat zweimal gehustet. Nein, dreimal."

„Jemand draußen vor dem Haus?", fragte Matt.

„O ja, nicht drinnen. Ich möchte wetten, er war sogar auf dem Bürgersteig in der Nähe dieses Raums."

„Und wo ist Ihre Schlafkammer?"

„Wie bitte?"

„Wo im Haus liegt Ihre Schlafkammer? Ist sie auf dieser Seite oder auf der anderen?"

„Auf der anderen."

„Weshalb glauben Sie dann, dass das Husten hier draußen war? Ich bezweifle, dass Sie das von Ihrem Zimmer aus hören konnten."

Sie biss sich auf die Lippen und schien in sich zusammenzusinken. Sobald Matt seinen Charme abstellte, konnte er ziemlich einschüchternd sein, wenn er das wollte.

„Ich habe es auch gehört", sagte Fabian rasch. „Ich dachte nicht, dass das in Verbindung steht, aber Jane hat recht. Es kam von irgendwo hier in der Nähe. Mein Zimmer ist auf dieser Seite." Er deutete auf die Decke. „Glauben Sie, der Dieb hat gehustet, um das Geräusch zu verbergen, wie er das Schloss zerbricht?"

„Das ist sehr wahrscheinlich", sagte Matt. „Danke, Jane. Es ist ein Glück, dass sowohl Sie als auch Mr. Charbonneau es gehört haben. Erinnern Sie sich an die Zeit?"

„Nein, Sir. Das war bestimmt nach Mitternacht, aber vor sechs Uhr, wenn ich aufstehe, um mit meinen Aufgaben zu beginnen. Das Husten hat mich geweckt, aber ich war zu verschlafen, um auf die Uhr zu schauen, und es war ohnehin dunkel."

„Dürfen wir uns jetzt das Bureau ansehen?", fragte er Fabian.

Im Bureau ging Matt sofort am Schreibtisch in die Hocke, um die oberste Schublade zu inspizieren. „Der Dieb hat entweder einen Schlüssel benutzt oder ein schmales Werkzeug, um das Schloss zu öffnen. Es ist kein komplizierter Mechanismus." Er beäugte Fabian. „Bitte sagen Sie mir, dass Sie keinen Schlüssel herumliegen hatten."

„Nein! Den habe ich immer bei mir." Er tätschelte seine Westentasche.

Matt erhob sich. „Der Dieb weiß, wie man ein einfaches Schloss knackt." Er schaute in die Schublade und nahm einige Münzen heraus. Ansonsten war die Schublade leer. „Was war da sonst noch drin?"

„Briefe von meinem Geschäftsführer in Frankreich, private Korrespondenz mit meinem Bruder, Informationen über Investitionen. Nichts, was für den Dieb von Wert gewesen wäre."

„Hätte der Dieb einfach alles in der Schublade nehmen können, weil er den Inhalt im Dunkeln nicht sehen konnte?", fragte ich. „Das bedeutet vielleicht, dass er gar nicht konkret hinter dem Zauber her war."

„Das ist möglich", gab Matt zu, der sich im Bureau umsah. „Gibt es noch weitere verschlossene Schubladen, Kisten oder Schränke hier drin, Charbonneau?"

„Hinter diesem Gemälde ist ein Tresor." Fabian deutete auf

eine gerahmte Landschaft an der Wand. „Es wurde nur in diese Schublade eingebrochen, und nichts bis auf ihren Inhalt wurde gestohlen. Ich glaube, er oder sie wollte den Zauber und hat vermutet, dass er dort ist. Hat vielleicht gehofft, dass er dort war, und nicht im Tresor."

„Was für ein Glück für ihn, dass er da auch nicht war", sagte Matt betont.

Fabian schluckte und senkte den Blick.

Matt spähte in die anderen Schubladen, überprüfte die Tür, die Fenster und inspizierte den Boden mit dem Teppich. Fabian beobachtete ihn mit einem stetig düsterer werdenden Gesicht.

„Es gibt etwas, das ich Ihnen sagen sollte", gestand er schließlich. „Etwas, das Trentham gestern Abend erwähnt hat, macht mir Sorgen und ist vielleicht relevant."

„Fahr fort", sagte ich, während Matt noch ein weiteres Mal die oberste Schublade inspizierte.

„Trentham behauptet, seine Magie wäre verflucht. Er sagt, würde man den Fluch entfernen, wäre sie stärker."

„Fluch?"

„Der Fluch ist nicht das, was mich interessiert. Es ist sein Glaube, dass seine Magie ohne ihn stärker sein könnte. Würde er eine Möglichkeit kennen, den Fluch zu brechen, könnte er ja vielleicht denken, dass er stark genug wäre, deinen Zauber zum Einsatz zu bringen."

„Also kam er hierher, weil er hoffte, ihn zu finden, damit er ihn benutzen konnte, sobald seine Magie wieder zu ihrer vollen Kraft zurückkehrt", schloss ich für ihn. „Damit hätte Trentham ein Motiv. Und du hast gesagt, er hätte gestern Abend sehr viele Fragen gestellt. Nicht nur das, der zeitliche Ablauf ist für meinen Geschmack auch viel zu passend. Der Diebstahl ereignete sich genau in der Nacht, in der er dir ausführliche Fragen über deine Arbeit gestellt hat."

„Flüche gibt es nicht", meldete sich Matt zu Wort.

Ich warf ihm einen fragenden Blick zu.

„Also gut, vielleicht sind sie ja echt. Aber ich glaube immer noch, das ist das Werk von Coyle. Er weiß von deinem Zauber mit dem fliegenden Teppich. Er ist der Einzige außerhalb unseres Kreises, der das weiß. Alle anderen raten einfach nur, dass du einen neuen Zauber geschaffen hast. Er muss es sein."

„Sollen wir ihn jetzt aufsuchen?", fragte ich.

„Er wird es nicht zugeben, und ich bezweifle, dass wir ihn hereinlegen können, sodass er etwas sagt, das ihn belastet. Er ist ein geübter Lügner."

„Es könnte sich lohnen, ihn wissen zu lassen, dass wir ihm auf der Spur sind", erklärte ich.

Matt stimmte zu, und wir brachen auf zu Coyles Stadthaus. Sobald wir in der Kutsche saßen, sagte er: „Charbonneau geht mit seinem Dienstmädchen ins Bett."

„Ich weiß. Ist das nicht regelrecht skandalös!"

„Ganz zu schweigen von dumm. Sie könnte mühelos den Schlüssel aus seiner Tasche nehmen und ihn nutzen, um die Schreibtischschublade zu öffnen, oder ihn dem Dieb übergeben."

Ich keuchte. „Du glaubst, sie hat wegen des Hustens gelogen?"

„Es ist möglich."

Armer Fabian, dass man ihn so hereinlegte. Obwohl ich nicht glaubte, dass er Gefühle für sie hegte, und ich nicht guthieß, dass er eine Beziehung zu seinem Dienstmädchen führte, wäre es ein Verrat gewesen, wenn sie hinter dem Diebstahl steckte.

„Wir hätten sie gründlicher befragen sollen", sagte ich.

„Vielleicht, aber sie schien ein wenig in ihn verliebt, wenn man bedenkt, wie sie ihn angesehen hat. Sie würde ihn nicht bestehlen, wenn das der Fall ist. Ich vermute, dass sie unschuldig ist und einfach zufällig in seinem Zimmer war, als der Dieb eingebrochen ist."

„Du hast ein gutes Herz, Matt." Ich berührte sein Kinn, damit er mich ansah. „Aber ein bisschen zu gut. Ich glaube, wir sollten sie befragen, aber wir können einen Kompromiss schließen und es ganz subtil machen. Wir werden Duke oder Willie schicken. Ihnen ist sie noch nie begegnet."

„Dem Diener und dem Butler schon. Außerdem ist Willie nicht subtil. Das wird schon Duke machen müssen, irgendwo abseits vom Haus, damit die anderen Bediensteten ihn nicht sehen."

„Da stimme ich zu. Aber wo? Und wie soll er sie ermutigen, damit sie redet?"

„Ich lasse mir was einfallen."

Wir fuhren ein paar Minuten schweigend weiter, das einzige Geräusch war der Regen auf dem Dach und das Rattern der Räder. Ich vermutete, dass Matt das Problem mit dem Dienstmädchen überdachte, darum überraschte mich seine nächste Frage völlig.

„Glaubst du, dass Charbonneau keine Kopie des Zaubers angefertigt hat?"

„Weshalb sollte er lügen?"

„Mir will kein Grund einfallen, aber es wirkte seltsam, dass etwas für ihn so Wichtiges nicht im Tresor weggeschlossen war und er keine Kopien angefertigt hat."

„Fabian würde uns nicht anlügen, Matt. Außerdem, hast du gesehen, wie seine Hand gezittert hat, als er es uns es gesagt hat? Er ist ganz erschüttert von dem Diebstahl. Das wäre er nicht, wenn er eine Kopie besäße." Ich drehte mich direkt zu ihm um. Ich wollte seine Reaktion genau sehen. „Hattest du schon immer Zweifel an Fabians Charakter?"

„Nein, und ich zweifle auch jetzt nicht an ihm." Er nahm meine Hände in seine und drückte sie leicht. „Aber wir müssen das aus allen Blickwinkeln betrachten, India."

„Du machst dir Sorgen, oder?"

„Ein bisschen. Falls Fabian darüber gelogen hat, dass er keine Kopie des Zaubers angefertigt hat, lügt er vielleicht auch über andere Dinge. Etwa darüber, dass du die einzige mächtige Magierin bist. Falls es noch jemanden gibt, jemanden, der diesen Zauber einsetzen könnte ..."

Er fuhr nicht fort, aber ich wusste, was er nahelegte. Es gäbe keine Möglichkeit, zu verhindern, dass er ihn benutzte. Falls der Dieb skrupellos genug war, um den Zauber zu stehlen, wäre er vermutlich auch nicht moralisch genug, davon abzusehen, meinen Zauber zu seinem eigenen Vorteil einzusetzen. „Es ist ein Flugzauber, Matt. Er ist viel harmloser als Amelia Moretons Detonationszauber. Ich möchte wetten, Coyle hat ihn von jemandem stehlen lassen, damit er eines Tages mit kommerziellen Flügen Geld scheffeln kann." Je länger ich darüber nachdachte, desto mehr erwärmte ich mich für die Idee. Damit fühlte ich mich auf jeden Fall etwas weniger nervös wegen des Diebstahls.

Matt dachte einen Augenblick darüber nach und lächelte. „Falls irgendwer verrückt genug ist, Geld zu zahlen, um auf einem fliegenden Teppich zu fliegen, sollte man für diese Dummheit ein Vermögen eintreiben. Das Ding war eine echte Todesfalle."

* * *

ALS WIR AN DAS HAUS KAMEN, fuhr gerade eine Droschke ab. Die Hand der Passagierin war erhoben, um ihren Hut zu richten, und verdeckte ihr Gesicht. Es war etwas früh, um Besucher zu empfangen, aber vielleicht war Hope ja ein Morgenmensch und begann ihren Tag gern früh.

Lord Coyle empfing uns in der Bibliothek, einem kleinen Raum mit Holzpaneelen und ledergebundenen Büchern. Seine Sammlung magischer Gegenstände wurde in einem noch kleineren Raum versteckt hinter einem der Regale aufbewahrt. Vielleicht war er gerade erst dort gewesen, denn er hatte kein Buch und keine Zeitung in der Hand. Er saß im einzigen Sessel, der am Kamin stand, wo ein kleines Feuer den Raum wärmte, und betrachtete uns unter den Schatten seiner dicken Augenbrauen hervor.

„Ich habe gerade erst an Sie beide gedacht", sagte er, während er den Butler hinauswinkte. Er bat den Butler nicht, Erfrischungen zu bringen, was bedeutete, dass Coyle nicht wollte, dass wir lang blieben. Es gab ohnehin keine Sitzplätze. Coyle saß auf dem einzigen Sessel. Es war kein Raum, der dazu geschaffen war, Gäste zu empfangen, oder auch nur still mit der Partnerin hier zu sitzen.

„Wieso das?", fragte Matt.

„Eines nach dem anderen. Weshalb sind Sie hier?"

„Um zu fragen, ob Sie einen Dieb zu Charbonneaus Haus geschickt haben, um ihn auszurauben."

Lord Coyles Lachen begann tief im Bauch und stieg auf in

seine Brust. Es schüttelte ihn, sodass sein ganzer Körper bebte und seine Backen wackelten. „Sehr erheiternd, Glass."

„Haben Sie es getan?", drängte ich.

„Um was genau zu stehlen? Ich habe bereits genug magisches Eisen in meiner Sammlung." Er deutete auf die Regale, wo eigentlich eine Geheimtür versteckt war, die in das Zimmer führte. „Hat Sie Charbonneau dazu angestiftet? Der Mann mag mich nicht, wissen Sie. Ich habe keine Ahnung, weshalb."

Die Tür zur Bibliothek öffnete sich. „Wer war da gerade ...?" Hope unterbrach sich, als sie uns sah. Eine sichtliche Veränderung ging über sie hinweg, wie eine Woge im Wasser. Ihre Züge strafften sich, und sie setzte sich ein Lächeln auf. Das war natürlich nur für Matt bestimmt. Ich bezweifelte, dass sie bessere Laune bekam, wenn sie mich sah. „Mein lieber Vetter und seine Frau, wie schön, euch beide zu sehen. Kommt doch mit in den Salon. In der Bibliothek liegt ein seltsamer Geruch, den die Dienstmädchen nicht ganz loswerden konnten."

„Die Glasses wollten gerade gehen", erklärte ihr Lord Coyle. „Sie haben ihre Sache vorgebracht, und ich schätze, sie haben nichts mehr weiter zu sagen, wenn ich Ihnen erzähle, dass sie den falschen Baum anbellen."

„Was für ein Baum wäre das, mein Gatte?"

„Ich habe keinen Dieb geschickt, um irgendwas von Charbonneau stehlen zu lassen."

Hope keuchte. „Er wurde beraubt? Wie schrecklich. Was haben die Diebe genommen?"

„Einen magischen Gegenstand", sagte Matt.

„Kein Wunder, dass ihr denkt, es wäre mein Mann gewesen. Aber ich kann euch versichern, er hat keinen Dieb geschickt, um Mr. Charbonneau zu bestehlen. Ihr solltet woanders nach eurem Schuldigen suchen."

„Und du weißt alles, was er weiß?", fragte ich. „Kennst jeden, den er trifft, darunter die Frau, die gerade aufgebrochen ist?"

Hopes Rückgrat versteifte sich. Also hatte ich recht. Sie war hereingekommen, um ihren Mann zu fragen, wer zu Besuch gekommen war.

Lord Coyle legte seine Hand auf ihre. „Komm, meine Liebe. Es gibt keinen Grund, eifersüchtig zu sein."

Hopes Zurückzucken war fast nicht wahrnehmbar, und ich fragte mich, ob es ihrem Mann auffiel. Sie zögerte einen winzigen Moment, bevor sie zu ihm ging.

„Sie war eine Magierin", erklärte er uns.

„Wer?", fragte ich.

„Niemand, den Sie kennen. Ich habe sie gebeten, für mich ein magisches Objekt zu berühren und zu bestätigen, ob es Magie enthält oder nicht."

„Das hätte ich für Sie tun können", sagte ich.

„Sie sind diejenige, die es mir gegeben hat, und es ist nur gerecht zu sagen, dass ich Ihnen nicht vertraue. Tatsächlich hätte ich nicht *gegeben* sagen sollen, ich meinte nämlich *verkauft*, und es war Glass, nicht Sie, der im Gegenzug um eine erhebliche Sache gebeten hat."

Mein Blut wurde eiskalt, mein Herz raste. Neben mir verlagerte Matt sein Gewicht auf das andere Bein.

„An Ihren Gesichtern kann ich ablesen, dass Ihnen klar ist, dass ich nun weiß, dass Sie mir einen einfachen Teppich verkauft haben, keinen magischen fliegenden." Er deutete auf den Teppich unter unseren Füßen. „Ich dachte mir schon, dass er zu klein sei, um derjenige zu sein, den wir an diesem Tag gesehen haben."

„Sie haben doch nicht erwartet, dass wir so etwas Wertvolles weitergeben." Matt stellte das nicht als Frage, also antwortete Lord Coyle auch nicht darauf.

Er saß nur da, hielt die Fingerspitzen seiner Frau, als hätte er es gerade noch geschafft, sie zu erwischen, bevor sie die Hand wegriss. „Sie haben mich hereingelegt, Glass."

„Fahren Sie fort", sagte Matt träge. „Als nächstes müssen Sie eine Drohung aussprechen. So laufen doch solche Wortwechsel."

Ich hätte ihn treten können, aber ich bezweifelte, dass er dann den Mund gehalten hätte. Matt würde sich Coyles Schärfe nicht beugen, genauso wenig wie Coyle uns mit dem Doppelspiel davonkommen lassen würde.

„Ich werde Sie nicht bedrohen", sagte Lord Coyle. „Nicht, wenn Sie mir den echten magischen Teppich übergeben."

„Er ging verloren", erklärte ich ihm. „Er ist auf einer Weide irgendwo in der Nähe von Brighton gelandet und seither verschwunden."

„Vielleicht hat ihn eine Kuh gefressen", sagte Matt, ohne seinen kalten Blick von Coyle zu lösen.

„Ich will diesen Teppich!"

Hope und ich fuhren beide zusammen, als Coyle brüllte. Coyles Griff verfestigte sich um ihre Finger.

Hope schluckte. „Du könntest den Spruch in einen anderen Teppich sprechen." Sie tippte mit dem Zeh auf den Teppich unter ihren Füßen. „Weshalb nicht in diesen? Mach es jetzt."

„Der Zauber wurde Fabian gestohlen, und ich habe ihn mir nicht eingeprägt", sagte ich.

Ihre Augen wurden groß. Sie drehte sich zu ihrem Mann um.

Er ließ ihre Hand los. „Ein anderer Teppich wird nicht genügen. Ich will das Original. Das habe ich gekauft."

„Weshalb spielt das eine Rolle?", fragte Hope. „Es wird immer noch einer von zwei fliegenden Teppichen sein, die es gibt."

„Es spielt eine Rolle!"

Ich fuhr wieder zusammen, aber diesmal schien Hope vorbereitet zu sein. Sie betrachtete ihn mit der überlegenen Art, die sie oft bei mir einsetzte. Ich fragte mich, ob es ihn genauso in Rage versetzte wie mich. Immerhin war sie nur auf ihrem hohen Podest, weil die Ehe mit ihm sie dorthin gestellt hatte.

„Es ist ja nichts passiert", sagte Matt. Seine Fröhlichkeit zog die ganze Aufmerksamkeit auf sich, wie es auch ein scharfer Gegenstand getan hätte, der über eine Schiefertafel gezogen wurde. „Kein Geld hat die Hände gewechselt, und wir haben unsere Bezahlung noch nicht eingetrieben. Was den Einbruch angeht …"

Coyle deutete auf die Tür. „Hinaus."

„Können wir uns zumindest Ihre Sammlung ansehen? Um sicherzugehen, natürlich."

Eine unerwartete Verbündete trat in der Form von Hope auf. „Das klingt nach einer guten Idee. Wir können das alles in einem Augenblick auflösen." An ihren Mann gewandt fügte sie an:

„Wir wollen doch nicht, dass sie dich für einen gemeinen Dieb halten."

Coyles Backen bekamen ein Eigenleben, als er Mühe hatte, das mit ihm durchgehende Temperament zu zügeln. Er scheiterte allerdings, und sein Gesicht nahm einen gefährlich purpurroten Farbton an. „Ich habe gesagt, hinaus!"

Die Tür öffnete sich, und der Butler und ein stämmiger Bediensteter standen dort.

Matt lächelte Coyle an. „Weshalb wollen Sie in dieser Sache nicht auf Ihre Frau hören? Wenn Sie möchten, dass wir Sie für unschuldig halten, sollten Sie einfach nur die Geheimtür öffnen."

„Mir ist es gleich, für was sie mich halten", stieß Coyle zwischen zusammengebissenen Zähnen hervor. Er wies mit der Hand auf den Butler. „Geleiten Sie Mr. und Mrs. Glass hinaus."

Der Butler bedeutete uns, dass wir die Bibliothek vor ihm verlassen sollten.

„Dann bringen Sie mir eine Zigarre", fuhr Lord Coyle ihn an.

Hope verzog das Gesicht. „Du hast mir versprochen, du wirst im Haus nicht mehr rauchen. Davon stinken die Möbel."

„Es ist mein verdammtes Haus, meine Möbel, und ich mag den Geruch."

„Das ist wohl das Ende dieser Liebesaffäre", sagte Matt, als der Butler die Eingangstür hinter uns schloss.

„Ich glaube nicht, dass Liebe viel mit ihrer Beziehung zu tun hat. Ganz gewiss nicht von ihrer Seite. Ihre Gründe, Coyle zu heiraten, waren ausschließlich von Gier getrieben."

Matt gab Woodall die Adresse, die Fabian uns als die von Mr. Trenthams Spielwarenladen gegeben hatte. Er hatte sie dem Spielzeugmacher bei Louisas Soiree entlockt. Sobald wir in der Kutsche saßen, schob Matt die Decke über meinen Schoß. Als die Pferde antrabten, rutschte ich vor, stieß mit der Stirn an sein Kinn. Er küsste die Stelle, seine warmen Lippen blieben einladend dort.

Aber mir war nicht nach Küssen. „Glaubst du, wir müssen uns Sorgen machen wegen Coyles Drohung?", fragte ich.

„Er hat uns nicht bedroht. Nicht wirklich."

Ich betrachtete ihn gleichmütig. „Du weißt, was ich meine.

Sollten wir uns Sorgen machen, dass er weiß, dass wir ihn hereingelegt haben?"

„Wir sollten uns immer Sorgen wegen Coyle machen."

Ich seufzte. Sorgen wegen Coyle, und was er tun würde, waren in letzter Zeit immer irgendwo in meinen Gedanken. Das Problem war, wir waren nicht ganz sicher, was er wollte. Geld schien das Offensichtliche zu sein, aber weshalb? Er hatte keinen Erben, denen er es hinterlassen könnte, außer Hope wurde schwanger. Vielleicht wollte er Macht, aber ich war mir nicht sicher, wie er sie durch die Sammlung magischer Objekte bekommen sollte. Durch die Sammlung von Informationen auf jeden Fall, und das hatte ihm gestattet, Menschen und Ereignisse zu manipulieren, wie es ihm gefiel, aber nicht durch magische Gegenstände.

„Ich frage mich, weshalb er nicht wollte, dass wir heute seine Sammlung sehen", sagte er.

„Vermutlich, weil ein Zauber drin ist."

„Ich schätze schon."

Nun lautete die Frage, wer hatte für ihn gestohlen? Falls es der Spielzeugmachermagier war, würde er es zugeben, um sich zu retten? Oder hatte Coyle irgendwelche belastenden Informationen über ihn, die ihn zum Lügen treiben würden, ganz gleich, wie es stand?

KAPITEL 4

*M*r. Trenthams Spielzeugladen an der High Holborn war ein hübsches Fantasieland für jedes Kind. Es war vollgestopft mit allem, wovon ein Mädchen oder ein Junge träumen könnte, von Babyrasseln bis hin zu ausgeklügelten Spielzeugeisenbahnsets. Ein mit vielen Einzelheiten ausgestattetes Puppenhaus mit Miniaturmöbeln rief mir einen Schreinermagier in Erinnerung, den wir kürzlich getroffen hatten. Es stand weit hinten im Laden neben einem lebensgroßen mittelalterlichen Ritter, komplett mit Helm, Kettenrüstung und Schild. Es gab auch Zinnsoldaten, die in Schlachtformation aufgestellt waren, Brettspiele, Schaukelpferde, Boote und eine Sammlung von Welpen, die unheimlich lebensecht wirkten.

Es war allerdings die Werkstatt hinten, die mich noch mehr erfreute. Über den Tresen verteilt, auf dem Schreibtisch und selbst auf dem Boden waren halbgebaute Spielzeuge, Farbtuben und Pinsel, und die inneren Mechanismen, die ähnlich wie die aussahen, die in Uhren zum Einsatz kamen. Die waren wohl für den trommelspielenden automatischen Affen, der am Ende der langen Werkbank aufgestellt war. Er sah aus, als würde er gleich mit lautem Knall seine Trommeln zusammenschlagen, wenn man nach seiner schelmischen Miene ging, als könne er es gar nicht erwarten, die Erwachsenen des Haushalts zu nerven, während er die Kinder erfreute.

Ich nahm das Holzbein eines Spielzeugsoldaten hoch, nur um es wieder abzulegen, als ich Zugwaggons sah, die aufgereiht waren, um bemalt zu werden. Sie waren auch aus Holz, mit einer Zugschnur, an der sie ein kleines Kind hinter sich her ziehen konnte. Ein Metallzug stand auf dem Schreibtisch. Er sah interessanter aus, und ich bückte mich, um ihn mir genauer anzusehen.

„Wie bewegt er sich?", fragte ich. „Kann ich hinein sehen, um zu erkennen, wie er funktioniert?"

Mr. Trentham lachte leise. Seine Frau, die vorne im Laden bediente, hatte uns zur Werkstatt ihres Mannes durchgelotst, bevor sie uns in Ruhe gelassen hatte. Wir hatten noch nicht gesagt, weshalb wir hier waren.

„Da kommt ein einfacher Aufzieh-Mechanismus zum Einsatz." Mr. Trentham hielt einen Schlüssel hoch und schob ihn in ein Schloss vorne an der Lok. „Wie bei einer Uhr."

„Kein Wunder, dass mich das angezogen hat."

Er räumte etwas Platz auf der Werkbank frei und stellte die Lok an ein Ende. Er drehte am Schlüssel, und die Lok surrte, dann bewegte sie sich zwei Meter vor, bevor sie zum Stillstand kam.

„Wunderbar", sagte ich, schaffte es erfolgreich, die Enttäuschung aus meiner Stimme fernzuhalten.

„Das ist ohne Magie." Mr. Trentham kehrte zu der Lok am Ende der Werkbank zurück und sprach dann einen Zauber, der ganz ähnlich klang wie Fabians Zauber zum Bewegen von Eisen. Er drehte am Schlüssel, ließ ihn los, und die Lok schoss vor. Sie verlor auf etwa halbem Weg über den Tresen an Kraft und blieb stehen, bevor sie am Ende herunterfiel.

Ich applaudierte, obwohl ich immer noch irgendwie enttäuscht war. Der Tresen war nur etwa fünf Meter lang.

Mr. Trentham schaute mich verlegen an. „Ich fürchte, das war es. Der Zauber funktioniert nur für eine einmalige Anwendung."

„Es ist trotzdem magisch, Mr. Trentham, und jede Magie ist wunderbar."

„Sie sind so freundlich. Ich weiß, dass es nicht viel ist. Meine Magie ist … nicht das, was sie sein sollte."

„Mr. Charbonneau hat mir erzählt, Sie glauben, Sie wären mit einem Fluch belegt worden, Sie und ihre Magie", sagte ich.

Er nahm die Lok hoch und musterte sie mit einem Seufzen. „Ein rivalisierender magischer Spielzeugmacher, Nicholas Mirnov, hat mir den Fluch vor ein paar Jahren auferlegt. Vor dem Fluch wäre dieser Zug direkt von der Werkbank gefahren und sanft auf dem Boden gelandet. Inzwischen kann er nicht mal mehr das Ende erreichen, sondern würde auch noch kaputt gehen, wenn er hinunterfällt."

„Ihr Zauber konnte den Flug lenken?"

„Ich habe die Geschwindigkeit und die Richtung mit den Gedanken gelenkt. Ich musste mich sehr stark konzentrieren, aber es ist fast immer gelungen. Jetzt ist meine Magie nur noch ein Schatten dessen, was sie einst war."

Es ähnelte sehr der Art, wie ich den Teppich hatte fliegen lassen, also wusste ich, dass er wohl die Wahrheit sagte. „Erzählen Sie mir von Nicholas Mirnov."

„Trotz des ausländisch klingenden Namens ist er Engländer. Er verkauft Spielzeug in einem Karren, den er durch die ärmeren Straßen von Bethnal Green schiebt." Er verzog das Gesicht. „Er ist befreundet mit den Ausländern in dieser Gegend, und stammt von Roma ab, glaube ich. Dreckige, langfingrige Diebe, das ganze Pack."

„Weshalb hat er Sie verflucht?"

„Nicht er war es, sondern seine Frau, aber sie hat es auf sein Drängen hin getan, da bin ich sicher. Sie ist eine reinblütige Romni. Ihre Familie sind Fahrende, die in ihren Wagen und Zelten leben, aber sie und Mirnov haben sich in London nieder-gelassen, als sie geheiratet haben."

„Sie scheinen ihn ganz gut zu kennen."

„Wir sind beide Mitglieder der Spielzeugmachergilde. Ich habe ihn sofort als Magier erkannt, als ich eines seiner Spiel-zeuge berührt und seine Hitze gespürt habe. Ich dachte, wir könnten uns anfreunden, aber ..." Er schüttelte den Kopf. „Er sah in mir einen Rivalen. Er wollte der beste Spielzeugmacher-magier in London sein, ohne einen, der ihm gleichkam. Daher der Fluch."

„Und doch verkauft er Spielzeuge von einem Karren",

erklärte ich. „Wohingegen Sie diesen wunderbaren Laden besitzen."

„Er will von der Gilde nicht entdeckt werden, aber ich vermute, dass er Pläne hat, etwas Wunderbares zu bauen, etwas Konkurrenzloses, und er sich Sorgen macht, dass ich ihm damit zuvorkomme. Oder er hat sich Sorgen gemacht, vor dem Fluch." Er warf einen verlorenen Blick auf die Lok.

Aus dem Augenwinkel sah ich, wie Matt Sachen vom Schreibtisch nahm, sie hochhob und ablegte, ohne sie richtig anzusehen. Er wartete darauf, dass ich fertig wurde, bevor er seine eigenen Fragen stellte. In Anbetracht der Tatsache, dass meine Fragen nichts mit unserer Aufgabe zu tun hatten und eher dazu dienten, meine Neugier über Flüche zu befriedigen, beschloss ich, meine Befragung einzustellen und ihn übernehmen zu lassen.

„Wir müssen Ihnen ein paar Fragen stellen, Mr. Trentham", sagte ich.

„Es ist mir eine Ehre." Er kämpfte gegen ein Lächeln an. „Meine Magie ist nichts im Vergleich zu Ihrer, Mrs. Glass. Ich hoffe, ich werde zu Ihrer Zufriedenheit antworten. Was möchten Sie wissen?"

Plötzlich hatte ich Bedenken wegen allem, was wir hier taten. Fabians Instinkte hatten uns hergeschickt, keine richtigen Beweise. Mr. Trentham einen Diebstahl vorzuwerfen, schien irgendwie voreilig, wenn man unsere fehlenden Beweise bedachte.

Matt hatte allerdings keine solchen Bedenken. „Wo waren Sie gestern Nacht nach Lady Hollingbrokes Soiree?"

Die Frage überraschte Mr. Trentham. „Warum?"

„Mr. Charbonneau wurde ausgeraubt."

Mr. Trentham keuchte. „Das ist schrecklich. Aber … Sie verdächtigen mich?"

„Wir fragen alle, wo sie letzte Nacht gewesen sind", sagte ich rasch.

„Alle?"

„Alle mit einem Interesse an Magie."

„Wurde eines seiner magischen Artefakte gestohlen?"

Weder Matt noch ich antworteten. Mr. Trenthams Blick

huschte von mir zu Matt und dann wieder zurück. Da ich den Blick abwenden musste, damit ich nicht zu viel verriet, hob ich den automatischen Affen auf.

„War es etwas Besonderes?", drängte Mr. Trentham. „Vielleicht etwas, an dem Mr. Charbonneau mit Ihnen gearbeitet hat, Mrs. Glass? Vielleicht ein neuer Zauber?"

„Was für ein Zauber?", knurrte Matt.

„Das ist jetzt genug spekuliert", sagte ich schnippisch. Dieser Tonfall galt sowohl ihm als auch Mr. Trentham. Matt wusste wissen, dass Mr. Trentham nur riet, und weder Fabian noch ich hatten unsere Flugzauber bei der Soiree vor ihm erwähnt.

Mr. Trentham hob die Hände. „Unter Magiern ist es ein offenes Geheimnis, dass Sie daran gearbeitet haben, neue Zauber zu schöpfen. Viele argwöhnen, dass Sie bereits einen erschaffen haben, bevor Sie Ihre Experimente eingestellt haben. Und da ich gestern Abend darüber eine große Menge Fragen gestellt habe, vermutet Mr. Charbonneau, dass ich den Diebstahl begangen habe. Das erklärt, weshalb Sie heute hier sind." Als Matt nickte, setzte sich Mr. Trentham schwer auf den Hocker an der Werkbank. „Ich kann Ihnen versichern, ich war es nicht. Ich bin kein Dieb."

„Dann wird es Ihnen sicher nichts ausmachen, eine Frage zu beantworten", sagte Matt. „Wo waren Sie gestern Nacht?"

Mr. Trentham öffnete den Deckel eines Farbtöpfchens. Er nahm einen Pinsel in eine Hand und einen Waggon in die andere. „Zu Hause, oben."

„Ihre Frau wird das bestätigen?"

Mr. Trenthams Hand bebte. „Natürlich."

Matt öffnete die Tür, die zum Laden führte, und wartete, während Mrs. Trentham eine Frau und ihren kleinen Sohn fertig bediente. Sobald die Kundin bezahlt hatte, kam Mrs. Trentham hinter dem Tresen hervor und beugte sich zu dem Jungen hinab.

„Jetzt können Sie losziehen, General", sagte sie und reichte dem Jungen eine Kiste, auf deren Deckel eine Schlachtszene gemalt war.

Sein Gesicht leuchtete, als er sie entgegennahm.

„Jetzt denk daran, dass du jeden Tag mit den Soldaten spielst, oder sie werden einsam. Und sei streng", sagte sie mit gespielter

Nüchternheit. „Sie brauchen einen starken Kommandanten, aber einen, der auch Verständnis hat. Können Sie dieser Kommandant sein, General?"

„Ja, Ma'am. Das werde ich, und ich verspreche, jeden Tag mit ihnen zu spielen."

Sie richtete sich auf und salutierte vor ihm. Er erwiderte den Salut, ließ die Kiste beinahe fallen.

Matt wartete, bis die Kunden gegangen waren, bevor er Mrs. Trentham bat, sich uns anzuschließen.

Sie war mindestens zehn Jahre jünger als ihr Mann, mit einer milchweißen Gesichtsfarbe, rosigen Wangen und blauen Augen. Matt erzählte Mrs. Trentham von dem Diebstahl, danach fragte er sie betont, ob ihr Mann nach der Soiree nach Hause zurückgekehrt war.

„Danach? Ja, natürlich." Sie klang erleichtert.

„Direkt danach?", drängte Matt.

Sie zögerte und warf einen Blick zu ihrem Mann. Er nickte ihr kaum wahrnehmbar zu. „Ja."

„Ich bin kein Narr." Matt richtete sich an sie beide, sein Tonfall war nicht unfreundlich, obwohl ich schon gehört hatte, wie er während Verhören eisiger wurde. „Mr. Trentham, verlassen Sie das Zimmer."

„Nein! Das ist meine Werkstatt. Sie können gehen." Er richtete sich auf, aber er war viel kleiner als Matt und überhaupt nicht gebieterisch.

Matt regte sich nicht.

Mrs. Trentham legte ihrem Mann eine Hand auf den Arm, bevor sie sie sinken ließ. Sie nahm eine Puppe von einem Regal und strich ihr übers Haar. „Wir sollten Ihnen die Wahrheit sagen. Es beweist, dass du nicht unterwegs warst, um einen Diebstahl zu begehen, darum glaube ich, wir müssen es tun."

Mr. Trentham warf einen Blick auf mich und schluckte. „Bitte denken Sie nicht schlecht von mir, Mrs. Glass."

Deshalb hatte er gelogen? Weil er sich Sorgen machte, was ich von ihm hielt? Wie merkwürdig. „Ich werde Sie nicht verurteilen. Nicht, wenn Sie die Wahrheit sagen."

Er stieß einen Atemzug aus. „Ich war den Großteil der Nacht

über bei der Spielzeugmachergilde. Ich bin heute Vormittag bei Morgendämmerung heimgekommen."

„Sie waren die ganze Nacht dort?", fragte Matt. „Und haben was getan?"

„Karten gespielt, getrunken, geraucht." Er biss sich auf die Lippe, während er mich durch seine Wimpern hindurch ansah. „Ich setze niemals mehr, als ich mir zu verlieren leisten kann. Es ist nur eine unschuldige Art, einen Abend mit Freunden zu verbringen. Meiner Frau macht es nichts aus, oder, meine Liebe?"

Sie lächelte. „Es ist ein Abend für ihn. Das nehme ich ihm nicht übel. Wir haben noch keine Kinder, also ist es mir nicht wichtig, ob er mit Freunden beim Kartenspiel hin und wieder ein bisschen wettet. Es ist harmlos."

„Weshalb haben Sie es nicht zugegeben, als ich Ihnen die Frage zum ersten Mal gestellt habe?", fragte Matt.

Mr. Trentham wurde rot. „Ihre Frau ist eine Art Idol für mich, Sir. Ich wollte nicht, dass sie mich für einen schlechten Mann hält."

„Die einzige Person, um deren Meinung Sie sich Sorgen machen sollten, ist Ihre Frau." Matt hielt mir seinen Ellbogen hin, damit ich ihn ergriff. „Wir werden das bei der Gilde nachverfolgen."

„Natürlich. Der Dieb muss erwischt werden." Er runzelte die Stirn. „Weshalb ermittelt die Polizei nicht?"

„Wegen der magischen Art des Verbrechens binden wird die Polizei derzeit noch nicht ein. Aber das werden wir, wenn jemand festgenommen werden muss."

„Gut, gut." Mr. Trentham strich mit den Fingern über die Oberseite des Eisenbahnwaggons. Er atmete tief ein, ließ sich ohne Zweifel von dem Spielzeug trösten, so wie es mir ging, wenn ich eine Uhr berührte. „Sie sollten bei Nicholas Mirnov ermitteln. Falls jemand einen von Mrs. Glass' Zaubern für sich haben wollen würde, dann bestimmt doch er."

„Mr. Trentham!", tadelte seine Frau. „Du kannst ihm doch nicht alles vorwerfen."

„Nicht alles, nur dieses Verbrechen. Er hat vermutlich von der Arbeit von Mrs. Glass und Mr. Charbonneau gehört, wie viele andere Magier, und angenommen, dass tatsächlich ein Zauber geschaffen wurde. Der Mann stammt doch von Dieben ab, also ist es nicht weit hergeholt, anzunehmen, dass er in Mr. Charbonneaus Haus eingebrochen ist. Wenn ich Sie wäre, würde ich mir den Mann ansehen."

Mrs. Trentham warf einen vernichtenden Blick auf ihren Mann, und er zuckte im Gegenzug nur mit den Schultern. Sie war es, die uns durch den Laden zur Tür brachte und uns die Gelegenheit gab, ihr Fragen zu stellen, ohne dass ihr Mann dabei war.

„Was halten Sie davon, dass Mr. Mirnov der Dieb sein könnte?", fragte ich sie. „Wie ist er denn?"

„Das weiß ich nicht. Ich bin ihm nie begegnet."

„Ach?"

„Mr. Trentham und ich sind gerade erst zwei Jahre verheiratet. Der Fluch wurde schon etliche Jahre zuvor auf meinen Mann gesprochen, und es lässt sich mit Sicherheit sagen, dass sie seither miteinander nicht viel zu tun hatten, bis auf ein paar Gildentreffen."

„Die Gilde weiß nicht, dass einer von ihnen ein Magier ist?"

„Du meine Güte, nein. Keiner von ihnen dürfte ihre Spielzeuge verkaufen, wenn das bekannt wäre. Ich weiß nichts über Mr. Mirnov, aber mein Mann hält seine Magie gut versteckt. Tatsächlich setzt er sie kaum je ein."

Wir dankten ihr und stiegen in unsere wartende Kutsche. Matt schickte Woodall los, um uns nach Hause zu bringen, anstatt zum Gildensaal der Spielzeugmacher. Er wollte erst mit Duke reden.

„Ich bin sicher, Mr. Trenthams Alibi ist solide", sagte ich, während die Kutsche ruckelnd anfuhr. „Er wirkte nicht sonderlich besorgt darüber, es uns zu erzählen, nachdem er über seine Verlegenheit hinweggekommen war."

Matt lächelte mich ironisch an. „Wie seltsam, dass er sich Sorgen gemacht hat, du würdest weniger von ihm halten, weil er die ganze Nacht wegbleibt, trinkt und spielt."

„Er kann ja nicht wissen, dass ich daran gewöhnt bin."

„Ich glaube, Mr. Trentham ist ein bisschen in dich verliebt."

Ich lachte. „Sei doch nicht albern."

Er knurrte, aber er lächelte immer noch.

„Was hältst du davon, dass er den Diebstahl Mr. Mirnov vorwirft?", fragte ich.

„Einem Mann, der zufällig sein Rivale ist, und von dem er behauptet, er hätte ihn mit einem Fluch belegt? Das ist sehr verdächtig."

„Du glaubst immer noch nicht an Flüche, oder?"

„Ich bin zwiegespalten."

Ich war auch nicht ganz sicher, dass ich es glaubte, aber Mr. Trentham tat das auf jeden Fall. „Abgesehen von seiner raschen Schuldzuweisung können wir leicht herausfinden, ob Mr. Trentham wegen seines Aufenthaltsorts letzte Nacht gelogen hat."

„Sehr wohl. Wir werden die Gilde heute Nachmittag aufsuchen, und dann können wir uns auf die Suche nach Mirnov machen."

„Glaubst du, an Mr. Trenthams Anschuldigung ist etwas dran?"

„Ganz und gar nicht, aber ich bin schrecklich neugierig wegen des Fluchs."

* * *

Nachdem wir Duke angewiesen hatten, Jane zu befragen, machten Matt und ich uns wieder zur Gilde der Spielzeugmacher auf. Hineingequetscht zwischen modernere, höhere Gebäude, wirkte der schmale, halb aus der Tudor-Zeit stammende Holzbau in einer Gasse in der Nähe von St Paul's wie die Schöpfung eines der kleinen Kunden ihrer Mitglieder. Jedes Stockwerk war ein bisschen schiefer als das darunter, sodass das ganze Gebäude einem Stapel Blöcke glich. Der Effekt war ziemlich einnehmend.

Ein Türsteher mit weißem Schnurrbart antwortete auf Matts Klopfen und lud uns mit einem freundlichen Lächeln nach drinnen ein. Er war in eine scharlachrote Tunika eines Rotrocksoldaten gekleidet, komplett mit einem Dreispitz. In dieser Livree sah er aus wie ein Spielzeugsoldat, was vermutlich auch Absicht war.

„Mein Name ist Matthew Glass, und dass ist meine Frau India", sagte Matt. „Würden Sie …"

„Glass? Mrs. India Glass?" Der Türsteher begutachtete mich gründlich. „Sie sehen nicht aus wie eine Magierin."

Matt spannte sich an, und ich hielt es für am besten, etwas zu sagen, bevor er sich schneidend äußerte, sodass der Kerl in eine wenig hilfreiche Laune versetzt wurde.

„Magierinnen gibt es in allen Formen und Größen", sagte ich. „Nur sehr wenige von uns haben Stäbe dabei oder Warzen im Gesicht."

Die Schnurrhaare des Türstehers zuckten bei seinem flüchtigen Lächeln. „Man hat mir gesagt, ich solle Sie nicht hereinlassen."

„Weshalb? Machen sie sich Sorgen, dass ich sie in einen Frosch verwandle?"

„Der Gildemeister sagt, Sie sind eine Gefahr für den Zusammenhalt der Gilde und ihre Mitglieder, und falls Sie zufällig vorbeikommen, soll man Sie abweisen."

„Was glaubt er denn, was ich tun würde?" Ich stellte die Frage eher an Matt als an den Türsteher. Keiner von ihnen hatte allerdings eine Antwort für mich.

Matt wühlte einige Münzen aus seiner Tasche hervor. „Sie wirken wie ein vernünftiger Kerl, der nicht einfach von der Klippe springen würde, nur weil sein Arbeitgeber ihm das aufträgt. Wir haben ein paar Fragen über eines ihrer Mitglieder. Die Antwort darauf wird Ihnen keine Schwierigkeiten machen. Niemand sonst in der Gilde wird auch nur erfahren, dass wir hier waren, um sie zu stellen."

„Wir müssen keinen Fuß hinein setzen", fügte ich an.

Der Türsteher zögerte, bevor er die Münzen annahm. „Antworten auf ein paar Fragen haben noch nie jemandem geschadet."

„Ist Mr. Trentham hier Mitglied?"

„Sehr wohl."

„War er gestern Abend hier?"

„Sehr wohl." Er deutete oben auf die Treppe hinter sich. „Er war im Saal bei den anderen, von etwa elf Uhr bis sechs Uhr früh."

„Sind Sie da sicher?"

„Ich hatte gestern Abend an der Tür Dienst, wie es immer der Fall ist, wenn sie einmal im Monat ihre geselligen Zusammenkünfte haben. Niemand kommt hinein oder hinaus, ohne dass ich es sehe." Er wippte auf den Fersen zurück, ziemlich zufrieden mit sich. „Mr. Trentham kam spät und war einer der letzten, der heute Vormittag aufbrach." Er deutete auf einen offenen Ordner auf dem kleinen Schreibtisch in der Nähe der Tür. „Sie können nachsehen, wenn Sie möchten, aber mein Gedächtnis ist hervorragend."

Matt bat ihn trotzdem, nachzusehen. Das tat er und zeigte uns den einzigen Eintrag für Mr. Trentham. Dort stand, dass er um 22:54 Uhr angekommen und um 6:07 Uhr aufgebrochen war.

„Sie halten die Zeit sehr präzise fest", sagte ich ihm. „Danke für Ihre Hilfe."

Er schloss den Ordner. „Das war alles?"

„Ja."

„Das war leichter, als ich erwartet hatte."

„Meine Froschzauber hebe ich mir fürs Wochenende auf."

Der Türsteher lachte leise. Er berührte seine Hutkrempe und nickte mir zu. „Sie sind nicht so aufsässig, wie Mr. Abercrombie Sie beschrieben hat."

„Abercrombie!", riefen sowohl Matt als auch ich.

„War er derjenige, der Ihren Gildemeister gewarnt hat, nicht mit meiner Frau zu reden?", fragte Matt.

Der Türsteher wirkte, als würde er es bedauern, den Namen des ehemaligen Gildemeisters der Uhrmacher erwähnt zu haben. „Ich, äh, würde das lieber nicht sagen."

Mr. Abercrombie war der Fluch meines Daseins gewesen, bevor die Gilde ihn als ihren Meister abgesetzt hatte. Er hatte versucht, meinen Eintritt in die Gilde zu verhindern, als ich für meinen Vater gearbeitet hatte, und das war noch gewesen, bevor jemand gewusst hatte, dass ich eine Magierin war. Er hatte es allerdings lange, bevor ich mir über die Familiengeschichte bewusst geworden war, geahnt.

Seither war er gezwungen worden, als Gildemeister den Rückzug anzutreten, und er war fast aus meinem Leben verschwunden, nur kürzlich war er wieder aufgetaucht, als wir erfahren hatten, er hätte Mrs. Mason über die Beziehung von Cyclops und Catherine in Kenntnis gesetzt.

Es schien, als würde er auch immer noch die Leute vor mir warnen; besonders die anderen Meister der Handwerkergilden. Der einzige Grund, der mir dafür einfallen wollte, war, dass er versuchte, unsere Ermittlungen zu behindern. Zum Glück gelang das nicht.

Wir dankten dem Türsteher und brachen auf. Woodall hatte bereits seine Anweisungen, und wir fuhren sofort ab, als die Kutschtür sich schloss. Wir hatten schon vorhin entschieden, dass wir bei der Spielzeugmachergilde nicht nach Nicholas Mirnov fragen würden, und ich war inzwischen doppelt froh, dass wir es nicht getan hatten. Indem wir uns nach Mr. Trentham erkundigt hatten, hatten wir seinen Namen mit meinem in Verbindung gebracht. Falls die Nachricht an die Mitglieder weitergetragen wurde, dass ich mich nach ihm erkundigt hatte, vermuteten sie vielleicht, dass er ein Magier war, und das würde zu allen möglichen Problemen für ihn führen. Ich fühlte mich schlecht, dass ich einem Mann etwas angelastet hatte; noch schlimmer hätte ich mich gefühlt, wenn es zwei wären.

„Verdammter Abercrombie", knurrte Matt.

Ich legte meine Hand über seine geballte Faust, die auf seinem Oberschenkel ruhte. „Mach dir keine Sorgen seinetwegen. Seine Versuche, meinen Namen anzuschwärzen, haben zu nichts geführt. Diesem Türsteher war es völlig gleich, und ich vermute, den anderen wohl auch."

Er öffnete seine Faust und drehte die Hand um, um meine zu nehmen. „Du hast recht."

„Ich frage mich, ob seine Reaktion ein Hinweis darauf ist, wie die breitere Öffentlichkeit auf Magie reagieren würde."

„Er ist nur einer, India. Ich würde dein Leben nicht auf seine Reaktion setzen."

Genauso wenig ich. Aber es war trotzdem zufriedenstellend.

* * *

WOODALL BRACHTE uns durch die Straßen von Bethnal Green zur Brick Lane, konnte aber nicht dort weiterfahren. Der schmale

Weg wurde sogar noch schmaler wegen der vielen Essensstände und Karren, die vor den Läden aufgestellt waren. Eine Schar Fußgänger bewegte sich dazwischen, die Dinge in ihre Körbe legte oder stehen blieb, um mit Nachbarn zu reden. Verkäufer brüllten, jeder versuchte, sich über die anderen hinweg Gehör zu verschaffen. Sie beobachteten Matt und mich mit offener Neugier, während wir aus der Kutsche stiegen, sodass ich mir in meinem burgunderroten samtgesäumten Mantel mit passendem Hut auffällig vorkam. Wir waren eine Ausnahmeerscheinung in unserem eleganten Gefährt und den feinen Kleidern, in einer Gegend, in der die Bewohner nur eine Stufe entfernt von der Grube der Armut waren.

Wir waren darauf vorbereitet, so viele Budenbesitzer wie nötig zu fragen, ob sie wussten, wo wir Mr. Mirnov fanden, doch der erste Straßenhändler, den wir fragten, lotste uns zum Ende der Brick Lane. Dort sahen wir den Spielzeugmacher, die Seite seines Karrens geöffnet, und seine Spielzeuge für etwa ein Dutzend kleine Kinder ausgelegt, die damit spielen konnten, während sie darauf warteten, dass ihre Mütter fertig einkauften.

„Dieser Karren ist sehr viel größer, als ich erwartet habe", sagte Matt.

Er war so groß wie die Kabine unserer Kutsche, und in leuchtenden roten, gelben, blauen und grünen Farben mit dicken Buchstaben bemalt. Die Seiten wurden herabgeklappt, um Bänke zu bilden, allerdings war nur eine Seite so aufgestellt. Die Spielzeuge ähnelten denen in Mr. Trenthams Laden, und die Kinder freuten sich daran, mit ihnen zu spielen.

Ein Mann war in der Hocke, um einem kleinen Jungen zu zeigen, wie man einen Spielzeug-Hofnarren aufzog. Die Finger des Jungen hatten Schwierigkeiten mit dem Mechanismus, aber schließlich schaffte er es mit Ermutigung des Mannes. Als er ihn auf dem Bürgersteig abstellte und der Hofnarr in die Hände klatschte, quietschte der Junge vor Freude und klatschte mit.

„Mr. Mirnov?", fragte Matt.

Der Mann erhob sich. Er war so hochgewachsen wie Matt, aber ganz dünn, mit einem dicken schwarzen Schnurrbart und einem schmalen, scharfkantigen Gesicht. Er trug einen langen Mantel, der ihm bis zu den Schienbeinen reichte, und eine verblasste Kappe, die tief über die Stirn gezogen war. Den Jungen hatte er angelächelt, doch das Lächeln verschwand, als er uns sah.

„Wer sind Sie, und was wollen Sie?", fragte er.

Matt stellte uns vor, erwähnte, dass Mr. Trentham uns seinen Namen gegeben hatte. Er zeigte kein Zeichen des Erkennens, als er meinen hörte, doch bei dem von Trentham zog er die Augenbrauen heftig zusammen. „Wessen beschuldigt er mich denn jetzt?"

„Des Diebstahls."

Mr. Mirnov wedelte mit der Hand in der Luft, als würde er diese Unterstellung verscheuchen wollen. „Wieso sollte ich ihn bestehlen? Seine Spielzeuge sind gewöhnlich. Meine sind besser."

Matt trat einen Schritt näher und schaute sich um, um sicherzustellen, dass niemand nahe genug war, um mitzuhören. „Ein Zauber wurde aus dem Haus von Mr. Charbonneau entwendet. Kennen Sie ihn?"

„Nein." Er runzelte die Stirn. „Geht es um Magie?"

Ich war erfreut, zu sehen, dass er das Wort flüsterte, und Matt wirkte auch erleichtert.

Mr. Mirnov wackelte mit dem Finger in Matts Richtung. „Jetzt verstehe ich. Trentham hat den Zauber gestohlen, um seine Magie zu stärken, und wenn der Verdacht auf ihn fällt, legt er es mir zulasten. Er ist eifersüchtig auf mich. Ihm würde gefallen, wenn ich ins Gefängnis gehe, damit er der beste Spielzeugmacher in London werden kann. Er verabscheut es, dass ich der beste bin. Er verabscheut es!"

„Er sagt, Sie hätten ihn mit einem Fluch belegt", fuhr Matt fort.

Mr. Mirnov stieß ein wenig erheitertes Lachen aus. „Glauben Sie das?"

„Also hat Ihre Frau ihn nicht verflucht?"

Mr. Mirnov zuckte mit den Schultern. „Vielleicht hat sie das. Sie war eine Romni, und die Roma glauben, dass sie Leute verfluchen können, aber ich bin mir da nicht sicher. Ich bin nur Halbrom mütterlicherseits, daher bin ich niemals in ihre Kultur eingetaucht."

„Sie sagten, Ihre Frau *war* eine Romni", hakte ich nach.

„Sie ist vor drei Monaten gestorben."

„Mein Beileid."

Er musterte einen Augenblick lang die Spielzeuge im Karren, bevor er sich wieder an mich wandte. „Trentham sollte bei seinem mangelnden Talent nachsehen, und nicht einen Fluch für seine schlechte Arbeit verantwortlich machen."

„Tatsächlich ist seine Arbeit ziemlich gut", sagte ich. „Seine Spielzeuge sind wunderbar."

Er deutete auf seinen Karren voller Spielzeuge und Spiele. „Meine sind besser. Meine Automaten gehen länger, die Kreisel drehen sich länger. Kinder lieben sie. Sehen Sie sich ihre glücklichen Gesichter an."

Das Kind, das auf dem Boden saß, hatte wieder Mühe mit dem Spielzeug-Narren, darum bückte ich mich und zog ihn für es auf. Es kicherte und klatschte und wackelte auf dem Bürgersteig mit.

Die magische Wärme des Spielzeugs war so stark gewesen, dass ich sie durch die Handschuhe gespürt hatte.

Ich stand auf und musterte die anderen Spielzeuge im Karren. Selbst bei einer leichten Berührung spürte ich ihre Wärme. Sie war in ihnen allen. Keinem einzigen Kreisel, Holzsoldaten, Sprungseil oder Kastenteufel mangelte es an Magie.

„War Ihre Frau auch eine Magierin?", fragte Matt.

„Nein."

„Weshalb sollte sie Mr. Trentham verfluchen?"

„Ich habe nicht gesagt, dass sie das getan hat. Das waren Sie." Mr. Mirnov grinste, sodass schiefe braune Zähne zum Vorschein kamen.

„Haben Sie Ihre Frau gebeten, ihn mit einem Fluch zu belegen?"

„Nein."

„Ich würde gern mehr über Flüche erfahren", sagte Matt, sein Tonfall wurde gesprächig. Er klang aufrichtig interessiert. „Wissen Sie jemanden, der mir etwas beibringen kann?"

„Jeder Roma kann Ihnen erzählen, was Sie wissen müssen, aber das bedeutet nicht, dass sie das auch tun. Rechnen Sie damit, für die Informationen zu bezahlen."

„Wo finde ich denn die Roma zu dieser Jahreszeit?"

Mr. Mirnov nahm einen kleinen mechanischen Trommler von einem Karren und zog ihn auf. „Hier und dort." Er ging in die Hocke und stellte den Trommler neben das Kind und lächelte, als der Junge vor Freude quietschte, während die Schlegel auf die Trommel trafen.

„Lagern sie über den Winter in London?", drängte Matt.

„Für gewöhnlich nicht."

Ich wollte ihm schon danken und aufbrechen, aber Matt zögerte. Ein leichtes Stirnrunzeln trat auf sein Gesicht. Er hatte etwas in Mr. Mirnovs Antworten gefunden, was ihn störte.

„Kommen Sie schon", drängte Matt. „Es gibt eine Gruppe, die hier lagert, oder nicht? Eine, die normalerweise zu dieser Jahreszeit anderswo wäre?"

Mr. Mirnov stand auf und beobachtete weiterhin das Kind mit dem Spielzeugtrommler.

„Es ist bestimmt die Familie Ihrer Frau. Liege ich richtig, wenn ich glaube, dass Sie keinen Kontakt zu anderen Roma haben?"

„Ich habe auch keinen Kontakt zu ihrer Familie. Nicht mehr. Sie sind wahnsinnig. Glauben Sie nicht alles, was sie Ihnen sagen."

Matt dankte ihm, und wir brachen auf. Sein entschlossener Schritt öffnete einen Pfad durch den dicht bevölkerten Markt zu unserer Kutsche. Ich raffte meine Röcke und eilte ihm nach.

„Warum hast du ihn nicht wegen des Standorts bedrängt?", fragte ich, während er mir die Tür aufhielt. „Bist du nicht mehr interessiert, mehr über Flüche zu erfahren?"

„Nicht gleich jetzt. Wir müssen erst den Zauberdieb finden." Seine Augen funkelten, während er mir in die Kutsche half. „Aber ich musste nicht fragen, wo wir sie finden. Ich kann einfach Brockwell fragen. Er wird wissen, wo man die einzige Romagruppe findet, die in diesem Winter in London lagert."

„Sehr schlau. Aber du hast recht. Flüche müssen warten. Erst kommt die Magie." Ich schob meinen Rock zur Seite, damit er sich neben mich setzen konnte. „Weshalb hast du so ein großes Interesse? Gibt es jemanden, den du verfluchen möchtest?"

„Man weiß ja nie, wann das praktisch sein könnte. Außerdem

brauche ich eine besondere Kraft, um mit dir mitzuhalten." Er küsste mich auf die Wange.

„Du hast doch bereits eine besondere Kraft, die ist besser als Magie. Du weißt, wie man das Beste aus Leuten herausholt, wie man mit ihnen redet und ihr Vertrauen gewinnt, damit sie tun, was du möchtest."

Er knurrte. „Nicht immer."

„Du weißt auch, wie man mit Willie umspringt. Das ist doch schon mal an sich ein monumentales Talent."

Er lachte leise. „Also gut. Du gewinnst. Aber ich will trotzdem noch mehr über Flüche erfahren."

KAPITEL 5

Beim Frühstück war Willie nervös. Sie schaute immer wieder auf die Uhr oder zur Tür und nahm ihr Essen fast nicht wahr. Es waren nur wir drei, die am Tisch saßen – sie, Matt und ich. Es war zu früh für Tante Letitia, Cyclops war bereits zu seiner polizeilichen Ausbildung aufgebrochen, und Duke war die ganze Nacht nicht nach Hause gekommen. Ich vermutete, letzteres verstörte Willie.

„Bist du gestern Abend mit Lord Farnsworth ausgegangen?", fragte ich sie.

„Nein. Ich habe mich mit Jasper getroffen."

„Brockwell? Wie schön. Wie geht es ihm?"

„Gut."

Bristow trat ein, hatte eine Kanne Kaffee dabei. Willie schnalzte mit der Zunge, als ihr klar wurde, dass er es war, und stand auf, um sich eine Tasse am Buffet einzuschenken, wo der Butler ihn abgestellt hatte.

Matt hielt ihr seine Tasse hin. „Danke, Willie", sagte er hinter der Zeitung hervor. Ich hatte mich schon gefragt, ob ihm aufgefallen war, wie abgelenkt sie heute Vormittag war und ob er sie ignorierte, oder ob die Zeitung, die er zur Hand genommen hatte, seine ganze Aufmerksamkeit beanspruchte.

„Stimmt etwas nicht?", fragte ich Willie, nachdem sie sich wieder hingesetzt hatte, die Kaffeetasse mit beiden Händen haltend. „Ist es mit Brockwell gestern Abend nicht gut gegangen?"

„Schon in Ordnung."

„Dann ist es Duke, oder?"

„Er war die ganze Nacht nicht zu Hause, und ich weiß, dass er aus war, um sich mit Charbonneaus Dienstmädchen zu treffen, nicht einer fröhlichen Witwe."

„Und?"

„Er ist ein Mann für nur eine Frau. Er huscht nicht von Blüte zu Blüte wie ich."

Ich nickte. „Sein Herz ist beständig."

Sie sank in ihrem Stuhl zusammen und murmelte: „Ich dachte nicht, dass sein Herz damit was zu tun hatte."

Ich rückte vor. Diese Unterhaltung war plötzlich interessanter geworden. Selbst Matt hatte seine Zeitung gesenkt und spähte darüber zu Willie. „Aber jetzt bist du nicht mehr so sicher?", drängte ich. „Du glaubst, Duke hat ein tieferes Interesse an dem Dienstmädchen Jane entwickeln, als du erwartet hast, und daher ist er noch nicht zurück?"

Sie hob eine Schulter zu einem missgelaunten Schulterzucken.

Matt faltete die Zeitung zusammen und legte sie auf den Tisch neben seinem Teller. „Willie, du kannst nicht alles auf einmal haben."

„Was soll denn das heißen?"

„Es heißt, dass du behauptest, kein Interesse an Duke zu haben, und doch wirst du eifersüchtig, wenn du glaubst, er entwickelt wahre Gefühle für jemanden. Du kannst doch nicht beides wollen."

„Ich bin nicht eifersüchtig. Es … gefällt mir nur nicht."

Matts Blick traf meinen, dann verdrehte er die Augen.

„*Hast* du Gefühle für Duke?", drängte ich.

Sie seufzte. „Das ist es nicht. Es ist so, wie ich erst kürzlich gesagt habe. Cyclops wird sesshaft, und Farnsworth vermutlich auch. Matt habe ich schon vor langer Zeit aufgegeben, aber ich dachte immer, ich hätte Duke, der mir Gesellschaft leistet. Die Witwe ist nur hin und wieder eine Ablenkung, aber vielleicht könnte Charbonneaus Dienstmädchen mehr werden."

Matt nahm seine Kaffeetasse. „Du bist egoistisch. Du musst Duke zusammen sein lassen, mit wem auch immer er zusammen sein will."

„Es ist zu früh, um zu sagen, dass das Dienstmädchen mehr als nur eine Ablenkung hin und wieder sein wird", sagte ich. „Außerdem hast du immer noch Brockwell zur Gesellschaft."

„Und ich verbringe gern meine Zeit mit ihm, aber er geht nicht zum Spielen und Trinken mit mir aus. Ich brauche einen *Freund*. Ich dachte, das wäre immer Duke."

„Alle werden irgendwann erwachsen", sagte Matt.

„Ich nicht."

„Darauf ein Amen", murmelte er in seine Tasse.

In diesem Augenblick kam Duke hereinmarschiert, wirkte müde, aber sehr zufrieden mit sich. Er wünschte uns einen guten Morgen und ging direkt zum Buffet und dem Essen, das dort aufgestellt war. Er füllte sich einen Teller, schenkte sich Kaffee ein und schloss sich uns am Tisch an. Er aß zwei Scheiben Speck, bevor er schließlich aufblickte, die Gabel auf halbem Weg zum Mund erhoben.

„Was starrt ihr mich alle an?"

„Wir wollen unbedingt hören, wie es mit Jane gelaufen ist", sagte ich.

Er schaufelte sich eine dritte Scheibe Speck in den Mund und kaute. Willie schnaubte vor Frust, weil es so lange dauerte. Sie trank ihre Kaffeetasse aus und ging dann, um sich noch eine aus der Kanne einzuschenken.

„Jane war nicht redselig", sagte Duke uns schließlich. „Sie hat nicht viel rausgelassen. Ich musste mich darauf verlegen, das Dienstmädchen zu befragen, das im Nachbarhaus arbeitet. Sie haben sich angefreundet."

„Ich hoffe, du warst diskret", sagte Matt.

„Ihre Herrin ist ausgegangen, darum hatte sie den Abend frei. Ich habe ihr im Hound and Thistle etwas zu trinken ausgegeben. Sie hat mir erzählt, dass Jane Charbonneau vergöttert."

„Oje", sagte ich mit einem Seufzen. „Das arme Mädchen. Fabian meint es wahrscheinlich nicht so ernst mit ihr."

„Das denkt sich Betty auch."

„Betty, was?", schnaubte Willie. „Du sprichst sie schon mit dem Vornamen an?"

Duke lächelte sie zufrieden an. „Es wäre doch nicht richtig, sie Miss zu nennen, nachdem ich die Nacht mit ihr verbracht habe."

Willie rümpfte die Nase.

„Du hast dich ins Haus ihrer Arbeitgeberin geschlichen?", fragte ich schockiert.

„Sie wohnt nicht zu Hause bei ihrer Herrin. Sie lebt in Soho bei ihrer Schwester und dem Baby ihrer Schwester." Er köpfte ein gekochtes Ei. „Betty ist früh aufgebrochen, um zur Arbeit zurückzukehren, und ich bin noch ein bisschen geblieben, um mit dem Baby zu helfen, während die Schwester ein paar Dinge erledigt hat."

Willie beobachtete, wie er sich Ei in den Mund schaufelte. „Das ist dein zweites Frühstück, oder?"

Er lächelte mit dem Mund voller Ei.

„Du wirst noch fett."

Er rieb sich den Bauch. „Fett, aber glücklich."

Sie gab ein angeekeltes Geräusch von sich.

„Können wir kurz mal über die Ermittlung reden?", sagte Matt mit einem betonten Blick zu Willie. Er wandte sich wieder an Duke. „Also denkt Betty, Jane war in der Nacht des Diebstahls in Charbonneaus Schlafzimmer."

Duke nickte. „Laut Betty verbringt Jane die meisten Nächte bei ihm. Ich denke mir, sie hat euch die Wahrheit erzählt wegen des Hustens, als ihr sie befragt habt."

Matt trommelte mit den Fingern nachdenklich auf den Tisch. „So wirkt es." Er hörte mit dem Trommeln auf. „Gute Arbeit, Duke. Schön gemacht."

„Dafür bekommt er ein Lob von dir?", rief Willie. „Er hat doch kaum was getan! Ich hätte genauso viel aus diesem Dienstmädchen herausgebracht."

Duke setzte die Tasse mit einem dumpfen Geräusch auf dem Tisch ab. „Geh bloß nicht in ihre Nähe."

Willie lehnte sich im Sessel zurück, die Arme vor der Brust verschränkt. „Warum nicht?"

„Weil ich sie zuerst gefunden habe, und wir beide sind doch Freunde."

Sie senkte mit einem Seufzen die Arme. „Also gut. Aber nur, weil du dir solche Sorgen machst, sie könnte mich mehr mögen, und wir auch alle wissen, dass es so sein würde."

Er verdrehte die Augen. „Du brauchst ein Hobby."

„Ich habe Hobbys. Ich habe nur niemanden, der dabei mitmacht."

„Komm nach dem Frühstück in mein Bureau", sagte Matt zu ihr. „Ich habe etwas für dich zu tun."

Während sie ihre Pläne für sie besprachen, saß ich still da und nippte an meinem Tee, dachte an Fabian und Jane. Obwohl ich nicht erwartete, dass er lebte wie ein Mönch, war ich doch ein wenig überrascht, dass er sein Dienstmädchen ins Bett geführt hatte.

Ich konnte Willies Stimme im Kopf hören, die mir sagte, dass ich prüde war, dass Jane wusste, was sie tat, genauso wie Fabian es wusste. Es war ohnehin nicht meine Angelegenheit, und ich hatte kein Recht, darauf rumzureiten. Fabian wäre es vermutlich peinlich, wenn er wüsste, dass ich es wusste.

Ich verbrachte den Vormittag mit Tante Letitia, während Matt und Willie Fabians Nachbarn befragten. Sie kehrten nach dem Mittagessen zurück, um zu berichten, dass in der Nacht des Diebstahls niemand etwas gehört hatte, darunter ein Husten, genauso wenig hatten sie gesehen, wie sich jemand in der Gegend verdächtig verhielt.

Wir waren unschlüssig, wie wir weitermachen sollten. Wir hatten keine Zeugen, keine Hinweise, die vom Dieb zurückgelassen worden waren, und der einzige Verdächtige hatte ein Alibi.

Nein, nicht der *einzige* Verdächtige. Mr. Trentham war Fabians Verdächtiger gewesen, aber unserer war Lord Coyle. Falls irgendjemand diesen Zauber haben wollen würde, war es er. Falls irgendjemand die Mittel hatte, um einen talentierten Dieb anzuheuern, war es Coyle. Er musste ganz oben auf unserer Liste stehen.

Aber wie sollten wir beweisen, dass er hinter dem Diebstahl stand?

Es wirkte ziemlich hoffnungslos. Matt zog in Betracht, Coyles Kutscher nach Orten zu befragen, an die er seinen Herrn kürzlich gebracht hatte, aber ich tat diese Idee ab. Coyle bezahlte seine Bediensteten bestimmt äußerst gut für ihre Treue. Es hätte mich nicht überrascht, hätte er sie auch bedroht, falls sie je ein Wort gegen ihn richteten. Wenn wir nicht in Coyles Haus einbrechen und es durchsuchen wollten, hatte ich keine weiteren Ideen.

Matt allerdings hatte noch eine. „Wir werden Brockwell nach den Namen der talentiertesten Diebe der Stadt fragen. Falls Coyle einen angeheuert hat, um bei Charbonneau einzubrechen, würde er sicher die besten nehmen."

Das klang nach einer guten Idee, und wir waren entschlossen, den Kriminalinspektor bei Scotland Yard aufzusuchen. Leider wurde unser Plan von unerwarteten Besuchern torpediert.

„Sind Sie für Lord und Lady Coyle zu Hause?", fragte Bristow, nachdem er an die Vordertür gegangen war.

Matt und ich wechselten einen Blick. „Wenn man vom Teufel spricht", sagte Matt, der Bristow zunickte, damit er unsere Gäste in den Salon brachte.

„Zwei Teufel", fügte ich an.

„Aber wirklich", sagte Tante Letitia, die sich vom Sofa erhob. „Bitte entschuldigt mich bei Ihnen. Ich habe Kopfschmerzen und muss mich hinlegen."

Willie erhob sich ebenfalls. „Ich habe keine Kopfschmerzen, aber ich gehe. Mich muss man bei niemandem entschuldigen, denn mir tut es nicht leid, dass ich sie verpasse. Willst du, dass ich gehe und mit Jasper rede, Matt?"

„Lade ihn ein, heute Abend bei uns zu Abend zu essen."

Duke folgte Willie, während Matt und ich zum Salon gingen. Ich stählte mich für ein, wie ich erwartete, weiteres anstrengendes Treffen mit den Coyles.

„Ich frage mich, was sie wollen?", sagte ich zu Matt, bevor wir im Salon ankamen.

„Ich weiß es nicht, aber ich bezweifle, dass es nur ein Freundschaftsbesuch ist."

Wir begrüßten sie knapp und wurden daraufhin genauso

steif begrüßt. Es war sinnlos, jetzt noch Höflichkeit vorzuspielen. Wir waren über die höflichen Freundlichkeiten hinaus.

„Was bringt uns diesen unerwarteten Besuch ein?", fragte Matt, während er sich setzte.

Hope lächelte ihn an, während ich mich neben sie auf das Sofa setzte. „Ich wollte einen Besuch bei meinen liebsten Verwandten machen." So, wie sie zu Matt aufschaute, schloss das mich eindeutig nicht ein.

Lord Coyles schwere Lider senken sich auf halbmast, während er seine Frau betrachtete. Ihm war dieser Fauxpas auch aufgefallen. Was er allerdings davon hielt, war nicht so offensichtlich.

„Ich bezweifle, dass das ein reiner Freundschaftsbesuch ist", sagte Matt zu ihr.

„Für mich ist es das. *Ich* treffe dich sehr, sehr gerne."

Flirtete sie mit ihm? Vor sowohl ihrem Mann als auch vor mir? Hope hatte niemals damit hinter dem Berg gehalten, dass sie sich zu Matt hingezogen fühlte, und obwohl ich bezweifelte, dass diese Gefühle nun weg waren, hätte ich gedacht, die Ehe hätte sie dazu gebracht, sie beiseitezuschieben. Offensichtlich nicht.

Matt war nur selten unritterlich, wenn es um Frauen ging, doch er ignorierte Hope völlig und richtete seine ganze Aufmerksamkeit auf Lord Coyle. Hopes Kinn senkte sich langsam, und sie starrte auf ihre im Schoß verschränkten Hände hinab. Ein Beobachter von außen hätte wohl gedacht, es hätte sie verletzt, von Matt übergangen zu werden, doch ich schätzte, das gehörte alles zu ihrem Spiel.

Lord Coyle verschob sein Gewicht im Sessel. „Wie läuft Ihre Ermittlung zu dem Zauberdiebstahl?"

Matt hob eine Augenbraue. „Sie können doch unmöglich erwarten, dass wir antworten, wenn man bedenkt, dass Sie ein Verdächtiger sind."

„Kommen Sie, Glass. Ich bin kein gewöhnlicher Dieb. Das wissen Sie."

„Das ist kein gewöhnlicher Diebstahl."

Lord Coyle strich sich über den langen weißen Schnurrbart. „Macht es Ihnen etwas, wenn ich rauche?"

„Ja."

„Ich dachte, das hätten Sie aufgegeben", sagte ich.

Lord Coyle knurrte. „Ich bin zu dem Schluss gekommen, dass das ein törichter Fehler war. Lasst euch Jüngeren das eine Lehre sein. Gebt keine Gewohnheit auf, die ihr lieb gewonnen habt, besonders eine, die ihr schon jahrelang gepflegt habt. Die Veränderung ist … unerfreulich."

Ich versuchte, Hopes Reaktion aus dem Augenwinkel zu sehen, doch ihr Kopf war immer noch gebeugt. Die Knöchel ihrer verschränkten Hände waren allerdings weiß geworden. Sie wusste, dass jedes Wort in der Warnung ihres Mannes an sie gerichtet war, und dass es um sein Junggesellenleben ging, nicht das Rauchen.

Dieser Austausch hinterließ ein unbehagliches Gefühl bei mir. Hope hätte mir nicht leidtun sollen. Ich *wollte* nicht, dass sie mir leidtat. Sie hatte den Earl für sein Geld und seine Macht geheiratet, und ihre Gier hatte ihr das beschert, was sie verdiente. Ein kleiner Teil von mir spürte jedoch Mitgefühl. Ich wusste nur zu gut aus meiner Vergangenheit mit Eddie Hardacre, dass die Stellung einer Frau in dieser Männerwelt wackelig war. Wir waren der Gnade unserer Väter, Brüder, Arbeitgeber und Männer ausgeliefert, und wenn niemand für einen eintrat, konnte das Leben schwierig werden. Tatsächlich, falls der Mann, der für einen eintreten sollte, stattdessen gegen einen arbeitete, konnte das Leben zu einem Albtraum werden. Wäre Matt mir damals nicht begegnet, hätte sich für mich alles völlig anders ergeben.

„Was für Hinweise haben Sie?", fragte Lord Coyle.

„Wir besprechen den Diebstahl nicht", sagte Matt mit erhobener Stimme. „Falls das alles ist, weswegen Sie gekommen sind, dürfen Sie gehen."

Lord Coyle strich sich wieder über den Schnurrbart. „Wie es der Zufall so will, sind wir wegen etwas anderem gekommen."

Hope hob den Kopf, um ihren Mann anzusehen. Was immer er gleich sagen würde, sie war darüber nicht in Kenntnis gesetzt.

Coyle wandte sich an mich. „Sie sind vielleicht daran interessiert, zu erfahren, dass Chronos seine Dienste an andere Magier verkauft."

Ich runzelte die Stirn. „Welche Dienste?"

„Er nutzt seinen Zeitzauber, um die Magie anderer für eine erhebliche Summe zu verlängern."

Verflixt. Mein Großvater tat genau das, was ich mich geweigert hatte zu tun. Ich hatte Angst gehabt, jeder Magier würde bei mir an die Tür klopfen und verlangen, dass ich seine Magie verlängerte, damit sie nicht so rasch nachließ. Ich hatte abgelehnt, weil ich Angst hatte, ich würde den Magiern einen noch größeren Vorteil über die Talentfreien verschaffen, und dadurch die Spaltung noch weiter vorantreiben.

Chronos schien kein solches Dilemma zu sehen. Er konnte den Zauber genauso gut wirken wie ich, da er ein Uhrenmagier war, und doch hatte ich das nicht von ihm erwartet. Ich dachte, er besäße genug Vernunft, um die Gefahr zu erkennen. Er war ein noch größerer Narr, als ich dachte, und viel selbstsüchtiger.

„Woher wissen Sie das?", fragte Matt Coyle.

Coyle lächelte. „Kommen Sie, Glass, Sie können doch nicht erwarten, dass ich meine Quellen verrate, wenn Sie mir keine Informationen über Ihre Ermittlung geben. Sagen Sie Chronos, er soll damit aufhören, Mrs. Glass. Auf Sie hört er vielleicht." Seine Augen wurden hart. „Falls nicht, bin ich sicher, er wird auf mich hören."

Ich fuhr zurück. „Weshalb? Womit wollen Sie ihn denn bedrohen?"

Lord Coyle schob sich nur mit einem angestrengten Knurren auf die Füße.

„Weshalb wollen Sie, dass er aufhört?", fragte ich.

„Ist das nicht offensichtlich? Er ruiniert das Gleichgewicht der Magie. Es gibt eine Ordnung in der Welt der magischen Sammler, eine Hierarchie. Seltene magische Objekte haben natürlich einen höheren Wert, und starke Magie hat einen längeren Wert als schwächere. Aber was passiert, wenn der Erweiterungszauber zur Magie eines anderen hinzugefügt wird? Chaos. Schwache Magier werden stark. Gegenstände mit Chronos' Zauber werden selten, wo sie doch vorher vielleicht nur niedrigen Wert besaßen. Das kann ich nicht gestatten."

Matt schnaubte. „Sie sorgen sich, dass Ihre Sammlung ihren Wert verliert."

Lord Coyle hob seinen Gehstock auf, der am Kaminsims lehnte. „Das Gleichgewicht ist entscheidend. Wir dürfen kein Chaos bekommen. Ist das nicht richtig, meine Liebe?"

Hope lächelte ihn angespannt an. „Du hast natürlich recht. Aber wer kann schon sagen, was das Gleichgewicht ist, und was das Chaos? Kommt das Chaos nicht mit der Zeit in ein neues Gleichgewicht?"

Lord Coyle ging auf seinem Weg zur Tür an ihr vorüber. „Du hast heute einen trotzigen Geist, meine Liebe. Ich hoffe, das ändert sich bis zum Abendessen."

Die Muskeln in Hopes Gesichts zuckten, als würde sie versuchen, eine körperliche Reaktion zu unterdrücken. Sobald Lord Coyle nicht mehr zu sehen war, schien sie sich etwas zu entspannen. Sie schaffte es sogar, Matt anzulächeln, während sie beide aufstanden. „Ich hoffe, dein Missvergnügen über meinen Mann erstreckt sich nicht auf mich, Cousin."

„Ich fürchte, wir werden einander nicht häufig sehen", sagte er.

Sie nahm ihn plötzlich an der Hand. „Bitte, Matt. Du bist mein Cousin, der Erbe meines Vaters. Können wir nicht auch Freunde sein?"

„Das bezweifle ich."

Sie blinzelte ihn rasch an und trat dann weg. „Oh. Ich verstehe. Das tut mir leid zu hören. Wirklich sehr leid." Sie lächelte ihn zuversichtlich an. „Zumindest werden wir immer Cousins sein, und eines Tages wirst du der Familie Glass vorstehen, zu der auch ich gehöre."

„Du bist jetzt eine Coyle."

Sie warf einen Blick zur Tür. „Nur dem Namen nach." Sie raffte ihre Röcke und eilte ihrem Mann nach.

Matt schloss sich mir auf dem Sofa an, schüttelte den Kopf. „Ich habe immer das Gefühl, ich möchte was Starkes trinken, nachdem ich einem von ihnen begegne. Eine Begegnung mit beiden bringt mich dazu, die ganze Flasche leer trinken zu wollen."

„Hast du Hopes Ansprache auch merkwürdig gefunden?", fragte ich, sah mit finsterem Blick auf die Tür, durch die sie verschwunden war.

„Sehr. Glaubst du, sie wird wahnsinnig?"

„Es ist möglich. Eine Ehe mit Coyle würde sogar eine Frau mit starkem Willen dazu bringen, ihren Verstand zu verlieren."

„Aber sie wollte ihn heiraten, obwohl sie wusste, wie er ist." Er warf die Hände in die Luft und ließ sie an den Seiten sinken. „Ich dachte, ich würde Frauen gut verstehen, aber sie ist mir ein Rätsel. Ich kann nicht entscheiden, ob ich sie vor Coyle schützen sollte, oder ihr Glück wünschen."

Ich zog eine Klingelschnur, und als Bristow eintraf, bat ich ihn, Tee zu bringen, und außerdem einen Federhalter, Tinte und ein Blatt Briefpapier.

„An wen willst du schreiben?", fragte Matt.

„An Chronos. Ich lade ihn ein, heute Abend mit uns zu speisen. Wenn er zufrieden und vollgefressen von Mrs. Potters köstlichem Essen ist, werde ich ihn bitten, damit aufzuhören, den Verlängerungszauber zu nutzen."

„Und wenn er das nicht tut?"

„Dann sage ich ihm, dass Coyle ihn schon im Visier hat. Das sollte sogar ihn dazu bringen, sich geschlagen zu geben."

* * *

DAS ABENDESSEN WAR LETZTLICH eine viel größere Veranstaltung, als wir vorhergesehen hatten. Zusätzlich zu Chronos und Brockwell schlossen sich uns Catherine und Lord Farnsworth an. Farnsworth war am späten Nachmittag zu Besuch gekommen und einfach nicht mehr gegangen, während Cyclops Catherine eingeladen hatte, als er vorbeigekommen war, um sie im Laden zu treffen, nachdem sein Unterricht für den Tag beendet gewesen war.

„Ich habe meiner Mutter gesagt, du hättest mich eingeladen, India", sagte sie, bevor wir ins Speisezimmer gingen. „Sie hätte mich nicht kommen lassen, hätte ich ihr die Wahrheit erzählt."

„Vielleicht solltest du ehrlich mit ihr sein", sagte ich.

„Dann würden Nate und ich einander nie wieder sehen können." Sie hob den Blick zu Cyclops und lächelte. Er erwiderte das Lächeln. „Mach dir keine Sorgen um uns, India. Meine Mutter wird es sich überlegen. Das siehst du schon."

Ihre Zuversicht gab mir Hoffnung. Wenn sie positiv sein konnte, konnte ich das auch. „Willst du Cyclops zum Tee einladen, bis sie zu dem Schluss kommt, dass er ein gutes Herz hat?"

„Das wird zu lange dauern, wenn man bedenkt, dass er jetzt nur noch am Sonntag zum Tee kommen kann, nachdem er zur Polizei gegangen ist. Außerdem kann sie leicht Ausreden finden, und dann müssten wir ganz absagen."

„Was habt ihr dann im Sinn?"

„Ihr werdet schon sehen."

Die Essensglocke erklang, und wir gingen ins Speisezimmer und nahmen Platz, wie wir von Tante Letitia angewiesen wurden. Mir wäre es lieber gewesen, wenn wir uns neben diejenigen setzten, neben denen wir sitzen wollten, aber sie wollte sich unbedingt an die korrekte Ordnung halten, obwohl es schwierig war, da so wenige Frauen im Vergleich zu den Männern da waren, und da Willie nun einmal Willie war.

Wir hatten uns alle seit Weihnachten nicht mehr getroffen, und ich schaute den Tisch entlang und wurde mir darüber klar, wie sehr ich es genoss, alle zur Gesellschaft zu haben. Wir waren eine Familie. Eine schlecht zusammenpassende, seltsame Familie, aber eine, die genauso verbunden war wie eine gewöhnliche. Der Einzige, der fehlte, war Fabian, und ich wünschte, ich hätte daran gedacht, ihn einzuladen.

Das Essen kam, und die vielen Stimmen, die sich unterhielten, wurden lauter, während jeder versuchte, sich Gehör zu verschaffen. Irgendwann einmal richtete mein Blick sich über die Tabletts und Terrinen hinweg auf Matt. Er hob sein Glas zum Gruß, und ich lächelte zurück.

„Wissen Sie, Sie sollten es in Betracht ziehen, Brockwell", sagte Lord Farnsworth in seinem klaren, distinguierten Tonfall, der irgendwie durch den Lärm hindurchdrang.

Der Kriminalinspektor, der zwei Plätze von seiner Lordschaft entfernt saß, hatte nicht zugehört. „Entschuldigen Sie, mein Lord, mir ist entgangen, was Sie gesagt haben. Was sollte ich in Betracht ziehen?"

„Die Ehe."

Alle anderen Unterhaltungen kamen zum Erliegen.

Brockwells Gesicht wurde puterrot. „Ich, äh ..." Er musterte seinen Teller. Ihm gegenüber musterte Willie ihren.

„Ich ziehe sie in Betracht, wissen Sie", fuhr Lord Farnsworth fort, die verlegene Stille schien ihm nicht bewusst zu sein. „Ich habe mir ein hübsches Fohlen mit guter Abstammung gesucht. Sie scheint bei exzellenter Gesundheit zu sein und hat ein ansprechendes Temperament. Ich glaube, sie wird sich gut machen."

„Ihnen ist klar, dass sie eine Frau ist, kein Pferd", sagte Matt.

„Dennoch bin ich darauf vorbereitet, es mit ihr aufzunehmen." Lord Farnsworth lachte leise. „Was sagen Sie, Steele? Sie haben mehr Erfahrung als alle anderen hier. Haben Sie einen Ratschlag für einen Kerl, der die Institution in Betracht zieht?"

Chronos tupfte sich den Mundwinkel mit einer Serviette. „Institution ist ein angemessenes Wort für die Einrichtung der Ehe." Genau in diesem Augenblick bekam er einen Schluckauf, was mir die Gelegenheit verschaffte, das Gespräch zu übernehmen.

„Den Rat meines Großvaters zur Ehe sollte man nicht annehmen. Er war nicht gerade der beste Ehemann."

Chronos überraschte mich, indem er dazu nickte. Um der Gerechtigkeit Genüge zu tun, er hatte niemals behauptet, ein guter Ehemann gewesen zu sein. Er hatte einfach meiner Großmutter vorgeworfen, genauso schlecht als Ehefrau gewesen zu sein.

„Die Ehe ist nichts, das man leichtherzig eingehen sollte", warf Tante Letitia mit der ganzen Autorität einer Expertin ein. „Ganz besonders nicht als Frau. Es ist besser, eine alte Jungfer zu bleiben, als den falschen Mann zu heiraten. Stimmt das nicht, Willemina?"

Willie verschluckte sich an ihrem Wein. „Du nennst mich eine alte Jungfer?"

„Man sollte einen Freund heiraten, bevor man blind dem Herzen folgt. Die Leidenschaft lässt nach, während Freundschaft andauert."

Lord Farnsworth nickte nachdenklich. „Vielen Dank, Miss Glass. Sehr weise Worte. Also sagen Sie eigentlich, ich sollte näher in meinem Umfeld suchen, um es mal so auszudrücken."

Tante Letitia lächelte. „Ganz genau. Suchen Sie in Ihren derzeitigen Kreisen und ziehen Sie eine Frau im heiratsfähigen Alter im Betracht, deren Gesellschaft Sie genießen. Es spielt keine Rolle, falls Sie nicht ganz von der richtigen Art ist."

„Ganz genau. Die Ehe mit mir wird sie erheben."

„Bald wird sich niemand mehr an ihre Stellung erinnern, wie sie vor der Ehe war. Das Gedächtnis der feinen Gesellschaft reicht nicht weit."

„Kommt auf die Frau an", murmelte Duke mit einem Blick auf Willie.

Brockwell wurde ganz reglos.

Was für eine Katastrophe! Tante Letitia wollte, dass Farnsworth in Betracht zog, Willie zu heiraten, während ihr Liebhaber am selben Tisch saß! Ich wusste nicht, ob ich lachen oder schockiert keuchen sollte. Ich konnte mich nur innerlich winden. Als Gastgeberin war es meine Pflicht, solch peinlichen Unterhaltungen aus dem Weg zu gehen, und ich hatte keine Ahnung, wie ich weitermachen sollte.

Letztlich war es Matt, der meisterhaft die Unterhaltung auf etwas anderes lenkte. „So hast du ja noch nie gedacht, Tante, aber ich bin froh, dass du es dir anders überlegt hast. Wo wir gerade von Institutionen sprechen, wie läuft die Ausbildung, Cyclops?"

Brockwell lauschte zum Glück auf die Unterhaltung mit Cyclops. Ich hatte mir Sorgen gemacht, er würde vielleicht weiterhin so heftig Lord Farnsworth anfunkeln, dass es Seiner Lordschaft auffallen würde. Ich wollte Tante Letitia tadeln, dass sie etwas so Peinliches beim Essenstisch aufbrachte, aber sie war zu weit von mir entfernt. Ich nahm an, dass sie absichtlich vermied, in meine Richtung zu sehen.

Wir zogen uns nach dem Essen in den Salon zurück. Für gewöhnlich wären die Männer zurückgeblieben oder hätten sich in das Raucherzimmer zurückgezogen, aber uns gefielen solche Förmlichkeiten und Trennungen in unserem Haushalt nicht. Es war einfacher, sich im Salon zu bewegen, was bedeutete, dass wir ruhige Unterhaltungen zu Themen führen konnten, die die anderen nicht hören sollten, insbesondere Tante Letitia mit ihrem fragilen Verstand.

„Du solltest jetzt Chronos zur Rede stellen", flüsterte mir Matt ins Ohr, während alle Platz nahmen oder beschlossen, stehen zu bleiben.

Ich musterte rasch das Zimmer, konnte meinen Großvater aber nicht finden. „Wo ist er denn hin?"

Er kehrte zehn Minuten später zurück, eine Hand auf dem Bauch. „Verdauungsbeschwerden", sagte er mit einem entschuldigenden Blick.

„Ich muss mit dir reden." Ich nahm ihn am Ellbogen. „Komm und setz dich zu mir in die Ecke."

„Die Ecke, was? Also kann ich einen Tadel erwarten?" Er lachte leise, hörte aber auf, als ich ihn finster anschaute. Er seufzte. „Also, was ist es diesmal?"

„Man hat mir zugetragen, dass du den Verlängerungszauber bei der Magie von anderen einsetzt."

„Wer hat dir denn das erzählt?"

„Stimmt es?"

Er zerrte an seinen Ärmelaufschlägen. „Und wenn es so ist? Ich habe das Recht, mir in meinem hohen Alter ein wenig zusätzliches Geld zu verdienen, um meinen Ruhestand zu finanzieren."

„Du bekommst doch bereits die Miete vom Laden. Was brauchst du noch?"

„Meine Räume sind teuer. Sie sind in einem schönen Teil der Stadt. Ich hatte in letzter Zeit auch einige teure Ausgaben." Er deutete auf seinen Anzug. „Die besten Schneider sind nicht gerade billig."

„Weshalb musst du denn zu den besten gehen?"

„Weil meine Enkelin die zukünftige Baronin von Rycroft ist. Ich kann mich doch nicht in schlecht geschneiderten Anzügen sehen lassen."

Ich drückte mir die Finger an die Schläfen, wo sich allmählich ein hämmernder Kopfschmerz entwickelte.

„Und auswärts essen ist derzeit ziemlich teuer", fügte er an.

„Kocht nicht deine Vermieterin für dich?"

Er rümpfte die Nase. „Sie ist eine schreckliche Köchin. Ihr Eintopf schmeckt nach alten Stiefeln."

„Du musst lernen, mit deinen Mitteln zu leben."

„Für dich sagt sich das ja leicht." Er wedelte mit der Hand, um auf das Zimmer zu deuten. „Wir können ja nicht alle ins Geld heiraten."

Ich seufzte. Ich konnte in dieser Unterhaltung nicht gewinnen. „Ich lasse Mrs. Potter jeden Tag Reste zu dir schicken. Manchmal stecke ich ein wenig zusätzliches Geld für dich in das Päckchen. Wird das reichen, damit du deine Verlängerungsmagie nicht mehr verkaufst?"

„Liebste India." Er tätschelte mir die Wange. „Du bist großzügig zu deinem armen alten Großvater. Ich wusste, dass es einen guten Grund gab, dass du einen Talentfreien heiratest."

Ich verdrehte die Augen. Manchmal fragte ich mich, ob es ihm gefiel, mich zur Bestrafung zu ärgern, weil ich Matt geheiratet hatte. Obwohl Chronos der Status und der Reichtum gefielen, die meine Ehe mir einbrachten, und damit in der Erweiterung auch ihm, hätte er es vorgezogen, ich hätte einen Magier geheiratet, um das Geschlecht der Steeles stark zu halten.

Chronos bekam einen Schluckauf. Er drückte sich eine Hand auf den Magen und verzog das Gesicht. „Ich glaube, ich muss jetzt gute Nacht sagen."

Ich bat Bristow, unsere Kutsche vorzubereiten, um Chronos nach Hause zu bringen. Sobald mein Großvater weg war, schloss ich mich Matt und Brockwell am Kamin an. Brockwell war gerade dabei, Matt den Weg zum Mitcham Common zu beschreiben.

„Was ist am Mitcham Common?", fragte ich.

„Ein Romalager", sagte Brockwell. „Sonst lagern sie dort nur im Sommer, aber eine Familiengruppe ist zurückgekehrt."

Das war wohl die Familie von Mr. Mirnovs verstorbenen Frau.

„Weshalb wollen Sie etwas über die Roma wissen?", fragte er.

„Wir ermitteln in einem Diebstahl", sagte Matt.

„Weshalb wurde er nicht der Polizei berichtet?"

„Das Opfer hat seine Gründe."

„Wer ist das Opfer?"

„Diese Information ist vertraulich."

Brockwell strich sich über die Koteletten. „Ich nehme an, der

Diebstahl hat mit Magie zu tun, und das Opfer will es vermeiden, die Magie den Behörden offenzulegen. Also gut, ich werde gestatten, dass Ihre Privatermittlung weiterläuft."

Matt lachte leise. „Sie haben doch in der Sache gar keine Befugnis."

„Falls es aber weitere Diebstähle gibt, muss man mich in Kenntnis setzen."

„Natürlich", sagte ich, bevor Matt etwas anderes sagen konnte. „Im Geiste der Zusammenarbeit, können Sie uns von irgendwelchen Meisterdieben erzählen, die in London am Werk sind, und der Polizei bekannt?"

Brockwell grinste. „Keine Hinweise, was?"

Ich hob wartend eine Augenbraue.

„Ich kann mir nur zwei denken, die derzeit nicht in den Etablissements Ihrer Majestät einsitzen. Einer ist zufällig ein Mitglied des Romaclans, der am Mitcham Common lagert. Ich würde mit meinen Ermittlungen dort beginnen."

„India!", rief Tante Letitia von ihrem Platz allein auf dem Sofa herüber. „Komm und leiste mir Gesellschaft."

Lord Farnsworth schaute von dort auf, wo er bei Catherine, Cyclops und Willie stand. Er schloss sich mir an und setzte sich links von Tante Letitia hin, während ich rechts Platz nahm. Der ernste Ausdruck auf seinem Gesicht machte mich neugierig. Man wusste niemals ganz, was als nächstes aus seinem Mund kommen würde.

„Ich habe mir überlegt, was Sie beim Abendessen darüber gesagt haben, eine Freundin zu heiraten, Miss Glass. Obwohl ich das für eine gute Idee und für sehr modern halte, fürchte ich, dass ich keine infrage kommenden Freundinnen habe."

Ich presste die Lippen aufeinander, um mein Lächeln zu unterdrücken.

„Haben Sie nicht?", fragte Tante Letitia, ihr Blick fiel auf Willie. Als sie sah, dass er ihrem Blick nicht folgte, stieß sie das Kinn in Willies Richtung.

Ihm fiel es immer noch nicht auf. „Nun ja, India ist ja bereits verheiratet."

Na, das kam unerwartet. „Ich bin geehrt, dass Sie mich als Freundin betrachten, mein Lord."

„Nennen Sie mich Davide."

„Ich dachte, sie heißen David."

„Das schon, aber mir gefällt die Art, wie meine ehemalige französische Mätresse es gesagt hat. Da klingt es doch sehr exotisch."

„Also gut. Ich werde sie von jetzt an Davide nennen. Wollen Sie damit sagen, dass Sie keine weiteren Freundinnen haben? Sind Sie ganz sicher?"

Er runzelte fest die Stirn. „Oh! Sie beziehen sich auf Willie." Er lachte leise. „Die Ehe mit ihr wäre auf jeden Fall ein Spaß, schätze ich, und wir würden uns vertragen. Aber ich bezweifle, dass sie einem Arrangement zustimmen würde, das sie an einen Mann gebunden hält."

„Ganz richtig. Sie ist ein einzigartiges Individuum."

Tante Letitia seufzte. „Ich schätze, Sie haben recht. Und die Ehe mit jemandem, der so weit unter Ihnen steht, wäre schon ein ziemlicher Schock."

Er lachte. „Das möchte ich meinen!"

Der Diener Peter traf mit einer Nachricht ein, die er Matt reichte. Matt näherte sich und reichte das Blatt Farnsworth.

Farnsworth las es. „Es kommt vom Club. Ich habe den Direktor gebeten, mir eine Nachricht zu schicken, sobald der Innenminister auftaucht, und mein Butler hat die Nachricht gleich hierher weitergeleitet." Er faltete die Nachricht zusammen. „Wollen Sie heute Nacht hingehen, Glass? Es ist vielleicht eine gute Gelegenheit, mit ihm zu plaudern."

Matt und Farnsworth gingen um elf Uhr zusammen los, und ich ging zu Bett. Matt kehrte erst nach vier Uhr zurück. Kurz berichtete er, dass er sich mit dem Innenminister angefreundet hatte, wegen ihres gemeinsamen Interesses am Poker. Ich fragte nicht, wie viel Geld er verloren hatte, um sich seine Freundschaft zu verdienen, denn ich wollte es nicht wissen. Es war eine notwendige Ausgabe, um mehr über Sir Charles Whittaker herauszufinden.

Ich ließ Matt am Vormittag im Bett schlafen und nahm mein Frühstück zusammen mit Tante Letitia, Duke und Willie ein. Cyclops war zu seinem Tag bereits aufgebrochen. Wir wollten es gerade beenden, als Bristow verkündete, dass Kriminalinspektor Brockwell eingetroffen war.

„Es ist ja Frühstück", bemerkte Willie wissend. Der Inspektor hatte so eine Gewohnheit, zu den Mahlzeiten aufzutauchen, und meine Einladung zum Bleiben anzunehmen.

„Sagen Sie ihm, er soll sich uns anschließen", trug ich Bristow auf.

Brockwell wollte sich allerdings nicht hinsetzen. „Ich bin in offizieller Angelegenheit hier", sagte er. „Es gab einen Mord, und laut seiner Frau waren Sie und Mr. Glass unter den Letzten, die das Opfer gesehen haben."

„Mord! Gütiger Gott, wer denn?"

„Mr. Trentham, ein Spielzeugmacher, der an der High Holborn ansässig ist."

Ich rückte zurück, mir war völlig der Wind aus den Segeln genommen. Der arme Mr. Trentham.

„Ich muss Sie und Mr. Glass wegen des Grundes befragen, aus dem Sie ihn besucht haben."

Ich nickte wie betäubt und deutete auf einen Stuhl. „Sie können uns auch gleich beim Frühstück befragen."

Brockwell musterte die aufgestellten Köstlichkeiten auf dem Buffet. „Vielen Dank, Mrs. Glass. Das ist mir auch recht."

KAPITEL 6

„Er wurde erwürgt", sagte Kriminalinspektor Brockwell als Antwort auf Matts Frage. Er hatte seinen Teller mit Ei und Würstchen bereits fertig gegessen, als Matt sich uns anschloss und sich eine Tasse Kaffees nahm. Er hatte uns erzählt, dass er um sechs Uhr zum Tatort des Mordes gerufen worden war, nachdem Mr. Trentham ihren Mann tot in seiner Werkstatt vorgefunden hatte.

„Erwürgt womit?", fragte Duke.

Brockwell nippte noch einmal an seinem Kaffee, stellte die Tasse ab und wischte sich die Oberlippe mit einer Serviette ab. Er legte sie zusammen, bevor er sie wieder auf den Tisch platzierte und schließlich Duke in die Augen schaute. „Die Male passen in ihrer Form zu Fingern."

„Mit bloßen Händen!" Willie wirkte beeindruckt. „Der Mörder war wohl sehr stark."

„Er wurde nicht vorher schon außer Gefecht gesetzt?", fragte Matt.

Brockwell schüttelte den Kopf. „Es gibt Anzeichen dahingehend, dass er versucht hat, seinen Mörder abzuwehren. Um Mrs. Glass' Willen möchte ich keine Details erwähnen."

Für gewöhnlich hätte ich dagegen protestiert, wie ein Schwächling behandelt zu werden, aber dieses eine Mal war ich recht dankbar darum. Der Gedanke daran, wie der arme Mr.

Trentham mit seinem Mörder rang, hatte dazu geführt, dass mir irgendwie schlecht geworden war.

„Der Mörder ist bestimmt ein Mann gewesen", sagte Duke, der dabei Willie beäugte.

Zur Überraschung aller widersprach sie nicht. „Dann hätte er Blessuren wegen des Kampfes an den Händen und im Gesicht."

Brockwell nahm wieder seine Tasse auf. „Wenn es Ihnen nichts ausmacht, mir einige Fragen zu beantworten, wäre ich sehr dankbar. Worum ging es denn bei Ihrem Gespräch mit dem Opfer?"

„Er ist ein Verdächtiger in unserer Ermittlung", sagte Matt.

„Ach, ja, der Diebstahl. Der, den Sie nur so ungern mit mir besprechen wollten."

Matt tat die spitze Anmerkung ab. „Das Opfer wollte nicht, dass die Polizei involviert wird, aber seine Wünsche muss man nun im Angesicht des Mordes ignorieren. Das Opfer des Diebstahls ist Fabian Charbonneau. Aus seinem Haus wurde ein Zauber gestohlen. Charbonneau hat früher am selben Abend ein langes Gespräch mit Trentham geführt, währenddessen der Spielzeugmacher ihm viele Fragen über die Möglichkeit der Existenz eines solchen Zaubers gestellt hatte, also haben wir unsere Ermittlungen dort begonnen."

„Was ist so besonders an dem Zauber, dass jemand ihn stehlen wollen würde?"

„Fabian und ich haben diesen Zauber geschaffen", sagte ich. „Es ist derjenige, den wir benutzt haben, um Brighton zu erreichen."

„Ah. *Dieser* Zauber."

„Er ist nicht nur selten, er könnte ein Sammlerstück sein, und darum wertvoll."

„Aber nicht nützlich?"

„Fabian ist ziemlich sicher, dass es keine weiteren Magier gibt, die ihn zum Gelingen bringen können."

Brockwell rieb sich über die Koteletten. „Weshalb also sollte Trentham ihn wollen? Ist er ein Sammler?"

„Wir glauben nicht, dass er ihn für sich gestohlen hat", sagte Matt. „Vermutlich hat er ihn überhaupt nicht gestohlen. Wir schätzen, dass irgendwie Lord Coyle mitgemischt hat. Außerhalb unseres eigenen vertrauten Freundeskreises ist er der Einzige, der sicher weiß, dass es den Zauber nicht nur gab, sondern dass er gelungen ist. Er hat versucht, uns den magischen Teppich abzukaufen, und wäre sehr erpicht darauf, den Zauber zu besitzen, mit dem er fliegen kann."

Brockwell nahm diese Information mit einem langsamen Nicken und dann einem Schluck Kaffee auf. Ich war inzwischen an seine pedantische Art gewöhnt, aber manchmal ging sie mir trotzdem noch auf die Nerven, ganz besonders, wenn wir Informationen wollten.

„Wie ist Ihre Ermittlung denn bisher verlaufen?", fragte ich.

„Wären Sie gerne involviert?"

„Ja", sagten wir alle.

Er verzog den Mund erst in die eine Richtung, dann die andere, während er uns alle der Reihe nach betrachtete.

Willie schnalzte mit der Zunge und beugte sich dann vor. „Du weißt, dass du unsere Hilfe brauchst, wenn man bedenkt, dass es eine Verbindung zur Magie gibt."

„Ich gebe zu, Ihre Beteiligung würde es leichter machen, und meine Vorgesetzten werden nicht mit der Wimper zucken."

„Gut", sagte ich. „Sie sind inzwischen daran gewöhnt, dass wir von Zeit zu Zeit helfen, oder nicht?"

„Nein. Ich werde sie einfach nicht in Kenntnis setzen." Er zeigte mir ein höchst seltenes Lächeln, bevor er einen Notizblock aus seiner Jackentasche holte. Er leckte sich über die Daumenkuppe und blätterte dann Seiten um, bis er die fand, die er suchte. „Das Opfer wurde von seiner Frau früh am Morgen gefunden. Sie sagte, sie wäre um etwa fünf Uhr aufgewacht und hätte sich gefragt, weshalb er immer noch nicht ins Bett gekommen wäre. Offensichtlich arbeitet er manchmal lang, aber niemals so lang, und er war nicht ausgegangen zu seiner Gilde. Sie machte sich auf die Suche nach ihm und entdeckte ihn in der Werkstatt. Während ihres Verhörs am Tatort war sie sehr verstört, also habe ich es abgebrochen." Er nahm seine Taschenuhr aus der Westentasche, schaute darauf und schob sie zurück. „Sie könnte inzwischen bereit sein. Sollen wir das Verhör zusammen wieder aufnehmen?"

Matt setzte Bristow in Kenntnis, dass er die Kutsche

vorfahren lassen sollte, während ich losging, um nachzusehen, ob Tante Letitia alles hatte, was sie für den Tag brauchte, und ihr von unserer neuen Ermittlung zu erzählen. Bis ich zurückkehrte, wartete die Kutsche schon, und genauso die anderen.

„Ich bin froh, dass Sie mitkommen, Mrs. Glass", sagte Brockwell, während wir losfuhren. „Ein weiblicher Einfluss könnte nützlich sein, wenn wir aus Mrs. Trentham etwas herausbekommen wollen."

Willie runzelte die Stirn. „Was ist mit mir?"

„Wirst du der verstörten Witwe tröstende Worte bieten?"

„Nur, wenn ich muss."

Er lächelte sie ausdruckslos an. „Du kannst den Tatort mit Duke durchsuchen, während wir mit Mrs. Trentham reden."

Sie kniff die Augen zusammen. „Haben sich deine Männer nicht schon den Tatort angesehen?"

„Vielleicht ist ihnen etwas entgangen."

Sie verschränkte die Arme. „Das glaubst du doch nicht wirklich. Komm schon, Jasper, gib mir was Nützliches zu tun. Ich kann auch Mrs. Trentham Fragen stellen. Ich kann mitfühlend sein, wenn ich muss."

„Du kannst mit mir mit den Nachbarn reden", sagte Matt zu ihr.

Sie salutierte nachlässig vor ihm.

Als sie sich umdrehte, um aus dem Fenster zu sehen, sagte Brockwell tonlos „Danke" zu Matt.

Der Schutzmann, der draußen vor dem Spielzeugladen stand, nickte Brockwell zu, als wir aus der Kutsche stiegen. Matt und Willie machten sich auf, um mit den Ladenbesitzern in der Nachbarschaft zu reden, während der Inspektor, Duke und ich eintraten.

Drinnen war es dunkel. Keine Lampen waren angezündet, und nur wenig vom trüben Morgenlicht fiel durch die Fenster herein. Es war schwierig, sich vorzustellen, dass hier Kinder mit einem Lächeln hinausgingen und sich an ihre neuen Schätze klammerten. Die kleinen Spielzeuge wirkten nun wie vergessene Souvenirs, die zwecklos darauf warten, dass Kinder sie bemerkten, während die größeren in den Schatten eine irgendwie finstere Ausstrahlung hatten.

Wir schlängelten uns an Tischen und Regalen vorbei, passten auf, dass wir nichts umwarfen. Einige der Spielzeuge waren seit unserem letzten Besuch umgestellt worden. Das Puppenhaus war nach vorne gebracht worden, und andere standen auf unterschiedlichen Tischen.

Brockwell schob die Tür zur Werkstatt hinten auf, nur um plötzlich im Eingang stehen zu bleiben. „Ich entschuldige mich, Mrs. Trentham. Ich dachte, Sie würden oben ruhen."

Ich spähte an ihm vorbei, um zu sehen, dass Mrs. Trentham auf demselben Hocker saß, auf dem ihr Ehemann gesessen hatte, als wir ihn zum letzten Mal gesehen hatten. Die Lampe auf der Arbeitsfläche warf ein trübes Licht über ihre tränenverschmierten Wangen. Sie tupfte sich mit ihrem Taschentuch die Nase.

„Kommen Sie herein, Inspektor. Ich habe nur ..." Sie deutete mit dem Taschentuch auf den Raum, konnte ihren Satz aber nicht beenden.

„Ich habe noch weitere Fragen an Sie, wenn es Ihnen nichts ausmacht. Haben Sie das Gefühl, Sie können sie beantworten?"

Sie nickte. „Ich weiß, dass das nötig ist, also fahren Sie bitte fort. Fragen Sie mich alles." Sie blinzelte mich mit verweinten Augen an. „Mrs. Glass? Was machen Sie hier?"

Brockwell erklärte, dass Matt und ich mit dabei waren, wann immer Scotland Yard ein Verbrechen lösen musste, das mit Magie zu tun hatte.

Sie wirkte verblüfft. „Hätte mein Mann das gewusst, wäre er vielleicht nicht so abwehrend gewesen, als Sie ihm gestern Fragen gestellt haben." Sie keuchte. „Glauben Sie, der Diebstahl steht mit dem Mord in Verbindung?"

„Wir sind noch nicht sicher", sagte ich.

Brockwell stellte Duke vor und setzte Mrs. Trentham darüber in Kenntnis, dass er sich in der Werkstatt noch einmal umsehen würde, dann bat er sie, zu wiederholen, was sie ihm bereits erzählt hatte, wie sie den Leichnam ihres Mannes vorgefunden hatte. Das tat sie, und es war genau die Geschichte, die der Inspektor uns weitererzählt hatte. Er deutete an, dass ich mit den Fragen fortfahren sollte.

„Gestern hat Ihr Mann uns zu einem rivalisierenden Spielzeugmacher geschickt", setzte ich an. „Glauben Sie, Mr. Mirnov wäre des Mordes fähig?"

„Ich weiß es nicht. Ich bin ihm nie begegnet."

„Ihr Mann hat gestern behauptet, dass Mr. Mirnov ihn mit einem Fluch belegt hätte." Als Brockwell die Augenbrauen hob, fügte ich an: „Der Fluch hat angeblich Mr. Trenthams Magie geschwächt."

Sie seufzte. „Ich glaube nicht an Flüche, Mrs. Glass."

„Obwohl Magie echt ist?"

Sie hob eine Schulter und ließ sie wieder sinken.

„Hatte Ihr Mann noch weitere Geschäftsrivalen?", fragte Brockwell.

„Nein. Zumindest hat er niemals von irgendwelchen anderen schlecht gesprochen. Nur von Mirnov."

„Was ist mit den Mitgliedern der Gilde der Spielzeugmacher?", fragte ich. „Vielleicht hat einer der ihren erfahren, dass er Magier war, und sich Sorgen um sein eigenes Geschäft gemacht. Falls sie vermutet haben, dass er Magie einsetzt, hätten sie ihn aus Eifersucht oder Angst töten können."

Sie nahm ein kleines Holzpferdchen hoch, das noch bemalt werden musste. „Wirken die Spielsachen meines Mannes auf Sie etwa besonders, Mrs. Glass?" Sie stellte das Pferd ab. „Seine Magie war nicht stark genug, um die Art Werk zu schaffen, die andere Spielzeugmacher eifersüchtig machen sollte. Außerdem hat er seine Magie nicht in vielen seiner Spielzeuge eingesetzt."

„Das stimmt nicht. Alle Spielzeuge, die ich gestern berührt habe, hatten Magie in sich."

„Oh." Sie schaute hinab auf ihr Taschentuch, das sie in der Faust zusammengekühlt hatte. „Er hat mir gesagt, dass er sie kaum je einsetzt."

„Hat in letzter Zeit irgendwer Ihren Mann besucht?", fragte Brockwell. „Irgendwer, der kein Stammkunde oder Zulieferer war?"

„Sie meinen, außer Mr. und Mrs. Glass?" Sie wollte schon den Kopf schütteln, hörte dann aber auf. „Letzte Woche gab es da einen Gentleman, der mir einfällt. Er hatte gute Kleidung und kam in einer Privatkutsche, und deshalb erinnere ich mich noch an seinen Besuch. Er kam in den Laden und wollte meinen Mann treffen. Ich habe ihn hier hereingeführt."

„Kennen Sie seinen Namen?"

Sie schaute wieder auf ihr Taschentuch hinab. „Mein Mann wollte ihn mir nicht sagen, als ich nachgefragt habe."

Brockwell und ich tauschten einen finsteren Blick aus. „Ist es seltsam für ihn, dass er sich Ihnen nicht anvertraut?", fragte ich sanft.

„Irgendwie schon." Sie schniefte und tupfte sich die Nase.

Der Inspektor nahm seinen Block und einen kurzen Bleistift aus seiner Jackentasche. „Wie sah der Gentleman aus?"

„Älter, ein sehr ausladender Körper, aber nicht hochgewachsen, mit einem langen weißen Schnurrbart."

Alles in mir spannte sich an. Es war Lord Coyle. Das schuf eine Verbindung zwischen ihm und Trentham *vor* der Soiree des Clubs der Sammler.

Brockwells Bleistift hielt inne, bevor er weiter Notizen machte. „Wissen Sie, worüber er mit Ihrem Mann gesprochen hat?"

„Nein." Sie blinzelte zu ihm auf. „Glauben Sie, er war es, Inspektor? Glauben Sie, dass dieser Mann meinen Mann ermordet hat?"

„Ich glaube noch gar nichts, Mrs. Trentham." Er klappte seinen Block zu. „Hat Ihr Mann irgendwelche private Korrespondenz oben aufbewahrt?"

„Seine ganzen Arbeitspapiere, darunter auch die Briefe, werden hier unten verwahrt." Sie deutete auf den Schreibtisch in der Ecke, wo Duke gerade die Schubladen fertig durchsucht hatte. „In unseren Räumen bewahrt er nichts auf, nicht mal private Briefe. Er hat keine Familie, wissen Sie, und keine Freunde außerhalb der Gilde. Inspektor, dieser Gentleman ..."

„Ja?"

„An ihm war etwas, das mir nicht gefiel. Ich kann es nicht genau benennen, aber ich habe so ein Unheil kündendes Gefühl bekommen, als ich ihm in die Augen geschaut habe."

Brockwell bedankte sich knapp bei ihr, dann ging er voraus nach draußen. „Gefühle sind ja schön und gut, aber das sind keine Beweise", sagte er zu uns.

Es gab noch keine Spur von Matt und Willie, darum warteten wir an der Kutsche auf sie. Es war ein typischer Wintertag in London mit einem tiefgrauen Himmel und einer Kühle, bei der man sich mit einem guten Buch am Kamin einigeln wollte. Zumindest regnete es nicht. Noch nicht.

„Irgendwas gefunden?", fragte Brockwell Duke.

Duke schüttelte den Kopf. „Ich bin die Papiere am Schreibtisch durchgegangen, habe aber nichts von Coyle gefunden. Es gab nur unbezahlte Rechnungen, Bestellungen und Empfangsbestätigungen."

Brockwell wandte sich an mich. „Erzählen Sie mir mehr über Mirnov und den Fluch, den er angeblich auf Trentham gesprochen hat."

„Mirnov ist ein weiterer magischer Spielzeugmacher, der seine Waren von einem Karren verkauft", sagte ich. „Er scheint in den ärmeren Bereichen der Stadt zu arbeiten. Wir haben ihn nach Trentham besucht und ihm den Diebstahl zum Vorwurf gemacht. Mirnovs verstorbene Frau war eine Romni, und sie war es, die Trenthams Magie verflucht hat."

„Deshalb waren Sie an dem Romalager interessiert."

„Wir glauben, dass die Romafamilie auf dem Mitcham Common die Familie von Mirnovs Frau ist. Das hat er irgendwie angedeutet, und es nicht geleugnet, als wir ihn bedrängt haben."

„Weshalb sind sie über den Winter hiergeblieben?", fragte Duke.

Brockwell klappte seinen Mantelkragen hoch, als ein eiskalter Wind durch die Straße peitschte. „Wir sollten sie besuchen und fragen."

Duke erschauerte. „Ich mag keine Roma."

„Das sind ganz normale Leute", sagte ich zu ihm. „Sie leben nur anders als wir. Man muss sich nicht vor ihnen fürchten."

„Sie verfluchen ihre Feinde!"

„Das wissen wir nicht. Wir wissen doch noch nicht mal, ob Flüche echt sind." Zwei Gestalten kamen aus dem Tabakladen zwei Türen weiter. „Da kommen Matt und Willie. Hoffen wir, dass sie etwas herausgefunden haben."

Wenn man Willies selbstzufriedenes Aussehen betrachtete, schätzte ich schon, dass sie etwas Nützliches in Erfahrung gebracht hatten. Wir stopften uns alle zusammen mit Duke und Brockwell in die Kutsche, die sich einen Platz teilten, während Matt, Willie und ich uns zusammen auf die gegenüberliegende Seite quetschten.

Wir hatten uns kaum niedergelassen, als Willie, die sich nicht mehr länger stillhalten konnte, hervorstieß: „Eine Gestalt wurde gesehen, wie sie gestern Nacht das Grundstück verlassen hat."

„Das ist jetzt aber faszinierend." Brockwell holte seinen Block und Bleistift hervor. „Fahr fort."

Willie beugte sich vor, um zu beobachten, wie er schrieb. „Der Sohn des Drogisten hat ihn gesehen, als er nach Hause kam." Sie deutete auf den Laden direkt gegenüber. „Laut des Vaters ist der Sohn ein kleiner Tunichtgut, der lange aufbleibt, um zu trinken und zu spielen. Auf jeden Fall, als er gestern Nacht um etwa ein Uhr nach Hause kam, sah er, wie ein Mann aus dem Spielzeugladen kam. Sein Gesicht konnte er nicht erkennen, aber er schätzt, es war auf jeden Fall ein Mann."

„Wobei wir alle wissen, wie trügerisch Kleidung sein kann", erklärte Matt.

„Ja, aber wir schätzen, dass der Mörder ein Mann war, wenn man die Kraft bedenkt, die nötig ist, um jemanden zu erwürgen", sagte Duke.

„Hat er den Körperbau des Mannes beschrieben? Wie er gegangen ist?", fragte Brockwell.

„Er war schmal, also war er nicht Coyle", sagte Willie. „Coyle würde sowieso nicht seine eigene Drecksarbeit erledigen."

„Ist er zu Fuß gegangen oder in eine Kutsche gestiegen?", fragte Brockwell.

„Er ging zu Fuß."

Brockwell schrieb das auf und schaute dann auf, sein Bleistift noch über dem Blatt. „Noch etwas?"

„Eines noch", sagte Matt, eher zu mir als zum Inspektor. „Die Gestalt, die gestern Nacht den Spielzeugladen verlassen hat, trug einen langen Mantel."

Ich holte tief Luft. „Mirnov. Er ist schmal und trägt einen langen Mantel."

Brockwell schrieb weiter. „Dann werden wir ihn als nächstes

befragen. Glass, seien Sie so gut und setzen Sie Ihren Kutscher in Kenntnis."

Duke öffnete die Tür. „Ich mache es, und ich setze mich zu Woodall. Hier drin gibt es keinen Platz. Ich muss schon sagen, ich bin froh, dass wir nicht zum Romalager fahren."

Willie schnaubte. „Hast du Angst vor Roma, Duke?"

„Ich fürchte mich vor ihren Flüchen."

Sie verdrehte die Augen.

Duke stieg aus, schloss aber die Tür nicht. Er lehnte sich an den Türrahmen, die Stirn gerunzelt. „Warum hat der Mörder Trentham mit bloßen Händen erwürgt?"

„Was meinst du damit?", fragte Matt.

„Die Werkstatt sah nicht aus, als wäre seit dem Mord schon viel umgeräumt worden. Überall lagen Einzelteile von Spielzeugen und Werkzeuge. Sowohl ein Hammer als auch ein Schraubenschlüssel waren in der Nähe, wo man Trenthams Leichnam gefunden hat. Warum sollte man nicht einen von denen nehmen und ihm stattdessen den Schädel einschlagen? Das wäre leichter als Erwürgen, und in einem Augenblick vorbei."

Das war ein guter Hinweis, und ich dachte darüber auf der Fahrt zur Brick Lane in Bethnal Green nach. Ich konnte aber zu keinem Schluss kommen.

Wir fanden Mr. Mirnov, wie er bei seinem Karren am Ende des Straßenmarktes stand, vor einer Gruppe von Kindern mit großen Augen in der Hocke, die beobachteten, wie er einen Trick mit einem Kartenspiel vorführte. Drei von ihnen hatten Karten auf die Stirn geklebt, genauso Mr. Mirnov. Als er die Karte auf seiner Stirn richtig riet, quietschen die Kinder und applaudierten vor Freude.

Als er uns sah, streckte Mr. Mirnov seine langen Glieder und richtete sich auf. Er wies die Kinder an, loszulaufen und ihre Eltern zu suchen. „Was ist denn das? Haben Sie weitere Fragen?"

„Haben wir", sagte Matt. Er stellte Brockwell, Duke und Willie vor.

„Kriminalinspektor?" Er schaute sich Brockwell von oben bis unten an. „Ich bin kein Dieb! Das habe ich ihnen gesagt, aber sie haben mir nicht geglaubt, weil ich halb Roma bin und einen ausländischen Namen habe."

„Hier geht es nicht um den Diebstahl", sagte Brockwell.

„Und es hat nichts mit Ihrer Abstammung oder Kultur oder allem zu tun, außer Ihrer Verbindung zu Trentham", fügte Matt an.

„Was hat er denn jetzt gesagt?"

„Nichts. Er ist tot."

Mr. Mirnov wurde ganz reglos. „Wie ist er gestorben?"

„Er wurde mit bloßen Händen erwürgt."

Er blinzelte. „Erwürgt!" Er murmelte etwas vor sich hin, was nach einer Fremdsprache klang. „Das ist schrecklich. Und Sie sind hier, weil Sie glauben, ich hätte ihn umgebracht?"

„Wir verhören Leute, die ihn kannten und vielleicht einen Groll gegen ihn hegten", sagte Brockwell. „Meine Kollegen haben mich in Kenntnis gesetzt, dass Mr. Trentham Ihnen einen Diebstahl vorwarf, und jetzt ist er tot."

„Ich habe ihn nicht umgebracht! Ich hege keinen Groll, gegen niemanden." Er bohrte einen Finger in seine Brust. „*Er* hegte einen Groll gegen *mich*."

„Weil er glaubte, Ihre Frau hätte seine Magie verflucht. Ist das richtig?"

„Ja."

„Und hat sie ihn verflucht?"

„Hat sie, aber falls Sie fragen, ob Flüche echt sind und ob es gewirkt hat, weiß ich es nicht. Die Roma glauben daran, meine Frau hat geglaubt, dass sie ihn verflucht hat, aber sicher kann ich es nicht sagen."

„Wo waren Sie gestern Nacht?"

„Zu Hause." Er gab uns eine Adresse in Shoreditch, die Brockwell in sein kleines Büchlein schrieb.

„Kann irgendjemand bestätigen, dass Sie die ganze Nacht dort waren?"

„Nein."

„Waren Sie in letzter Zeit in Mr. Trenthams Spielzeugladen?"

„Nein. Ich habe keinen Grund, dort hinzugehen, genauso wie ich keinen Grund habe, ihn zu töten. Also, sind wir jetzt fertig? Ich habe zu arbeiten."

„In einem Augenblick", sagte Brockwell in seiner trägsten Stimme. „Wissen Sie, weshalb die Familie Ihrer Frau aufs Mitcham Common zurückgekehrt ist?"

Wieder wurde er ganz reglos, bevor er antwortete. „Nein. Da werden Sie sie fragen müssen. Glauben Sie, einer von ihnen ist der Mörder von Trentham?"

„Sollten wir einen Grund haben, das zu glauben?"

Er schüttelte langsam den Kopf. „Nein, aber bei der Familie Shaw würde mich nichts überraschen. Passen Sie auf, dass Sie nicht alles glauben, was sie Ihnen sagen, Inspektor. Sie sind Lügner, die ganze Bande."

„Sind Sie auch Diebe?", fragte Matt.

Mr. Mirnov lachte rau. „Ja, Mr. Glass, sie sind Diebe, und zwar ziemlich gute. Vielleicht hat einer von ihnen diesen Zauber gestohlen."

„Was sollten sie denn damit wollen?"

Er hob die Hände- „Ich weiß es nicht. Fragen Sie sie."

Neben mir seufzte Duke schwer. Er wusste, wohin wir als nächstes unterwegs waren, und ihm gefiel es nicht.

Brockwell dankte Mr. Mirnov und schloss seinen Block. Er ging durch den Markt, während Duke und Willie links und rechts von ihm liefen. Matt blieb zurück, und ich wartete ebenfalls.

„Nur noch eine weitere Frage", sagte Matt. „Kennen Sie einen Gentleman namens Coyle?"

Mr. Mirnov schüttelte den Kopf. „Nein."

Wir folgten den anderen zurück zur Kutsche. Matt gab Woodall Anweisung, zum Mitcham Common auf der anderen Seite des Flusses zu fahren. Zum Glück blieb der Regen noch aus, aber der grasige Boden dort war für die Kutsche zu feucht, um darüber zu fahren, also gingen wir von der Straße aus über die Grünfläche. Es war ein ziemlich weitläufiger Bereich, auf dem einige Schafe in der Ferne grasten, mit etlichen Teichen und ein paar kleinen Baumgruppen. Eine Rauchwolke zeigte den Standort der Familie Shaw an.

Ein Hund, der an einen Baumstumpf gebunden war, kündigte unsere Ankunft im Lager mit einem wilden Bellen an, dem sich sofort zwei weitere anschlossen. Drei kleine Jungen, die ein Säckchen herumtraten, hielten inne und starrten uns an. Der größte stellte sich breitbeinig auf, verschränkte die Arme und hob das Kinn. Seine Hosenbeine waren fünf Zentimeter zu kurz, und auf seiner Jacke waren mehr Flicken als ursprünglicher Stoff, aber zumindest trug er Schuhe, anders als einer der kleineren Jungen.

Eine ältere Frau mit stahlgrauen Haaren, die unter einem verblichenen roten Schal hervorlugten, und ein kleines Mädchen saßen am Lagerfeuer und schauten von den Kochtöpfen auf. Die Frau erhob sich, richtete ihren Schal, doch ihr Blick war eher neugierig als abwehrend. Sobald er auf mich fiel, blieb er dort.

Ein Mann von etwa dreißig Jahren kam aus dem Zelt, das neben dem Wagen aufgestellt war. Er wischte sich die Hände an einem Lumpen ab und blieb bei einem der Hunde stehen. Er sprach leise zu ihm, und der Hund wurde still. Die anderen taten es genauso.

„Das gefällt mir nicht", murmelte Duke.

Willie zischte ihn an, dass er still sein sollte.

Wir hatten bereits in der Kutsche beschlossen, dass Matt das Reden übernehmen sollte, und wir würden ihnen nicht sagen, dass Brockwell bei Scotland Yard war, außer es wurde nötig. Der Inspektor hatte protestiert, war aber überstimmt worden.

„Ist das das Familienlager der Shaws?", fragte Matt.

Der Mann kam näher. Jetzt, da er dichter bei uns war, sah ich die schrecklichen Narben an seinem Ohr. Das halbe Ohrläppchen fehlte, als wäre es abgebissen worden. Er wischte sich weiterhin die Hände an dem Tuch ab. Sowohl das Tuch als auch seine Hände waren mit Fett und Schmutz verschmiert.

„Wer sind Sie?"

Matt stellte uns alle vor. „Wir haben einige Fragen über Nicholas Mirnov, von denen wir hoffen, dass die Familie Shaw sie uns beantworten kann. Sind Sie die Shaws?"

Der Mann spuckte auf den Boden.

„Wir sind die Shaws", sagte die Frau. „Was wollen Sie denn über diese Schlange wissen?"

„Er war mit einem Mitglied Ihrer Familie verheiratet, oder nicht?"

„Meiner Tochter Albina."

Matt deutete auf die Kinder. „Ist das Ihre ganze Familie?"

Die Frau lachte ein brüchiges, dünnes Lachen, das in einem trockenen Husten endete. „All das nur für uns?" Sie deutete auf den Wagen und das Zelt. „Natürlich nicht. Die anderen sind draußen und arbeiten."

„Was für eine Arbeit verrichten sie denn?"

„Stehlen und Raufen", sagte der Mann mit einem schiefen Grinsen.

„Lancelot!", fuhr ihn die Frau an.

Lancelots Grinsen wurde bitter.

„Er ist mein Sohn", sagte Mrs. Shaw. „Mein anderer Sohn ist ein Kesselflicker. Meine beiden Schwiegertöchter sind draußen und verkaufen Fässer, Körbe und Kleinigkeiten. Mein Mann ist tot."

„Ist Ihnen das genehm?", fragte Lancelot Matt mit einem gespielten Oberklasseakzent.

„Mir ist gleich, was Sie tun", erklärte ihm Matt.

„Außer es ist illegal", fügte Brockwell an. „Sie sind kein Kesselflicker, oder, Lancelot?"

Lancelot Shaw war wohl der Name des Meisterdiebs, den Brockwell uns genannt hatte. Ich wollte ihn treten, dass er mit diesem Tonfall nahelegte, dass er es wusste. Willie schoss ihm einen funkelnden Blick zu, aber Brockwell war zu sehr auf den Rom fokussiert, um es zu merken. Lancelots Grinsen wurde breiter.

„Ich will etwas über den Fluch wissen, mit dem Ihre Tochter Albina vielleicht einen Spielzeugmacher namens Trentham belegt hat", sagte Matt.

Die Frau stemmte eine Hand in die Hüfte. Eine Haarsträhne, die sich gelöst hatte, flatterte in einer Brise über Gesicht, und sie wollte sie mit der Schulter wegwischen. „Ein Fluch, was? Was wollen Sie darüber wissen?"

„Sie können damit anfangen, uns zu sagen, ob Flüche echt sind oder nicht."

Lancelot warf den Lappen über die Schulter und hielt seine Handfläche offen hin. Seine Mutter lächelte nur, während sie darauf wartete, dass wir ihn bezahlten.

„Duke", sagte Matt.

Duke regte sich nicht. Er schluckte schwer, während er den Hund anstarrte, der bei seinem Herrn saß.

Willie fluchte tonlos und wühlte in ihrer Tasche herum. Sie reichte Lancelot eine Münze, streichelte den Hund und trat dann zurück neben mich.

„Flüche sind echt", sagte Mrs. Shaw. „Sie wirken, wenn man sie anständig ausführt."

„Hat Ihre Tochter Ihnen von dem Fluch erzählt, mit dem sie Mr. Trentham belegt hat?"

Lancelot steckte erneut eine Hand aus.

Willie zögerte, aber als Mrs. Shaw keine Antwort gab, reichte sie eine weitere Münze rüber.

„Nein, sie hat mir nicht erzählt, dass sie einen Mann dieses Namens verflucht hat. Hat sie es dir erzählt, Lancelot?"

„Nein, Ma."

„Warum haben Sie dann das Geld genommen?", fragte Willie.

„Wenn man Antworten will, muss man dafür bezahlen", sagte Lancelot. „Selbst wenn die Antwort nicht das ist, was man hören will."

Sie spannte das Kinn an. „Mir gefällt es nicht, wenn jemand mich ausnutzt."

„Was machen Sie dann in einem Romalager?" Lancelot breitete die Arme aus, deutete auf die ganze Umgebung. „Wissen Sie nicht, dass wir *Gadje* ausnutzen?"

Willie schob ihre Jacke zurück, um die Waffe zu zeigen, die sie sich in den Hosenbund gesteckt hatte. In dem Augenblick, in dem sie das tat, riss Mrs. Shaw ebenfalls eine Pistole aus den Falten ihres Rockes. Alle Kinder, darunter auch das Mädchen, hielten plötzlich Messer in den Händen.

Duke fluchte. Matt ging, um sich vor mich zu stellen, und Brockwell hob die Hände, um alle zu beruhigen.

Willie lachte leise und ließ die Jacke wieder zurückfallen. „Ihr seid genau meine Leute. Hast du schon mal Poker gespielt, Lancelot?"

„Was ist das?"

„Ein Kartenspiel aus Amerika. Vielleicht werde ich es dir eines Tages beibringen."

Duke stöhnte.

„Willie", zischte ich. „Ich weiß, du willst einen neuen Freund, aber ich schätze, er wäre ein schlechter Einfluss auf dich."

„Vielleicht bin ich ein schlechter Einfluss auf ihn."

„Lancelot ist verheiratet", sagte Mrs. Shaw mit einem finsteren Blick auf Willie. „Das sind beide meiner Söhne. Falls Sie etwas über Ihren zukünftigen Ehemann erfahren wollen, kommen Sie her, und ich lese aus Ihrer Hand."

Duke lachte. „Sie wird nicht heiraten. Da hast du es, Willie, ich hab dir gerade einen Penny gespart."

„Es kostet mehr als das." Mrs. Shaws schmallippiges Lächeln wurde breit, und ihre dunklen Augen funkelten. „Wagen Sie es, Miss? Oder haben Sie Angst vor dem, was Sie erfahren werden?"

Dukes Lachen erstarrte. Er wusste, wenn man Willie vorwarf, sie würde sich fürchten, war das die beste Art, um sie dazu zu bringen, etwas zu tun. Mrs. Shaw hatte Willie gut interpretiert.

„Warum nicht?", sagte Willie. „Sagen Sie mir nur nicht, wann ich sterbe. Das will ich nicht wissen." Sie reichte noch eine Münze weiter, diesmal an Mrs. Shaw, und hielt ihre Hand hin.

Mrs. Shaw kniff die Augen zusammen und beugte sich hinab, um Willies Handfläche ganz genau zu inspizieren. „Sie werden keine Kinder haben."

„Gott sei dafür gedankt."

„Amen", murmelte Matt.

Ich stieß ihn mit dem Ellbogen an.

„Sie werden nicht in Ihr Heimatland zurückkehren", fuhr Mrs. Shaw fort.

Willie zog ihre Hand zurück. „Werde ich verdammt noch mal schon."

Mrs. Shaw schnappte sich Willies Hand und hielt sie fest. „Sie haben dafür bezahlt, dass ich Ihnen aus der Hand lese, und ich muss es beenden, oder das bedeutet Pech für uns beide."

Willie seufzte. „Was für einen weiteren Unsinn werden Sie mir erzählen?"

Mrs. Shaw lächelte und ließ ihre Hand los. „Sie werden zweimal heiraten. Einer Ihre Ehemänner steht heute hier."

Willie starrte sie an. Dann brach sie in Gelächter aus. Sie lachte so sehr, dass sie dem Pferd Angst machte, das an den nächsten Baum gebunden war, und einen der Hunde zum Bellen brachte. „Sie hätten sagen sollen, ein Ehemann, und ich hätte Ihnen vielleicht geglaubt." Sie wischte sich die Tränen von den Augen, immer noch lachend. „Nö, nicht mal dann. Japser weiß es auch, oder nicht, Jasper?"

„Ich weiß es", sagte Brockwell, ohne sie anzusehen. „Können wir jetzt mal die Salontricks zur Seite schieben und uns auf die Fragen konzentrieren, die wir für die Shaws haben?"

Willie trat zurück, die Hände erhoben. „Fahrt fort."

„Sie sagen, Sie wissen nicht, ob Ihre Tochter konkret Trentham verflucht hat", sagte er zu Mrs. Shaw. „Aber wissen Sie, ob sie jemanden für ihren Mann verflucht hat? Einen Rivalen vielleicht, oder einen Bekannten?"

„Das ist der zweite Teil der Frage vorhin", klärte Willie für Lancelot. „Wir bezahlen nicht mehr."

„Sie hat einmal jemanden verflucht", sagte Mrs. Shaw. „Vor Jahren. Und ich glaube, es war ein Geschäftsrivale ihres Mannes." Sie rümpfte die Nase, und ihre Mundwinkel gingen nach unten, als ob das Reden über ihn einen schlechten Geschmack in ihrem Mund hinterließ. „Nicholas glaubte nicht an Flüche, an unsere Kultur. Erst hat er so getan, aber später …"

Lancelot spuckte auf den Boden.

„Später?", drängte Matt.

„Nicholas wollte Albina verändern. Er versuchte, sie von uns fernzuhalten, sie von ihrer Familie fernzuhalten, ihrem Volk. Er schämte sich für das, was sie war. Aber Albina hat immer Möglichkeiten gefunden, uns zu treffen, wenn wir nach London kamen. Sie war ein kluges Mädchen. Ein gutes Mädchen." Sie schaute weg, aber nicht, bevor ich das Glitzern von Tränen in ihren Augen sah.

„Weshalb all diese Fragen über Albina jetzt?", fragte Lancelot.

Willie steckte nur einen Finger vor. „Augenblick. Das ist eine Frage. Du willst Antworten, dann gib mir eine Münze zurück." Sie hielt ihre Hand hin.

Duke schlug sie weg. „Bring sie doch nicht gegen uns auf."

„Mr. Trentham, der Mann, den Albina verflucht hat, ist tot", sagte Brockwell auf seine einzigartig nüchterne Art. „Er wurde gestern Nacht ermordet."

„Und Sie glauben, der Fluch meiner Schwester hatte etwas damit zu tun?", fauchte Lancelot.

„Nein." Mrs. Shaw drückte sich eine Hand auf den Magen. Ihre scharfen Augen bohrten sich in Brockwell. „Sie glauben, Nicholas Mirnov hat es getan. Deshalb sind Sie hier, oder nicht? Um herauszufinden, ob er einen Grund hatte? Ob er des Mordes fähig ist?"

Lancelot stieß angehaltene Luft aus. „Er ist durchaus fähig. Er ist mehr als nur fähig. Dieser Bastard hat schon einmal gemordet, und er würde es wieder tun."

„Wen hat er ermordet?", fragte Matt.

Mrs. Shaws Augen blitzten. „Er hat meine Tochter umgebracht. Er hat meine Albina umgebracht."

KAPITEL 7

Mrs. Shaw raffte ihren Schal enger um ihren Hals. „Wir wollten nicht, dass Albina Nicholas Mirnov heiratet, denn ihm wurde die Lebensart der Roma niemals von seiner Mutter beigebracht. Aber sie hat darauf beharrt."

„Albina war sturköpfig", sagte Lancelot.

„Sie war stark", entgegnete seine Mutter. „Wenn Albina etwas wollte, hat sie es immer bekommen."

„Was bringt Sie auf den Gedanken, dass Nicholas Mirnov sie getötet hat?", fragte Matt.

Mrs. Shaw tippte sich auf die Brust. „Ein Gefühl da drin. Sie haben sich im letzten Jahr entfremdet. Die ganze Zeit haben sie gestritten, und er hat sie ständig beschimpft. Schrecklich beschimpft." Sie schüttelte den Kopf. „Er gab ihr das Gefühl, wertlos zu sein, als wäre sie Schmutz unter seinem Schuh."

Lancelot spukte auf den Boden. „Weil sie eine Romni war. Er hat uns verabscheut."

„Hat er sie körperlich misshandelt?", fragte Brockwell.

Mrs. Shaw wies auf ihre Wange. „Einen Tag in diesem Sommer hat sie uns besucht. Sie hatte blaue Flecken auf der linken Körperseite und im Gesicht. Sie sagte, sie wäre die Treppe hinuntergefallen, aber ..." Sie schüttelte den Kopf. „Eine Mutter weiß, wann ihre Tochter lügt. Er war es. Nicholas hat ihr diese Schrammen verpasst, da bin ich mir sicher."

„Haben Sie ihn damals zur Rede gestellt?", fragte Matt Lancelot.

„Beantworte das nicht", befahl Mrs. Shaw, bevor Lancelot etwas sagen konnte.

Lancelot zuckte mit den Schultern. „Weiß ich nicht mehr."

„Wie ist Ihre Tochter gestorben?", fragte Brockwell.

„Der Doktor hat behauptet, es wäre ein Herzstillstand gewesen", sagte Mrs. Shaw. „Aber wie kann das sein? Sie war jung und gesund. Er hat ihr auf jeden Fall etwas angetan."

„Sind Sie mit Ihren Verdächtigungen zur Polizei gegangen?"

Lancelot schnaubte.

„Wir hatten keinen Beweis", sagte Mrs. Shaw und hob leicht das Kinn. „Die Polizei mag keine Roma. Sie hätten nicht auf uns gehört."

Brockwell verlagerte das Gewicht und starrte hinab auf seine unruhigen Beine. Er wusste, dass sie recht hatte, und konnte die Organisation, die er respektierte, nicht verteidigen. Auch wenn Brockwell ein guter Mann war, der für die Opfer Gerechtigkeit wollte, waren nicht alle seine Kollegen von so guter Gesinnung.

„Deshalb sind Sie zurück nach London gekommen, oder nicht?", fragte ich. „Um einen Beweis zu finden, dass Mr. Mirnov Albina getötet hat."

„Wir wollten ihm in Erinnerung rufen, dass wir wissen, was er getan hat." Sie deutete mit zwei Fingern auf ihre Augen. „Wir wollen, dass er weiß, dass wir ihn sehen, und in sein leeres Herz blicken."

Brockwell schaute auf. „Versuchen Sie nicht, Rache zu üben. Selbstjustiz ist keine Gerechtigkeit. Dabei bricht man nur das Gesetz."

Lancelot ließ die Knöchel knacken. „Keine Sorge, Herr Polizist. Wir brechen doch in dieser Familie keine Gesetze."

Brockwell straffte die Schultern. „Ich bin Kriminalinspektor Brockwell. Und ich weiß ganz sicher, dass Sie etliche Male Gesetze gebrochen haben, Mr. Lancelot Shaw. Sie sind zweimal für Diebstahl eingesessen, beim ersten Mal waren Sie erst sechzehn. Und das ist nur hier in London."

Lancelot zeigte nur ein ziemlich nervtötendes gespieltes Lächeln.

„Mr. Shaw", sagte Matt, „kennen Sie einen Mann namens Fabian Charbonneau?"

„Nein."

„Was ist mit Lord Coyle?"

Lancelot schüttelte den Kopf.

„Wo waren Sie vor zwei Nächten?"

Lancelot wies mit dem Daumen auf das Zelt. „Hier. Warum?"

„Macht es Ihnen was, wenn wir uns Ihre Bleibe ansehen?", fragte Brockwell.

„Natürlich macht es mir verdammt noch mal was!"

Mr. Shaw verstellte den Zugang zu der kurzen Leiter, die hinauf zur Tür des Wagens führte. Er ließ abermals die Knöchel knacken.

Seine Mutter kam auf uns zu, scheuchte uns mit ausladenden Gesten weg. „Sie können nicht einfach hereinkommen und das Heim eines Unschuldigen durchsuchen. Jetzt hinaus mit Ihnen! Gehen Sie! Verschwinden Sie!"

Duke packte Willie am Arm und zog sie weg. Er hatte sich wohl Sorgen gemacht, dass sie ihre Waffe ziehen würde, und dem wilden Ausdruck in ihren Augen nach zu urteilen, hatte er auch recht damit.

Brockwell folgte ihnen, und Matt legte mir eine Hand auf den unteren Rücken, um mich auch wegzuführen. Aber ich war noch nicht bereit zum Gehen.

Ich trat näher und senkte die Stimme. „Können Sie mir sagen, welchen Mann sie heiraten wird?"

Mrs. Shaw streckte die Handfläche vor, um eine Münze zu erhalten.

„India", warnte mich Matt.

Ich seufzte. „Ach, es ist gleich. Ich rate gerne." Ich raffte meine Röcke und eilte den anderen hinterher.

„Wenn du dich mit diesem Rom anfreundest, dann endet unsere Freundschaft", sagte Brockwell gerade zu Willie, als wir auf sie aufholten.

„Keine Sorge, Jasper. Sogar ich weiß, dass er nur Ärger machen würde."

Wir schauten sie alle überrascht an, obwohl in Brockwells Blick eine gute Portion Erleichterung stand. Gewöhnlich wäre eine Anweisung wie die, die er ihr gerade gegeben hatte, im besten Fall auf taube Ohren gestoßen, oder hätte zu einem trotzigen Streit geführt, wenn es schlecht lief. Dieser Wandel war seltsam und äußerst angenehm.

„Wirst du etwa häuslich, Willie?", fragte Duke.

„Ha! Ich glaube nicht an Wahrsagerei. Ich heirate nicht."

„Das habe ich nicht gemeint, aber es ist interessant, dass du glaubst, das hätte ich gemeint."

Sie warf ihm einen vernichtenden Blick zu und machte größere Schritte. „Du bist ein Scheißhaufen, Duke."

Duke rückte näher an Brockwell. „Sie beleidigt mich. Das heißt, ich habe fast ins Schwarze getroffen."

Brockwell musterte Willies Rücken, während sie weiter vorstürmte und erst stehen blieb, als sie an unserer wartenden Kutsche angekommen war. Sie streifte am Hinterrad den Schlamm von den Stiefeln, bevor sie einstieg. Als wir uns ihr anschlossen, saß sie trotzig in der Ecke. Ich hielt es für das Beste, sie ganz zu ignorieren und mich auf die Ermittlungen zu konzentrieren.

Matt gab Woodall Anweisung, zum Markt in der Brick Lane zurückzukehren, und während wir dorthin fuhren, besprachen wir, ob wir Mirnov glaubten, oder der Familie seiner verstorbenen Frau. Sie hassten einander eindeutig.

„Ich bezweifle, dass dieser Hass etwas Neues ist", sagte Brockwell. „Mir scheint es, als hätte den Shaws niemals gefallen, dass ihre Tochter einen ungläubigen Halb-Rom geheiratet hat."

„Auch nur zu denken, dass er sie ermordet hat", murmelte ich. „Er wirkte so nett, insbesondere zu den Kindern."

„Wir haben dazu nur die Aussage der Shaws", sagte Brockwell. „Verurteilen Sie ihn nicht nur aufgrund deren Meinung."

Matt stimmte zu, hatte aber noch etwas zu ergänzen. „Ob er sie getötet hat oder nicht, Tatsache ist, die Shaws glauben, das hat er. Dieser Glaube könnte dazu führen, dass sie ihm Schwierigkeiten machen möchten, indem sie ihm Trenthams Tod anlasten."

„Du glaubst, sie hätten ihn getötet, nur um Mirnov zu belasten?", fragte Duke. „Das scheint mir extrem."

Brockwell blieb still, während er sich langsam über die Koteletten strich. Ich dachte, er hätte über unsere Begegnung mit den Shaws nachgedacht, bis ich seinem Blick zu Willie folgte. Sie starrte aus dem Fenster, die Arme vor der Brust verschränkt. Es wirkte, als hätte Mrs. Shaws Ankündigung, nachdem sie Willie aus der Hand gelesen hatte, beide zum Nachdenken gebracht.

Ich lächelte vor mich hin.

„Ich will immer noch wissen, ob Flüche echt sind", sagte Matt. „Wir müssen mit einer unabhängigen Quelle reden, der oder die sie studiert hat."

„Wer?", fragte ich. „Wir kennen keine Experten."

„Wir kennen einen Experten für Magie und ihre Geschichte. Es ist möglich, dass Professor Nashs Expertise sich auch auf Flüche erstreckt."

Er wirkte wie ein guter Ort für den Anfang, aber die Befragung des Professors würde warten müssen. Wir hatten dringenderen Hinweisen zu folgen, beginnend mit einem weiteren Verhör von Mr. Mirnov.

Er war allerdings nicht auf dem Markt. Der Platz, an dem sein Karren gestanden hatte, wurde nun vom Schubkarren eines Straßenhändlers eingenommen. Wir fuhren langsam durch die Straßen in der Nähe und suchten sogar seinen Wohnort auf, doch wir konnten ihn nicht finden.

Wir kehrten am Nachmittag nach Hause in die Park Street zurück, um uns zu erfrischen und zu sehen, ob Tante Letitia alles hatte, was sie brauchte. Sie kam gerade zufällig an der Eingangstür vorbei, als Bristow uns begrüßte, und lächelte alle der Reihe nach an. Bis sie mich sah.

„India! Sieh dich doch einmal an! Du bist ja ganz mit Schlamm verschmutzt."

Ich schaute hinab auf meinen Rock. Die unteren fünf Zentimeter waren tatsächlich schmutzig. „Genau wie alle anderen."

„Ja, aber du bist eine Lady. Was, wenn unsere Freunde dich so sehen?"

„Dann würde ich ihnen erklären, dass ich auf dem Mitcham Common eine Romafamilie besucht habe."

Sie keuchte. „Roma! Matthew, warum hast du deine Frau zu einem Besuch bei den Roma gebracht?"

Er nahm sie am Ellbogen und lotste sie zu den Stufen. „Willie wollte sich die Zukunft lesen lassen."

„Das ist doch alles Unfug. Niemand kann die Zukunft vorhersagen." Sie warf einen Blick über die Schulter auf Willie. „Was hat die Wahrsagerin gesagt?"

„Nichts", grollte Willie. Als Duke den Mund öffnete, um etwas zu sagen, spießte sie ihn mit einem funkelnden Blick auf, und er schloss ihn wieder.

Ich zog mich um, dann kam ich zu den anderen in den Salon. Cyclops war während meiner Abwesenheit von der Polizeiausbildung nach Hause gekommen, und Duke erzählte ihm, wie unsere Ermittlung vorankam. Cyclops seufzte, als Duke zu dem Teil kam, dass wir nach Hause hatten zurückkehren müssen, nachdem wir vergeblich nach Mirnov gesucht hatten.

„Ich vermisse es", sagte er mit einem weiteren Seufzen. „Ich vermisse es, mit den Verdächtigen zu sprechen, Hinweise zu finden und die Einzelteile zusammenzusetzen."

„Dir gefällt die Ausbildung nicht?", fragte Matt.

„Doch, aber ich mag das Ermitteln noch mehr."

„Es wird nicht lange dauern, bis Sie zum Kriminalpolizisten aufsteigen", sagte Brockwell zu ihm. „Sie sind ein Naturtalent."

„Und du hast Jasper auf deiner Seite", fügte Willie mit einem Zwinkern zu Cyclops und einem Lächeln für Brockwell an.

Der Inspektor erwiderte das Lächeln.

Duke, der den Austausch beobachtete, beugte sich zu Cyclops. „Du wirst nicht glauben, was diese Roma-Wahrsagerin Willie gesagt hat, als sie ihr aus der Hand gelesen hat."

* * *

MATT, Brockwell und ich brachen kurze Zeit später auf, während der trübe Tag zu einer noch trüberen Dämmerung verblasste. Ein feuchter Nebel ließ sich bereits in den schmalen Gassen und Höfen der Slums nieder, wo die Straßenlampen nur wenig Trost und keine Sicherheit boten. Das Mietshaus in Shoreditch, wo Mirnov ein Zimmer im zweiten Stock gemietet hatte, war eines von vielen, die aus einheitlichen braunen Ziegeln gebaut waren. Es gab keine Straßenlaternen hier, und keine Lampen, die die

Bewohner zu Hause willkommen hießen, nur die stinkenden Abwasserrinnen und den Geruch nach Urin. Das einzige Licht kam von den Lampen unserer Kutsche.

Die Gasse wirkte verlassen. Hätte nicht ein Kind geweint, hätte ich die Mietshäuser für leer gehalten. Brockwell klopfte an Mirnovs Tür, aber es antwortete keiner. Er versuchte es beim Nachbarn, und eine hochschwangere Frau kam an die Tür. Sie schien weder besorgt noch neugierig, als sie drei Fremde auf ihrer Schwelle begrüßte. Ihr war unsere Anwesenheit völlig gleich, selbst als Brockwell sich als Kriminalinspektor von Scotland Yard vorstellte.

„Wir suchen Nicholas Mirnov", sagte er. „Haben Sie ihn gesehen oder gehört, wie er nach Hause kam?"

„Nein." Die Frau wollte schon die Tür schließen, aber Matt hob eine Hand, um sie aufzuhalten.

Er bot ihr eine Münze an. „Wann kommt er für gewöhnlich heim?"

„Woher soll ich das wissen? Ich bin seine Nachbarin, nicht seine Frau."

„Was können Sie uns über seine Angewohnheiten sagen?"

Sie hielt ihre Hand hin. Er zögerte, bevor er eine weitere Münze auf ihre Handfläche legte. Sie verschwand im Nu in einer Tasche ihres Kittels. „Er wohnt jetzt allein, nachdem seine Frau gestorben ist, möge sie in Frieden ruhen."

„Ist er ein guter Nachbar?", fragte Brockwell.

„Inzwischen ist er still."

„Inzwischen?"

„Als seine Frau noch lebte, hatten sie immer schreckliche Streitigkeiten. Sie haben einander angebrüllt und waren dann laut, als sie sich wieder vertragen haben, wenn Sie wissen, was ich meine, Sir." Sie rieb sich über ihren gerundeten Bauch und lachte leise.

„Worüber haben sie denn gestritten?", fragte ich.

„Dies und das. Vor allem Geld und ihre Familie. Er hat sie diebische, verlogene Herumtreiber genannt. Manchmal hat ihm nicht gefallen, wie sie einen anderen Mann angesehen hat."

„Er war eifersüchtig?"

„Ja, aber sie auch. Sie hat ihm immer gesagt, er würde mit zu vielen Frauen herumschäkern. Er ist ein schrecklicher Frauenheld, das stimmt." Sie zwinkerte mir zu. „Hat er mit Ihnen geflirtet, Ma'am?"

„Das würde er nicht wagen", sagte Matt, bevor ich antworten konnte.

Die Frau lehnte sich mit der Schulter an den Türrahmen und schaute zu ihm hoch. Diesen Ausdruck kannte ich. Sie hielt ihn für schneidig. Er hätte vermutlich fragen können, was er wollte, und sie hätte geantwortet.

Allerdings übernahm Brockwell die Fragen. „Hat Mirnov seine Frau je geschlagen?"

Sie zuckte mit den Schultern. „Ich glaube nicht. Es wurde nur viel gebrüllt. War sie tatsächlich eine Romni?"

„Ja."

Die Frau verzog das Gesicht und rieb sich ihren gewölbten Bauch. „Hätte ich das gewusst, hätte ich ihr das eine Mal keinen Kochtopf geliehen."

„Vermutlich haben sie es Ihnen deswegen nicht gesagt", sagte Matt.

Sie plusterte sich auf. „Ihre Familie hat Nicholas viel Kummer gebracht, seit seine Frau gestorben ist."

Ich hätte erwartet, dass der Tod seiner Frau ihm auch Kummer hätte bringen sollen, aber ich hielt den Mund.

„Sie haben früher über Nacht die Spielwaren von seinem Karren gestohlen, wenn er ihn hier draußen stehen ließ. Einmal haben sie ein Rad gestohlen. Er hat danach einen sicheren Platz gefunden, um ihn unterzustellen."

„Woher wissen Sie, dass das kein zufälliger Diebstahl war?", fragte Brockwell. „Vielleicht waren es nur Jugendliche, die sich einen Spaß gemacht haben."

„Weil sie, nachdem er ihn woanders untergestellt hat, frustriert wurden und ihm kleine Geschenke hinterließen." Sie verschränkte die Arme vor dem Bauch. „Einmal haben sie Dung auf sein Fenster geworfen. Ein anderes Mal sind sie eingebrochen, als er ausgegangen ist, und haben seinen Teppich ruiniert. Es war etwas Persönliches, nicht zufällig, und Jugendliche brechen nicht mitten am Tag in ein Haus ein. Jetzt, da ich weiß, dass ihre Familie Roma sind, schätze ich, es waren wohl sie."

„Wann, glauben Sie, wird Mirnov nach Hause zurückkehren?", fragte Matt.

„Frühestens in einer Stunde. Seit seine Frau gestorben ist, geht er im Rose and Crown an der Bunhill Row trinken, nachdem er seinen Karren weggeschlossen hat."

Matt dankte ihr, und sie wollte schon die Tür schließen, aber ich hatte noch eine Frage. „Empfängt Mr. Mirnov hier viele Besucher?"

„Nicht oft."

„Was ist mit einem Mann namens Trentham?"

„Ich weiß nicht." Sie strich sich mit der Zunge unter der Lippe über die Schneidezähne. „Hier war ein Kerl, der vor einiger Zeit hergekommen ist, aber ich erinnere mich an ihn wegen seiner schicken Kutsche." Sie nickte zu unserer Kutsche hin, dann hielt sie erneut die Hand vor. „Man könnte mich überreden, mich noch besser zu erinnern."

Brockwell seufzte, Matt reichte ihr kommentarlos eine weitere Münze.

Die Frau rieb sich wieder den Bauch. „Es war ein echt fetter Gentleman mit einem langen weißen Schnurrbart."

Also hatte Mirnov gelogen, dass er Lord Coyle niemals begegnet war. Seine Lordschaft war sogar hier bei dem Spielzeugmacher vorbeigekommen. Die Frage war, weshalb? Was hatten sie besprochen?

Leider hatte die Nachbarin keine weiteren Antworten für uns. Wir kehrten zu unserer Kutsche zurück, und Matt gab Woodall Anweisung, das Rose and Crown an der Bunhill Row aufzusuchen.

Brockwell war nicht darauf erpicht, dass ich das Wirtshaus betrat, aber Matt war klüger, als es mir zu verbieten. Obwohl Shoreditch nicht die schlimmste Gegend von London war, kam es schon nahe heran, und wir waren sehr auffällig. Da Matt und Brockwell mich flankierten, fühlte ich mich sicher und musste nur einige neugierige Blicke der Gäste aushalten, an denen wir vorbeikamen. Abgesehen von den Schankmägden war ich die einzige Frau, und meine Aufmachung unterschied sich deutlich von ihrer. Meine Schultern waren zum einen bedeckt, und mein

Dekolleté war auch noch unter einem pelzgesäumten Mantel verborgen.

Es war sinnlos, zu versuchen, hier mit der Menge zu verschmelzen, und da wir auffällig waren wie Elefanten, fragte Matt eine der Bedienungen, ob sie Nicholas Mirnov kannte. Sie nickte zu einem Kerl hin, der mit dem Rücken zu uns am Ende des Tresens saß. Selbst im Sitzen auf einem Hocker war seine Größe auffällig.

Matt nahm seinen Hut ab und duckte sich, um zu vermeiden, dass er sich an einem Balken den Kopf anstieß, und Brockwell und ich folgten ihm. Je weiter wir in das Wirtshaus gingen, desto voller wurde es. Es wurde auch wärmer, und die stechende Mischung aus Gerüchen wurde schwerer.

„Mirnov", sagte Matt. „Wir haben weitere Fragen."

Mr. Mirnov stöhnte, während er sich umdrehte, um zu uns zu schauen. „Kann man denn nicht in Frieden nach einem langen Tag etwas trinken?"

Brockwell deutete auf die Leute, die uns umgaben und sich laut unterhielten, sodass sie über die anderen Gäste hinweg noch gehört wurden, und einen Geigenspieler, der auf einem Hocker in der Ecke stand, wo er sein Instrument folterte. „Das nennen Sie friedlich?"

„Hier stört mich niemand. Bis jetzt. Was wollen Sie? Ich habe alles beantwortet, was Sie mich gefragt haben."

„Wir haben weitere Fragen und wären sehr dankbar, wenn Sie sie für uns beantworten." Brockwell drehte sich ein wenig, damit er den Ellbogen auf den Tresen stützen konnte. Der Schankwirt, der einen Humpen mit einem schmutzigen grauen Tuch auswischte, wartete auf eine Bestellung, aber Brockwell bemerkte ihn nicht.

Matt bedeutete dem Schankwirt, er solle Mr. Mirnov noch etwas einschenken.

„Wir haben gerade mit der Mutter und dem Bruder Ihrer verstorbenen Frau gesprochen", setzte Brockwell an.

Mr. Mirnov schürzte die Lippen. „Das sind allesamt Lügner. Welchem Bruder? Lancelot? Der ist ein Tunichtgut. War sein ganzes Leben immer wieder mal lang im Gefängnis." Er nahm den Humpen Bier vom Wirt entgegen und prostete damit Matt zu, bevor er einen Schluck nahm.

„Wir wissen, Sie haben gesagt, man kann ihnen nicht vertrauen, aber wir mussten trotzdem mit ihnen sprechen", sagte Matt.

Mr. Mirnov drehte sich, um uns ganz gegenüber zu sitzen. „Lassen Sie mich raten, was Mrs. Shaw gesagt hat. Hat sie gesagt, ich hätte meine Frau umgebracht? Dass ich sie immer geschlagen und misshandelt habe?"

„Ihre Nachbarn haben bestätigt, dass Sie und Ihre Frau gestritten haben."

Mr. Mirnov blinzelte rasch. „Haben meine Nachbarn auch erzählt, dass ich von meiner Frau im Gegenzug genauso behandelt wurde?"

Matt antwortete nicht.

Mr. Mirnov knurrte. „Na, so war es. Sie hat mich angebrüllt, ich habe sie angebrüllt … Das gehört einfach dazu, wenn man mit einer Frau verheiratet ist, die ein feuriges Temperament hat. Aber ich kann Ihnen versichern, ich habe ihr niemals Schaden zugefügt. Ich habe sie niemals geschlagen oder geschubst, und ganz gewiss habe ich sie nicht umgebracht." Er deutete mit dem Humpen auf mich. „Sie glauben mir, oder nicht, Mrs. Glass?"

„Ich kenne Sie nicht", sagte ich. „Was ist geschehen, Mr. Mirnov? Ihre Beziehung zu Ihrer Frau war doch nicht immer so holprig, oder? Die Probleme kamen später?"

Er nahm einen großen Schluck von seinem Getränk, bevor er es abstellte und sich den Mund mit dem Handrücken abwischte. „Ich habe herausgefunden, dass meine Frau untreu war." Das wurde so leise ausgesprochen, dass ich anfangs nicht sicher war, ob ich es richtig verstanden hatte.

Erst als Brockwell fragte, welche Beweise Mr. Mirnov hatte, um die Behauptung zu unterstützen.

Mr. Mirnov warf mir einen entschuldigenden Blick zu. „Es war ihr Geruch. Sie ist immer nach Hause gekommen und hat nach Mann gestunken. Da bin ich ihr eines Abends gefolgt und habe gesehen, dass sie sich mit einem Kerl am Blue Anchor trifft. Sie sind zusammen gegangen, und ich bin ihnen zu einem Ort nicht weit von dort gefolgt. Als ich sie nachher gefragt habe, wo sie gewesen war, sagte sie, sie hätte eine Freundin besucht." Er schüttelte den Kopf. „Ich nannte sie eine Lügnerin, wir haben gestritten, und danach haben sich die Dinge niemals mehr verbessert. Am Tag, als sie gestorben ist, hatten wir einen weiteren Streit." Er nahm den Humpen mit beiden Händen und starrte auf den Inhalt. „Sie hat sich hineingesteigert bis zu ihrem Tod."

„Mein herzliches Beileid", sagte ich leise.

Er lächelte mich düster an. „Ich habe sie einmal geliebt, Mrs. Glass, und ich glaube, sie hat mich auch geliebt. Ich weiß nicht, weshalb ihre Gefühle für mich sich verändert haben. Vielleicht war es, weil mich ihre Familie niemals mochte. Sie sagten zu ihr Dinge über mich, haben sich Dinge ausgedacht, haben sie vergiftet, um gegen mich zu sein. Vielleicht hat sie ihnen letztlich geglaubt."

„Hatte Ihre Frau Herzprobleme vor ihrem Tod?", fragte Matt.

Er schüttelte den Kopf. „Ich weiß, das wirkt verdächtig. Sie war jung und gesund. Hätte ich nicht selbst gesehen, wie sie stirbt, hätte ich es auch nicht geglaubt. Aber sie ist an einer natürlichen Ursache gestorben. Ich wünschte nur, ihre Familie würde das glauben und aufhören, mich zu beschuldigen. Das Problem ist, sie möchten nicht gerne zugeben, dass sie eine untreue Frau war. Lieber glauben sie, dass ich ein Mörder bin, als dass sie eine *Hure* war."

Die Heftigkeit, mit der er dieses Wort aussprach, verblüffte mich, nachdem ich die Trauer in seiner Stimme gehört hatte. Gerade als ich gedacht hatte, ich hätte mich wegen Mr. Mirnov entschieden, gab er mir wieder Grund, es mir anders zu überlegen.

Er wandte sich an Brockwell. „Ich habe sie nicht umgebracht, Inspektor. Ich bin ein Spielzeugmacher. Ich bringe Leute gern zum Lächeln. Ich hätte ihr nicht wehtun können, oder sonst jemandem."

Brockwells Gesicht verriet nichts. Er wurde von Mr. Mirnovs Flehen oder seinem wechselnden Tonfall nicht beeindruckt. Er war daran gewöhnt, mit Verdächtigen zu reden, die hervorragende Lügner waren.

Genauso Matt, und er war derjenige, der die nächste Frage übernahm. „War Trentham einer der Liebhaber ihrer Frau?"

Mr. Mirnovs Augen wurden groß. „Nein! Na ja, nicht, dass ich wüsste. Das bezweifle ich auf jeden Fall. Trentham kommt mir nicht wie jemand vor, an dem Albina interessiert wäre. Er war zu still für sie, viel zu sehr eine Maus. Ihr waren Löwen und Bären lieber."

Das würde er natürlich sagen, wenn er wollte, dass kein Verdacht wegen des Mordes an Mr. Trentham auf ihn fiel. Falls seine Frau eine Liaison mit dem rivalisierenden Spielzeugmacher gehabt hätte, hätte es Mr. Mirnov ein starkes Motiv gegeben, ihn umzubringen.

„Sie haben uns auch erzählt, dass Sie keinen Mann namens Lord Coyle kennen", sagte ich.

„Kenne ich auch nicht."

„Er wurde an Ihrem Wohnort gesehen."

Mr. Mirnov schnaubte in sein Bier. „Das bedeutet nicht, dass er dort war, um mich zu treffen."

„Wen sollte er denn sonst besuchen?"

Er trank seinen Humpen aus und erhob sich. Er schaute auf mich herab, die Zähne zu einem Fauchen gefletscht. „Was glauben Sie denn, wen?"

Ich weigerte mich, mich von diesen Mann einschüchtern zu lassen. Tatsächlich nahm ich an, er wollte gar nicht einschüchternd wirken, sondern regte sich nur auf, dass die Untreue seiner Frau öffentlich besprochen wurde. Es war bestimmt doppelt erniedrigend, vor einer anderen Frau darüber zu reden.

„Meine Frau hat Ihnen eine Frage gestellt", sagte Matt, sein Tonfall genauso harsch wie der von Mirnov.

Mr. Mirnov schaute weg. „Er hat wohl Albina besucht."

Als Polizist durch und durch war Brockwell nicht zufrieden mit dieser Antwort. „Sind Sie sicher, dass sie einander kannten?"

„Nein, Inspektor, bin ich nicht. Es ist Spekulation. Allerdings war meine Frau eine Ehebrecherin. Es ist eine vernünftige Annahme, dass ein männlicher Besucher in meiner Wohnung, wenn ich nicht zu Hause bin, dort sein sollte, um mit ihr vertraulich umzugehen."

„Nein, Mr. Mirnov", stieß ich hervor. „Das ist überhaupt

keine vernünftige Annahme." Ich drehte mich um und ging davon, schob mich durch die Menge, und es war mir gleich, ob Matt und Brockwell mir folgten. Es ärgerte mich, dass Männer annahmen, eine Frau, die einmal untreu gewesen war, wäre immer wieder untreu, selbst mit so abstoßenden Männern wie Lord Coyle.

Matt war mir gefolgt, und er half mir in die Kutsche. „Ist alles in Ordnung bei dir?", fragte er, während wir auf den Inspektor warteten.

„Ich bin nur ein bisschen wütend wegen Mirnovs Meinung zu seiner Frau." Ich nahm den Pelzmuff, den ich auf dem Sitz gelassen hatte, und steckte die Hände hinein. „Was hältst du denn von der Annahme, dass Albina eine Affäre mit Coyle hatte?"

Brockwell kam in die Kutsche und setzte sich gegenüber hin. Er hatte meine Frage gehört und schien auch sehr interessiert an Matts Antwort zu sein.

„Ich halte das für Unsinn", sagte Matt. „Coyle hat niemals Interesse an Frauen gezeigt, bis Hope kam. Ich vermute, sein Interesse an ihr geht über das Körperliche hinaus."

Ich verzog das Gesicht. Der Gedanke, dass Coyle und Hope intim miteinander umgingen, war eher wenig ansprechend.

„Er würde Albina doch auch nicht bei ihr zu Hause besuchen", fuhr Matt fort. „Falls Coyle eine Geliebte hätte, würde er sie in schönen Räumlichkeiten in einer guten Gegend treffen, die er leicht erreichen könnte. Sie in einer Mietsbehausung in Shoreditch aufzusuchen, ist nicht Coyles Stil."

Brockwell nickte. „Sie kennen ihn am besten, Glass, also werde ich mich Ihrer Einschätzung hier beugen. Wenn also Coyle nicht da war, um Albina zu besuchen, hat Mirnov wohl gelogen. Coyle war da, um ihn zu besuchen."

„Die Frage lautet, weshalb?" Matt schaute mir in die Augen. „Wegen deines Flugzaubers? Vielleicht hat er ihn gebeten, ihn zu stehlen."

„Aber die Nachbarin hat gesagt, Coyle wäre vor Monaten vorbeigekommen", erklärte ich. „Fabian und ich haben den Zauber erst vor Wochen geschaffen. Wir haben ein paar Wochen vorher noch nicht mal Zauber geschöpft." Hier ging irgendetwas anderes vor, da war ich mir sicher. Etwas, das nichts mit meinem Zauber und dem fliegenden Teppich zu tun hatte.

Aber ich brachte nicht heraus, wie Mirnov, Trentham und Coyle miteinander in Verbindung standen.

* * *

FABIAN BESUCHTE mich am folgenden Vormittag, doch ich konnte ihm sehr wenig über unsere Fortschritte erzählen. Tatsächlich hatten wir noch kaum große Fortschritte gemacht. Der Mord an Trentham war wichtiger geworden als der Diebstahl des Zaubers, aber als ich das vor Fabian zugab, warf er mir einen zweifelnden Blick zu.

„Der Diebstahl ist äußerst wichtig", sagte er. „Wir wissen nicht, was der Dieb damit vorhat."

„Ich bin mir sicher, der Diebstahl und der Mord hängen zusammen. Wenn wir den Mörder finden, werden wir auch den Dieb finden. Hab etwas Vertrauen in uns, Fabian. Bitte."

Er nahm meine Hand und lächelte mich düster an. „Das habe ich, India. Das habe ich."

Wir saßen im Salon, während Matt in seinem Bureau war und Briefe an seinen Geschäftsführer schrieb. Brockwell sollte bald eintreffen, und zusammen würden wir mit der Ermittlung fortfahren. Willie hatte die Nacht bei ihm verbracht, und ich schätzte, sie würde darauf bestehen, mitzukommen, genauso Duke. Da Cyclops jeden Tag aus war, wurde er zunehmend ruhelos. Tatsächlich hatte er vor dieser Ermittlung erwähnt, nach Amerika zurückzukehren. Da er von den anderen eine wenig begeisterte Antwort bekommen hatte, sogar von Willie, hatte er das Thema nicht wieder erwähnt.

„Sag mir, habt ihr Hinweise gefunden, dass Coyle involviert war?", fragte Fabian.

„Er wurde bei Trenthams Laden gesehen, genauso am Heim unseres Hauptverdächtigen, Mr. Mirnov, dem anderen Spielzeugmachermagier. Wir werden Seine Lordschaft heute Vormittag erneut befragen."

Fabian schürzte die Lippen. „Er muss es sein."

Brockwell und Willie trafen ein, und Fabian brach auf. Duke

und Willie wollten sich uns tatsächlich anschließen, und wir fünf fuhren zu Lord Coyles Stadthaus in Belgravia. Ich verbrachte die kurze Fahrt damit, herauszufinden, ob Willie und Brockwell über Mrs. Shaws Vorhersagen zu Willies Heiratsaussichten gesprochen hatten, aber keiner von ihnen schien an diesem Morgen irgendwie anders zu sein. Brockwell war ausdruckslos wie eh und je, und Willie füllte die Stille, indem sie mit Duke eine Meinungsverschiedenheit wegen eines Details in der Geschichte des amerikanischen Sezessionskriegs austrug. Ich war ziemlich froh, als wir am Ziel ankamen und sie einen Waffenstillstand vereinbarten.

Wir warteten im Salon auf Lord Coyle. Es schien, als wäre Hope ausgegangen oder vielleicht in einem anderen Teil des Hauses, wo sie bleiben wollte, um zu vermeiden, uns zu treffen. Der Salon zeigte an, dass jetzt eine Dame hier wohnte. Ein Sofa und Polsterstühle in Butterblumengelb hatten die düsteren Möbel mit den dicken Beinen ersetzt, und das Gemälde einer Jagdszene fehlte. Ein goldgerahmter Spiegel nahm nun den Platz über den Kaminen ein. Eine Vase auf dem Sofatisch war mit rosaroten und pfirsichfarbenen Treibhausrosen gefüllt.

Zum Glück ließ Coyle uns nicht lange warten. Er kam mit einem leichten Humpeln an den Sessel am Kamin, vorbei an dem Sofa, wo ich mit Duke auf meiner einen Seite und Brockwell auf der anderen saß. Der Geruch nach Zigarrenrauch zog mit ihm herein.

„Sie haben heute die Kavallerie dabei, Glass." Er stöhnte, als er sich in den Sessel hinabließ. „Oder sollte ich sagen, die Missgeburten vom Jahrmarkt?"

Willie, die ein Gemälde mit einer säuerlich dreinblickenden Frau gemustert hatte, echauffierte sich. „Sie nennen mich eine Missgeburt?"

Duke kicherte.

Lord Coyles Blick wich niemals von Matt, der auf der anderen Seite des Kaminsimses stand. „Also, was möchten Sie mir nun vorwerfen?"

„Sie haben kürzlich jedes Wissen über Mr. Nicholas Mirnov geleugnet", sagte Matt.

„Und ich leugne es weiter."

„Sie wurden an seinem Wohnort von einer Zeugin gesehen."

Lord Coyles schwere Augenbrauen gingen hoch. „Wo lebt er denn?"

Matt gab ihm die Adresse in Shoreditch.

Lord Coyles Backen sackten in ihre Bulldoggen-Falten herab, und sein Blick verlegte sich auf die glühenden Kohlen im Kamin. „Na so was", murmelte er.

„Also waren Sie dort", sagte Brockwell.

Lord Coyle schaute auf. „Es scheint, jemand möchte, dass Sie glauben, ich wäre schuldig."

Matt verschränkte die Arme vor der Brust und lehnte sich an den Kaminsims. Sein Mundwinkel hob sich höhnisch. „Ist das so?"

„Fahren Sie fort, mein Lord", sagte Brockwell.

„Vor ein paar Monaten bin ich tatsächlich zu dieser Adresse gefahren. Man hat mir eine Nachricht geschickt, dass ich dort eine Bekanntschaft treffen sollte. Meine Bekanntschaft ist nicht aufgetaucht, also ging ich. Als ich nachgefragt habe, weshalb, setzte man mich in Kenntnis, dass die Bekanntschaft die Einladung gar nicht geschickt hatte."

„Wer also hat die Nachricht geschickt?", fragte ich.

„Ich weiß es nicht."

Matt kniff die Augen zusammen. „Können wir den Namen dieser Bekanntschaft bekommen?"

„Nein. Jetzt, wenn es Ihnen nichts ausmacht, bin ich beschäftigt." Er schob sich aus dem Sessel hoch und brüllte nach dem Butler.

Brockwell erhob sich mit einem Räuspern. „Nur noch eine Frage. Sie wurden auch am Spielwarenladen des Opfers gesehen. Haben Sie …"

„Ich habe ein Spielzeug für das Enkelkind eines Freundes gekauft. Das war vor einigen Wochen."

„Was ist mit letzter Woche?"

„Nein. Ich glaube, es ist immer noch rechtens, einkaufen zu gehen, Inspektor?"

Brockwell schluckte. Der arme Mann hatte bis jetzt Rückgrat gezeigt, aber Lord Coyles einschüchternder, finsterer Blick schien zu wirken. Brockwell wusste, dass Coyle seine Karriere zunichtemachen konnte, wenn er das wollte.

Willie hatte allerdings keine Karriere, um die sie sich Sorgen machen musste. Sie deutete mit dem Finger auf Lord Coyles Brust. „Es ist nicht verboten, aber Ihre Geschichte ist doch nichts weiter als das, oder? Eine Geschichte."

Lord Coyle lachte rau. „Und weshalb sollte das so sein?"

„Sie haben gar keine Freunde."

Lord Coyles Nasenflügel blähten sich, und seine Backen bebten. „Sie müssen Ihre Cousine fester an der Leine halten, Glass. Sie wollen doch nicht, dass sie Unschuldige anfällt."

Willie ging auf ihn zu, nur um von Duke und Matt abgefangen zu werden. Matt bugsierte sie unter dem verächtlichen Blick des Butlers aus dem Salon. Sie fluchte den ganzen Weg zur Kutsche aus vollem Hals.

Es war keine friedliche Fahrt zu Trenthams Laden, während Willie den Großteil des Weges wütende Worte über Lord Coyle ausspie. Duke, Brockwell und ich versuchten, sie zu beruhigen, aber sie ignorierte uns. Der Einzige, auf denen sie womöglich gehört hätte – Matt – war zu abgelenkt, um es zu bemerken. Er drehte sich ständig um, um hinter sich aus dem Rückfenster zu schauen.

„Was ist denn?", fragte ich, folgte seinem Blick. Ich konnte nur eine kleine schwarze Kutsche sehen, die von zwei Pferden gezogen wurde.

„Genau diese Kutsche folgt uns schon, seit wir bei Coyle aufgebrochen sind", sagte er.

Brockwell, Duke und Willie versuchten alle nachzusehen, bevor Matt ihnen befahl, sich hinzusetzen und sich ganz gewöhnlich zu verhalten.

„Glaubst du, das ist einer von Coyles Spionen?", fragte Duke.

„Das ist möglich."

Willie griff nach dem Fenster. „Ich werde Woodall sagen, er soll schneller fahren und ihn abhängen."

„Nein", erwiderte Matt. „Sollen sie uns folgen. Sie werden nichts Wichtiges dabei herausbringen. Außerdem gibt es uns eine bessere Gelegenheit, zu sehen, wer in diesem Gefährt ist.

Wenn Woodall es schafft, sie abzuhängen, finden wir ihre Identität vielleicht nie heraus."

„Verflixt." Willie sank mit trotzigem Gesicht auf dem Sitz zusammen. „Ich wäre in der Stimmung für eine Verfolgungsjagd mit hoher Geschwindigkeit gewesen."

Als Woodall vor dem Spielzeugladen am Bürgersteig stehen blieb, fuhr die andere Kutsche vorbei, ohne langsamer zu werden. Der Vorhang war vor das Fenster gezogen, und der Fahrer hatte einen Schal, der die untere Hälfte seines Gesichtes verbarg. Er fuhr weiter und bog um die Ecke.

Ich stieß angehaltene Luft aus und trat über die Schwelle in den Laden. Mrs. Trentham stand hinter dem Tresen, aber ihr Lächeln verschwand, als sie uns sah.

„Ich dachte, Sie wären Kunden", sagte sie, nahm ein Tuch und wischte über den Tresen.

„Läuft das Geschäft träge?", fragte Matt.

Sie nickte. „Niemand will sein Kind in einen Spielwarenladen bringen, in dem ein Mord stattgefunden hat."

Ich näherte mich zusammen mit den anderen dem Tresen, blieb aber stehen. Ich drehte mich langsam, musterte meine Umgebung. Etwas war fehl am Platz. Nicht weg, einfach nur anders.

„Natürlich!" Ich marschierte zu dem Ritter-Automaten, der ganz hinten im Laden stand. „Der war nicht hier, als wir zum letzten Mal herkamen, obwohl er beim ersten Mal da war."

Der Ritter war in eine komplette Rüstung gekleidet und ein wenig kleiner als ich, aber größer als Willie. Er stand Wache am Puppenhaus, als würde er die Jungfrau in Nöten darin bewachen. Von Kopf bis Fuß war er mit Metall bedeckt; sogar die Hände bestanden aus Metall. Das Gesicht allerdings konnte man hinter dem Visier des Helms nicht sehen.

Ich fuhr mit dem Finger über eine kleine Delle. „Das Visier ist beschädigt."

Mrs. Trentham schloss sich mir an und hob das Visier. Es war nichts dahinter, nur eine dunkle Höhle, wo das Gesicht hätte sein sollen. Es war eine leere Rüstung, allerdings eine, die sich bewegen konnte, wenn man sie aufzog.

„Jemand hat ihn gestern in einer Gasse gefunden und

zurückgebracht", sagte sie. „Derjenige hatte sie hier drin schon einmal gesehen und wusste daher, dass es eine der Schöpfungen meines Mannes war." Sie schloss das Visier über der Leere. „Mir war bis dahin nicht aufgefallen, dass sie weg war. Mein Mann hat vor seinem Tod jeden Tag die Dinge umgestellt, und dann ist mir in dem Chaos völlig entgangen, dass sie nicht da war. Die hat man wohl in der Nacht gestohlen, aber die Diebe konnten sie nicht weiter tragen und beschlossen, sie zurückzulassen."

Matt trat hinter uns. „Sie glauben, der Mörder hätte sie gestohlen?"

„Wer sollte es denn sonst sein?", sagte sie.

„Fehlen noch weitere Spielzeuge?", fragte Brockwell.

„Nicht, dass ich wüsste, aber ich habe noch nicht alle gezählt. Ich bin immer noch … neben mir."

„Darf ich Sie bitten, es zu überprüfen, wenn Sie das Gefühl haben, Sie schaffen das?"

„Natürlich, Inspektor. Das wirkt wie ein kluges Vorgehen. Es könnte Ihrer Ermittlung helfen."

Duke spähte hinter den Automaten. „Läuft er?"

„Ja. Der Schlüssel ist in der Schublade hinter dem Tresen, weit weg von neugierigen kleinen Fingern. Ich fürchte immer, er könnte Dinge von den Tischen werfen, wenn er hier drin aufgezogen wird."

Duke ging rückwärts. „Hat Ihr Mann auch darin seine Magie gewirkt?"

Mrs. Trentham zuckte mit den Schultern. „Ich weiß es nicht."

Ich berührte den Arm des Ritters. Das Metall war warm. „Ja, hat er."

„Was lässt die Magie ihn denn tun?", fragte Matt.

„Sie sorgt dafür, dass er sich etwas länger bewegt", sagte Mrs. Trentham. „Seine Magie war zu schwach, um ihn länger laufen zu lassen."

Matts Blick traf meinen, und er nickte schwach. Ich nahm das als Hinweis, die Fragen zu stellen, die man stellen musste. Wir hatten in der Kutsche beschlossen, dass ich diejenige sein musste, die es tat. Matt begab sich außer Hörweite, und die anderen folgten ihm. Sogar Willie, die argumentiert hatte, dass sie ebenfalls eine Frau war, und es daher angemessen wäre, dass sie Mrs. Trentham wegen der Untreue ihres Mannes befragte.

Ich musterte den Automaten, bevor ich mich zu ihr wandte. „Ich muss Sie etwas Heikles fragen, Mrs. Trentham. Bitte verzeihen Sie mir."

Sie kniff die Augen zusammen. „Fahren Sie fort."

„Hatte Ihr Mann eine Liaison mit einer anderen Frau?"

Sie blinzelte heftig. „Nein."

„Nicht einmal vor paar Monaten?"

„Nein! Weshalb?"

„Es ist eine Routinefrage bei dieser Art ungelöstem Mordfall. Es hat nichts zu bedeuten. Der Inspektor wollte, dass ich Sie frage, denn ihm ist es peinlich, mit Frauen darüber zu reden."

Ein flüchtiges Lächeln trat auf ihre Lippen. „Obwohl ich mir natürlich nicht ganz sicher sein kann, bezweifle ich es. Mein Mann war entweder hier, in der Werkstatt oder in seinem Gildensaal. Er hatte keine Zeit für andere Frauen."

Ich dankte ihr und bedeutete den anderen, dass wir gehen konnten. Wir wollten gerade gehen, als Mrs. Trentham uns rief.

„Ich habe es fast vergessen. Ich wollte Ihnen sagen, dass ich mich kürzlich in einer Sache geirrt habe."

„Und was wäre das?", fragte Brockwell.

„Diesen korpulenten Gentleman mit dem langen weißen Schnurrbart habe ich nicht in den Tagen vor dem Tod an meinem Mann gesehen. Es war vor einiger Zeit. Vor Wochen, glaube ich. Er hat ein Spielzeug gekauft."

Brockwell runzelte die Stirn. „Sie sagten, er hätte nur mit Ihrem Mann gesprochen. Sie haben niemals erwähnt, dass er etwas gekauft hat."

„Beim letzten Mal, als wir gesprochen haben, war ich ein wenig neben mir. Ich hoffe, meine Verwirrung hat nicht für Probleme gesorgt."

„Überhaupt nicht." Er dankte ihr für die Information und öffnete die Eingangstür.

Matt war allerdings noch nicht ganz bereit zum Gehen. „Sind Sie sicher, dass er letzte Woche nicht da war?"

Sie schüttelte den Kopf. „Ich bin mir sicher."

„Denken Sie nur einen Augenblick nach."

Sie verzog das Gesicht. „Ja. Ich glaube schon."

Ich legte eine Hand auf Matts Arm, dann folgte ich den anderen nach draußen. Er trat hinter mir hinaus. Ich ging über den Bürgersteig und hatte einen Fuß auf dem Tritt der Kutsche, als ein Schuss erklang.

Eine Frau kreischte. Willie sprang aus der Kutsche, stieß mich zur Seite. Ihr Gesicht war kreidebleich, in ihren Augen stand die reine Angst. Ich wäre gestürzt, hätte Duke mich nicht an den Schultern gefasst. Sein aufgeschreckter Blick schien mich allerdings nicht zu sehen. Er konzentrierte sich auf den Eingang des Spielwarenladens.

Dann ließ er mich los und ging vor Matt in die Hocke, der im Eingang lag. Ein Blutfleck breitete sich auf Matts Kleidern aus. Der Fleck wurde immer größer, während seine Augenlider sich flatternd schlossen.

KAPITEL 8

„*M*att!" Willies Gebrüll übertönte die Stimmen jener, die stehen geblieben waren, um zu starren. „MATT!"

Ich fiel an seiner Seite auf die Knie. Zum Glück atmete er, und seine Augen öffneten sich wieder. Sein Blick richtete sich auf mich. Er war von Schmerzen erfüllt, von denen ich wusste, dass er versuchte, sie um meinetwillen zu unterdrücken. Um seinetwillen versuchte ich, nicht zu weinen, aber meine Wangen waren feucht, und ich stellte fest, dass ich Schwierigkeiten mit dem Atmen hatte. Matts eigene Atmung wurde plötzlich abgehackt und flach.

Ihm blieb nicht viel Zeit.

Mein Blut rauschte zwischen den Ohren, aber Dukes und Willies Schrei übertönte es nicht.

„Die Uhr! Wo ist die gottverdammte Uhr?" Willie riss Matts Jacke auf, dann mühte sie sich mit seiner Weste ab. Sie fluchte, als ihre bebenden Finger nicht mit den Knöpfen fertig wurden.

Ich übernahm, meine Hände waren überraschend ruhig. Meine Tränen versiegten, und mein Herz hörte auf, so wild zu schlagen. Ruhe legte sich auf mich. Ich konnte nicht zusammenbrechen und auf dem Boden sitzen. Noch nicht. Nicht, solange Matt es benötigte, dass ich für ihn vernünftig blieb, dass ich die Kraft war, die er nicht hatte.

Meine Finger fanden die versteckte Tasche in der Innenseite seiner Weste, und ich zog die Uhr heraus. Jemand hatte seine Handschuhe abgenommen, darum legte ich die Uhr in seine bloßen Hände. Die Magie erwachte zum Leben. Es war der schönste Anblick der Welt, und ich würde es niemals satthaben, zu sehen, wie sie sich durch ihn bewegte, sich mit dem Blut in seinen Adern mischte, ihm eine unnatürliche Farbe verlieh, die mit nichts in der Natur vergleichbar war. Ich beobachtete, wie sie unter seinem Ärmel verschwand und am Kragen wieder auftauchte, sich über seine Adern ausbreitete, sowohl die kleinen als auch die großen, an seinem Hals und in seinem Gesicht.

Als sie sein Herz erreichte, holte er tief Luft und setzte sich plötzlich auf. Ich warf die Arme um ihn, die Taschenuhr zwischen uns eingeklemmt. Ihre heftige magische Hitze ließ es mir bis auf die Knochen hinab warm werden.

Bevor er den Uhrdeckel schloss, flüsterte ich den Verlängerungszauber hinein, nur für den Fall. Dann brach ich zu einem schluchzenden Haufen zusammen.

Arme legten sich um uns, und Willies Stimme murmelte eine Reihe von Flüchen in mein Ohr. Aber ich erkannte, dass sie gleichzeitig lächelte und weinte, während sie sie aussprach.

Nach ein paar Augenblicken stand sie auf und trat zurück, ihre Hand ausgestreckt, um Matt auf die Beine zu helfen. Er nahm sie, drückte sie, lächelte sie an und schob sich seine Uhr wieder in die Tasche. Dann zog er mich an seinen Körper und küsste mich auf die Stirn.

„Bei mir ist alles in Ordnung." Er strich mir mit dem Daumen über die Wangen und lächelte auf mich hinab. „Du hast mir das Leben gerettet India. Wieder einmal."

Ich versuchte, zu ihm aufzulächeln, aber es war wacklig und wenig überzeugend.

Matt beendete den zarten Augenblick, als Mrs. Trentham keuchte.

„Ich kann nicht glauben, dass Sie noch leben", flüsterte sie aus dem Eingang.

Ich schaute mich um und sah, dass Brockwell die Zuschauer in Schach hielt. Duke war verschwunden, und Matt erkundigte sich nach ihm.

Brockwell spähte die Straße entlang. „Er hat die Kutsche verfolgt, aber die fuhr schnell."

Ich folgte seinem Blick. „Der Schütze war darin?"

„War es dieselbe Kutsche, die uns verfolgt hat?", fragte Matt.

Brockwell schüttelte den Kopf. „Ich weiß es nicht. Sie sah genauso aus, aber schwarze Zweispänner ohne irgendeine Beschriftung sind in London keine Seltenheit. Ich konnte den Schützen nicht sehen, fürchte ich." Zwei Schutzmänner rannten zu uns her, die beide heftig atmeten. Brockwell gab sich zu erkennen und wies die Polizisten dann an, mit den Zeugen zu sprechen.

Willie schob Matt am Rücken, drängte ihn zu unserer Kutsche hin. „Steig ein. Für dich ist es hier draußen nicht sicher."

Matt zögerte, bis er meinen finsteren Blick bemerkte. Mit einem grimmigen Lächeln fügte er sich, und wir warteten in der Kutsche auf die Rückkehr von Duke. Ich klammerte mich an Matts Hand, für den Fall, dass er beschloss, noch einmal auszusteigen, und auch, weil ich ihn einfach festhalten musste.

„Wir lassen dich von Gabe Seaford ansehen", sagte ich. Als magischer Arzt war er der Einzige, dem ich zutraute, mir zu sagen, ob Matt sich ganz erholt hatte. Jeder sonst würde sich nur fragen, weshalb er nicht tot war.

„Das wird unnötig sein", sagte Matt. „Ich fühle mich gut."

Da seine Jacke und seine Weste noch offenstanden, war das Einschussloch in seinem Hemd deutlich sichtbar. Ich riss daran, um es zu vergrößern, und berührte vorsichtig seinen Bauch. Seine Haut war immer noch feucht vom Blut, aber es gab keine Wunde. Nicht mal einen Kratzer.

„Die Magie in dieser Uhr ist stark", murmelte er. „Ich fühle mich wie sonst auch. Besser als sonst. Ich fühle mich …"

„Wage es bloß nicht, unbesiegbar zu sagen", fuhr ihn Willie an.

„Ich wollte sagen, ich fühle mich wieder wie ein junger Mann."

Sie knurrte. „Manchmal hast du dich da ja benommen, als wärst du unbesiegbar."

„Das war der Whiskey."

Duke kehrte zurück und quetschte sich neben Willie. Er atmete schwer. „Ist bei dir alles in Ordnung?", fragte er Matt zwischen tiefen Atemzügen.

„Alles gut. Hast du gesehen, wer geschossen hat?"

Duke schüttelte den Kopf. „Er hat einen tief herabgezogenen Hut getragen, und ein Schal hat den Großteil seines Gesichts bedeckt."

„Es hätte auch eine Sie sein können, kein Er", rief Willie uns in Erinnerung. Sie fixierte Matt mit einem strengen Blick. „Also, wer versucht, dich umzubringen?"

„Ich war vielleicht nicht mal das Ziel."

Ich fuhr zu ihm herum. „Nein, Matt. Diesmal versuchst du es nicht zu leugnen. Diese Kugel war für dich bestimmt."

„Diesmal?", wiederholte Brockwell von seinem Platz auf dem Bürgersteig aus.

„Jemand hat versucht, ihn vor den Bureaus der *Weekly Gazette* zu erschießen, noch vor Weihnachten."

Brockwell beugte sich in die Kutsche. „Das weiß ich noch, aber ich dachte, Barratt wäre das Ziel gewesen."

„Das hatten wir angenommen, weil Sir Charles Whittaker einen Raufbold geschickt hat, um ihn verprügeln zu lassen, aber es bestand immer ein Zweifel. Nach heute bin ich überzeugt, dass Matt damals das beabsichtigte Opfer war. Es ist ein zu großer Zufall, als dass es anders sein könnte."

Matt wollte schon etwas sagen, doch Willie stach mit dem Finger in die Luft in der Nähe seiner Nase. „Wage es bloß nicht, zu versuchen, das zu leugnen. Hörst du mich? India hat recht, und das weißt du auch."

Matt klappte den Mund zu und beäugte mich von der Seite.

„Also, wer möchte Sie umbringen?", drängte Brockwell.

Matt zuckte mit den Schultern. „Coyle vielleicht."

„Weshalb?"

„Weil ich ihn nerve. Oder Whittaker, aus demselben Grund."

Meine Finger spannten sich um die von Matt an. Beide Männer würden es leugnen, wenn wir sie wegen der Schützen zur Rede stellten. Also was sollten wir tun?

„Du musst im Inneren des Hauses bleiben, bis man den

Schützen erwischt", sagte Willie, ihre Gedanken waren auf demselben Pfad wie meine unterwegs.

„Das kann ich nicht. Wir sind mitten in einer Ermittlung."

Sie wackelte mit dem Finger vor ihm. „Du hörst auf mich, Matt. Das ist keine Verhandlung. Du bleibst zu Hause, bis wir herausfinden, wer versucht, dich umzubringen."

Bevor Matt etwas erwidern konnte, beugte ich mich über ihn, um mit Brockwell zu reden. „Inspektor, bitte fragen Sie Woodall, ob er uns zum Belgrave Kinderkrankenhaus in Pimlico fährt."

Brockwell winkte uns weiter, und die Kutsche fuhr ruckelnd an. Willie und Duke funkelten Matt an, während Matt so tat, als würde er es nicht bemerken. Wir saßen in angespanntem Schweigen da, bis wir am Krankenhaus ankamen, in dem Gabe Seaford arbeitete.

* * *

GABE BEFAND, dass Matt vollkommen gesund war, und schickte ihn nach Hause. Ich beharrte allerdings darauf, ihn noch einmal selbst zu untersuchen, und befahl, dass er ins Schlafzimmer ging. Ich warf sein ruiniertes Hemd in die Ecke, hob aber seine Jacke und Weste auf, um sie säubern zu lassen. Mrs. Bristow würde einen Schock bekommen, wenn sie die Blutflecken sah.

Gabe hatte den unmittelbaren Bereich auf Matts Bauch gereinigt, wo die Kugel eingetreten war, darum reinigte ich den Rest. Das feuchte Tuch enthüllte die muskulösen Wölbungen seines Körpers, aber keine Spur von der Wunde. Sie war völlig geheilt. Es war ein Wunder, aber ich fühlte mich eher erleichtert als ehrfürchtig. Tränen füllten meine Augen, während ich ihn wusch, machten meine Sicht undeutlich, bis ich nicht mehr sah, was ich tat.

„India", knurrte er. Er nahm mir das feuchte Tuch ab und legte es wieder in die Wasserschüssel. „Komm her." Er zog mich an sich, und ich vergrub das Gesicht an seiner Schulter. Er hielt mich fest, während ich schluchzte, strich mir über den Rücken und Nacken, hinauf in meine Haare.

Als meine Tränen nachließen, nahm er mein Gesicht mit den

Händen, wischte meine feuchten Wangen mit den Daumen ab. Ich blinzelte zu ihm auf.

„Mir geht es gut", sagte er mit einem Lächeln. „Also keine Tränen mehr. Sei doch froh, dass deine Magie stark ist. Ich fühle mich gesünder als je zuvor."

Ich nahm seine Hände weg und legte sie an meine Brust. „Heute war … schrecklich. Ich will niemals wieder eine solche Panik oder ein solches Grauen spüren. Es ist schon zu oft passiert, und ich dachte, nachdem man Sheriff Payne erwischt hat, wäre das vorbei. Aber das ist es nicht."

„Wir werden herausfinden, wer es getan hat."

„Wie? Wo fangen wir an?"

„Jemand hat vielleicht etwas gesehen. Wir werden auf Brockwells Bericht warten." Er küsste mich auf die Stirn. „Wir können nicht viel mehr tun als das."

„Können wir, Matt!"

„Ich kann Whittaker zur Rede stellen, schätze ich. Zusammen mit Coyle ist er der wahrscheinlichste …"

„Du wirst nichts dergleichen tun." Ich riss seine Hände nach oben. „Du verlässt dieses Haus nicht, bis der Schütze erwischt wurde."

Er schaute mich betont an. „Sei doch ernst, India. Ich kann mich nicht verstecken."

„Es ist kein Verstecken, du bleibst in Sicherheit. Wenn du nicht hierbleiben möchtest, können wir aufs Land oder ans Meer fahren."

Er schüttelte den Kopf. „Ich mache weiter wie bisher. Wir haben eine Ermittlung …"

„Vergiss die Ermittlung! Brockwell und ich können ohne dich weitermachen."

„Ach, also kannst du ermitteln, aber ich muss hier drin eingebunkert bleiben?"

Ich mahlte mit den Backenzähnen. Er war absichtlich stur. Ich hätte erwarten sollen, dass sein männlicher Stolz etwas angeschlagen war, aber ich hätte nicht gedacht, dass er dumm sein würde. „Matt, das ist wichtig. Du musst sicher bleiben, bis dieser Schütze erwischt wird."

Er ließ mich los und setzte sich mit einem schweren Seufzen

aus Bett. Er stützte die Ellbogen auf die Knie und fuhr sich mit der Hand durch die Haare. Als seine Hand wieder herabfiel, schaute er durch die dunklen Strähnen zu mir auf. „Mein Leben lief jahrelang nur auf geliehener Zeit."

„So würde ich es nicht ausdrücken."

„Drück es aus, wie du möchtest, India, aber es stimmt. Ich sollte nicht mal hier sein. Ich hätte vor Jahren sterben sollen."

„Hör auf, Matt!"

Er nahm meine Hand. „Jeder Tag, an dem ich lebe, seit ich in Broken Creek beinahe gestorben bin, ist ein Geschenk. Jeder Augenblick, nachdem dein Großvater und der Arztmagier die Magie in meine Uhr gegeben haben, ist einer, den ich niemals hätte erleben sollen. Ich werde diese zweite Chance nicht verschwenden, indem ich nichts tue. Ich werde gut leben, und nach meinen eigenen Regeln. Dazu gehört nicht, dass ich im Haus bleibe wie ein Invalider. Ich bin gesund und stark, und ich *lebe*. Ich schulde es der Magie, so gut zu leben, wie ich kann." Sein Daumen strich über meine Handknöchel. „Verstehst du das?"

Ich riss die Hand weg. „Kannst du das nicht für mich machen? Für die anderen, die dich lieben?"

„Ich würde alles für dich tun, India. Alles. Sogar das, wenn du darauf beharrst." Der Schmerz in seiner Stimme nagte an meinen bereits strapazierten Nerven. „Aber du würdest mich für eine unbekannte Zeitspanne in einen Käfig stecken. Das weißt du. Also bitte mich nicht darum." Er griff nach mir, aber ich wich aus.

Ich wandte ihm den Rücken zu und spielte mit den Gegenständen auf meinem Ankleidetisch, ohne sie wirklich zu sehen. Matt legte die Finger um meine Oberarme, aber ich schüttelte ihn ab. Meine Kehle wurde eng, und in meinen Augen brannten weitere Tränen, aber nach ein paar tiefen Atemzügen beruhigte ich mich. Ich konnte ihn allerdings nicht anschauen. Noch nicht. Mein Herz fühlte sich so bloßgelegt, dass ich wusste, ich würde in Tränen ausbrechen, wenn ich die Qualen seinen Augen sah.

„India, bitte nimm meine Entscheidung an."

Ich schluckte den Kloß in meiner Kehle und hob das Kinn.

„Zieh dich an und komm nach unten, um die anderen in Kenntnis zu setzen. Ich treffe dich dann im Salon."

„India!"

Ich marschierte nach draußen und schloss die Tür vor ihm. Er hätte sie öffnen können, aber er entschied sich dagegen. Ich lehnte mich zurück an die Wand und stieß einen abgehackten Atemzug aus. *Verdammt noch mal, Matt.*

Ich ging hinab zum Salon, wo Duke, Willie und Tante Letitia saßen. An Tante Letitias fröhlicher Unterhaltung merkte ich, dass die anderen ihr nicht erzählt hatten, was passiert war. Ich hob eine Augenbraue vor Duke, und er schüttelte zur Bestätigung leicht den Kopf.

Wir verbrachten den Nachmittag in einem seltsamen Nebel. Falls Tante Letitia es merkwürdig fand, dass wir alle zu Hause waren, doch kaum ein Wort zueinander sprachen, sagte sie es nicht. Vielleicht nahm sie an, es läge daran, dass das Wetter so trüb geworden war. Schneeregen klatschte an die Fenster, und ein kalter Wind blies durch den Kamin herab, fuhr unter die Flammen. Sie beharrte darauf, dass wir uns die Zeit damit vertrieben, Karten zu spielen.

Es war eine Erleichterung, als Cyclops nach Hause kam. Er wusste sofort, dass etwas nicht stimmte, verzichtete aber zum Glück darauf, nachzufragen. Erst als Tante Letitia das Zimmer verließ, um sich für das Abendessen anzukleiden, war es uns möglich, es ihm zu erzählen.

Darauf folgte die gleiche Diskussion, die Matt und ich oben geführt hatten. Ich nahm nicht teil, während die anderen drei genauso argumentierten wie ich, mit zunehmender Lautstärke. Matt fuhr fort, sich zu weigern, in Sicherheit und von der Straße fernzubleiben. Als sie dagegen hielten, ging sein Temperament mit ihm durch. Das kam kaum vor, aber wenn doch, war es ziemlich heftig.

„Du stellst dich stur, Matt." Willie war auf den Beinen, wedelte mit dem Finger vor ihm.

Er schlug sie weg. „Das reicht jetzt. Ihr alle. Ich habe mich entschieden, und es ist endgültig."

„Sei vernünftig", flehte Cyclops. „Du musst zu Hause bleiben."

„Würdest du das tun?", schoss Matt zurück. Auf Cyclops' Seufzen hin tigerte Matt durch das Zimmer, nur um zurückzukehren. „Diese Entscheidung darf ich treffen. Niemand sonst. Ist das klar?"

Willie verschränkte die Arme mit einem unzufriedenen Geräusch. „Gottverdammter sturer *Idiot*."

Duke schnaubte und schnippte mit den Fingern. „Ich habe eine Idee. India, du kannst ihn einweisen lassen."

„In ein Irrenhaus?" Matt stieß ein wenig erweitertes Lachen aus. „Du bist doch hier der Irre, wenn du glaubst, India würde das tun."

Duke ignorierte ihn und fuhr damit fort, sich an mich zu richten. „Du brauchst die Zustimmung eines Arztes. Dr. Seaford würde einen Brief schreiben, schätze ich."

Willie nickte begeistert. „Wir werden Gabe morgen besuchen. Na, India? Was sagst du?"

Ich richtete mich an Cyclops. „Was meinst du? Wegen des Daheimbleibens, meine ich, nicht wegen des Irrenhauses."

„Dankeschön", murmelte Matt trocken.

„Frag mich das nicht, India", sagte Cyclops.

„Ich frage."

Cyclops rieb sich über den Nacken und verzog das Gesicht. „Die Sache ist die … Er hat recht. Wäre ich derjenige, würde ich auch nicht zu Hause bleiben." Er hob die Hände, um Dukes und Willies Proteste abzuwehren. „Er ist immer noch ein Ziel, wenn er hierbleibt. Daran wird sich nichts ändern. Aber wenn er einen unvorhersehbaren Terminplan hat, zu dem er kommt und geht, wird es für den Schützen schwerer, es noch einmal zu probieren."

Willie hob die Arme. „Das ist das Dümmste, was jemals aus deinem Mund gekommen ist, Cyclops. Wenn Matt hier drin bleibt, wird er nicht an die Tür gehen, er wird nicht in die Nähe der Fenster gehen, er wird einfach nur drinnen bleiben und sicher sein."

„Was für ein Leben ist das denn für einen Mann wie ihn?" Cyclops wandte sich an mich. „Ich kann ihn nicht darum bitten, etwas zu tun, das ich selbst nicht tun würde."

Matt setzte sich neben mich und nahm meine Hand in seine

beiden. Die Heftigkeit in seinen Augen versetzte mich in Panik. „India."

Bristow trat ein und kündigte Brockwells Ankunft an. Der Inspektor schlurfte herein, kratzte sich an seinen leicht unsauber rasierten Koteletten. Seine Wangen waren von der Kälte gerötet, und seine Haare durch den Hut platt gedrückt. Er wirkte nicht, als würde er in einen Salon in Mayfair gehören, aber das war ja kein typisches Haus von Mayfair.

Willie begrüßte er mit einem schwachen Lächeln von der Art, die er nur für sie reservierte, und sie versuchte es mit einem Lächeln zu Erwiderung. Ich wollte auch lächeln, aber ich war nicht mit dem Herzen dabei. Nicht heute Abend. Ich war zu verstört und mir zu sehr des Mannes bewusst, der neben mir saß. Obwohl ich ihn nicht ansah, spürte ich, dass Matt seinen bohrenden Blick nicht von mir genommen hatte.

„India", drängte er. „Sag was."

Ich zog meine Hand heraus. „Bristow, ist das Abendessen fast fertig?"

„Ich glaube, es dauert noch fünf Minuten, Madam."

„Dann schlagen Sie doch bitte den Gong, um Miss Glass darauf hinzuweisen. Wir begeben uns jetzt zum Speisezimmer."

Da Tante Letitia anwesend war, hielten wir unsere Unterhaltung bei unbeschwerten Themen. Ich erkundigte mich nach Catherine, was Cyclops zum Lächeln brachte.

„Ihr geht es gut", sagte er. „Sie arbeitet gerne im Laden. Sie wird echt gut darin, die ganzen unterschiedlichen Namen für Uhrenteile zu kennen."

„Und ihre Eltern?"

Sein Lächeln verblasste. „Ihre Mutter versucht immer noch, sie davon zu überzeugen, nach einem … passenden Mann zu suchen. Nicht, dass Catherine mir das erzählt hätte. Ronnie hat es getan, nachdem ich ihn gebeten hatte, mich auf dem neuesten Stand zu halten. Er hat mir auch erzählt, dass letzte Woche Abercrombie bei ihnen zu Hause gegessen hat."

Ich verzog das Gesicht. „Ohne Zweifel hat er sich die ganze Zeit über mich beschwert."

„Ich glaube, dein Name wurde erwähnt."

„Und deiner?"

„Ronnie sagte, ich wäre nicht erwähnt worden. Ich glaube nicht, dass die Masons meine Anwesenheit zur Kenntnis nehmen wollen, indem sie meinen Namen vor ihren Freunden erwähnen."

„Sie werden ihn bald zur Kenntnis nehmen müssen, oder sie werden Catherine verlieren, und ich würde Abercrombie nicht ihren Freund nennen. Mr. Mason verabscheut ihn."

„Weshalb war er dann zum Abendessen dort?"

Das war eine gute Frage. Ich nahm an, das lag daran, dass er sich irgendwie wieder bei ihnen beliebt gemacht hatte.

„Catherine war wütend auf sie, dass sie ihn eingeladen haben, das hat Ronnie mir erzählt. Sie hat sich deswegen ihren Eltern entgegengestellt." Er klang stolz auf sie.

Und das war ich auch. Catherine war so sehr gereift, seit sie sich in Cyclops verliebt hatte. Obwohl sie nur ein paar Jahre jünger war als ich, hatte sich dieser Altersunterschied manchmal größer angefühlt. Sie konnte durchaus albern sein, und sie flirtete ohne Unterlass, aber das hatte sich in den letzten Monaten alles verändert. „Was, glaubst du denn, hat Catherine geplant, um ihre Mutter zu überzeugen, dass du sie verdient hast?"

Er zuckte mit den Schultern. „Ich weiß es nicht."

Dieses Rätsel gab mir etwas anderes als den Anschlag auf Matt, über das ich nachdenken konnte. Ich wich seinem Blick während des ganzen Abendessens aus, konnte das nachher aber nicht so fortsetzen. Er setzte sich im Salon neben mich auf das Sofa, hielt meine Hand, sein Daumen rieb über meine Knöchel. Es fühlte sich schön an, aber ich wollte ihm eine Nachricht schicken, dass ich immer noch wütend auf ihn war, weil er sich weigerte, sich zu schützen. Hin- und hergerissen dazwischen, meine Hand zurückzuziehen und das Gefühl der Nähe zu genießen, tat ich letztlich nichts.

Wir atmeten alle erleichtert aus, als Tante Letitia sich früh zurückzog. Sobald sich die Tür zum Salon schloss, wandten wir uns an Brockwell.

Er wühlte in seiner Jackentasche und zog den Block heraus. Er leckte sich die Fingerspitze und blätterte die Seiten durch, eine nach der anderen, bis er die fand, die er suchte. „Laut der Zeugen wurde die Kutsche von zwei braunen Pferden gezogen."

„Irgendwelche Erkennungszeichen?", fragte Matt.

„Eine Zeugin sagt Nein, ein anderer sagt, eines der Pferde hätte weiße Fesseln gehabt, und ein dritter Zeuge sagt, er glaubt, eines der Pferde hätte eine weiße Blesse auf der Stirn gehabt."

„Eines der Pferde, das die Kutsche gezogen hat, die uns von Coyle gefolgt ist, hat einen weißen Stern auf der Stirn."

Willie fluchte tonlos. „Was ist mit dem Kutscher oder dem Passagier?"

„Der Kutscher trug einen langen Mantel und einem breiten Hut gegen den Regen. Niemand hat den Schützen drinnen gesehen, aber die Zeugen glauben, er hätte eine Pistole benutzt." Er schaute zu Matt. „Die Kugel wurde nicht am Tatort gefunden."

„Und man wird sie auch nicht finden", sagte Matt.

Brockwell schluckte, und sein Blick senkte sich auf Matts Bauch. „Leider haben wir sonst nichts herausgefunden. Meiner Schätzung nach suchen wir nach einem Schützen mit einer ruhigen Hand und guter Treffsicherheit."

„Ausgezeichneter Treffsicherheit", entgegnete Willie. „Man muss schon so gut schießen können wie ich oder Annie Oakley, um einen Mann aus einer schnell fahrenden Kutsche mit einer Pistole zu treffen."

„Oder man braucht Glück", murmelte Duke.

„Oder er hat gar nicht versucht, auf mich zu schießen." Matt wandte sich an mich. „Ich bin vielleicht gar nicht das beabsichtigte Ziel."

„Wer denn dann?", brach es aus Willie hervor. „Ich oder Duke? India?"

Matt presste die Lippen aufeinander. „Oder jemand ganz anderes."

„Auf dich wurde vor den Bureaus der *Gazette* geschossen", sagte ich. „Bei diesem Vorfall ging die Kugel vorbei, und wir haben beide gesehen, wo sie die Mauer getroffen hat. Du warst am nächsten dran, Matt. Nicht Oscar und nicht ich. Ich glaube, Duke hat recht. Diesmal hatte der Schütze das Glück auf seiner Seite."

„Oder auf *ihrer* Seite", ließ sich Willie vernehmen.

Brockwell schloss seinen Block. „Bis wir den Schützen festnehmen, sollten Sie im Haus bleiben."

Matt, der sich mit der Hand durch die Haare gefahren war, senkte sie, um den Inspektor finster anzusehen. „Nicht auch noch Sie."

„Ich glaube wirklich nicht, dass Sie den Schützen noch einmal herausfordern sollten."

Matt stand auf und ging im Raum auf und ab, benahm sich schon wie ein Tiger im Käfig. „Alle müssen aufhören, mir zu sagen, ich soll zu Hause bleiben. Das mache ich nicht. Ich habe meine Uhr …"

„Und was, wenn die nächste Kugel dich ins Herz trifft?", rief ich. „Du wärst tot, bevor irgendjemand die Uhr in deine Hand legen könnte."

Er ging vor mir in die Hocke und legte die Hände auf meine Knie. „Die Wahrscheinlichkeit, dass er zweimal Glück hat, ist sehr gering. Ich spiele ja in letzter Zeit nicht viel, aber darauf setze ich."

Ich schob seine Hände weg und erhob mich. „Dann spielst du mit deinem Leben."

Ich stürmte in unser Schlafzimmer und schloss die Tür, wollte sie zuknallen, aber auch nicht Tante Letitia wecken. Matt kam ein paar Minuten später zu mir, und wir machten uns schweigend bettfertig. Ich spürte allerdings seinen Blick auf mir. Darin stand aber nicht seine übliche Zärtlichkeit oder Verlangen. Er war einfach nur wütend auf mich, genauso wie ich auf ihn.

Seine Wut ließ schneller nach als meine. Nach einer Stunde, während wir beide noch wach waren, schmiegte er sich von hinten an mich. „Drehst du dich um und siehst mich an?"

„Es ist dunkel. Das ist sinnlos."

„Dann werde ich wohl einfach das machen müssen." Er stieg über mich und ließ sich auf einer anderen Seite nieder, aber ihm war nicht klar, wie nah an der Bettkante ich lag. Er fiel hinaus.

Ich lachte.

„Schon besser." Er stieg wieder ins Bett, und ich machte für ihn Platz. „Mir ist es lieber, wenn du mich auslachst, statt mich anzuschweigen."

„Ich habe alles gesagt, was ich sagen wollte, und wir haben nichts mehr zu besprechen."

Er versuchte, mich zu küssen, aber ich legte ihm eine Hand

auf die Brust, um ihn abzuwehren. „Du wirst wütend auf mich bleiben, oder?", fragte er.

„Du kannst sehr klug sein für einen sturen Idioten."

Mit einem Seufzen drehte er sich auf den Rücken. „Wie lange?"

„Bis du zur Vernunft kommst."

„Das könnte eine Weile dauern."

„Das liegt ganz bei dir."

Er seufzte wieder.

* * *

ICH WACHTE FRÜH AUF. Ein dünner Streifen trübes Licht rahmte die Vorhänge, sodass es im Raum hell war, dass ich Matt sehen konnte. Er schlief, ein muskulöser Arm lag auf der Decke. Ich nahm mir einen Augenblick, um seine Gestalt zu bewundern, wie sich seine Brust in ebenmäßigen Atemzügen hob und senkte, die Art, wie seine Augenlider zuckten, während er träumte.

Dann stieg ich aus dem Bett und ging auf Zehenspitzen zum Kleiderschrank. Er wachte auf, während ich mich anzog.

„Es ist noch früh", sagte er, seine Stimme war rau vom Schlaf. „Komm wieder ins Bett."

„Ich bin hungrig."

„Ich dachte, wir könnten heute hier drin frühstücken."

„Frühstücke *du* im Bett. Ich gehe runter."

Er stützte sich auf einen Ellbogen. „Du bist immer noch wütend."

Ich zog mich fertig an und ging, ohne ihn anzuschauen. Hätte ich ihn angesehen, wäre ich vielleicht verführt gewesen, nachzugeben und mich ihm anzuschließen. Heute Vormittag war es eisig kalt, und er war sehr warm und sehr einladend.

Aber ich hatte etwas zu tun, und dazu gehörten kein Kuscheln im Bett und kein Frühstück. Ich ging auf Zehenspitzen durch den Gang, warf alle paar Schritte einen Blick über die Schulter. Er folgte mir nicht. Ich klopfte leicht an Willies Tür, bevor ich sie öffnete. Bis zu diesem Augenblick hatte ich nicht daran gedacht, dass Brockwell vielleicht über Nacht geblieben war. Das hatte er noch nie getan, um Tante Letitias willen, aber es gab für alles ein erstes Mal. Zum Glück lag nur einer im Bett.

„Willie, wach auf." Ich rüttelte sie an der Schulter.

Sie rollte sich herum und schaute mich aus zusammengekniffenen Augen an. „India?"

„Zieh dich an und triff mich unten. Sei leise, und sei schnell."

Ein paar Minuten später schloss sie sich mir in der Eingangshalle an. Bristow hatte Nachricht an die Stallungen zu Woodall geschickt, und die Kutsche wartete draußen auf uns. Bis zum Kinn in meine warmen Kleider eingepackt, nahm ich den Muff und den Mantel von Bristow entgegen und ging mit Willie hinaus.

Der Atem der Pferde bildete vor ihren Nüstern Wolken in der kalten Morgenluft. Woodall begrüßte uns, seine Stimme gedämpft hinter einem dicken Schal. Er hatte bereits seine Anweisungen, die Bristow ihm mitgeteilt hatte, darum musste ich ihm die Richtung nicht weisen. Ich nahm eine Hand im Handschuh aus dem Muff, um mich an Willies Arm festzuhalten, damit ich sicher stand. Der Bürgersteig war rutschig vom Eis, und Willies robuste Stiefel waren für dieses Wetter gemacht.

„Wohin sind wir unterwegs?", fragte sie, während sie die Decke in der Kutsche über unseren Schoß legte.

„Zum Haus von Sir Charles Whittaker."

Sie nickte zustimmend. „Gut." Nach einem langen Augenblick fügte sie an: „Danke, dass du mich gebeten hast, und nicht Cyclops oder Duke."

„Du brauchst mir nicht zu danken. Für diese Mission warst du meine einzige Wahl. Weder Cyclops noch Duke hätten mich begleitet. Viel wahrscheinlicher setzen sie Matt in Kenntnis und halten mich vom Aufbruch ab. Außerdem haben sie üblicherweise keine Waffe dabei."

Sie zog ihren Mantel zurück, um die Pistole zu zeigen, die sie sich an die Hüfte geschnallt hatte. „Also, wie lautet der Plan?"

* * *

ICH WOLLTE SIR CHARLES ERWISCHEN, bevor er zu seinem Arbeitsplatz aufbrach, darum der Besuch am frühen Morgen.

Das, und es war die beste Zeit, um zu gehen, ohne dass Matt es bemerkte. Sir Charles schaute von seinem Frühstück auf, als die Vermieterin uns in den Salon ließ.

„Mrs. Glass! Wie unerwartet. Kommen Sie herein." Er nahm eine Zeitung von einem Stuhl und lud mich ein, mich hinzusetzen.

Ich weigerte mich. „Das ist kein Freundschaftsbesuch."

Er schaute zu Willie, die breitbeinig dastand, ihre Hände direkt an der Hüfte, um rasch ihren Mantel zurückzuschlagen und ihre Waffe zu ziehen, falls es nötig wurde. „Worum geht es hier?"

„Haben Sie gestern auf meinen Mann geschossen?"

Er blinzelte. „Nein! Guter Gott, Mrs. Glass. Weshalb sollte ich das denn tun?"

„Weil er der Wahrheit zu nahe kommt."

„Der Wahrheit über was?" Er runzelte die Stirn. „Hat das mit Ihrer Ermittlung zu tun, wegen des Mordes an dem Spielzeugmachermagier? Ich habe seinen Namen in der Zeitung gelesen und angenommen, dass Sie der Polizei beistehen. Eine tragische Sache. Er wirkte wie ein anständiger Kerl."

„Spielen Sie doch nicht den Narren, Sir Charles."

Er lachte nervös, aber es erstarb auf seinen Lippen. „Ich habe nicht versucht, Ihren Mann umzubringen, Mrs. Glass. Das schwöre ich Ihnen."

Willie zog ihre Waffe und richtete sie auf ihn.

Er hob die Hände, seine Augen weit aufgerissen, während er sie anstarrte. „Schießen Sie nicht! Bitte. Ich bin unschuldig. Ich weiß nicht mal, wovon Sie reden. Geht es Ihrem Mann gut, Mrs. Glass?"

Willie machte einen Schritt vor und richtete die Waffe auf Sir Charles' Kopf. „Falls er stirbt, finde ich Sie. Haben Sie das verstanden? Ich puste Ihnen das Hirn raus. Also hoffen Sie lieber mal, dass ihm nichts passiert."

Sir Charles schluckte laut.

Willie senkte die Waffe, und wir gingen ohne ein weiteres Wort. Ich holte nicht richtig Luft, bis die Kutsche ruckelnd anfuhr und wir unterwegs waren.

„Er hat völlig eingeschüchtert gewirkt", sagte Willie zufrieden.

„Ich glaube, deine Drohung ist zu ihm durchgedrungen."

„Ich schätze schon." Nach einer Weile fügte sie an: „Meinst du, er war es?"

„Falls er es war, weiß er nun, dass wir ihm auf der Spur sind, und er wird es nicht wieder versuchen."

Willie stieß mich mit dem Ellbogen an. „Wir geben ein gutes Gespann ab."

„Das stimmt. Ich bin die Ruhige, und du bist die Verrückte. Zusammen haben wir ihn aus dem Gleichgewicht gebracht."

„Ich meine, ich und mein Colt geben ein gutes Gespann ab."

„Oh."

Sie kicherte. „War nur ein Witz."

Ich lächelte unwillkürlich. Es hatte sich ziemlich gut angefühlt, ihn zur Rede zu stellen. Ob nun Sir Charles der Schütze war oder nicht, ich war mir sicher, er würde es sich noch einmal überlegen, uns jetzt in den Weg zu kommen.

Matt, Duke und Cyclops waren beim Frühstück, als wir zu Hause eintrafen. Alle drei hörten auf zu essen und starrten uns an, als wir das Speisezimmer betraten.

„Du kannst dir dieses Lächeln vom Gesicht wischen, Willie", fuhr Duke sie an.

„Was für ein Lächeln?" Sie ging zum Buffet und schenkte sich eine Tasse Kaffee ein.

Ich blieb in der Nähe der Tür und hob eine Augenbraue vor Matt, lud ihn ein, es sich von der Seele zu reden.

Er lehnte sich in seinem Stuhl zurück und verschränkte die Arme. „Ich schätze, er hat es geleugnet."

„Wer?", fragte ich unschuldig.

„Whittaker. Bristow hat mir gesagt, wohin ihr gefahren seid."

„Er hat es geleugnet, aber ich habe niemals erwartet, dass er es zugibt."

Er nickte zu Willie hin, die am Tisch Platz nahm. „Hat sie auf irgendwas geschossen?"

„Sie war sehr zurückhaltend und hat ihn nur bedroht. Wenn Sir Charles der Schütze war, wird er es nicht wieder versuchen."

Sein Kinn spannte sich an. Es schien, als hätte er es sich noch nicht von der Seele geredet.

Willie schaute Matt finster über den Rand ihrer Tasse hinweg an. „Du wusstest, dass wir zu Whittaker gegangen sind, und hast nicht versucht, uns aufzuhalten?"

„Das hätte keinen Unterschied gemacht."

„Sogar wenn India in eine Gefahr laufen könnte?"

„Ich bezweifle, dass Whittaker der Schütze war." Matt löste seine verschränkten Arme und nahm sein Messer und seine Gabel wieder auf. „Wir wurden von Coyle aus verfolgt, aber wie hätte Whittaker wissen können, dass wir dort sein würden?"

„Vielleicht war er nur zufällig zum gleichen Zeitpunkt da", sagte ich. „Er hätte beschließen können, uns in der Gunst des Augenblicks zu folgen. Oder vielleicht ist er uns von hier gefolgt, und wir haben ihn erst bemerkt, nachdem wir bei Coyle losgefahren sind."

Matt hielt kurz inne, bevor er sich ein Stück Speck abschnitt. „Fühlst du dich besser, nachdem du mit Whittaker geredet hast?"

„Ja."

„Also bist du nicht mehr wütend auf mich, dass ich mich weigere, zu Hause zu bleiben?"

„Ich habe eingesehen, dass ich es dir nicht ausreden kann."

Er lächelte mich unsicher an. „Vielen Dank."

Ich fügte Speck und Toast auf meinen Teller am Buffet hinzu und schenkte mir eine Tasse Kaffee ein. Ich nahm neben Cyclops Platz. „Solltest du inzwischen nicht an der Ausbildungseinrichtung sein?"

„Ich nehme mir den Tag frei", sagte er.

„Geht es dir nicht gut?"

„Ich fühle mich ein bisschen krank." Er nahm seine Tasse und nickte Matt am gegenüberliegenden Platz zu. „Krank vor Sorge. Ich schließe mich euch bei der Ermittlung an."

Ich nahm ihn am Unterarm. „Vielen Dank, Cyclops."

Obwohl meine Gedanken sich auf nichts anderes konzentrieren konnten als die Schießerei, dachte Matt bereits über unsere Ermittlung nach. Nachdem wir das Frühstück abgeschlossen hatten, setzte er uns in Kenntnis, dass er noch einmal mit Mrs. Trentham reden wollte.

„Sie hat es sich anders überlegt, was den Zeitpunkt angeht, zu dem Coyle im Laden war", sagte er. „Es scheint ein zu großer Zufall, dass ihre neue Geschichte so gut zu derjenigen passt, die Coyle uns gegeben hat, dass er dort vor ein paar Wochen eingekauft hat."

„Du glaubst, sie arbeiten zusammen?", fragte Duke.

„Ich weiß es nicht. Aber es lohnt sich, sie noch einmal zu befragen."

„Sie hat gerade erst ihren Mann verloren, Matt", sagte ich. „Sollten wir sie nicht in Frieden trauern lassen?"

„Kann ich nicht. Nicht, bis wir sicher wissen, dass sie und Coyle nicht in Verbindung stehen." Er erhob sich und kam um den Tisch herum zu mir. Er stellte sich neben meinen Stuhl, während die anderen das Speisezimmer verließen, dann hielt er mir eine Hand hin und strich mir übers Kinn. „Ich weiß, dass du nicht so bald dorthin zurückkehren willst, nach dem, was dort passiert ist, aber wir müssen zuschlagen, während das Eisen noch heiß ist."

„Ich weiß."

„Also ..." Er legte den Kopf zur Seite und warf mir sein schräges Grinsen zu. Es war eine Miene, die darauf abzielte, mich zu entwaffnen. Das gelang auch. „Bin ich bei dir wieder gut angeschrieben?"

Ich stand auf und küsste ihn leicht auf die Lippen. „Bleibst du zu Hause, während wir zum Spielzeugladen gehen?"

„Nein."

Ich verließ das Speisezimmer.

* * *

MRS. TRENTHAM WAR bei einer Kundin, als wir eintrafen, darum gingen wir im Laden herum und inspizierten die Spielzeuge, während wir warteten. Ich berührte so viele, wie ich konnte, nur um zu bestätigen, dass sie tatsächlich Magie enthielten. Sie war schwach und in den meisten davon anwesend, aber nicht in allen.

Die Frau kaufte fertig ein und winkte ihrer Tochter, die mit einem Holzpferd zum Ziehen spielte. Das Mädchen warf einen sehnsüchtigen Blick auf das Spielzeug, bevor sie die Hand ihrer Mutter nahm.

Ich schloss mich Willie an dem mittelalterlichen Rüstungsautomaten an.

Sie betrachtete ihn, eine Hand auf der Hüfte, mit der anderen rieb sie sich übers Kinn. „Ich schätze, da könnte ich reinpassen."

„Das ziehst du aber nicht an", fuhr ich sie an.

„Ich frage mich, was es kostet."

Sie trat näher und suchte an der Rüstung nach einer Karte mit dem Preis. Sie hatte gerade einen ihrer Arme gehoben, als die Hand des Automaten vorschoss und ihr Handgelenk packte.

KAPITEL 9

$\mathcal{I}$ch schrie auf.

Willie japste und ließ die Faust in den Arm des Automaten krachen, aber er ließ sie nicht los. „Macht ihn von mir runter! Macht ihn runter!"

Duke und Cyclops versuchten, die Metallfinger aufzustemmen, aber sie schafften es nur, einen abzubrechen.

„Vorsicht!" Mrs. Trentham eilte herüber, den Schlüssel in der Hand.

„Ziehen Sie ihn nicht auf!", rief Willie.

„Beruhige dich", tadelte Duke. „Sie weiß, was sie tut."

„Beruhig du dich doch. Ich habe ein gottverdammtes Metallmonster, das mir das Handgelenk brechen will."

Mrs. Trentham schob den Schlüssel in ein Paneel auf dem Rücken des Automaten und drehte ihn zweimal. Der Mechanismus im Inneren des Automaten surrte und klirrte, und die Rüstung trat einen Schritt vor, dichter an Willie.

Sie japste erneut und sprang zurück, ihre Finger mühten sich mit der Hand des Automaten ab. Er ging noch einen Schritt. Willie stolperte in einen Tisch, auf dem Spielzeuge in drei Etagen ausgestellt waren. Die Spielzeuge krachten auf den Boden. Der Automat blieb stehen und ließ sie los. Sein Arm sank leblos zur Seite.

Mrs. Trentham atmete erleichtert aus.

Willie rieb sich das Handgelenk, behielt den Automaten nervös im Auge. „Das Ding ist gefährlich."

„Es tut mir leid, manchmal macht er das", sagte Mrs. Trentham. „Sind Sie verletzt?"

„Nein."

Matt und Cyclops brachten den Automaten an seinen ursprünglichen Platz zurück. Sobald er wieder dort stand, musterte Matt ihn von Kopf bis Fuß. „Weshalb hat er sich bewegt?"

„Ich weiß es nicht." Mrs. Trentham nahm den abgetrennten Finger des Automaten vom Boden, wo Duke ihn fallen gelassen hatte. „Vielleicht ist die Magie meines Mannes fehlerhaft."

Matt schaute zu mir, aber ich zuckte nur mit den Schultern. Meine Magie hatte immer gewirkt, wenn ich es beabsichtigt hatte, selbst wenn sie sich auf eine Art benommen hatte, mit der ich nicht gerechnet hatte, wie beim ersten Mal, als ich den Zauber mit dem fliegenden Teppich versucht hatte. Sie wirkte niemals, wenn ich es *nicht* beabsichtigte.

„Wie oft macht er das?", fragte Matt Mrs. Trentham.

„Nicht oft. Einmal, als er einem kleinen Jungen einen Schrecken eingejagt hat, hat mein Mann ihn ins Lager gestellt. Dort war er monatelang, bevor er ihn wieder herausholte." Sie kehrte zum Tresen zurück und legte den Finger und den Schlüssel des Automaten in die Schublade.

Ich nahm Willies Hand und schob ihren Ärmel nach oben. Die Haut wurde allmählich rot, aber es schien nicht so schlimm zu sein.

Duke und Cyclops nahmen die heruntergefallenen Spielzeuge auf und stellten sie wieder auf den Ausstellungstisch. „Du hast gequiekt wie ein Schwein", sagte Duke mit einem Grinsen.

Willie plusterte sich auf. „Habe ich nicht."

Cyclops grinste. „Doch."

„Na, das hättest du auch getan, wenn dieses Ding dich gepackt hätte."

„Ich hätte es kurz und kleingehauen, bevor es die Gelegenheit bekommen hätte."

„Und dann wärst du hier rausgelaufen und hättest entsetzt geschrien."

Duke lachte, bis Tränen in seinen Augen standen, hörte erst abrupt auf, als Cyclops ihn in den Arm stieß. Willie stieß zur Sicherheit noch Dukes anderen Arm an.

Matt und ich schlossen uns Mrs. Trentham am Tresen an. Sie wirkte durch den Angriff des Automaten auf Willie irgendwie verstört, aber das wurde rasch von ihrer Reaktion überschattet, als sie Matt sah. Sie starrte mit großen Augen auf seinen Oberkörper.

„Die Kugel hat mich nur gestreift", sagte er, weil er ihre Frage voraussah.

„Es war so viel Blut."

Mir drehte sich plötzlich der Magen um. Ich drückte mir eine Hand darauf und schloss die Augen vor dem Bild, wie Matt auf dem Bürgersteig lag, so dicht vor dem Tode.

Er nahm mich am Ellbogen. Seine stetige, solide Anwesenheit war ein Trost. „Mir geht es gut." Ob er es für sie sagte oder für mich, konnte ich nicht erkennen.

„Das sehe ich", erwiderte sie leise. „Sagen Sie mir, Mr. Glass, glauben Sie, die Schießerei gestern hatte mit dem Mord an meinem Mann zu tun?"

„Was könnte es denn sonst sein?"

Ihr Gesicht wurde blass, und sie klammerte sich an den Rand des Tresens.

„Aber ich bin ziemlich sicher, ich war das beabsichtigte Ziel", versicherte ihr Matt rasch. „Jemand wollte uns warnen, damit wir mit der Ermittlung aufhören."

Sie stieß angehaltene Luft aus. „Oh. Ja, natürlich."

„Sie sind in keiner Gefahr", erklärte ich ihr.

Sie lächelte mich erleichtert an, aber ich konnte es nicht erwidern. „Haben Sie noch weitere Fragen zu dem, was ich gestern gesehen habe, oder dem Mord an meinem Mann?"

„Zweiteres", sagte Matt. „Können Sie uns mehr darüber erzählen, wie dieses eine Mal Lord Coyle hier hereinkam?"

„Wer?"

„Der Gentleman mit dem langen weißen Schnurrbart."

„Er hat ein Spielzeug gekauft, ich erinnere mich nicht, was es war. Mein Mann hat ihn bedient. Ich habe die Regale eingeräumt."

„Wann war das?"

Sie hob eine Schulter. „Vor einigen Wochen. Vielleicht sogar Monaten. Ich kann es nicht sicher sagen, fürchte ich. Weshalb ist das wichtig? Glauben Sie, er hat meinen Mann getötet?"

„Weshalb haben Sie ursprünglich gesagt, dass er in den Tagen vor dem Tod Ihres Mannes da war? Weshalb haben Sie das so herausgestellt?"

„Ich … ich weiß es nicht. Ich war verwirrt." Sie berührte sich an der Schläfe. „Meine Gedanken sind irgendwie ganz verworren seit jener Nacht." Ein Kunde trat ein, und Mrs. Trentham richtete sich auf. „Gibt es noch etwas?"

„Vielen Dank. Das ist vorerst alles. Haben Sie einen schönen Tag."

Matt ging voraus zur Tür, dann wartete er, bis die anderen allmählich nachkamen. Ich folgte ihnen nicht. Ich zog einen Handschuh aus und ging an dem Ritter-Automaten vorbei, ließ meine Finger über das Metall streifen. Es war warm. Wärmer als die anderen Spielzeuge im Laden.

„Mrs. Trentham, ist irgendjemandem in letzter Zeit besonders dieser Automat aufgefallen?", fragte ich.

„Ich weiß es nicht. Für gewöhnlich zieht er die Aufmerksamkeit der meisten auf sich, die hereinkommen, insbesondere der Kinder. Er ist ein äußerst auffälliges Spielzeug."

„Ja. Ja, das ist er."

Ich eilte an Matt vorbei, um als erste durch die Tür zu gehen, und schaute mich in der Gegend um, bevor ich ihn zu unserer wartenden Kutsche drängte. Ich atmete erst wieder ein, als wir sicher in der Kabine saßen und die Türen geschlossen waren.

„Diesen Automaten sollte man nicht in die Verkaufsräume lassen", sagte Willie, die sich das Handgelenk rieb.

Duke nahm ihre Hand und musterte die blauen Flecken. Sein Gesicht wurde ernst. „Ja. Was, wenn er ein Kind angreift?"

Matt wollte das Fenster öffnen, aber ich schlug seine Hand weg. „Was machst du da?", fragte ich.

„Ich sage Woodall, er soll uns nach Hause bringen. Hast du eine bessere Idee?"

„Wie es der Zufall will, ja. Wir sollten Mirnov noch einmal aufsuchen. Der Automat hat sich wärmer als die anderen Spielzeuge im Laden angefühlt, die Magie besitzen. Die Magie darin ist stärker."

„Du glaubst, Mirnov hat einen Zauber hinein gesprochen, nicht Trentham?"

„Das ist eine Möglichkeit."

„Es lohnt sich auf jeden Fall, dem nachzugehen, da wir in einer Sackgasse zu stehen scheinen. Ich werde Woodall sagen, er soll uns zur Brick Lane fahren."

Ich schlug seine Hand erneut weg, als er an mir vorbei nach dem Riegel griff. „Halt dich vom Fenster fern. Ich gebe Woodall seine Anweisungen."

Zwanzig Minuten später erreichten wir die Brick Lane. Der Spielzeugmacher stöhnte, als er uns durch die Marktstände näherkommen sah. „Erwarten Sie Ärger?" Er beäugte Cyclops von oben bis unten. Obwohl sie gleich groß waren, war Mr. Mirnov ein dünnes Zweiglein, wo Cyclops der Stamm einer hochgewachsenen Eiche war.

„Wir kommen gerade aus Trenthams Spielzeugladen", sagte ich, während mein Blick an ihm vorbei schweifte. Man war uns nicht gefolgt, aber wir mussten aufmerksam bleiben. „Ganz weit hinten steht dort eine lebensgroße Rüstung. Haben Sie die schon gesehen?"

„Nein. Weshalb?"

„Sie enthält Magie."

„Also hat Trentham sie mit seiner Magie belegt." Er zuckte mit den Schultern und schaute mich erwartungsvoll an.

„Es war eine stärkere Magie als bei den anderen Spielzeugen."

„So stark wie das?" Er nahm einen Kreisel von seinem Karren und reichte ihn mir.

Ich nahm einen Handschuh ab und schloss die Finger darum. Er war warm. Wärmer als Trenthams Spielzeuge, bis auf den Automaten. „Ja." Ich hielt ihm den Kreisel hin, doch er nahm ihn nicht zurück. Er starrte mich einfach nur an.

„Sind Sie sicher, Mrs. Glass?"

Ich nickte. „Es gibt – gab – nur zwei Spielzeugmagier in London. Sie und Mr. Trentham. Wenn die Magie in diesem Automaten nicht von ihm kam, muss sie wohl Ihre sein."

Er nahm den Kreisel zurück. „Das ist sie nicht", knurrte er. „Sie müssen mir glauben, Mrs. Glass. Ich habe in diese automatische Rüstung keine Magie gegeben. Was für ein Spielzeugmagier würde denn überhaupt so einen Gegenstand bauen? Das klingt furchteinflößend."

Eine Gruppe kleiner Kinder näherte sich schüchtern dem Karren, und Mr. Mirnov beugte sich zu ihnen hinab, um mit ihnen zu sprechen. Wir eilten zurück zur Kutsche. Da wir keine weiteren Ideen hatten, wo wir noch hin sollten, fuhren wir nach Hause.

Fabian war dort, unterhielt sich im Salon mit Tante Letitia. Er wirkte erleichtert, uns zu sehen, und begrüßte uns begeistert. „Wie entwickelt sich eure Ermittlung?", fragte er, während er sich wieder setzte.

„Welche?", erwiderte ich. „Der Diebstahl oder der Mord?"

Tante Letitia gab ein protestierendes Geräusch von sich und stand auf. „Ich habe mich um einige Korrespondenz zu kümmern. Entschuldigen Sie mich bitte, Mr. Charbonneau."

Die Männer standen auf und kehrten auf ihre Plätze zurück, sobald sie weg war.

„Der Diebstahl natürlich", sagte Fabian zu mir.

„Es läuft nicht gut."

„Und der Mord?"

„Auch nicht gut." Ich seufzte. „Wir vermuten, dass Coyle irgendwie verwickelt ist, aber es wird nicht leicht sein, das zu beweisen."

Fabian wandte sich an Matt. „Sie sind sehr still, Glass. Haben Sie eine Ahnung, wie man diesem Bastard die Wahrheit entreißt?"

„Nein."

Fabian runzelte die Stirn. „Aber etwas geht Ihnen durch den Kopf, nicht?"

„Gestern wurde auf ihn geschossen", sagte Willie.

„*Mon dieu!* Gott sei es gedankt, dass Sie nicht verletzt wurden."

„Seine magische Uhr hat ihm das Leben gerettet."

„Ah, ja, natürlich. Dann sei Gott für die Magie gedankt. Sie sind bestimmt sehr erschüttert."

„Das sind wir", sagte ich, schaute aber ebenfalls finster zu Matt. Er trommelte mit den Fingern auf der Armlehne des Stuhls und starrte ins Nichts. „*Ist* denn irgendwas?"

Sein Blick wurde wieder schärfer. „Ich habe nur über den Automaten nachgedacht. Woraus, glaubt ihr, besteht er?"

„Metall", sagte Duke.

„Zinn", entgegnete Cyclops.

Matt wandte sich an Fabian. „Kennen Sie irgendwelche Zinnmagier?"

„Nein. Weshalb?"

Ich erzählte ihm von dem Automaten in Trenthams Spielwarenladen, und wie die Magie darin stärker war als beim Rest der Spielzeuge, was bedeutete, dass es vermutlich nicht Trenthams Magie war. „Der einzige andere Spielzeugmagier in London leugnet, dass seine Magie in dem Automaten war."

Fabian stockte der Atem. Er fuhr sich mit der Hand übers Kinn und hinab zu seiner Kehle. „Glaubt ihr, der Automat hat Trentham umgebracht?"

Mein Blut wurde eiskalt. Daran hatte ich nicht gedacht, aber eindeutig Matt, falls die Abwesenheit von Überraschung auf seinem Gesicht etwas zu bedeuten hatte.

„Ich schätze, das hätte er tun können." Willie rieb sich übers Handgelenk. „Das Ding war stark."

„Er hat doch keinen Verstand", erklärte ich ihr. „Er braucht Magie, damit er läuft, und den richtigen Magier, der ihn mit der Magie versieht. Das ist die Schwachstelle an deiner Idee, Matt. Ein Zinnmagier kann einen Automaten nicht zum Laufen bringen, genauso wie ein Messingmagier keine Uhr zum pünktlichen Laufen bringen kann, obwohl darin Komponenten aus Messing sind."

„Messing ist eine Legierung aus Kupfer und Zink", sagte Cyclops.

Willie zischte ihn an, damit er still war. „Darum geht es doch nicht."

„Der Automat ist mehr als eine Zinnhülle", fuhr ich fort. „Sein Mechanismus besteht aus verschiedenen Komponenten. Nur ein Spielzeugmagier kann ihn sich bewegen lassen, ohne dass der Schlüssel gedreht wird, genauso wie ein Uhrenmagier dafür sorgen kann, dass eine Uhr perfekt läuft."

Fabian rückte plötzlich vor, seine Augen leuchteten. „Ihr habt beide recht. Ein Zinnmagier kann den Automaten nicht zum Laufen bringen. Aber ein Zinnmagier mit deinem neuen Zauber könnte es."

„Dem Flugzauber?", fragte Duke.

„Bewegungszauber. Wir haben entschieden, ihn zu nutzen, um den Teppich fliegen zu lassen, aber man kann ihn nutzen, um alles zu bewegen, das die Magie eines anderen Magiers enthält. In diesem Beispiel einen Automaten, der zum Großteil aus Zinn besteht. Das Metall seiner Komponenten wird keine signifikante Menge sein, sodass irgendein Magier anderer Art ihn bewegen könnte." Fabians Blick richtete sich auf mich. „Du musst einen Zinnmagier finden, India."

Ich erhob mich, und alle Männer taten es mir nach. Willie blieb sitzen, schüttelte den Kopf. „Kann ihn nicht jeder Magier mit deinem neuen Zauber zum Laufen bringen? Warum muss es ein Zinnmagier sein?"

Fabian tippte mit der Stiefelspitze auf den Teppich. „Genauso wenig wie ich den Teppich allein hätte fliegen lassen können, nur meine Eisenstäbe, kann ein Magier, der kein Zinnmagier oder Spielzeugmachermagier ist, den Automaten zum Laufen bringen."

„Außer seine Magie ist so stark wie die von India", erklärte Matt. „Dann würde es keine Rolle spielen, von welcher Art der Magier ist, oder welche Art Gegenstand er versucht, zu bewegen."

Fabian lächelte mich an.

„Aber es gibt keine wie sie", sagte Willie, die sich schließlich erhob. „Kommt schon. Wir müssen uns einen Zinnmagier suchen. Irgendeine Vorstellung, wie wir das schaffen?"

„Oscar", sagte ich zur gleichen Zeit, wie Matt sagte: „Barratt."

Willie schloss die Knöpfe ihrer Jacke. „Dann besuchen wir ihn doch vor dem Mittagessen."

* * *

FABIAN VERABSCHIEDETE sich auf den Eingangsstufen unseres Stadthauses von uns, als gerade Kriminalinspektor Brockwell aus einer Droschke stieg. Wir luden ihn ein, sich uns anzuschließen, und erzählten ihm, was wir bisher erfahren hatten, während wir zu Oscars Behausung fuhren. Er seufzte schwer, als wir erwähnten, dass wahrscheinlich ein Zinnmagier den Automaten mit dem gestohlenen Zauber bewegt hatte.

„Ist das ein Problem?", fragte Matt.

Brockwell seufzte wieder. „Nur einmal hätte ich gern eine Ermittlung, zu der keine Magie gehört."

„Wir waren von Anfang an sicher, dass zu dieser Magie gehörte."

„Ich weiß. Manchmal vermisse ich nur die alten Zeiten, als die Verbrecher einfach nur Gewalttäter waren, die vom Alkohol, fleischlichen Lüsten oder kleinlichen Streitigkeiten getrieben wurden."

Willie stieß ein lautes Lachen aus. „Du liebst das doch, Jasper. Gib es zu. Dir war langweilig, bevor wir hergekommen sind."

Brockwells Lippen zuckten, und das war näher, als er jemals an ein tatsächliches Lächeln kam. „Ich schätze, du hast recht." Rasch schwand das Lächeln wieder, ersetzt von einem finsteren Gesicht, das sich an Matt richtete. „Sollten Sie draußen unterwegs sein, Glass, wenn man bedenkt, dass jemand auf Sie geschossen hat?"

Matt wandte ihm einen eisigen Blick zu. „Sagen Sie das noch mal, und Sie können zu Fuß gehen."

Brockwells Adamsapfel hüpfte, als er schwer schluckte, und er schaute betont aus dem Fenster. „Ich frage mich, ob es heute Abend noch schneit."

Wir kamen bei Oscars Bleibe an, nur um von seiner Vermieterin zu erfahren, dass er nicht zu Hause war und die ganze Nacht nicht zu Hause gewesen war. Wir versuchten es als nächstes bei Louisas Stadthaus, wo sie uns nach drinnen einlud und bestätigte, dass Oscar da war. Ich war äußerst neugierig, ob er dort die Nacht verbracht hatte, aber ich hätte niemals fragen können. Außerdem hätte sie es niemals zugegeben. Der Schaden an ihrem Ruf, wenn das herauskäme, wäre eine Katastrophe. Nicht, dass es Louisa sonderlich gekümmert hätte. Sie war nicht auf der Suche nach einer Verbindung zu einem passenden Adligen, und genauso wenig wollte sie sich in die feine Gesellschaft mischen. Trotzdem könnten die Gerüchte ihre ältere Tante verstören, bei der sie wohnte.

Die Tante war nirgends zu sehen, was bedeutete, dass wir offen reden konnten. Louisa schickte ihren alten Butler weg, nachdem er Oscar geholt hatte, und wir setzten uns in den Salon, die Tür war geschlossen.

„Du siehst gut aus, India", sagte Oscar, als wir uns niederließen.

„Vielen Dank."

Ansonsten hätte ich eine Anmerkung gemacht, dass auch er gut aussah, aber ich konnte mich nicht überwinden, zu lügen. Er wirkte getrieben, und die Schatten unter seinen Augen waren dunkel vor dem hellen Weiß seines restlichen Gesichts. Sein Haar war nicht gekämmt, und seine Krawatte saß schief, aber es war der tintenverschmierte Finger seiner rechten Hand, der meine Aufmerksamkeit auf sich zog.

Als sie sah, wohin ich blickte, legte Louisa ihre Hand über seine und nahm sie, wie es eine liebende Verlobte getan hätte. „In Anbetracht der Tatsache, dass der Inspektor dabei ist, nehme ich an, das ist kein Freundschaftsbesuch."

„Wir müssen Barratt wegen Zinnmagiern befragen", sagte Matt. „Kennen Sie welche, Barratt?"

„Zinn?" Oscar schüttelte den Kopf. „Ich fürchte, nein. Weshalb brauchen Sie denn einen Zinnmagier?"

Matt erwiderte nichts, darum wandte Oscar sich an mich.

„Wir ermitteln im Mord an Mr. Trentham", sagte ich.

Oscar legte seine andere Hand über die von Louisa. „Wir haben darüber in der Zeitung gelesen und uns gefragt, ob ihr euch das anseht. Also wurde er wegen seiner Magie ermordet?"

„Wir wissen es nicht."

„Wir müssen alle Möglichkeiten in Betracht ziehen", fuhr Brockwell fort. „Es scheint, als hätte ein Zinnmagier womöglich die Mordwaffe geführt."

Oscars Augenbrauen gingen nach oben. „Was war denn die Mordwaffe?"

Niemand antwortete ihm.

„Ich verstehe", murmelte er. „Es tut mir leid, dass ich nicht helfen kann, aber ich kenne keine Zinnmagier."

Louisa ließ die Hand zwischen seinen hervorgleiten und beugte sich vor. „Wie läuft denn das Zauberschöpfen mit Fabian derzeit, India?"

„Ich habe doch gesagt, wir haben es aufgegeben."

„Ihr habt *behauptet*, es aufgegeben zu haben, um Coyles Willen, und für all die anderen in dieser Gruppe, deren Interesse an neuen Zaubern schon ans Manische grenzt."

„Wohingegen Ihr Interesse rein dem Wohle der Menschheit gilt", sagte Matt mit eiskalter Trägheit.

Sie presste die Lippen aufeinander, um angestrengt zu lächeln. „Ich stehe auf der Seite des Guten, Mr. Glass. Ich will, dass Magier aufleben und die Magie erkundet wird. Haben Sie schon mal daran gedacht, dass Sie vielleicht hier der Schurke sind? Sie wollen, dass Magie unterdrückt wird. Ich will, dass sie aufblüht."

Matts Hand ballte sich zu einer Faust, die auf seinem Oberschenkel lag.

„Wir *haben* es aufgegeben", sagte ich rasch, bevor die Lage eskalierte. „Das war keine Lüge."

Louisa schaute mich geradewegs an und schien zu versuchen, zu erschließen, ob ich die Wahrheit sagte oder nicht. „Dann tut es mir sehr leid. Ich weiß, für Magier wie Sie und Fabian ist der Verzicht auf das Schaffen von Zaubern, als würde ich auf das Atmen verzichten."

„Das ist ein bisschen dramatisch", sagte ich eisig. „Und weshalb nehmen Sie an, dass Sie wissen, was Fabian oder ich denken?"

„Er hat es mir gesagt. Tatsächlich ist der Vergleich einer, den er aufgebracht hat."

Mein Blick huschte zu Oscar. Seine Wange war nach innen gewölbt, als würde er sich darauf beißen, und er starrte auf seinen Schoß hinab. „Für mich spricht Fabian nicht", sagte ich. „Ich bin zufrieden mit meiner Magie, wie sie ist."

„Mr. Barratt", sagte Brockwell, „was wissen Sie über Flüche?"

Oscar blinzelte, als plötzlich das Thema gewechselt wurde. „Flüche?"

„Romaflüche."

„Der Mord an Trentham hat mit einem Romafluch zu tun?"

„Bitte beantworten Sie einfach die Frage."

Oscar verlagerte das Gewicht und strich sich über sein Kinnbärtchen. „Manche glauben, dass Flüche ein Zweig der Magie sind, aber ich bin mir nicht so sicher. Für mich scheinen sie völlig unverbunden zu sein."

„Beide nutzen Worte", erklärte ich. „Flüche sind eine Art Zauber."

„Schon, aber die Magie begründet sich auf einen Gegenstand oder eine natürliche Ressource, wie eine Uhr, Eisen oder Tinte. Flüche nicht."

„Gibt es zu diesem Thema irgendwelche Bücher?"

„Ich habe etwas Besseres als ein Buch. Ich kann Ihnen den Namen eines Experten geben. Tatsächlich kennen Sie ihn bereits. Professor Nash kann Ihnen helfen."

Matt erhob sich, wollte anscheinend keinen Augenblick länger als nötig bleiben. „Vielen Dank für Ihre Zeit, Barratt. Louisa."

„Ich bringe Sie hinaus", sagte sie, nahm mich am Arm. Sie wurde langsamer, und wir fielen hinter die anderen zurück. „Wie geht es Fabian?", flüsterte sie.

Oscar, der ein bisschen weiter vorne ging, drehte den Kopf, um mitzuhören.

„Ihm geht es gut", sagte ich.

„Ich mache mir Sorgen um ihn. Wenn er es aufgegeben hat, neue Zauber zu schöpfen, wird er neben sich stehen. Sind Sie sicher, dass er nicht unglücklich wirkt?"

„Louisa, falls Sie sich Sorgen machen, weshalb besuchen Sie ihn dann nicht selbst?"

Sie blinzelte rasch. „Bitte sagen Sie ihm, dass ich jeden Tag an ihn denke."

Oscars Schultern sanken zusammen, während er wieder nach vorne schaute.

Ich löste mich von Louisa und schloss mich ihm an. „Wie geht es dir?", fragte ich. „Sei ehrlich."

Er warf mir ein müdes Lächeln zu. „Mach dir keine Sorgen um mich, India. Ich habe viel, was mich beschäftigt hält, und eine Ehe, auf die ich mich freuen kann."

„Die Hinweise auf deine Beschäftigung sind überall an deinen Fingern."

Er schloss die Hand zu einer Faust, verbarg die Tintenflecken.

„Du schreibst das Buch, oder nicht?" Ich beugte mich dichter heran und schaute nach, ob Louisa weit genug weg war, dass sie nicht mithören konnte. Sie beobachtete uns, aber Willie hatte sie ein paar Schritte hinter uns in ein Gespräch verwickelt. „Sie lässt dich rund um die Uhr arbeiten, um es abzuschließen, oder nicht?"

„Ich will es schreiben."

„Aber in einer so halsbrecherischen Geschwindigkeit? Oscar, du arbeitest dich noch in die Erschöpfung."

„Louisa sorgt dafür, dass ich während des Tages genug Pausen bekomme. Sie kümmert sich gut um mich, keine Sorge."

„Wirklich? Denn nach allem, was ich sehe, kümmerst du sie nicht. Sie kümmert nur dein Buch." Ich marschierte dorthin, wo Matt an der Eingangstür wartete, und mir war leicht schlecht, weil ich so dreist gewesen war.

Aber meine Worte waren für Oscar gewiss keine Überraschung gewesen. Er wusste, dass Louisa ihn nicht liebte. Er wusste, dass sie ihn heiratete, damit ihre Kinder mit einer gewissen Wahrscheinlichkeit Magier wurden. Das hieß aber nicht, dass es mir gefiel, ihn wissen zu lassen, dass mir das klar war. Es würde seinen männlichen Stolz verletzen.

„Ich dachte, wir würden der Spur mit dem Zinnmagier folgen", sagte Duke, als wir an unserer wartenden Kutsche ankamen.

„Das tun wir noch", sagte Brockwell. „Aber in Abwesenheit eines Namens müssen wir allen Spuren folgen. Mirnov ist immer noch unser Hauptverdächtiger, und Mr. Mirnovs Frau hat einen Fluch auf Trentham gelegt."

Duke schaute zu Matt. Matt nickte. „Wir suchen den Professor auf. Hoffentlich kann er uns erleuchten, was einen Zinnmagier angeht, genauso wie Flüche."

Die Studenten waren noch nicht aus der Winterpause an die Universität zurückgekehrt, doch die Angestellten waren auf dem Campus, um die Wiederaufnahme der Vorlesungen vorzubereiten. Wir fanden Professor Nash in dem womöglich kleinsten Bureau der Akademie im Geschichtsbereich. Wir passten nicht alle hinein, darum meldeten sich Duke und Cyclops freiwillig, draußen zu bleiben, und zerrten Willie mit.

Professor Nash strahlte, als er Brockwell die Hand schüttelte, nachdem wir sie einander vorgestellt hatten, sodass er sogar noch jünger wirkte. Mit seinem jugendlichen Gesicht konnte er nicht sonderlich alt sein, aber durch sein dünnes Haar ließ es unmöglich sicher feststellen.

„Was für eine Freude, Sie wiederzusehen, Mrs. Glass. Und natürlich auch Mr. Glass." Er bedeutete uns, dass wir uns hinsetzen sollten. „Ich entschuldige mich, dass ich nur zwei Stühle habe. Es ist ein wenig zu eng, um weitere hereinzuholen."

Selbst wenn er die Bücherstapel ordnete, die auf dem Boden aufgetürmt lagen, wäre nicht genug Platz für einen weiteren Stuhl gewesen. Genauso wenig hätte es Platz gegeben, um irgendwo die Bücher einzustellen. Die Regale waren voller ledergebundener Bände, genauso die Oberseite des Aktenschranks und die Flächen des Schreibtisches, die nicht von Papieren bedeckt waren. Ich setzte mich, während Matt und Brockwell hinter mir stehen blieben.

Nash quetschte sich zwischen die Wand und das Ende des Schreibtisches und nahm wieder Platz. Er legte die zusammengefalteten Hände auf die Papiere und lächelte mich an. „Wie kann ich Ihnen helfen?"

„Kennen Sie irgendwelche Zinnmagier?", fragte ich.

Sein Lächeln entglitt ihm. „Ich fürchte nein."

„Oh."

„Ich kenne Eisen-, Kupfer- und Bleimagier. Geht einer von denen?"

„Nein. Wir ermitteln in einem Mordfall und glauben, ein Zinnmagier könnte einige unserer Fragen vielleicht beantworten."

„Mord!"

„Ein Spielzeugmagier namens Trentham wurde in seiner Werkstatt getötet."

„Davon habe ich gelesen, aber ich hatte keine Ahnung, dass er ein Magier war. Wie schrecklich."

„Mr. Trenthams Tod mag vielleicht mit Magie in Verbindung stehen, aber sicher wissen wir es nicht."

„Na ja, es tut mir sehr leid, dass ich nicht mehr helfen kann."

„Was wissen Sie über Flüche?", fragte Matt. „Romaflüche, um genauer zu sein."

„Das ist die einzige Art Fluch, soweit ich mir bewusst bin." Professor Nash deutete auf ein Bücherregal, das vom Boden bis zur Decke ging. „Im obersten Regal ist ein Band über die Roma. Der kleine mit dem roten Umschlag."

Matt, der dem Regal am nächsten war, holte das Buch herab und öffnete es auf der Seite mit der Inhaltsangabe. Sein Finger musterte die Zeilen, bis er das Kapitel fand, das er brauchte. „Es ist ein kurzes Buch."

„Über Flüche ist zu wenig bekannt, und jene, die Bescheid wissen, sind sich darüber im Klaren, dass die Romafamilien, ihr Wissen nicht gerne aufschreiben." Er deutete auf das Buch. „Sie dürfen es gerne borgen, wenn Sie möchten, aber vielleicht kann ich Ihre Fragen jetzt beantworten. Gibt es etwas Konkretes, das Sie wissen müssen?"

„Sind Flüche echt?", fragte ich.

Er lachte leise. „So echt wie Magie."

„Oscar Barratt sagt, manche glauben, Flüche wären ein Zweig der Magie, aber er hat es persönlich bezweifelt."

„Dann hat er Unrecht. Die historische Recherche verweist auf die große Wahrscheinlichkeit, dass die beiden einmal eins waren und sich irgendwann in der fernen Vergangenheit in zwei Stränge geteilt haben." Er ließ sich in seinem Stuhl gemütlich nieder, und ich vermutete, dass uns eine Geschichtsstunde bevorstand. „Flüche und die meiste Magie operieren auf der Ebene der natürlich vorkommenden Dinge, nicht der hergestellten."

„Uhren und Spielzeuge sind hergestellt."

„Das sind zwei Ausnahmen. Als Daumenregel gilt, wenn es von einem Handwerker geschaffen wurde, oder wenn es ein

Rohmaterial ist, das ein Handwerker manipulieren kann, kann man darauf Magie wirken. Erinnern Sie sich, als ich Ihnen erzählt habe, dass die Uhrenmagie eine relativ moderne Magie ist? Ihr Aufstieg fiel mit der neuen Wissenschaft der Horologie zusammen, die nur hunderte Jahre alt ist, anstatt der tausenden anderen Magiearten wie Gold zum Beispiel. Wenn Sie diese modernen Magien mit hergestellten Gegenständen außen vor lassen, wirken die anderen, älteren auf Naturmaterialien. Holz, Ton, Stofffasern, Mineralien, so etwas eben. Sind Sie bei mir?"

„Bisher", sagte ich. „Wenn also Flüche und die meiste Magie auf Naturmaterialien wirken, kann man Flüche nur auf natürliche Gegenstände wirken?"

Professor Nash wirkte zufrieden. „Ganz genau. Tatsächlich funktionieren sie nur mit einem natürlichen Gegenstand. Dem Körper."

„Ich verstehe nicht."

Matt schloss das Buch, schenkte Nash ebenfalls seine volle Aufmerksamkeit. „Wie medizinische Magie?"

Professor Nash deutete mit dem Finger auf Matt. „Korrekt. Die Theorie lautet, dass Flüche und medizinische Magie in Verbindung stehen. Vielleicht hat sich eines aus dem anderen entwickelt. Sowohl Flüche als auch medizinische Magie können den Körper auf gewisse Arten manipulieren, verstehen Sie."

Brockwell schüttelte den Kopf. „Ich bin verwirrt. Was, wenn ein Roma einen Fluch auf jemanden legt, dass er seinen Schlüssel verliert, zum Beispiel, oder eine Wette? Das hat nichts mit dem Körper zu tun."

Professor Nash lachte leise. „Derartige Flüche sind nicht echt, Inspektor. Sie gehören ins Reich der Märchen und Sensationsromane. Die einzigen wahren Flüche, diejenigen, die tatsächlich wirken, betreffen den menschlichen Körper. Deshalb gibt es so viele Flüche, mit denen man das Opfer erkranken lässt, oder seine Haare ausfallen, oder Warzen auf der Nase wachsen, so etwas eben. Alles natürliche Phänomene, die mit dem Körper zu tun haben, aber der Fluch bringt sie auf die Sprünge, um es mal so auszudrücken."

Er legte den Kopf schief, lächelte und erwartete, dass einer von uns etwas sagte. Ich blieb still, während ich versuchte, zu verdauen, was das für unseren Fall bedeutete.

„Hilft Ihnen das?", drängte der Professor.

Matt war der erste, der seine Gedanken in Worte fasste. „Es wurde angedeutet, dass die Roma das Opfer mit einem Fluch belegt haben, um die Wirksamkeit seiner Magie zu mindern. Ihrer Schätzung nach sollte das möglich sein, weil Magie ebenfalls natürlich ist."

„Ich schätze schon, ja." Professor Nash schob sich die Brille auf der Nase nach oben. „Die Magie ist eine Erweiterung der natürlichen Beschaffenheit des Magiers, wie es der Zufall so will." Er deutete auf mich. „Man kann die Magie nicht aus Mrs. Glass herausnehmen. Sie gehört zu ihr, genauso wie ein Organ in ihrem Körper. Es klingt schon sinnvoll, dass ein Fluch ihre Magie manipulieren könnte, genauso wie er ihr Ohrenschmerzen oder Warzen verpassen könnte." Plötzlich suchte er durch die Papiere auf seinem Schreibtisch, bis er ein leeres Blatt fand. Er tauchte den Federhalter in die Tinte und begann, etwas aufzuschreiben. „Das ist eine interessante Entwicklung, und eine, die noch nicht erkundet wurde. Noch niemand hat recherchiert, wie Flüche die Magie eines Magiers betreffen."

„Vielen Dank, Professor", sagte ich und erhob mich. „Sie waren sehr hilfreich."

Er fuhr mit dem Schreiben fort, seine Brille rutschte auf seiner Nase herab, während er sich über das Papier beugte. Mit einem letzten ausladenden Strich schaute er schließlich auf und sah, dass wir gingen. Er stellte den Stift wieder in den Ständer und erhob sich.

„Ich freue mich so, dass ich helfen konnte." Er rückte um den Schreibtisch, um uns zu verabschieden. „Behalten Sie das Buch, solange Sie es brauchen."

„Eines noch", sagte ich, bevor ich mich den anderen im Gang anschloss. „Haben Sie je gehört, dass Magie fehlerhaft war?"

Er runzelte die Stirn. „Ich verstehe nicht."

Ich konnte mir keine andere Möglichkeit vorstellen, es zu erklären, außer mit dem echten Beispiel des Automaten. „Es gibt ein Spielzeug in Mr. Trenthams Laden, in dem Magie ist. Es ist ein Spielzeug zum Aufziehen, und die Magie sollte seine Bewegungen länger anhalten lassen, nachdem es aufgezogen wurde. Dieses konkrete Spielzeug läuft hin und wieder immer noch, ohne dass jemand es aufzieht allerdings. Wenn man bedenkt, dass Mr. Trenthams Magie nicht sonderlich stark war, und allen Erzählungen nach nicht lange gehalten hat, sollte es das nicht tun, also haben wir uns gefragt, ob seine Magie vielleicht fehlerhaft war."

„Besteht es aus Zinn? Wollten Sie deshalb einen Zinnmagier finden? Sie glauben, dass eigentlich Zinnmagie in dem Spielzeug ist, nicht Mr. Trenthams Spielzeugmachermagie? Sie wissen, dass ein Spielzeug zum Aufziehen aus etlichen verschiedenen Metallen besteht, nicht nur die äußere Ummantelung, darum kann nur die Magie eines Spielzeugmachermagiers es zum Laufen bringen."

„Beantworten Sie die Frage, Professor", sagte Matt.

Professor Nash schob seine Brille hoch. „Ich habe noch nie zuvor von fehlerhafter Magie gehört. Entweder wirkt sie, oder sie tut es nicht."

Ich streckte eine Hand aus, und er schüttelte sie. „Vielen Dank. Sie waren sehr hilfreich."

Wir gingen los, aber er folgte uns in den Gang. „Vielleicht war es Mr. Trenthams Absicht, dass dieses konkrete Spielzeug so lief, ohne aufgezogen zu werden. Vielleicht wirkte die Magie ganz genauso, wie sie sollte."

In Anbetracht der Tatsache, dass Mr. Trenthams Magie nicht sonderlich stark war, bezweifelte ich das, und ich sprach meine Meinung aus, sobald wir in der Kutsche saßen und nach Hause fuhren.

„Mr. Mirnovs Magie ist allerdings stärker", stellte ich klar.

Brockwell stimmte zu. „Die Magie aus diesem Automaten muss die von Mirnov sein. Die Frage ist, hat er ihn angewiesen, Trentham zu töten?"

Matt hatte in dem Buch gelesen und reichte es mir mit einem Glitzern in den Augen. „Laut diesem Buch haben die Romafamilien im Lauf der Jahrhunderte untereinander geheiratet, darum ist eine einzige magische Abstammungslinie fast unmöglich nachzuvollziehen."

„Und?", drängte ich.

„Und Mirnov hat uns gesagt, dass er Halbroma ist, mütterlicherseits. Falls er die Magie von seiner Mutter geerbt hat, dann gibt es die Spielzeugmachermagie vermutlich auch weiterverbreitet in der Romagemeinschaft, nicht nur in der Familie seiner Mutter."

„In der Familie seiner Frau könnten auch Spielzeugmachermagier sein", sagte ich, nickte dazu. Es war eine gute Theorie.

„Einer der Shaws hätte Magie auf dem Automaten nutzen können, damit er sich bewegt", sagte Brockwell. „Aber weshalb? Es gibt keinen Grund, weshalb sie Trentham töten sollten. Sie würden von seinem Tod nicht profitieren, außer wenn der Verdacht auf Mirnov fällt."

Er hatte recht. Die Theorie stand auf tönernen Füßen. Matt wusste es auch. Er seufzte und nahm das Buch entgegen, als ich es ihm wiedergab.

„Vielleicht haben wir beim Mittagessen einige Ideen." Brockwell rieb die Hände aneinander. „Kocht Mrs. Potter etwas Besonderes?"

* * *

DIE EINZIGE IDEE, die uns beim Mittagessen kam, war ein weiterer Besuch bei Mr. Mirnov. Er würde sich nicht freuen, uns zu sehen, und ich schlug vor, zu warten, bis der Markt schloss, und erneut mit ihm im Rose and Crown zu sprechen. Cyclops, Duke und Willie beharrten darauf, mit uns zu kommen und als Leibwächter für Matt zu dienen. Ich fühlte mich ein wenig besser damit, dass sie auf der Hut vor verdächtigen Personen waren, aber das Grauen wich niemals ganz von mir. Der Schütze hatte aus einer vorbeifahrenden Kutsche geschossen, und falls er das wieder tat, würde ihre Anwesenheit Matt nicht retten. Er war jetzt genauso ausgeliefert, wie er es gewesen war, als man vor dem Spielwarenladen auf ihn geschossen hatte. Ich musste nur hoffen, dass der Schütze beim letzten Mal Glück gehabt hatte, und dass sein Glück ihn verlassen hatte.

Wir sahen Mirnov auf dem gleichen Platz am Ende des Tresens sitzen wie letztes Mal. Aber er war nicht allein.

„Sieh an, sieh an", sagte Matt, während er sich einen Pfad durch die Menge bahnte.

Mr. Mirnov sah uns als erster. Er schaute auf und rümpfte die Nase. Mrs. Trentham folgte seinem Blick und keuchte.

„Was für eine Überraschung, Sie hier zu sehen", sagte Matt fröhlich. „Ich wusste nicht, dass Sie beide einander kennen."

„Tun wir nicht", sagte sie. „Aber ich hatte einen Geschäftsvorschlag für Mr. Mirnov. Ich habe seine Wohnadresse in den Papieren meines Mannes gefunden, und Mr. Mirnovs Nachbarin hat gesagt, ich würde ihn hier finden."

Mr. Mirnov sah sie mit zusammengekniffenen Augen an.

„Ich will einen Teil meines Bestandes verkaufen, und ich dachte, Mr. Mirnov könnte ihn zu einem angemessenen Preis erstehen. Ich will den Laden nicht behalten, verstehen Sie. Die Aufgabe ist mir zu groß ohne meinen Mann. Ich habe einfach nicht das Talent, um damit weiterzumachen."

Mr. Mirnov schaute Matt selbstzufrieden an. „Sie dachten, wir konspirieren wegen des Mordes an Trentham, oder nicht?"

Mrs. Trentham fasste sich an die Kehle. „Gütiger Gott." Sie beäugte Mirnov vorsichtig, als wäre ihr gerade erst klar geworden, dass sie womöglich mit dem Mörder ihres Mannes redete. „Einen schönen Tag Ihnen. Ich lasse Sie nun über mein Angebot nachdenken."

Sie raffte ihre Röcke und eilte weg.

Mr. Mirnov lachte leise in seinen Humpen. „Was wollen Sie denn jetzt, Inspektor?"

„Wir haben ein paar Fragen über Ihre Familiengeschichte", sagte Brockwell.

„Fahren Sie fort."

„Haben Sie Ihre Magie von Ihrer Mutter oder Ihrem Vater geerbt?"

„Vater."

Verflixt. Damit lag unsere Theorie in Scherben.

„Wissen Sie, ob die Familien Ihrer Mutter und Ihres Vaters auf irgendeine Art verwandt waren?"

Mr. Mirnov stieß ein lautes Lachen aus und deutete mit dem Humpen auf Brockwell. „Das ist ein verstörender Gedanke, wenn er von einem Polizisten kommt."

„Es ist nichts Ungewöhnliches, dass Romafamilien untereinander heiraten."

„Das stimmt, aber in der Familie meines Vaters waren keine Roma. Das habe ich Ihnen gesagt. Er wurde noch nicht einmal in diesem Land geboren. Er und meine Mutter waren keine entfernten Vettern, soweit ich mir bewusst bin." Er sah mich mit gerunzelter Stirn an. „Hat das etwas mit magischen Abstammungslinien zu tun? Versuchen Sie, herauszufinden, ob es Spielzeugmachermagie bei den Shaws geben könnte?" Er nickte, beantwortete seine eigene Frage. „Interessant."

„Glauben Sie, die Shaws besitzen irgendeine Magie?", fragte Matt.

Mr. Mirnov zuckte mit den Schultern. „Falls sie das tun, haben sie es mir vorenthalten." Er trank sein Bier aus und wedelte mit dem leeren Krug vor Matts Gesicht.

Matt zahlte für ein weiteres, und wir gingen.

„Wohin jetzt?", fragte ich.

„Jetzt gehen wir nach Hause", sagte Matt. „Ich habe keine Ahnung, was wir als nächstes tun sollen."

Ich freute mich sehr über diesen Vorschlag, da er dadurch nicht auf der Straße und außer Gefahr war.

* * *

Wir setzten uns zum Abendessen hin, als ein Schutzmann mit einer dringenden Nachricht für Brockwell kam. Bristow brachte ihn in das Speisezimmer. Der Schutzmann war wohl zum Haus gelaufen, denn er atmete schwer und brauchte kurz, bevor er reden konnte.

„Die Witwe sagte, Sie sind vielleicht bei den Glasses, Sir", brachte er schließlich zwischen den Atemzügen hervor. „Sie müssen schnell kommen."

„Wohin?", fragte Brockwell, der sich erhob. „Was für eine Witwe?"

„Mrs. Trentham. Wir wurden zu ihrem Laden gerufen, nachdem eine Störung berichtet wurde. Wir haben einen Schuldigen festgenommen, Sir, und warten auf Ihre Anweisungen."

Brockwell seufzte vor Sehnsucht, als der Diener Peter ein

Tablett mit Schweinebraten hereinbrachte. „Also gut. Ich komme. Wo ist der Schuldige? Haben Sie einen Namen?"

„Na ja, Sir, das ist ja das Ding." Der Schutzmann trat von einem Fuß auf den anderen und kaute auf der Lippe. „Es ist wirklich merkwürdig."

„Erzählen Sie es mir einfach!"

„Der Eindringling ist in eine mittelalterliche Rüstung gekleidet."

KAPITEL 10

Der Anblick der Polizeihandschellen um die Handgelenke des Automaten brachte mich zum Kichern, zu einem Zeitpunkt, der eigentlich beunruhigend hätte sein sollen. Matt wirkte auch, als wolle er ein Lächeln unterdrücken, als wir uns den Weg über den Boden suchten, der von Spielzeug übersät war.

Brockwell allerdings nahm die Situation ernst. Er hob das Visier des Ritters, obwohl einer der Schutzmänner gesagt hatte, dass niemand darin war, und nahm seinen Notizblock aus der Manteltasche.

„Kann ich jetzt die Handschellen abnehmen, Sir?", fragte der Schutzmann. „Der Eindringling ist geflohen, bevor wir gekommen sind, aber die Witwe hat darauf beharrt, dass wir sie auf der Rüstung lassen."

Mrs. Trentham saß auf dem Hocker hinter dem Tresen, ihre Haare offen, und ein schwarzer Wollschal war eng um ihre Schultern geschlungen. Sie hatte sich wohl schon für die Nacht in ihrem Raum oben eingerichtet.

„Lassen Sie sie vorerst dran", sagte Brockwell.

„Jawohl, Sir." Der Schutzmann warf seinem Vorgesetzten einen zweifelnden Blick zu. „Ich weiß nicht, wie er so schnell aus diesem Ding rausgekommen ist. Es sieht nicht aus, als wäre es einfach, es an- und wieder auszuziehen."

„Es hatte bestimmt eine Möglichkeit." Brockwell deutete auf die Spielzeuge, die im Laden verstreut lagen. „Fangen Sie an, den Laden wiederherzustellen, so gut Sie können."

Duke half den Konstablern, die heruntergefallen Spielzeuge zurückzustellen, während Willie und Cyclops in der Nähe der Tür blieben, in ihrer selbst gewählten Rolle als Matts Leibwächter.

Im Laden herrschte Chaos, und viele der Spielzeuge waren kaputt. Zwei Ausstellungstische waren umgeworfen worden, und ein Regal hing an nur einem Scharnier an der Wand. Mrs. Trentham war den Tränen nahe, als der Inspektor sich durch den Schlamassel einen Weg zu ihr bahnte. Matt und ich schlossen uns an.

„Kann ich Ihnen etwas holen?", fragte ich sanft.

Sie schüttelte den Kopf. „Nein, danke, Mrs. Glass."

„Sind sie verletzt?", fragte Matt.

„Nein."

Brockwell öffnete sein Notizbuch auf einer leeren Seite. „Erzählen Sie mir, was passiert ist."

Sie richtete ihren Schal. „Ich war oben, als ich unten laute Geräusche hörte. Klirren, Hämmern … es war schrecklich."

„Das war bestimmt beängstigend", sagte ich.

„Das war es. Ich wusste, dass es kein Einbruch sein konnte. Kein Einbrecher würde so viel Lärm machen." Sie deutete auf die Tür, die zur Werkstatt führte, und die Stufen dahinter zu ihren Privaträumen. „Ich öffnete die Tür ein kleines bisschen, um durch zu spähen. Ich hatte zu viel Angst, um mich dem Eindringling zu stellen. Aber dann sah ich, dass es der Automat war. Ich wusste sofort, dass er aus eigenem Antrieb lief."

„Was für Bewegungen machte er denn?", fragte Brockwell.

„Er ging hier und dort hin, ohne ein klares Gefühl für Richtungen. Er lief zu einem Tisch, drehte er sich um und nahm eine andere Richtung. Manchmal hat er sich gedreht oder mit den Armen gerudert."

„Glauben Sie, er wollte hinauskommen?"

Sie zuckte mit den Schultern.

„Er hat keinen Verstand, Inspektor", sagte Matt.

Er hatte recht, aber wenn ein Magier ihn betrieb, dann hatte er vermutlich etwas mit der Bewegung beabsichtigt. Ich wollte das allerdings nicht vor Mrs. Trentham darlegen. Es war vermutlich am besten, wenn sie dachte, es wäre einfach ein Automat, der ohne Sinn und Ziel und ohne eine Person lief, die ihn lenkte.

„Die Magie meines Mannes erweist sich als fehlerhaft", sagte sie.

Wir erzählten ihr nicht, dass wir erfahren hatten, dass es so etwas wie fehlerhafte Magie nicht gab. Abermals war es vermutlich besser für sie, wenn sie annahm, dass das der Fall war. Falls sie annahm, ein weiterer Magier würde den Automaten manipulieren, hätte sie sogar noch mehr Angst bekommen, als sie bereits hatte.

„Haben Sie sonst noch jemanden gesehen?", fragte ich.

Sie schüttelte den Kopf. „Nur den Automaten, aber es war ziemlich dunkel."

„Was geschah, nachdem Sie ihn so wild herumzappeln sahen?", fragte Brockwell.

„Ich bin hinten rausgelaufen, durch die Gasse zur Straße. Ich habe um Hilfe gerufen, und zwei Schutzmänner kamen herbei. Sie haben es an der Eingangstür versucht, aber die war abgesperrt, also sind wir wieder zurückgegangen. Bis wir angekommen waren, hatte er sich beruhigt und ging nur noch von einem Fuß auf den anderen, ohne einen Schritt zu machen. Einer von ihnen hat ihm Handschellen angelegt. Als sie das Visier öffneten und sahen, dass niemand darin war, habe ich vorgeschlagen, sie sollen Sie holen." Sie blinzelte mit großen, feuchten Augen zum Inspektor auf. „Ich weiß nicht, mit wem ich sonst reden sollte. Ich wollte die Magie nicht erwähnen, wissen Sie, und da Sie sich der Magie bewusst zu sein scheinen ..."

„Das haben Sie sehr gut gemacht, Mrs. Trentham", versicherte ihr Brockwell.

„Sie werden ihn mitnehmen, oder? Ich will ihn nicht mehr hier haben."

„Natürlich." Brockwell klappte seinen Block zu. „Vielen Dank für Ihre Hilfe."

Ich berührte sie an der Schulter. „Kommen Sie zurecht?"

Sie lächelte mich schwach an. „Ja, vielen Dank, Mrs. Glass. Sie sind sehr freundlich."

„Glass", flüsterte Brockwell Matt zu, während wir vom Tresen weggingen, „können Sie den Automaten bei sich zu Hause aufbewahren?"

„Nein! Ich will ihn nicht in der Nähe meiner Familie. Was, wenn er sich wieder bewegt?"

„Können Sie ihn in eine leere Zelle im Yard stecken?", fragte ich.

„Die Stadt ist voller Verbrecher", sagte Brockwell. „Wir haben keine leeren Zeilen. Außerdem, selbst wenn wir ihn in eine leere Zelle stecken, würde er die Aufmerksamkeit der wachhabenden Polizisten auf sich ziehen. Das würden meine Vorgesetzten nicht wollen."

Er hatte recht. Wir wollten nicht, dass die Polizei wegen einer leeren Rüstung tratschte, die in einer der Zellen verwahrt wurde. Was, wenn sie sich wieder bewegte? „Ich habe eine Idee", sagte ich. „Wir können sie in den Stallungen aufbewahren, an irgendetwas gefesselt, damit sie keine Szene veranstalten kann, wie sie es hier getan hat."

Brockwell stieß ein wenig erweitertes Lachen aus. „Ihrem Kutscher wird das sehr gefallen."

„Woodall wird es nicht stören", sagte Matt. „Er lebt über dem Kutschhaus und ist zäh wie Eisen. Die Pferde sind es, die es hassen werden. Er kommt mit Ihnen, Brockwell. Verstauen Sie ihn tief im Beweismittelraum."

* * *

NACHDEM DER AUTOMAT sicher in Handschellen in einer großen Einheit im Kellerlager von Scotland Yard verstaut war, konnten wir endlich unser Abendessen genießen. Tante Letitia hatte schon in unserer Abwesenheit gegessen, aber sie war nicht allein gewesen. Lord Farnsworth war bei ihr.

„Was für eine angenehme Überraschung", sagte ich und meinte es auch so. Ich genoss seine recht exzentrische Gesellschaft. „Hatten Sie schon Nachtisch?"

„Noch nicht", sagte Tante Letitia.

Ich bedeutete Bristow, ihnen etwas zu bringen, während wir übrigen unseren Hauptgang verspeisten. Obwohl ich die jüngsten Entwicklungen unseres Falles besprechen wollte, wollte ich das nicht vor Tante Letitia oder Farnsworth machen. Ich spürte, dass die anderen auch von der Verzögerung frustriert waren.

Wir begannen unsere Mahlzeit im Stillen, da es spät war und wir ziemlich viel Hunger hatten. Das Einzige, was die Stille füllte, war Lord Farnsworths tiefes Seufzen.

„Stimmt etwas nicht?", fragte ich, als es allzu offensichtlich wurde.

„Ganz und gar nicht, India. Alles ist wunderbar. Ich habe eine hervorragende Mahlzeit mit Ihrer lieben Tante genossen und einen erstklassigen Wein getrunken. Ihr Butler kennt sich aus, Glass."

Tante Letitia tupfte sich den Mund mit einer Serviette ab. „Sag es Ihnen, Davide. Sie werden es wissen wollen." Selbst sie nannte ihn inzwischen beim Vornamen? Was wurde nur aus der Welt?

„Die Frau, die ich als meine Frau erwählt habe, hat mich abgelehnt."

Ich senkte Messer und Gabel. „Wie schade. Hatten Sie denn schon Ihr Herz auf sie gesetzt?"

„Sie hätte eine gute Frau abgegeben. Unsere Kinder wären perfekt gewesen, mit ihrer Vernunft und meinem Witz, Charme und gutem Aussehen."

Willie kicherte.

Duke betrachtete Farnsworth mit einem Stirnrunzeln, das ernster war, als es die Lage erforderte. „Warum hat sie Sie abgelehnt, wenn Sie so witzig, charmant und gut aussehend sind?"

Ich trat ihn unter dem Tisch, und sein Grinsen löste sich.

Lord Farnsworth fiel es nicht auf. Er seufzte noch einmal. „Das wollte sie nicht sagen. Ich nehme an, sie hat einen anderen Verehrer, jemanden mit einem höheren Rang als meinem. Vielleicht einen Duke."

„Einen anderen Grund kann es nicht geben, weshalb sie ihn ablehnen sollte", sagte Tante Letitia, die ihm ein mitfühlendes Lächeln zukommen ließ.

Er erwiderte es. „Vielen Dank Letitia. Sie sind zu nett."

Matt murmelte etwas vor sich hin.

„Was machen Sie denn jetzt?", fragte ich.

„Eine andere suchen, schätze ich. Jemanden mit weniger …"
Er ließ die Finger in der Luft flattern, suchte nach dem richtigen
Wort.

„Vernunft?", warf Matt ein.

„Jemanden mit weniger Anziehungskraft auf Dukes."

Ich war mir nicht sicher, was für eine Frau einem Duke nicht
gefallen würde, aber ich wollte die Antwort nicht hören, nur für
den Fall, dass er jemanden wie Willie meinte, darum fragte ich
nicht.

Tante Letitia erhob sich, entschuldigte sich, und ging zur Tür.
Während sie an Willie vorbeikam, tippte sie sie auf die Schulter
und nickte zu Lord Farnsworth hin. Willie zog eine Augenbraue
hoch. Tante Letitia wies mit dem Kopf auf Lord Farnsworth. Die
Bewegung war so aggressiv, dass wir sie alle bemerkten. Farnsworth tat so, als würde es ihm nicht auffallen, genauso Brockwell, aber wir übrigen beobachteten sie interessiert.

Tante Letitia flüsterte Willie etwas ins Ohr. Willies Augen
wurden groß, und ihr Kinn spannte sich an.

„Gute Nacht, Letty", sagte sie, bevor sie ihrer Mahlzeit erneut
ihre ganze Aufmerksamkeit zuwandte.

Ich musste warten, bis wir im Salon waren, um sie zu fragen,
was Tante Letitia gesagt hat.

„Sie hat mir gesagt, sie hätte Farnsworth von der Roma
erzählt, die mir die Zukunft gelesen hat."

„Sie hat ihm erzählt, du würdest heiraten?"

„Zweimal."

Ich dämpfte mein Lachen mit der Hand.

Sie verschränkte die Arme. „Das ist nicht witzig, India. Ich
will nicht, dass die Dinge zwischen Farnsworth und mir sich
ändern. Ich mag unsere Freundschaft so, wie sie ist, ohne
Komplikationen. Du hast gesehen, wie es bei Jasper und mir auf
und ab geht, und mit dieser Krankenschwester. Aber bei Farnsworth ist alles einfach. Wir haben Spaß."

„Du hast recht. Es tut mir leid."

„Jetzt, da Farnsworths Verlobung in die Binsen gegangen ist,
wird Letty versuchen, uns weiterhin zusammenzubringen."

„Ich werde ihr sagen, sie soll aufhören."

„Gut." Sie beobachtete, wie Lord Farnsworth mit Cyclops sprach. „Ich kann nicht sagen, dass ich enttäuscht bin, dass es mit seiner Verlobung nichts geworden ist. Jetzt kann er wieder mit mir ausgehen, ohne sich Sorgen zu machen, dass es zu seiner Verlobten durchdringt. Tatsächlich schätze ich, wir sollten heute Abend ausgehen. Ich bin der Stimmung zum Spielen."

Ich beäugte Brockwell, der auf dem Sofa bei Duke saß. „Ist das klug, wenn man bedenkt, dass Brockwell auch hier ist?"

Sie legte mir eine Hand auf die Schulter. „India, du solltest mich und meine Art inzwischen verstanden haben. Jasper tut das. Ihm wird es nichts ausmachen. Außerdem ist er derzeit sehr viel mehr an der Ermittlung interessiert als an mir."

Sie hatte recht. Sobald sie und Lord Farnsworth aufgebrochen waren, wollte Brockwell die Lage mit dem Automaten besprechen. Das wollten wir alle. Dutzende Gedanken waren während des Essens durch meinen Kopf gegangen, und jetzt konnte ich sie endlich aussprechen.

„Ich habe eine Theorie", platzte es aus mir heraus. „Ich denke, Trentham hat den Zauber aus Fabians Haus gestohlen und ihn auf den Automaten angewendet. Aber etwas ging schief, und der Automat hat sich gegen ihn gewandt und ihn umgebracht." Ich betrachtete sie alle nacheinander. „Was glaubt ihr?"

Cyclops nickte. „Für mich wirkt das wie eine gute Theorie. Nur Trentham oder Mirnov hätten ihn zum Bewegen bringen können."

„Und da keine Einbrüche beim Spielzeugladen berichtet wurden, muss es Trentham gewesen sein."

Aber die anderen waren nicht überzeugt. „Nash sagt, Magie ist nicht fehleranfällig", erklärte Brockwell. „Entweder wirkt sie oder nicht."

„Ich lege nicht nahe, dass die Magie fehlerhaft war, nur, dass sie nicht so gewirkt hat, wie Trentham es beabsichtigt hat."

Duke schien sich für meine Theorie zu erwärmen. „Die schmale Person, die in einen Mantel gekleidet war, die man in der Nacht des Mordes vom Tatort hat weglaufen sehen, könnte der verkleidete Automat gewesen sein."

Der Gedanke war so absurd, dass ich fast wieder lachte,

obwohl die Lage so ernst war. Und dann fiel mir etwas ein. „Er fehlte doch im Laden, als wir zum ersten Mal den Tatort inspizierten, nach dem Mord. Er wurde am Folgetag gefunden, in einer Gasse, und wir alle dachten, er wäre gestohlen und dann zurückgelassen worden. Aber was, wenn er weggelaufen ist, und so weit ist er eben gekommen, bevor die Magie auslief?"

„Aber wer hat ihn aus dem Spielzeugladen herausgelassen?", fragte Matt. „Er hat keinen Verstand. Er kann Schlösser nicht ohne Anweisung öffnen, und er kann auch nicht morden. Jemand hat ihn manipuliert."

„Außer Nash irrt sich", sagte ich. „Vielleicht ist die Magie darin fehlerhaft. Er hat sich laut Mrs. Trentham mehrmals aus eigenem Antrieb bewegt."

„Ich stimme zu, aber nur bis zu einem gewissen Punkt. Das Verhalten heute Abend wirkte auf jeden Fall wie ein Fehler in der Magie, die es kontrolliert. Aber der Mord und die darauffolgende Flucht sind eine ganz andere Sache. Das ist absichtlich geschehen."

Cyclops machte mit den Händen eine Geste, als würde er jemanden erwürgen. „Ich schätze, du hast recht, und es ist die Mordwaffe. Das erklärt, weshalb Trentham erwürgt wurde, statt dass man ihm den Kopf mit einem der Werkzeuge in der Nähe einschlug."

Ich war froh, dass Tante Letitia nicht in der Nähe war, um das mitzuhören. „Danke für deine lebhafte Beschreibung."

Er senkte die Hände. „Tut mir leid, India. Aber verstehst du das? Matt nimmt an, dass der Magier mit dem Automaten im Raum war. Richtig?"

Matt nickte.

„Aber das musste er nicht sein. Als du den Teppich hast fliegen lassen, wie hast du das gemacht?"

„Ich habe mir in Gedanken vorgestellt, wie er fliegt, während ich den Zauber gesprochen habe."

Cyclops deutete auf mich. „Genau, du hast es dir in Gedanken vorgestellt. Du musstest ihn nicht sehen. Du musstest nicht einmal im Umfeld des Teppichs sein."

„Also musste der Magier nicht unbedingt im selben Raum sein wie der Automat oder Trentham", schloss Matt, der dazu nickte. „Er musste sich einfach nur vorstellen, wie die Hände des Automaten sich um Trenthams Hals legten, während er den Bewegungszauber gesprochen hat."

„Es wäre schwieriger gewesen, sich das richtige Werkzeug vorzustellen, das zufällig in der Nähe lag", stimmte Brockwell zu. „Der Mörder hätte raten müssen."

Es passte zu gut zusammen, um anders zu sein. Es bedeutete, dass der gestohlene Zauber tatsächlich auf dem Automaten zum Einsatz gekommen war, um Trentham zu töten. Ich erschauerte. Was für eine schreckliche Todesart.

Matt rieb mir über die Hand. „Alles in Ordnung?"

Ich nickte. Und dann kam es mir, weshalb er mich so bohrend ansah, mit so viel Sorge im Blick. Der Zauber, der benutzt worden war, war mein Zauber. Ich hatte ihn geschaffen. Ich hatte die Mordwaffe geschaffen.

Meine Kehle wurde eng. Ich versuchte zu schlucken, aber es ließ sich nicht ändern, als säße ein Kloß dort fest. Hätte ich noch einen Grund gebraucht, um damit aufzuhören, neue Zauber zu schöpfen, hatte ich ihn nun. Das Potenzial, dass sie missbraucht wurden, war zu groß. Mir wurde schlecht, als ich an meine Rolle beim Mord an Trentham dachte.

„Sie werden einen hervorragenden Kriminalpolizisten abgeben", sagte Brockwell zu Cyclops.

Cyclops lächelte scheu. „Falls ich je lange genug wachbleibe, um es durch die Ausbildung zu schaffen."

„Ich erinnere mich an diese Lektionen. Ich werde sehen, was ich tun kann, um Sie bald in den aktiven Dienst zu versetzen."

Cyclops richtete sich auf. „Vielen Dank."

Duke schnalzte mit den Fingern. Er war der Einzige, der dem Austausch zwischen Brockwell und Cyclops nicht zu lauschen schien. „Dann muss es Mirnov sein. Er ist der Einzige, der den Automaten mit Indias Bewegungszauber manipulieren kann. Außer India, meine ich. Nash sagte, kein Zinnmagier könne den Automaten bewegen, nur ein Spielzeugmagier."

„Sehe ich auch so", sagte Matt. „Mirnov musste Trentham nicht sehen, um ihn zu töten, er musste sich nur vorstellen, wie der Automat es tat. Aber wie erklärt man, dass der Automat aus dem Spielzeugladen entkommen ist?"

„Er hat sich in Gedanken das Schloss vorgestellt?"

„Das ist möglich, aber der Automat hätte einen Schlüssel nutzen müssen. Er sah nicht aus, als könne er mit seinem Metallfingern einen Schlüssel gebrauchen, ganz zu schweigen davon, ihn überhaupt erst zu finden."

Duke sank ein wenig in sich zusammen. „Mirnov hätte drinnen sein müssen, um den Schlüssel zu finden und ihn im Schloss zu drehen. Das bedeutet, er hätte drinnen sein müssen, bevor Mrs. Trentham am Abend zusperrte."

Ich schaute in jedes ihrer Gesichter. Falls sie dasselbe dachten wie ich, zeigte es sich nicht. Sie wirkten alle ziemlich geschlagen von dem Rätsel. „Er hätte drin sein können, bevor Mrs. Trentham zugesperrt hat", sagte ich. „Sie hätte ihn hineinlassen können, wenn sie seine Geliebte war."

Sie schauten mich alle an. Ich lächelte triumphierend. Je mehr ich darüber nachdachte, desto besser gefiel mir meine Theorie. Nur weil sie gesagt hatten, dass sie einander noch nie begegnet waren, bedeutete das nicht, dass sie die Wahrheit sprach. Wir hatten sie zusammen im Rose and Crown gesehen, ein unwahrscheinlicher Ort, um ein Geschäftstreffen anzusetzen, aber nicht ungewöhnlich, wenn zwei Liebende sich treffen wollten, um einander Gesellschaft zu leisten.

„Es erklärt alles", sagte Cyclops mit einem Nicken.

„Es liefert auch ein starkes Motiv, um Trentham zu töten", fügte Brockwell an. „Er entfernt einen Rivalen im Geschäft und der Liebe."

„Und das darauffolgende unvorhersehbare Verhalten des Automaten?"

„Dann doch ein Fehler", sagte ich mit einem Schulterzucken. „Professor Nash kann nicht alles wissen, was es über neu geschaffene Zauber zu wissen gibt. Seine Quellen haben vielleicht kein Wissen aus erster Hand. Wir müssen immer noch viel lernen, wenn es um neue Zauber geht. Nicht, dass wir es lernen werden, indem wir weitere schaffen. Ich werde auf jeden Fall nie wieder diesen Pfad einschlagen." Ich rieb mir über die Arme, weil mir plötzlich kalt war. „Die Gefahren sind zu groß."

Matt legte den Arm um mich und küsste mich auf den Kopf.

Seine Wärme und Liebe halfen mir, meine Melancholie in Schach zu halten.

„Wir müssen handfeste Beweise für eine Verbindung zwischen ihnen finden", sagte Brockwell. „Ich werde sie beide für weitere Befragungen heranziehen."

„Bei allem Respekt", sagte Matt, „wir haben versucht, sie zu befragen, und sind nirgendwo hingekommen. Wir brauchen eine verstohlenere Lösung für dieses Problem. Ich schlage vor, dass wir morgen zum Laden gehen, unter dem Deckmantel, dass wir Mrs. Trentham beim Aufräumen helfen, und ihre persönlichen Habseligkeiten durchsuchen, wenn sie nicht hinsieht."

Brockwell schüttelte den Kopf. „Das ist zu riskant. Sie könnte Mirnovs Komplizin sein. Falls sie vermutet, was Sie tun, könnte sie sich vielleicht wehren. Ich kann doch niemanden in die Gefahr schicken."

„Das machen Sie nicht. Ich habe meine Entscheidung ohne Sie getroffen. Ich gehe."

Ich löste mich von ihm. „Nein. Das mache ich. Du bleibst zu Hause."

„Das hatten wir doch schon mal, India."

„Es ist für einen Tag, Matt. Es wird dich nicht umbringen, hierzubleiben und etwas Zeit mit deiner Tante zu verbringen."

„Vielleicht schon", murmelte er.

„Deine Anwesenheit ist morgen nicht erforderlich. Mrs. Trentham wird bei mir nicht argwöhnisch werden, bei dir hingegen vielleicht schon." Er öffnete den Mund, um zu widersprechen, nur um ihn zu schließen, als ich einen Finger hob, um ihn zum Schweigen zu bringen. „Cyclops, Duke und Willie können dir nicht weiter folgen und als deine Leibwächter dienen. Cyclops hat die Polizeiausbildung."

„Ich halte ihn nicht davon ab, teilzunehmen."

Ich legte den Kopf schief. „Nur einen Tag, Matt."

Er seufzte. „Also gut. Einen Tag. Aber du nimmst Duke und Willie mit."

„Einer von Ihnen sollte hier bei dir bleiben."

„Willie", sagte Duke rasch, bevor Matt etwas erwidern konnte.

Matt seufzte erneut. „Das wird wohl ein langer Tag."

* * *

DER SPIELZEUGLADEN WAR in einem ähnlichen Zustand, wie wir ihn am Vorabend verlassen hatten. Mrs. Trentham war dankbar um die Hilfe, besonders, jemand so starken wie Duke zu haben, der die schwereren Gegenstände hob. Er brachte mir bei, wie man einen Schraubenschlüssel benutzte, um das Regal wieder aufzustellen, aber es gab nichts, was wir wegen des zerbrochenen Tisches unternehmen konnten.

„Der hat einen ziemlichen Schlamassel veranstaltet", sagte ich und schaute mir die Arbeit an, die noch zu erledigen war.

„Wo ist er jetzt?", fragte Mrs. Trentham.

„In einer Lagereinheit im Keller von Scotland Yard."

„Gut. Diese Kreatur muss man wegschließen, bis die Magie nachlässt."

Ich hob eine Puppe auf und stellte sie auf einen Tisch zu den anderen zurück. Ich musste mir eine Möglichkeit einfallen lassen, Mrs. Trenthams Räumlichkeiten bald zu durchsuchen, oder wir wären hier fertig, und die Gelegenheit wäre dahin. Aber ich hatte bereits herausgefunden, dass die Toilette ein Häuschen außerhalb im hinteren Hof war, nicht oben. Leider hatte ich geplant, dass sie einen prominenten Auftritt bei meiner Täuschung hinlegte.

Duke stand mit den Händen auf den Hüften neben einem kaputten Schaukelpferd. „Mit einem Hammer kann ich das reparieren. Darf ich mich in Ihrer Werkstatt danach umsehen, Mrs. Trentham?"

„Haben Sie denn keinen in Ihrer Werkzeugkiste?", fragte sie.

Er schloss den Deckel der Werkzeugkiste mit dem Fuß. „Nein."

Sie deutete auf die Tür, die zur Werkstatt führte. „Dann seien Sie mein Gast."

Duke warf mir einen beredten Blick zu, bevor er das Schaukelpferd mitnahm. Mrs. Trentham hielt ihm die Tür auf und sah aus, als wolle sie ihm folgen.

„Würde es Ihnen was ausmachen, mir zu helfen, die restlichen Murmeln zu suchen?", fragte ich sie.

Zusammen suchten wir nach den Murmeln, fanden sie unter

Tischen, anderen Spielzeugen, sogar hinter dem Tresen. Ich führte die Unterhaltung die ganze Zeit weiter, damit sie keinen ruhigen Moment finden konnte, um sich zu entschuldigen und Duke zu folgen. Außer, sie wollte unhöflich sein. Da sie eine gut erzogene Frau der Mittelklasse war, schätzte ich, dass Mrs. Trentham nicht als unhöflich gelten wollte.

Duke kehrte etwa zwanzig Minuten danach zurück und stellte das Schaukelpferd in die Nähe der Vorderseite des Ladens, wo man es durch das Fenster sehen konnte. Er staubte sich die Hände ab und bewunderte sein Werk.

„Das hast du gut gemacht", sagte ich zu ihm.

„Danke. Jetzt bin ich am Verhungern. Will sonst noch jemand was essen?" Er zwinkerte mir zu. Mit dem Rücken zu Mrs. Trentham konnte sie es nicht sehen.

Auf seinen ermutigenden Blick hin sagte ich: „Soll ich ein paar Sandwiches machen?" Als er lächelte, fügte ich an: „Ist Ihre Küche oben, Mrs. Trentham?"

„Ich könnte Sie doch niemals bitten, in der Küche zu arbeiten, Mrs. Glass. Nicht nach allem, was Sie bereits hier machen."

„Das ist schon in Ordnung. Ich habe nicht oft die Gelegenheit, zu Hause in der Küche zu stehen. Unsere Köchin mag das nicht. Ich vermisse es ziemlich." Ich ging zur Tür, bevor sie mir vorausgehen konnte.

„Ich habe gar kein Brot", sagte sie.

Noch besser. „Ist in der Nähe eine Bäckerei?"

„Im nächsten Block."

Ich holte ein paar Münzen aus meinem Pompadour, den ich auf dem Tresen hatte stehen lassen. „Würde es Ihnen was ausmachen, einen Laib zu kaufen? Und alles, was man sonst noch braucht, um ein gutes Sandwich zu füllen." Ich gab ihr mehr Geld, als sie brauchte. „Etwas Herzhaftes für meinen Freund." Ich beugte mich näher heran und flüsterte: „Er isst eine Menge."

Sie lächelte ein unschuldiges, vertrauensvolles Lächeln. Sie hatte keine Ahnung, was ich gleich tun würde. „Natürlich. Und danke noch einmal für Ihre Hilfe, Mrs. Glass."

Nachdem sie gegangen war, kam Duke zu mir an den Tresen. „Oben hatte ich nicht lange. Ich wollte sie nicht argwöhnisch machen, und ich musste trotzdem noch das Schaukelpferd reparieren. Geh, und ich halte Wache. Ich pfeife, wenn ich sehe, wie sie näherkommt."

„Wo hast du nachgesehen?"

„Im Wohnzimmer. Ich habe dir das Schlafzimmer überlassen."

„Das ist sehr klug von dir, so zu denken, Duke. Gut gemacht."

Ich lief weg durch die Werkstatt und die Stufen hinauf. Der Treppenabsatz öffnete sich zu einem Wohnzimmer, in dem ein Sofa, ein paar kleine Beistelltische und ein Schreibtisch standen. Den hatte Duke bestimmt durchsucht, darum ging ich weiter zum Schlafzimmer. Falls am Schreibtisch keine Briefe zwischen Mrs. Trentham und Mirnov gewesen waren, dann war der Ankleidetisch die nächste offensichtliche Lösung.

Ich suchte überall, dazu gehörte auch die Suche nach versteckten Schubladen und falschen Böden. Es gab keine. Es gab nur so wenige persönliche Briefe, dass mir klar wurde, dass Mrs. Trentham sehr wenige Freunde und keine Familie hatte. Sie tat mir ein bisschen leid, obwohl sie eine Mitverschwörerin beim Mord an ihrem Mann sein könnte.

Ich schüttelte ein Buch mit Terminen, aber das Einzige, was herausfiel, war die Visitenkarte eines Arztes. Ich wandte meine Aufmerksamkeit dem Bett zu. Darunter war nichts, bis auf Staub und zwei alte Schuhe. Im Schrank gab es Männer- und Frauenkleidung, aber alle Taschen waren leer, und ich hatte nicht das Gefühl, dass irgendetwas in die Säume gerutscht war. Auch oben auf dem Schrank gab es nichts zu finden, nur eine leere Hutschachtel, eine kleine Reisetruhe, in der verstaubte Decken lagen, und einige Bücher.

Ich stellte alles zurück und musterte noch einmal den Raum, die Hände in die Hüften gestemmt. Falls es jemals eine geheime Korrespondenz zwischen den Liebenden gegeben hatte, war sie vernichtet worden.

Ich nahm noch einmal das Terminbuch auf und blätterte durch die Seiten. Die meisten Tage waren leer. Die Frauen von Ladenbesitzern gingen normalerweise zu den Treffen, die ihren Interessen entsprachen, oder von bestimmten Vereinen, aber

Mrs. Trentham schien keinem anzugehören. Sie traf sich einmal im Monat am Nachmittag zum Tee mit einer Frau namens Edith, und sie und Mr. Trentham gingen im Juni ins Theater und im September zu einem Abendessen in den Gildensaal. Der einzige Name, der mehr als einmal auftauchte, war der des Arztes. Sie war vor ein paar Monaten zweimal zu ihm gegangen.

Ich nahm die Karte. *Doktor Shelby*, stand da in dicken Buchstaben. Die kleinere Schrift darunter listete seine Spezialisierung auf Frauenbeschwerden, Hysterie und Fruchtbarkeit auf.

Ich steckte die Karte ein und wollte gerade noch einmal durch den Ankleidetisch suchen, als Duke pfiff. Ich raffte meine Röcke und raste nach unten, schob die Tür zur Werkstatt auf, als Mrs. Trentham gerade durch die Eingangstür kam. Hoffentlich nahm sie an, dass ich nur auf der Toilette gewesen war.

„Die bringe ich für Sie nach oben", sagte ich und nahm ihr eine Papiertüte ab.

Mrs. Trentham beharrte darauf, mit mir zu kommen, und zusammen machten wir in der Küche Sandwiches. Ich wollte kein Misstrauen erwecken, darum blieben wir noch eine Stunde nach dem Mittagessen und gingen dann. Ich wies Woodall allerdings an, uns zu Scotland Yard zu fahren, nicht nach Hause.

„Aber wir haben Brockwell nichts zu berichten", sagte Duke, während wir losfuhren.

„Da bin ich mir nicht so sicher." Ich zeigte ihm die Karte und erzählte ihm von den Terminen.

„Wie kann denn das relevant sein?"

„Vielleicht ist es das nicht, aber ich will mit dem Arzt sprechen, und um das zu tun, brauchen wir Brockwell. Ein Arzt wird mit uns nicht über eine Patientin reden, mit der Polizei vielleicht schon. Wenn schon sonst nichts, bekommen wir ein klares Bild von Mrs. Trenthams Zustand. Falls sie eine tödliche Krankheit hat, erklärt das vielleicht, weshalb sie den Mann getötet hat, den sie nicht liebte, um bei dem Mann zu sein, den sie liebt."

Duke wirkte nicht überzeugt. Genauso wenig der Inspektor, als ich ihm die Theorie erklärte.

„Wir haben an dieser Stelle nichts mehr sonst", sagte ich, mein Ärger war in meinem Tonfall hörbar. „Sollten wir nicht zumindest versuchen zu erfahren, weshalb sie zwei Termine bei diesem Arzt hatte?"

„Sie waren Monate vor dem Mord an ihrem Mann", erklärte Duke.

Brockwell schob seinen Stuhl zurück, die Stuhlbeine kratzten über den Boden. „Ich glaube nicht, dass es hilft, aber ich werde mit ihm reden."

„*Wir* werden mit ihm reden", sagte ich. „Ihre Anwesenheit wird die Befragung offiziell machen, und meine wird seine Gedanken beruhigen, wenn Sie darauf beharren, alle seine Aufzeichnungen einzusehen."

„Wie werden Sie seine Gedanken beruhigen?"

„Er ist ein Arzt für Frauenbeschwerden, und ich bin eine Frau."

Brockwell und Duke wechselten einen Blick.

Ich nahm meinen Pompadour vom Schreibtisch und erhob mich. „Ich schließe mich Ihnen bei dieser Befragung an, ob es Ihnen gefällt oder nicht, Inspektor. Kommen Sie schon."

* * *

Doktor Shelbys Klinik war in einem Reihenhaus in einer Oberklassegegend untergebracht. Auf dem Bronzeschild an der Wand neben der Tür stand nur sein Name. Dort war seine Spezialisierung nicht erwähnt wie auf der Karte. Seine Patientinnen wollten Diskretion und Privatsphäre.

Die Patientin im Wartezimmer wurde puterrot, als sie den Inspektor sah, dann senkte sie den Kopf.

„Wie kann ich Ihnen helfen?", fragte die Assistentin, die hinter einem Schreibtisch saß.

„Ich bin Kriminalinspektor Brockwell, und das ist Mrs. Glass, meine Mitarbeiterin. Wir müssen mit Dr. Shelby sprechen."

Sie deutete auf die Stühle. „Sie werden warten müssen."

Wir warteten, und als sich die anschließende Tür öffnete und eine Frau herauskam, erhoben wir uns. Ich entschuldigte mich bei der wartenden Patientin und versicherte ihr, dass wir nicht lange brauchen würden, dann folgte ich Brockwell in den Raum. Dort gab es nur wenige Möbel, auf einer Seite ein Bett mit

Metallrahmen, einen Schreibtisch und zwei Stühle. Bis auf einen Aktenschrank und ein Regal voller Bücher war der Raum leer. An den weißen Wänden hingen keine Bilder, und der fehlende Kamin bedeutete, dass die Luft kalt war. Ich erschauerte und raffte meinen Mantel an der Kehle zusammen.

Dr. Shelby war ein klein gewachsener Mann, gerade noch im mittleren Alter, mit dünnen Haaren auf dem Kopf und drahtigen grauen Haaren auf dem Kinn. Er schaute sich den Inspektor durch seine Brille genau an.

Brockwell stellte uns vor und nannte unser Anliegen auf seine direkte, nüchterne Art.

Dr. Shelby weigerte sich rundheraus, seiner Bitte nachzukommen. „Ich kann doch keine Patientenakten der Polizei übergeben! Ich muss meine Integrität wahren."

„Ich befehle es Ihnen", sagte Brockwell.

Dr. Shelby straffte die Schultern. „Brauchen Sie denn für so etwas keine Papiere?"

„Und die werde ich auch besorgen, falls Sie sich weiterhin sperren, aber die Zeit läuft ab. Unsere Mordermittlung hängt von dem ab, was in Mrs. Trenthams Akte steht."

Dr. Shelby ließ sich nicht überreden. „Es tut mir leid, aber meine Akten sind vertraulich. Wenn nicht ein Richter mir befiehlt, ihre Aufzeichnungen herauszugeben, werde ich bei allem Respekt ablehnen."

Brockwell kratzte sich an den Koteletten. Er wirkte ideenlos. Ich nahm an, normalerweise bekam er Ergebnisse, wenn er sich als Polizist zu erkennen gab und einen Mord erwähnte. Dr. Shelby war ein ethischer Kerl, und ich fühlte mich irgendwie schrecklich für das, was ich gleich sagen würde, um ihn zu zwingen. Aber es war nötig.

„Das Beschaffen dieser Erlaubnis wird dazu führen, dass Ihre Assistentin und die wartenden Patientinnen erfahren, dass Ihre Informationen von einem Inspektor und einer Reihe Schutzmänner durchgesehen wurden. Leider weiß jeder, dass Schutzmänner nicht sonderlich diskret sind. Wenn wir es jetzt machen, sind es nur wir beide. Als Frau würde ich das weniger als ein Eindringen empfinden. Dass Schutzmänner meine vertraulichen Angelegenheiten kennen, wäre erniedrigend und würde es sehr viel weniger wahrscheinlich machen, dass ich hierher zurückkehre."

Dr. Shelby wurde blass. „Würde man denn unbedingt Schutzmänner mitnehmen müssen?"

„Nicht, wenn Sie uns Mrs. Trenthams Akte jetzt sehen lassen."

„Das ist Erpressung."

„Ich nenne es lieber Vernunft."

Er nahm seine Brille ab und kniff sich in den Nasenrücken. Nach einem schweren Seufzen und einem Kopfschütteln setzte er sie wieder auf. „Falls Sie eine Mörderin ist, schätze ich, es ist meine Pflicht, Sie ihre Akte sehen zu lassen."

„Keine Mörderin, nur eine Komplizin", sagte Brockwell. „Erinnern Sie sich an sie?"

„Ein wenig. Ich habe den Namen Ihres Mannes in der Zeitung gesehen, aber ihre Termine waren vor einiger Zeit, und ich erinnere mich nicht an die Details ihrer Lage." Er öffnete eine Schublade und blätterte durch die Akten. „Hier ist es." Jetzt, da er beschlossen hatte zu helfen, wirkte er nicht mehr wütend. Er öffnete die Akte und fing an zu lesen. „Guter Gott, jetzt weiß ich es wieder. Sie hat mir ziemlich seltsame Fragen gestellt. Sie waren leicht genug zu beantworten, aber ungewöhnlich."

Er reichte Brockwell die Akte. Wir lasen sie zusammen. Mrs. Trentham war in Dr. Shelbys Klinik gekommen, weil sie nach einer Behandlung für Unfruchtbarkeit suchte. Sie hatte gefragt, ob es einen medizinischen Grund gab, weshalb sie nach Jahren der Ehe kein Kind empfangen hatte. Der Arzt hatte sie untersucht und erklärt, dass er keinen finden konnte. Er hatte sie in Kenntnis gesetzt, dass es nicht ungewöhnlich war, niemals einen Grund aufzudecken, und dass sie und ihr Mann es weiter versuchen sollten.

„Wie ging es ihr nach der ersten Beratung?", fragte ich.

„Sie war schwer verstört", sagte er. „Keine Frau hört gerne, dass es keine Heilung für Unfruchtbarkeit gibt. Ich habe den, äh, Prozess mit ihr besprochen, um sicherzustellen, dass sie und Mr. Trentham es korrekt machen. Sie wären überrascht, wie oft es in dieser Sache Unwissen gibt. Aber dort gab es keine Probleme."

Brockwell, der weiter gelesen hatte, tippte mit dem Finger

auf einen Satz im Bericht. „Hier heißt es, sie hätte nach Konsan-
guinität und ihrer Wirkung auf die Unfruchtbarkeit gefragt. Was
ist das?"

„Im Grunde hat sie mich gefragt, ob die Verwandtschaft
zwischen ihr und Mr. Trentham der Grund sein könnte, dass sie
nicht empfangen kann."

„Verwandtschaft?", wiederholte ich. „Was meinen Sie denn
damit?"

„Sie waren verwandt, aber ich weiß nicht mehr, wie entfernt.
Es war nicht nahe."

Ich versuchte, zurück an meine Unterhaltungen Mr.
Trentham über seine Magie zu denken, und ob er sie von seiner
Mutter oder seinem Vater geerbt hatte. „Wissen Sie noch, auf
welcher Seite sie verwandt waren?"

„Das habe ich nicht gefragt."

Brockwell und ich wechselten einen Blick. Er schloss die
Akte, aber ich hatte etwas weiter unten auf der Seite gesehen.

Ich nahm sie ihm ab und las den Arztbericht wegen des
zweiten Termins. Mrs. Trentham war zurückgekommen, um Dr.
Shelby zu fragen, ob ihr Mann der Grund sein könnte, dass sie
nicht empfangen konnte, nicht sie. Die Notizen besagten, dass
sie ihn davon in Kenntnis gesetzt hatte, dass Mr. Trentham schon
einmal verheiratet gewesen war, und da auch aus dieser Ehe
kein Kind hervorgegangen war, könnte ja er der Unfruchtbare
sein.

„Erzählen Sie mir von dem zweiten Termin", sagte ich,
reichte die Akte Brockwell zurück, damit er sie lesen konnte.

„Ich habe nicht erwartet, sie noch einmal zu sehen, darum
war ich überrascht, als sie zurückkehrte", sagte Dr. Shelby. „Sie
hat mich über die vorherige Ehe ihres Mannes informiert, und
die fehlenden Kinder, und mich gefragt, ob das bedeutete, dass
er fruchtbar war, nicht sie. Ich erzählte ihr, dass das sehr wahrscheinlich der Fall war. Sie wurde sehr wütend auf mich, dass
ich ihr bei ihrer ersten Beratung nicht gesagt hatte, er könne der
Grund sein, aber ich habe ihr erklärt, dass sie mich nicht wegen
ihres Mannes gefragt hatte, sondern nur wegen sich."

„Also haben Sie sie glauben lassen, das Problem läge bei
ihr?", stieß ich hervor. Zu oft schoben Männer Frauen die Schuld

an Dingen zu, die gar nicht ihre Schuld waren. Im Fall von Kinderlosigkeit ging es letztlich immer an den Frauen aus, die Gesellschaft sah das genauso wie ihre eigenen Familien. Ein Arzt hätte es besser wissen sollen und zu ihrer Beruhigung alles erklären, wenn schon sonst nichts.

Dr. Shelby schnappte Brockwell die Akte weg. „Ich habe vorgeschlagen, sie sollten es weiter versuchen, und wenn das nicht zu Ergebnissen führt, gibt es immer noch Adoption. Sie schien allerdings nicht auf mich zu hören."

„Vermutlich, weil sie immer noch erschüttert war, herauszufinden, dass ihr Mann unfruchtbar war." Oder vielleicht hatte sie bereits seinen Mord geplant.

Ich wechselte einen Blick mit Brockwell. Er nickte mir schwach zu. Er dachte das gleiche wie ich – Mrs. Trentham hatte ein Motiv. Wenn man bedachte, dass auch sie eine Spielzeugmachermagierin sein konnte, hatte sie auch die Möglichkeit, den Automaten zu manipulieren.

Mirnov musste man vergessen – Mrs. Trentham war gerade unsere Hauptverdächtige geworden.

KAPITEL 11

„Wir können Sie noch nicht festnehmen", sagte Brockwell, während wir uns vor der Klinik des Arztes in die Kutsche setzten.

Wir besprachen, wohin wir als nächstes gehen sollen. Duke stimmte mir zu, dass wir zumindest Mrs. Trentham über das befragen sollten, was wir erfahren hatten, aber Brockwell wollte weitere Beweise.

„Wir müssen herausfinden, ob sie eine Spielzeugmachermagierin ist", sagte Brockwell. „Dann haben wir mehr gegen sie in der Hand, und wir haben sehr viel mehr Hebel, um ihr ein Geständnis zu entlocken. Glauben Sie, Trenthams Magie kam von seinem Vater, India?"

„Ich erinnere mich, dass er das bei seinem Vortrag so gesagt hat."

„Dann müssen wir nur beweisen, dass sie väterlicherseits mit ihm verwandt ist. Darf ich Ihrem Kutscher Anweisung geben?"

„Nur zu."

Er öffnete das Fenster und wies Woodall zum allgemeinen Melderegister im Somerset House am Strand. Ich fühlte mich leicht schuldig, weil ich so forsch mit den Ermittlungen weitermachte, ohne Matt. So etwas unternahmen wir sonst immer zusammen. Aber ich tröstete mich mit dem Wissen, dass er sicher zu Hause war, während Willie ihn beschützte.

Ich war allerdings sehr froh, diesen Teil der Ermittlungen mit Brockwell zu bestreiten. Die Anwesenheit eines Ermittlers von Scotland Yard war bei Dr. Shelby unbezahlbar gewesen, und erwies sich beim Meldeamt abermals als hilfreich. Anfragen, um das Geburts-, Sterbe- oder Heiratsregister einsehen zu dürfen, wurden normalerweise in eine lange Schlange gestellt, aber die Verwaltungsangestellten holten uns sofort Mrs. Trenthams Aufzeichnungen.

Die Heiratsurkunde sagte uns alles, was wir wissen mussten. Ihr Mädchenname war derselbe wie ihr Ehename, was bedeutete, dass Mann und Frau tatsächlich auf der magischen väterlichen Seiten verwandt gewesen waren. Ein Zusatz war an das Zertifikat geheftet worden, in denen ihre Verwandtschaft genauer beschrieben war. Laut des Familienstammbaums hatten sie gemeinsame Urgroßeltern.

Mrs. Trentham war sehr wahrscheinlich ebenfalls eine Spielzeugmachermagierin.

Das bedeutete, dass *sie* den Automaten aus der Ferne lenken konnte, indem sie meinen neuen Bewegungszauber einsetzte. Sie hätte ihn dazu bringen können, ihren Mann zu erwürgen.

„Glaubst du, sie haben geheiratet, nur damit sie magische Kinder bekommen können?", fragte Duke.

„Da bin ich fast sicher", murmelte ich, während mein Blick auf ein Detail der Eheurkunde fiel. Ich keuchte, konnte es nicht wirklich fassen. „Mein Gott. Seht euch das an."

Duke und Brockwell beugten sich vor. „Coyle!", rief Duke.

Brockwell nahm mir das Zertifikat ab. „Weshalb war Lord Coyle bei ihrer Hochzeit?"

„Er hat nicht nur an der Hochzeit der Trenthams teilgenommen, er war ein Trauzeuge." Ich lächelte vor mich hin. Er hatte einen seltenen Fehler gemacht. Das war der Beweis, dass er darüber gelogen hatte, ob er Mrs. Trentham kannte.

„Aber weshalb?", fragte Brockwell noch einmal. „Hat er sie arrangiert?"

„Möglich", sagte Duke.

„Ich halte das für sehr wahrscheinlich", ergänzte ich. Er hatte sie vermutlich einander in der Hoffnung vorgestellt, dass sie heirateten und Spielzeugmachermagier als Kinder hatten. Mein

Herz schlug schneller, als mir ein weiterer Gedanke kam. „Inspektor, können Sie die Angestellten fragen, ob sie die Eheurkunde für Mr. Trenthams erste Ehe holen können?"

Brockwell erhob sich. „Glauben Sie, die hat auch Coyle auf die Beine gestellt?"

„Ich bin mir nicht sicher, aber ich will auch die Sterbeurkunde der ersten Mrs. Trentham sehen."

„Ah." Er knöpfte seine Jacke zu. „Jetzt verstehe ich."

Duke beobachtete, wie er an den Schreibtisch trat, wo ein Angestellter geschäftig Formulare ausfüllte. „Glaubst du, Brockwell hat die Macht, Coyle festzunehmen, wenn wir beweisen, dass er die erste Mrs. Trentham umgebracht hat?"

„Vermutlich nicht, aber ich glaube ohnehin nicht, dass wir den Beweis finden. Es wird nur gemutmaßt sein. Coyle wird es gewiss nicht zugeben, selbst wenn wir ihn zur Rede stellen. Aber es könnte ausreichen, um ihn wissen zu lassen, dass wir es wissen, und vielleicht wird er es sich dann noch einmal überlegen, so etwas in Zukunft erneut zu tun."

Duke fuhr sich mit der Hand über Mund und Kinn. „India", sagte er leise. Er lehnte sich vor, doch sein Blick hob sich nicht zu meinem. „Wenn er dazu fähig ist, eine Frau zu ermorden, um den Weg freizuräumen, damit ihr Mann eine Magierin heiratet und magische Kinder hat, dann könnte er hinter den Schüssen auf Matt stecken, aus demselben Grund." Sein Blick richtete sich auf meinen. „Um dich zur Witwe zu machen."

Mein Blut sackte hinab bis in meine Zehen. Mir wurde schwindlig, und ich geriet aus dem Gleichgewicht. Ich packte den Rand des Schreibtisches, um mich aufrecht zu halten, und Duke, der es merkte, nahm mich am Ellbogen.

„Es tut mir leid", murmelte er. „Ich hätte nichts sagen sollen."

Ich atmete schwer, um die Flut an Empfindungen zu unterdrücken, die mich anfüllte. „Ich bin froh, dass du es gesagt hast. Wenn wir Matts Sicherheit garantieren wollen, müssen wir wissen, was wir vor uns haben. *Wen* wir vor uns haben." Ich nahm seine Hand und drückte sie. „Es wird ihm nicht gelingen, Duke. Ich verspreche es. Ich werde es nicht zulassen."

Es dauerte einige Zeit, bis der Angestellte uns die zwei neuen

Dokumente brachte. Lord Coyles Name stand nicht auf der Heiratsurkunde.

„Das ist interessant." Brockwell zeigte uns die Sterbeurkunde. „Die erste Mrs. Trentham ist nur ein paar Monate gestorben, bevor ihr Mann wieder geheiratet hat. Das ist keine besonders lange Trauerzeit."

„Woran ist sie gestorben?", fragte Duke.

„Hier steht ‚unbekannt'. Leider ist es sehr verbreitet, dass der Arzt keine Ahnung hat, was den Tod herbeigeführt hat. Dadurch werden Mordermittlungen gewissermaßen schwierig."

Das Bild wurde klarer. Mrs. Trentham oder Coyle – oder beide – hatten Mr. Trenthams erste Frau getötet, damit er frei sein würde, eine Spielzeugmachermagierin zu heiraten und magische Kinder zu zeugen. Aber als keine Nachkommen im Anmarsch waren, schlugen sie erneut zu, töteten diesmal Mr. Trentham, damit seine Witwe frei sein würde, Mirnov zu heiraten, einen weiteren Spielzeugmachermagier, der auch vor Kurzem verwitwet worden war.

Es wurde immer schlimmer. „Ich schätze, die Shaws hatten zum Teil recht", murmelte ich. „Albinas Tod war verdächtig, aber sie wurde nicht von ihrem Mann umgebracht. Sie wurde von Mrs. Trentham oder Coyle getötet, damit Mrs. Trentham Mr. Mirnov heiraten kann."

Brockwell setzte sich gerade hin und stieß leicht die Faust nach oben. So aufgeregt hatte ich ihn fast noch nie erlebt. „Wir müssen Albina Mirnovs Sterbeurkunde sehen."

„Warum?", fragte Duke. „Wir wissen, dass sie an Herzstillstand gestorben ist."

„Falls Mrs. Mirnovs Tod etwa um dieselbe Zeit auftrat, als die derzeitige Mrs. Trentham herausgefunden hat, dass ihr Mann unfruchtbar war, deutet es auf die Wahrscheinlichkeit hin, dass Mrs. Trentham sie ermordet hat, weil sie Mr. Mirnov heiraten und ihm Kinder gebären wollte."

In nur wenigen Stunden waren wir von einem Tod auf drei gekommen, und alles nur, um magische Kinder zur Welt zu setzen.

Es schien eine Ewigkeit zu dauern, bis der Angestellte die Sterbeurkunde brachte. Meine Gedanken schlugen inzwischen

Purzelbäume, während sie alle Einzelteile des Puzzles zusammenfügten. Matt würde schockiert über unsere Fortschritte sein. Es würde ihn freuen, dass wir Hinweise auf Coyles Beteiligung gefunden hatten, aber er würde darauf bestehen, den Earl zur Rede zu stellen.

Man sollte Coyle zur Rede stellen, aber ich war mir nicht sicher, ob Matt der Richtige dafür war.

„Ich frage mich, ob Mr. Trentham wusste, dass er von seiner zweiten Frau und Coyle manipuliert wurde", sagte Brockwell, während ich darauf wartete, dass der Verwaltungsangestellte das Dokument holte.

„Es wirkte nicht, als würde er es wissen", erklärte ich. „Er hat nach der Vortrag in Louisas Haus mit Coyle gesprochen, und ich habe keine Animositäten festgestellt."

Der Angestellte kam mit der Sterbeurkunde, und unsere Theorie nahm Fahrt auf. Mrs. Mirnov war zwei Tage nach Mrs. Trenthams zweitem Termin bei Dr. Shelby gestorben. Zwei Tage, nachdem sie festgestellt hatte, dass ihr Mann unfruchtbar war und ihr nicht die magischen Kinder schenken konnte, die sie sich wünschte.

Oder waren es die magischen Kinder, von denen Lord Coyle wünschte, dass sie sie bekam?

* * *

DA DUKE DABEI WAR, um ihm beizustehen, beschloss Brockwell, Mrs. Trentham sofort festzunehmen, anstatt zum Yard zu fahren, um Schutzmänner zu holen. Duke war sehr angetan von der Vorstellung, und genauso ich. Je länger wir zögerten, desto mehr Gelegenheit hatte sie, die Stadt zu verlassen.

Wir fanden sie zu Hause über dem Spielwarenladen. Als sie mich anlächelte, drehte mir ein Gefühl der Schuld den Magen um. Ich hatte sie gemocht. Noch während ich sie für eine Komplizin von Mirnov gehalten hatte, hatte ich sie gemocht.

Aber sie war nicht die Frau, für die ich sie gehalten hatte, manipuliert von einem Mann, den sie liebte. Sie war eine kaltblütige Mörderin. Ob sie die drei Leute umgebracht hatte, oder

Coyle es arrangiert hatte, spielte keine Rolle. Sie war seine Komplizin und genauso schuldig.

„Ich möchte Ihnen noch einmal für Ihre Hilfe danken, diesen Schlamassel aufzuräumen", sagte Mrs. Trentham. „Das weiß ich sehr zu schätzen, und wie Sie sehen, ist der Laden jetzt wieder wie eh und je. Ich kann morgen wieder eröffnen."

Brockwell räusperte sich. „Mrs. Trentham, Sie sind festgenommen für die Morde an Mrs. Clara Trentham, Mr. Trentham und Mrs. Mirnov."

Ihr Gesicht erbleichte. Sie blinzelte rasch Brockwell an, dann wandte sie sich an mich. „W…was ist das? Was ist los? Ich habe niemanden ermordet."

„Ich bringe Sie gleich zu Scotland Yard, aber ich möchte Ihnen erst einige Fragen stellen." Dass Brockwell das hier machte, war für mich.

Ich hätte ihn dankbar angelächelt, doch er schaute mich nicht an, und ich hatte nicht den Mut, zu lächeln.

„Mrs. Glass, ich verstehe nicht! Weshalb glaubt der Inspektor, ich hätte meinen Mann und diese anderen Leute ermordet?"

„Wir wissen von der Unfruchtbarkeit Ihres Mannes", sagte ich.

Sie schluckte. „Wie?"

„Wir wissen, dass Sie eine Spielzeugmachermagierin sind – tatsächlich eine Verwandte von Mr. Trentham."

Sie biss die Zähne aufeinander. Zumindest versuchte sie nicht, es zu leugnen.

„Wir wissen, dass Ihre Ehe mit ihm von Lord Coyle arrangiert wurde", fuhr ich fort. „Wir wissen, dass Sie die erste Mrs. Trentham getötet haben, damit Ihr Mann frei war, Sie zu heiraten. Und als Sie erfahren haben, dass er unfruchtbar war, haben Sie Mrs. Mirnov umgebracht. Dann, nach einer passenden Zeitspanne, haben Sie Mr. Trentham mit dem Zauber umgebracht, den sie von Fabian Charbonneau gestohlen haben, angewendet auf den Automaten."

Sie fasste sich an die Kehle. Das tat sie nicht zum ersten Mal, aber nun fiel mir zum ersten Mal auf, dass sie es tat, wann immer das Erwürgen ihres Mannes erwähnt wurde. Wieder versuchte sie nicht, es zu leugnen. Das überraschte mich. Ich hätte gedacht, sie würde Coyle alles anlasten. Tatsächlich wirkte sie, als würde sie nachdenken.

„Sie haben zwei unschuldige Frauen umgebracht, nur weil sie zufällig mit den Männern verheiratet waren, die Sie für sich wollten."

Die Hand, die sich an ihre Kehle gefasst hatte, wurde geschüttelt, während sie sie an der Seite senkte. „Das ist lächerlich. Ich habe niemanden umgebracht." Die Hysterie in ihrer Stimme wich Stahl. „Was für Beweise haben Sie denn?"

Brockwell antwortete nicht. Stattdessen stellte er eigene Fragen. „Anfangs haben Sie uns erzählt, Sie hätten Lord Coyle nur wenige Tage vor dem Tod Ihres Mannes gesehen, dann haben Sie das auf Wochen verändert. Warum?"

Die plötzliche Konzentration auf Coyle ließ sie überrascht blinzeln. „Ich habe einen Fehler gemacht."

„Oder haben Sie versucht, ihm den Mord anzulasten, am Anfang unserer Ermittlung?"

Ein entsetzter Ausdruck kam über sie. „Nein!"

„Ist das kein Fall, in dem sich ein Mörder gegen den anderen wendet?"

„Nein", flüsterte sie durch weiße Lippen.

Brockwell drängte weiter. „Wir wissen, dass Coyle Zeuge bei Ihrer Ehe mit Trentham war. Hat er sie arrangiert?"

Sie drehte sich mit großen Augen zu mir um. „Mrs. Glass, bitte."

„Antworten Sie ihm einfach", fuhr ich sie an. Ich hatte es satt, belogen zu werden. Sie hatte mich manipuliert, genauso wie sie ihren verstorbenen Mann manipuliert hatte.

Sie ging rückwärts zum Tisch und packte seinen Rand. Langsam nickte sie. „Ich kenne Lord Coyle schon seit Jahren. Er hat sich meinen Eltern genähert, als ich fünfzehn war, mit dem Vorschlag, meine Ehe mit einem anderen Spielzeugmagier zu arrangieren. Er hat ihnen gesagt, es wäre zugunsten der Magie, um die Abstammungslinie zu stärken und sicherzustellen, dass wir magische Kinder hätten. Meine Eltern weigerten sich und sagten, ich wäre zu jung. Ich habe ihn und sein Angebot allerdings niemals vergessen. Als ich bereit war, zu heiraten, habe ich ihn deshalb aufgesucht. Meine Eltern waren bis dahin gestorben, und als ihr einziges Kind wollte ich die Abstammungslinie meines Vaters fortführen."

Als sie ins Schweigen verfiel, sprach ich für sie weiter. „Also haben Sie Lord Coyle aufgesucht und ihn gebeten, Ihre Ehe zu arrangieren, nur um zu erfahren, dass der Mann – Ihr entfernter Vetter – zwischenzeitlich geheiratet hatte."

Sie nickte. „Ich war enttäuscht. Je länger ich darüber nachdachte, desto mehr wollte ich magische Kinder. Lord Coyle sagte mir, ich solle geduldig sein."

„Weshalb?", fragte Brockwell. „Hat er versprochen, Mr. Trentham würde für Sie verfügbar werden?"

„Er hat mir nichts dergleichen versprochen. Es war ein einfacher Brief mit einer einfachen Nachricht: Seien Sie geduldig. Also habe ich gewartet. Ein Jahr später hat mir Coyle dann wieder geschrieben und gesagt, dass Mr. Trenthams Frau gestorben wäre, und ob ich ihn gern treffen würde."

„Er hat Mrs. Trentham getötet?"

„Ich weiß es nicht. Aber ich versichere Ihnen, ich war es nicht."

Brockwell und ich wechselten einen Blick. „Fahren Sie fort."

„Wir heirateten in einer kleinen Zeremonie, bei der auch Lord Coyle anwesend war."

„Wusste Ihr Mann, dass Sie eine Magierin sind?", fragte ich.

„Natürlich. Ich habe ihm gesagt, weshalb ich ihn heirate, und er hielt das für einen ebenso guten Grund wie jeden anderen auch, noch einmal zu heiraten. Wir hofften beide auf Kinder. Als sie nicht kamen, ging ich, um mit einem Spezialisten zu sprechen. Beim ersten Mal hat er mich auf den Gedanken gebracht, es wäre mir anzulasten. Mir ist nicht gekommen, dass es mein Mann sein könnte, bis ich weiter darüber nachdachte. Als der Arzt bestätigte, dass es sehr wahrscheinlich war, dass mein Mann der Unfruchtbare war, da er mit seiner ersten Frau keine Kinder gehabt hatte, wurde ich wütend."

„Zu dieser Zeit hatten Sie schon von einem weiteren Spielzeugmachermagier erfahren, gleich hier in London", sagte Brockwell.

„Ja, ich wusste von Mr. Mirnov, aber ich habe meinen Mann

nicht umgebracht, damit ich seinen Geschäftsrivalen heiraten konnte."

Brockwell ließ sich nichts vormachen. „Sie gingen zu Coyle und schlugen vor, Sie sollten Mr. Mirnov verheiratet sein, anstatt Trentham. Und haben ihn gebeten, Ihren Mann zu entfernen, damit Sie frei waren, Mirnov zu heiraten."

„Nein. Lord Coyle war sich nicht einmal bewusst, dass es Mr. Mirnov gibt, erst vor kurzer Zeit. Lassen Sie mich Ihnen versichern, Inspektor, ich habe mich nicht Coyle genähert, damit er meinen Mann tötet."

Weshalb wollte sie Coyle nicht belasten? Wir führten sie dorthin, und doch tat sie es nicht, selbst wenn es sie retten könnte.

„Was ist mit Mrs. Mirnov?", fragte Brockwell. „Haben Sie sie getötet?"

Sie konzentrierte sich auf den Boden. „Nein."

„Ich möchte nahelegen, dass Sie Mrs. Mirnov getötet haben, damit ihr Mann ein Witwer wurde, dann haben Sie eine angemessene Zeitspanne gewartet und Ihren Mann getötet."

„Nachdem Sie meinen Bewegungszauber gestohlen und ihn an dem Automaten eingesetzt haben", fügte ich an.

Ihr Kinn bebte, aber sie schaffte es, den Kopf zu schütteln.

„In der Zwischenzeit haben Sie mit Mirnov geflirtet, damit er für eine Ehe offen sein würde, wenn es an der Zeit war", fuhr ich fort. „Sie wollten unbedingt magische Kinder, also haben Sie Morde begangen, damit Ihr Traum wahr wird."

„Bitte, Sie müssen mir glauben, ich habe niemanden getötet!"

„Hat Coyle Sie gebeten, den Zauber für ihn zu stehlen?", fragte Brockwell.

Sie kniff die Augen zu und schüttelte den Kopf.

„Er hat Ihnen davon erzählt, oder nicht?"

Ihre Augen gingen auf. Sie standen voller Tränen. „Ja. Er hat es mir erzählt, als ich für ihn den Teppich berührt habe. Den falschen Teppich, den Sie ihm verkauft haben, Mrs. Glass. Es war keine Magie darin." Sie warf mir ein schwaches, aber triumphierendes Lächeln zu. Es verschwand so schnell, wie es erschienen war.

„Sie waren es, die wir gesehen haben, als Sie Coyles Haus verließen." Ich erinnerte mich an die Frau, die in der Droschke

weggefahren war, ihr Gesicht verborgen. Es war bestimmt Mrs. Trentham gewesen, die losgefahren war, nachdem sie den falschen Teppich für Coyle geprüft hatte.

„Wie sind Sie in Fabians Haus eingebrochen, ohne bemerkt zu werden?"

„Der Fensterriegel war locker, und ich habe ihn ohne große Mühe abgebrochen. Ich bin ganz leicht durch das Fenster eingestiegen. Die Schreibtischschublade war ein größeres Problem, aber ich habe einige Erfahrung, so eine Art Schloss ohne Schlüssel zu öffnen. Ich habe gelernt, die Schlösser im Schreibtisch meines Vaters zu öffnen, als ich aufwuchs, um etwas zu tun zu haben."

„Wo ist der Zauber jetzt?"

Sie zögerte, bevor sie die Finger auf ihr Mieder legte. Duke trat vor, um sie am Handgelenk zu packen, falls nötig, aber sie zog nur ein Blatt Papier heraus und reichte es mir. Die Handschrift war weder meine noch die von Fabian.

„Das ist eine Kopie", sagte ich. „Wo ist das Original?"

„Das habe ich verloren."

„Haben Sie es Coyle gegeben?"

„Nein."

„Ich glaube Ihnen nicht."

„Das ist ja wohl kaum mein Problem, oder?", spie sie aus.

Ich rieb mir über die Schläfe. Das lief nirgendwohin. Sie würde Coyle nicht belasten, ganz gleich, wie sehr wir sie drängten. Genauso wenig hatte sie die Morde gestanden.

Das lag daran, dass sie sie nicht begangen hatte. Die Hände des Automaten hatten sich um Mr. Trenthams Kehle gelegt, nicht ihre. Es war eine Unterscheidung, die für mich keine Rolle spielte.

„Ihre Magie war stärker als die Ihres Mannes, oder nicht?", fragte ich.

„Ja."

„Erzählen Sie uns, wie Sie den gestohlenen Zauber auf dem Automaten benutzt haben", sagte ich.

Ihr Blick traf meinen. In ihren Augen standen unvergossene Tränen, aber ihr Kinn war entschlossen vorgeschoben. „Ich wollte sehen, ob Lord Coyle recht hatte, und der Zauber einem

Magier gelingen würde, der ihn mit seinem eigenen Handwerk einsetzt, also habe ich ihn in den Automaten gesprochen. Er hat sich als sehr stark und unvorhersehbar erwiesen."

„Inwiefern?"

„Ich habe versucht, ihn mit den Gedanken zu steuern, konnte es aber nicht. Er drehte sich immer wieder um oder bewegte sich ohne Grund. Er hat einige Spielzeuge zerstört. Ich konnte ihn nicht bändigen." Ihre Stimme wurde lauter, weil sie uns unbedingt glauben machen wollte, dass sie unschuldig war. „Ich konnte spüren, dass meine Magie nicht stark genug war, um ihn zu lenken. Es war, als würde er mich in eine Richtung zerren, in die ich nicht wollte. Ich versuchte, ihn zu beherrschen, Mrs. Glass. Das wollte ich wirklich. Aber er hat die Kontrolle völlig von mir übernommen. Er hat meinen Mann erwürgt. Der Automat hat ihn getötet, nicht ich."

„Sagen Sie, er hat ihn aus eigenem Antrieb erwürgt?", fragte Brockwell.

Ich schaute ihn scharf an. Er klang, als würde er ihr glauben – oder es wollen. Ich tat das nicht.

„Ganz genau", sagte sie mit schnell ausgestoßenen Atemzügen. „Ich versuchte, ihn aufzuhalten, konnte es aber nicht. Er lief weg, nachdem mein Mann aufgehört hatte zu atmen."

„Wie ist er aus dem Laden gekommen, wenn die Tür doch abgeschlossen war?"

„Die Tür war nicht abgeschlossen. Es hat einfach am Griff gedreht und ist nach draußen gelaufen. Schließlich ist ihm wohl in der Gasse die Magie ausgegangen, wo er am nächsten Tag gefunden wurde."

„Weshalb haben Sie uns das nicht früher erzählt?", fragte Brockwell.

„Hätten Sie mir geglaubt?" Sie verschränkte die Arme. „Sie hätten gedacht, ich hätte ihn gelenkt, um ihn zu ermorden. Mrs. Glass denkt das jetzt."

Ich hob das Kinn.

„Aber es ist alles wahr", erklärte sie. „Sie haben gesehen, wie der Automat ohne Vorwarnung agiert. Er hat Ihrer Freundin Angst eingejagt. Und glauben Sie, ich hätte ihn angewiesen, den Laden kurz und klein zu hauen?" Sie deutete auf die Spielzeuge auf den Tischen. „Er hätte beinahe alles zerstört."

„Was ist mit Coyle?", fragte Duke.

Sie schien überrascht, dass er überhaupt etwas zu sagen hatte. „Was soll mit ihm sein?"

„Hat er Mrs. Trentham und Mrs. Mirnov getötet?"

„Glauben Sie, ein Mann wie er würde sich mir anvertrauen?"

„Hat er Ihnen gesagt, wie Sie Ihren Mann mit dem gestohlenen Zauber töten sollen, damit Sie unschuldig erscheinen können?"

„Ich habe den Zauber aus eigenem Antrieb gestohlen, und dann verloren, nachdem ich eine Kopie angefertigt hatte. Es war meine Idee, ihn auf dem Automaten einzusetzen, und nur meine. Ich habe diesen Automaten nicht gelenkt, um meinen Mann zu töten. Die Magie war zu stark für mich, um sie richtig zu bändigen. Falls Sie mir etwas vorwerfen wollen, werfen Sie mir das vor. Aber abgesehen davon, dass er mir von dem Zauber erzählt hat, hatte Lord Coyle nichts mit dem Tod meines Mannes zu tun."

„Verdammt, Mrs. Trentham. Wir geben Ihnen eine Gelegenheit, das alles jemand anderem anzuhängen."

„Duke", fuhr ihn der Inspektor an.

Duke schnellte zu ihm herum, die Hände zu Fäusten geballt. „Sagen Sie ihr, dass der Richter nachsichtig sein wird, wenn sie Coyle belastet. Sagen Sie es ihr, Brockwell."

„Ein Richter?", jammerte Mrs. Trentham. „Aber ich bin unschuldig. Sie können mich nicht festnehmen."

Brockwell seufzte. „Ich muss Sie zum Yard bringen, um Sie weiter zu befragen."

„Wird man mir den Mord an meinem Mann vorwerfen?"

Brockwell wirkte unsicher, wie er antworten sollte. Ich vermutete, er konnte noch keine Antwort geben. Ob Mrs. Trentham der Mord angelastet wurde oder nicht, war vielleicht eine Entscheidung von Brockwells Vorgesetzten. Der Gedanke, dass ein mörderischer magischer Automat existierte, könnte vielleicht für die Behörden weniger leicht verdaulich sein, als eine Witwe zu hängen.

„Kommen Sie einfach mit mir zum Yard."

„Aber ich habe es nicht getan! Das war der Automat."

Als sie sich nicht bewegte, schnappte sich Duke ihren Arm. „Halten Sie Coyles Namen heraus, weil Sie sich vor ihm fürchten?", fragte er.

„Duke", knurrte Brockwell. „Das reicht. Bringen Sie sie zur Kutsche. India, darf ich Ihr Vehikel benutzen, um Mrs. Trentham zu Scotland Yard zu bringen?"

„Ja, natürlich", sagte ich, während Duke sie aus dem Spielwarenladen brachte. „Schicken Sie Woodall und Duke nach Hause, wenn Sie sicher weggesperrt ist."

„Sie bleiben nicht? Sie sollten nicht lange warten müssen."

„Nein."

Er beäugte mich argwöhnisch. „Sie gehen gleich nach Hause, oder?"

„Wohin sollte ich denn sonst gehen, Inspektor?"

* * *

BROCKWELL SCHIEN für sich entschieden zu haben, dass Mrs. Trentham unschuldig war. Selbst Duke nahm an, dass sie es unter Anweisung Coyles getan hatte. Ich war zwiegespalten. Ich war nicht überzeugt, dass sie den Automaten unter der Benutzung meines Zaubers nicht kontrollieren konnte. Aber ich schätzte auch, dass Coyle mehr mit zu tun hatte, als sie durchscheinen ließ.

Ich bezweifelte, dass Brockwell sie dazu bringen würde, zu gestehen, dass sie den Automaten unter Benutzung meines Zaubers gelenkt hatte, um Mr. Trentham zu töten. Ich bezweifelte auch, dass er Coyle zur Rede stellen würde. Er würde keinen Sinn darin sehen, wenn man bedachte, dass Coyle es einfach leugnen und dann mit Brockwells Vorgesetzten reden würde, damit die Ermittlungen eingestellt wurden.

Also würde ich ihn selbst zur Rede stellen müssen.

Ich saß mit Hope im Salon, während der Diener Lord Coyle holte. Allerdings kehrte der Diener ohne ihn zurück und bat mich, Seine Lordschaft in seinem Bureau zu besuchen. Es war eine ungewöhnliche Bitte, wenn man bedachte, dass ich eine unbegleitete Frau war.

Hope sträubte sich. „Weshalb?"

Der Diener sagte nichts. Tatsächlich tat er so, als hätte er sie nicht gehört.

Ich folgte ihm nach draußen und warf einen Blick über die Schulter, während ich den Salon verließ. Hope saß mitten auf dem Sofa, ihre schlanke Gestalt aufgerichtet, das Kinn gehoben. Sie wirkte sehr wie jemand, der versuchte, sich zusammenzureißen. Aber ob sie versuchte, Wut oder Verletzung zu überdecken, da war ich mir nicht sicher.

Lord Coyle sah bei meinem Eintreten nicht auf. „Setzen Sie sich, Mrs. Glass."

Ich setzte mich und wartete, bis er fertig geschrieben hatte. Das gab mir einen Augenblick, um meine Gedanken zu sammeln, obwohl ich die ganze Fahrt in der Droschke vom Spielwarenladen gehabt hatte, um mir zu überlegen, was ich zu diesem Mann sagen wollte. Ich sah ihm beim Schreiben zu, wie er den Kopf hinabgebeugt hielt, seine Leibesfülle ragte über dem Schreibtisch auf. Ich hätte mich vor ihm fürchten sollen. Ich war in seinem Haus, umgeben von Leuten, die ihm gehorchten, und ich hatte niemanden in Kenntnis gesetzt, wohin ich ging.

Aber ich hatte keine Angst. Lord Coyle mochte Matt töten wollen, aber Matt war nicht hier. Es war nur ich, und Lord Coyle ließ mich bestimmt gerne am Leben. Ich war die mächtigste Magierin, die er kannte, und das würde mich sicher halten, bis eine Mächtigere auftauchte.

Das musste ich glauben, oder ich wäre ein zitterndes Häufchen Elend gewesen.

Schließlich setzte er seinen Stift ab. „Sind Sie gekommen, um mir ein weiteres gefälschtes magisches Objekt zu verkaufen?"

„Ich komme gerade von Trenthams Spielwarenladen. Kriminalinspektor Brockwell hat Mrs. Trentham zum Verhör wegen des Mordes an ihrem Mann mitgenommen."

Der Stuhl quietschte, als er sich zurücklehnte. „Ist das so? Und was hat das damit zu tun, dass Sie hier sind?"

„Sie hat gestanden, dass Sie ihr von meinem Zauber erzählt haben."

„Und?"

„Wir wissen, dass Sie Mr. Trenthams erste Frau getötet haben, damit er erneut heiraten konnte."

„Das hat sie Ihnen also erzählt?" Als ich nicht antworte, fügte er an: „Ich habe sie nicht getötet. Ich weiß nicht, wer es war, aber es klingt, als hätte der Inspektor die Mörderin schon gefasst."

„Sie haben die Trenthams einander vorgestellt und waren sogar Zeuge bei ihrer Eheschließung."

„Dieser Teil stimmt. Aber ich kann Ihnen versichern, ich habe niemanden für sie getötet. Sehr wahrscheinlich hat sie im Alleingang gehandelt. Ich hielt sie schon sehr lange für verrückt." Er griff nach seiner Pfeife und einer Streichholzschachtel. „Sie wollte unbedingt Kinder. Nicht nur irgendwelche Kinder –magische. Ich vermutete natürlich, sie hätte die erste Mrs. Trentham getötet, aber die Polizei hat niemals bei mir angeklopft, also habe ich keine Hilfe angeboten."

„Was ist mit Mrs. Mirnov?"

„Ich habe sie oder ihren Mann niemals getroffen."

„Sie wurden an seinem Wohnort gesehen."

Er paffte an der Pfeife. Der Rauch stieg als Wolke auf, wurde dann dünner und trieb weg. „Mrs. Trentham ist eine Lügnerin. Sie hat mich zu Mirnovs Haus geschickt, damit ich dort gesehen würde, und hat eine falsche Verbindung zwischen uns hergestellt, um die Polizei hereinzulegen. Sie hat die Polizei auch darüber angelogen, dass ich im Spielwarenladen nur Tage vor dem Tod ihres Mannes gesehen wurde."

„Später hat sie ihre Aussage geändert, was den Zeitpunkt angeht. Weshalb?"

Er nahm die Pfeife aus dem Mund und deutet damit auf mich. „Da werden Sie sie fragen müssen, Mrs. Glass." Er schob sich die Pfeife wieder in den Mundwinkel. „Die Tatsache ist die, ich bin für sie ein passender Sündenbock."

„Nur dass sie Sie nicht als Sündenbock nutzt." Ich beugte mich vor. „Was haben Sie zu ihr gesagt? Womit haben Sie ihr gedroht, falls sie redet?"

Er zog nur weiterhin an seiner Pfeife.

„Eindeutig hat sie versucht, Sie am Anfang der Ermittlung zu belasten", drängte ich weiter. „Als wir Ihnen das erzählt haben, haben Sie ihr eine Nachricht zukommen lassen, in der steht, sie müsse ihre Aussage zurückziehen? Haben Sie sie bedroht, falls sie Ihren Namen hineinzieht?"

„Sie sehen Dinge, die es nicht gibt, Mrs. Glass."

Ich wappnete mich gegen seine Beleidigungen. Diese Unterhaltung würde nicht vorbei sein, ehe ich es wollte.

Tiefe Falten bildeten sich in seinen Augenwinkeln. „Bei diesen Verhören sind Sie ohne Ihren Mann verloren, oder?"

„Wie bitte?"

„Er hätte es inzwischen herausgebracht."

„Was herausgebracht?"

„Weshalb ich nichts mit den Toden von Mr. Trentham, seiner ersten Frau oder Mrs. Mirnov zu tun hatte. Lassen Sie mich helfen, da ich nicht darauf warten will, bis Sie es selbst feststellen." Er nahm die Pfeife heraus, leckte sich die Lippen und schob sie wieder dazwischen. Ich wollte sie ihm die Kehle hinabstopfen. „Obwohl kein Zweifel besteht, dass ich ein Interesse an der Zukunft der Magie habe, bin ich eher interessiert an ihrer Gegenwart. Insbesondere der Macht, die meine magische Sammlung, meine Kontakte und mein Wissen mir jetzt verleihen. Das war schon immer der Fall, und ich glaube, Sie wissen das. Was in der nächsten Generation passiert, ist keine so große Sorge für mich, obwohl ich es verabscheue, zu sehen, wenn eine gute magische Abstammung ausstirbt. Deshalb habe ich mich Mrs. Trenthams Familie genähert, als sie noch jung war. Es war eine Enttäuschung, dass sie sich geweigert hatten, sie zu verheiraten, aber das ist alles. Nur eine Enttäuschung."

„Was ist mit Mr. Hendry?"

„Was soll mit ihm sein?"

„Sie haben ihm geholfen, der Überführung zu entgehen, als ihm ein Mord vorgeworfen wurde, damit er Ihnen etwas schulden würde, und jetzt ist er verheiratet. Mr. Hendry war nicht an einer Ehe interessiert. Sie haben ihn gezwungen."

„Vielleicht hat er sich verändert und beschlossen, dass es eine gute Idee ist. Manche Männer wie er tun das, wissen Sie. Eine Frau kommt sehr gelegen, um Argwohn aus dem Weg zu gehen."

Ich wusste von Willie, dass ein Mann mit Mr. Hendrys Neigungen sich nicht einfach veränderte, obwohl er in den

Augen der Welt sicher respektabler geworden wäre, wenn er eine Frau hätte. „Sie haben ihn gezwungen, damit er magische Kinder haben würde. Ich nehme an, seine Frau ist auch eine Magierin."

Er tippte mit dem Ende der Pfeife auf den Tisch, um den Tabak zu lösen, bevor er sie sich wieder in den Mund schob. „Würde ich mir solche Sorgen um die Fortführung magischer Abstammungen machen, bis dahin, dass ich morde, um sicherzugehen, dass zwei Magier miteinander verheiratet sind, hätte ich nicht schon längst weitere talentfreie Partner von Magiern töten müssen? Ich kenne aber Dutzende Magier, viele von ihnen sind mit Talentfreien verheiratet." Er deutete mit der Pfeife auf mich. „Darunter Sie, Mrs. Glass."

Das war mein Einfallstor. Das war der Augenblick, in dem ich ihm vorwerfen konnte, auf Matt geschossen zu haben.

Aber ich war mir nicht mehr länger sicher. Coyle hatte einen guten Punkt vorgebracht. Er kannte viele Magier, die mit Talentfreien verheiratet waren. Weshalb sollte er Mrs. Trentham töten, aber nicht die anderen?

Trotzdem, falls überhaupt die Chance bestand, dass er schuldig daran war, dass auf Matt geschossen worden war, musste ich ihn wissen lassen, dass ich ihn im Auge hatte. Das würde ihn vermutlich nicht zum Aufhören bringen – aber andererseits vielleicht schon, und es lohnte sich, falls es Wirkung zeigte.

„Jemand hat auf meinen Mann geschossen", sagte ich. „Zweimal."

„Das tut mir sehr leid zu hören."

„Sie wirken nicht, als täte es Ihnen leid. Genauso wenig wirken Sie überrascht."

„Werfen Sie mir vor, ich hätte auf ihn geschossen?" Er schnaubte rund um die Pfeife, entweder herablassend oder vor lauter Erheiterung, das konnte ich nicht sagen. „Mrs. Glass, aus dem gleichen Grund, durch den ich gerade erklärt habe, dass ich Trentham nicht getötet habe, würde ich mir nicht die Mühe machen, Ihren Mann zu töten. Ich habe kein besonderes Interesse daran, Sie zur Witwe zu machen, damit Sie wieder heiraten können. Die Fortführung Ihrer Abstammung spielt für mich keine Rolle. Außerdem, nicht einmal ich kann jemanden vor den Altar zwingen, und ich bezweifle, dass Sie sich einen zweiten Mann aussuchen würden, nur weil er ein Magier ist. Ich nehme an, Sie sind einer von jenen Menschen, für die Zuneigung in einer Ehe wichtig ist. Also, ist das jetzt alles? Ich habe zu arbeiten." Er nahm seinen Stift wieder auf und tauchte ihn in das Tintenfass.

Ich erhob mich und drückte meine Handflächen auf den Schreibtisch. Ich fühlte mich ein wenig außer Kontrolle, wie ein Automat, der aus der Ferne von einem Magier gelenkt wurde. Es lag nicht in meinem Wesen, einen so mächtigen Mann zur Rede zu stellen – aber in diesem Augenblick war ich nicht ganz bei mir. Ich mochte nicht wissen, welche Worte genau aus meinem Mund kommen würden, aber ich wusste sicher nicht, wie man sie aufhielt.

„Lassen Sie mich eines klarstellen, mein Lord. Falls Matt an einer unnatürlichen Ursache stirbt, werde ich annehmen, dass Sie dafür verantwortlich sind, und ich werde alles in meiner Macht Stehende tun, um die Magier gegen Sie zu wenden. Der Einfluss, den Sie derzeit genießen, weil Sie magische Bekannte und Wissen haben, wird schwinden. Das werde ich sicherstellen."

Etwas flackerte in seinen Augen. Es war das einzige Zeichen, dass ich zu ihm durchgedrungen war und ihm vielleicht sogar Sorgen bereitet hatte. Ich richtete mich auf, ein Gefühl der Zufriedenheit strömte durch mich hindurch, so lebhaft wie jede Magie.

Er beugte sich über seine Papiere, um zu schreiben. „Guten Tag, Miss Glass. Gehen Sie bitte selbst hinaus."

Ich marschierte aus seinem Bureau, nur um stehen zu bleiben, als ich Hope sah. Sie hatte gelauscht? Ich schloss die Tür zum Bureau und ging zu den Stufen. Sie folgte ein paar Schritte hinter mir und holte auf dem nächsten Absatz zu mir auf.

„Geht es Matt gut?", fragte sie.

Also hatte sie gelauscht. „Ja." Ich schickte mich an, zu gehen, aber sie packte mich am Arm.

„Was ist passiert?"

Ich schaute die Stufen empor. „Frag deinen Ehemann." Ich riss mich los.

Ihre Hand ballte sich zu einer Klaue, die die Luft packte. Sie starrte mich mit diesen schönen, großen Augen an. Ich wandte mich ab, verabscheute, dass sie mir leidtat, weil sie Coyle geheiratet hatte. Obwohl wir sie gewarnt hatten, und sie wusste, dass er kein guter Mann war, nahm ich an, sie war zu dem Schluss gekommen, dass die Macht, die sie sich von ihrem Mann gewünscht hatte, den Preis nicht wert war.

KAPITEL 12

„Na, es ist aber auch Zeit, dass du nach Hause kommst." Willie begrüßte mich bei meiner Rückkehr mit einer Hand auf der vorgeschobenen Hüfte.

Ich reichte Bristow meinen Mantel und meinen Hut. „Weshalb? Was ist passiert?"

„Matt hält aus dem Fenster schon seit Ewigkeiten nach dir Ausschau und beschwert sich, dass du noch nicht zurück bist."

Matt hatte wohl meine Stimme gehört, denn er kam aus der Bibliothek, die Krawatte schief und die Haare zerrauft, als wäre er die ganze Zeit mit der Hand durchgefahren. Er kam zu mir, legte mir die Hände auf die Schultern und gab mir einen Kuss auf die Lippen. Er dauerte an, bis Willie sich räusperte.

Matt nahm meine Hand und zog mich in die Bibliothek. „Was für ein Glück, dass du zurück bist."

„Weshalb?"

„Willie und Tante Letitia treiben einen in den Wahnsinn."

Willie folgte uns nach drinnen und schloss die Tür. „Du bist derjenige, der uns wahnsinnig macht. Du bist herumgetigert, von oben nach unten, links nach rechts, den ganzen Tag. Du kannst dich nicht beruhigen."

„Es ist schwer, sich auf andere Dinge zu konzentrieren, wenn ohne mich eine Ermittlung stattfindet."

Sie wandte sich an mich. „Er hat es mit Arbeit probiert,

Kartenspielen und sogar Lettie bei Stickarbeiten geholfen. Das war ein Fehler. Er hat keine Geduld dafür. Schließlich habe ich ihn hier hinein verbannt, damit wir etwas Frieden haben. Ich hätte nie gedacht, dass ich das sagen würde, aber Matt, du bist nervenaufreibend, wenn dir langweilig ist."

„*Ich* bin nervenaufreibend? Du kaust nicht mit geschlossenem Mund."

Willie ignorierte ihn. „Ich habe vergessen, zu erwähnen, dass er schlechte Laune hat. Jetzt, da du zurück bist, ist er in deiner Verantwortung."

Matt fuhr sich mit der Hand durch die Haare. Als er sie wegnahm, schaute er mich verschmitzt an, sodass ich ihn sofort in die Arme nehmen wollte. „Ich muss einfach nur raus. Ich fühle mich lebendiger, seit ich nach der Schießerei meine Uhr benutzt habe, und ich habe mehr Energie als je zuvor. Doch ich bin hier drin eingeschlossen und kann sie nicht nutzen." Er schüttelte die Hände aus, als würde er versuchen, die überschüssige Energie loszuwerden. „Willie hat recht. Ich muss raus, und wenn es auch nur für einen Spaziergang ist."

„Ich bin mir nicht sicher, ob das klug ist", sagte ich sanft. „Immer noch will dich jemand töten." Ich erzählte ihm fast von meinem Besuch bei Lord Coyle, entschloss mich aber dagegen. Ihm würde es nicht gefallen, dass ich ihn allein aufgesucht hatte.

„Darüber habe ich schon nachgedacht. Ich kann als einer der Diener verkleidet hinausgehen."

Willie brach in Gelächter aus.

„Oder ich könnte eine Ausfahrt unternehmen, verkleidet als Woodall. Mit einem Hut, einem Mantel und einem Schal sieht man nur meine Augen. Aus der Ferne wird niemand wissen, dass ich es bin."

Das war eigentlich eine gute Idee. Obwohl mir lieber war, wenn er drinnen blieb, musste ich zugeben, dass das über lange Zeit hinweg nicht gehen würde. „Du wirst immer jemanden bei dir haben, der von deiner Uhr weiß, Matt. Ist das klar?"

„Ja, Ma'am." Er nahm mich an der Hüfte und zog mich dichter heran zu einem weiteren Kuss.

Willie schnalzte mit der Zunge. „Wenn du verkleidet rausgehst, mach das bloß nicht in einem Kleid. Nichts Gutes kommt heraus, wenn man Kleider als Verkleidung trägt, und vertraue mir, ich weiß Bescheid. Genauso Farnsworth." Sie wollte schon weggehen, aber ich rief ihr nach.

„Willst du nicht hören, wie es heute gelaufen ist? Es gab etliche Entwicklungen."

„Warst du deswegen so lange weg?", fragte Matt.

Ich schaute auf die Uhr auf dem Kaminsims. „Es ist erst zwei."

Ich zog an der Glockenschnur, um Bristow zu holen, und bat ihn, Sandwiches zu bringen. Zehn Minuten später kehrte er mit einem Tablett mit Gurken- und Schinkensandwiches zurück, die zu Dreiecken geschnitten waren. Hinter ihm kam Duke.

„Ich wollte ihnen gerade erzählen, was heute passiert ist", erklärte ich ihm, nachdem Bristow gegangen war.

Er zog einen Stuhl am Tisch in der Mitte des Raumes heraus. „Dann setzt euch alle besser hin. Wir haben eine ziemlich interessante Geschichte zu erzählen."

Wir berichteten ihnen, wie wir von der Annahme, Mrs. Trentham wäre Mirnovs unwissende Komplizin beim Mord an ihrem Mann, darauf gekommen waren, dass sie eine Mörderin war, die drei Tote zu verantworten hatte. Ich erklärte auch, weswegen wir annahmen, dass Lord Coyle involviert war, aber wegen Mrs. Trenthams Widerstreben, ihn zu belasten, wäre es unmöglich, ihn zu überführen.

„Brockwell hat das bestätigt, kurz bevor wir uns am Yard getrennt haben", fügte Duke an. „Die Behörden werden Coyle nicht anfassen, außer es besteht kein Zweifel an seiner Schuld."

„Was brauchen wir dafür?", fragte Willie. „Wir werden die Beweise finden."

„Für den Anfang wäre es gut, von Mrs. Trentham eine Aussage zu bekommen, die ihn beschuldigt, die Morde in die Wege geleitet zu haben. Brockwell sagte, er wird sie weiter unter Druck setzen."

Ich hatte in dieser Sache keine Hoffnung auf einen Erfolg. Die Drohung von Coyle war wohl größer als jede Drohung durch den Inspektor.

Willie stieß angehaltene Luft aus und griff nach einem Sandwich.

Duke schlug ihre Hand weg. „Du hattest bereits ein Mittagessen. Die sind für India und mich."

„Ich bin aber immer noch hungrig", jammerte sie.

„Greif zu", sagte ich. „Nimm meine."

Sie streckte Duke die Zunge heraus und nahm ein Sandwich. „Wird Jasper Mirnov und den Shaws mitteilen, dass Albina von Mrs. Trentham ermordet wurde?"

Duke zuckte mit den Schultern, während er kaute.

Matt war bis jetzt ganz still gewesen. Er hatte während des Berichts keine einzige Frage gestellt, und er wirkte gedankenverloren.

Ich berührte ihn am Arm. „Alles in Ordnung?"

„Natürlich", sagte er, klang aber abgelenkt.

Ich beobachtete ihn unter gesenkten Lidern. Es war nicht in Ordnung. Etwas an dem Fall störte ihn. Ich wollte schon danach fragen, als Willie mit dem Mund voller Sandwich sprach.

„All das für Kinder."

„Nicht nur irgendwelche Kinder", erklärte Duke. „Magische."

„Mir scheint es, als würden in letzter Zeit eine Menge Leute über magische Kinder nachdenken. Mrs. Trentham, Louisa, Coyle."

„Bei Coyle bin ich mir nicht sicher", sagte ich. „Er will Macht, aber weshalb sollte ihm die Zukunft der Magie wichtig sein? Er wird doch nicht mehr da sein, um sich an der nächsten Generation der Magier bereichern zu können."

Willie strich sich Krümel von der Brust, dann sank sie in ihren Stuhl, die Beine ausgestreckt. Sie wirkte, als würde sie sich für einen faulen Nachmittag vor dem Kamin bereitmachen. „Na, das war eine leichte Ermittlung."

„Für dich", sagte Duke. „India, Brockwell und ich haben heute die ganze Arbeit erledigt."

„Ich freue mich, dass wir nicht zurück in das Romalager müssen. Ich vertraue diesen Roma nicht."

Duke schob seinen Stuhl vom Tisch zurück und nahm eine ähnliche Haltung wie Willie ein. „Ich wollte herausfinden, ob der Fluch, mit dem Albina Trentham belegt hat, echt war oder nicht. Ich schätze, das werden wir jetzt niemals sicher erfahren."

„Der Professor sagte, sie wären echt, und das reicht mir."

Ich musterte Matt, während sie redeten. Er schien nicht zuzuhören. Als er sich erhob und sich entschuldigte, folgte ich ihm aus der Bibliothek.

„Matt?" Ich erwischte ihn am Fuß der Stufen. „Matt, was ist los?"

„Nichts."

„Du bist plötzlich ganz still geworden."

„Ich denke nur nach." Er lächelte mich an. Es überzeugte mich nicht, dass alles gut war.

„Worüber?"

„Über dich und mich."

Ich kniff die Augen zusammen. „Dieses ganze Gerede von Trenthams Unfruchtbarkeit … Hat das zu Gedanken darüber geführt, dass wir noch kein Kind empfangen haben?"

„Nein! Nein." Er strich mit den Knöcheln meine Wangen hinab zu meinem Kinn. Er nahm es sanft. „India, mir ist es gleich, ob wir Kinder bekommen. Ich bin mehr als nur zufrieden damit, welche zu adoptieren. Das weißt du doch."

Ich konnte nicht anders, als mich wieder erleichtert zu fühlen. Wir hatten es bereits besprochen und beschlossen, zu adoptieren, falls wir keine eigenen Kinder haben konnten, aber seine Stille in der Bibliothek hatte die alten Zweifel wieder aufsteigen lassen.

„Was ist dann los?"

Er lächelte, ein aufrichtig süßes Lächeln. „Nichts, meine Liebe. Nichts." Er küsste mich auf die Lippen und hätte damit weiter gemacht, hätte uns Tante Letitia nicht gestört.

Ich verbrachte den restlichen Nachmittag in ihrer Gesellschaft. Von den anderen sahen wir erst um fünf Uhr wieder etwas, als Duke pfeifend in den Salon kam.

„Wo sind Matt und Willie?", fragte ich.

Er hörte mit dem Pfeifen auf und schaute sehnsüchtig zur Tür, als wünschte er, er wäre niemals eingetreten.

„Duke?", drängte ich.

„Sie sind ausgegangen." Er warf einen betonten Blick zu Tante Letitia, die gerade wegen des schlechten Lichts ihre Stickarbeit zur Seite gelegt hatte.

Wenn wir diese Unterhaltung führen mussten, während wir ihr die Wahrheit vorenthielten, dann sollte es eben so sein. Aber wie würden wir sie führen. „Wohin?", fragte ich besonders freundlich.

„Er fährt die Kutsche."

Tante Letitia schnalzte mit der Zunge. „Ehrlich. Dafür haben wir doch Woodall. Matt sollte man nicht auf dem Kutschbock sehen. Das ziemt sich nicht. Was, wenn eine Bekanntschaft ihn erkennt?"

Was, wenn diese Bekanntschaft ihn umbringen wollte? Ich nahm mein Buch fester in die Hand, um meine strapazierten Nerven zu beruhigen.

„Niemand wird ihn erkennen", fuhr Duke fort. „Auf jeden Fall beschuldigt doch nicht den Überbringer der Nachricht. Es ist nicht meine Schuld, dass er sich den ganzen Tag zu Hause wie ein eingesperrtes Tier vorkommt. Genauso wenig ist es Willies Schuld. Sie hat versucht, ihn aufzuhalten, aber als er gesagt hat, er würde allein fahren, hat sie nachgegeben und ist mitgegangen."

Das war immerhin was etwas. Sie wusste, wo er seine magische Uhr versteckte. Wenn ihn eine Kugel natürlich sofort umbrachte ...

Ich schluckte und versuchte, den Gedanken aus meinem Verstand zu verbannen.

Plötzlich platzte Cyclops in den Salon und wedelte mit einer Zeitung. Er war etwas außer Atem, während er sie Duke reichte. „Lest diesen Artikel." Er bohrte einen Finger in die Titelseite. „Es geht um Trenthams Werkstatt."

„Du meinst den Mord?", fragte ich und erhob mich.

Er schüttelte den Kopf. „Den Automaten."

Duke fluchte leise, nur um sich zu entschuldigen, als ihm Tante Letitia einfiel. „Die Überschrift sagt alles, was wir wissen müssen. AuSSer Kontrolle geratener Automat läuft Amok im Laden des ermordeten Handwerkers. Liegt es an Magie?"

Ich stöhnte, als ich den Eröffnungsabsatz las. „Wie hat die Zeitung von dem Automaten erfahren, ganz zu schweigen davon, dass er magisch war?"

„Das ist eine lächerlich sensationslüsterne Überschrift", ließ sich Tante Letitia vernehmen. „Solchen Zeitungen vertraue ich nicht. Ich glaube es nur, wenn es in der *Times* steht."

„Es steht nicht da, dass er magisch ist", sagte Cyclops. „Es ist nur angedeutet."

„Das reicht, dass alle daran glauben", sagte ich. Der Artikel erwähnte, wie der Automat am Morgen, nachdem Trentham in seinem Spielwarenladen ermordet worden war, in der Gasse gefunden worden war. Er erwähnte auch, dass das Gerücht umging, er wäre gestern im Laden Amok gelaufen.

„Ich schätze, es waren die Schutzmänner, die den Zeitungsschreiber informiert haben", sagte Duke mit einem Kopfschütteln. „Brockwell muss mal mit ihnen reden."

„Vielleicht waren es nicht sie", sagte ich. „Etliche Leute gingen am Fenster vorbei, und einige haben vielleicht hereingespäht. Wenn sie den Schlamassel gesehen haben, und die Ritterrüstung in Handschellen, hätten sie eins und eins zusammengezählt."

„Aber was ist mit Magie?" Duke deutete auf einen Absatz in der Zeitung. „Wie haben die Zeitungsschreiber herausgefunden, dass Trentham ein Magier war und der Automat Magie beherbergte?"

„Gut geraten?", schlug Cyclops vor. „Mirnov? Vielleicht ist er die Quelle des Journalisten."

„Sehr viel wahrscheinlicher ist es ein talentfreier Spielzeugmacher, der für Schwierigkeiten sorgen will", sagte ich. „Vielleicht wusste jemand oder argwöhnte, dass Trentham Magier war, und hat beschlossen, es wäre eine gute Gelegenheit, ihn und andere Magier ebenfalls in Misskredit zu bringen. Der Journalist lässt es auf jeden Fall wirken, als wäre Magie verantwortlich für das Verhalten des Automaten."

Der Artikel behauptete nicht, der Automat wäre dafür verantwortlich, Trentham ermordet zu haben, aber nahegelegt wurde es schon. Der Journalist hatte ihn wohl geschrieben, bevor er von Mrs. Trenthams Verhaftung erfahren hatte, denn sie wurde nicht erwähnt.

„Das wird eine Sensation auslösen", sagte ich. „Das ist überhaupt nicht gut."

„Oje", murmelte Tante Letitia auf dem Sofa. „Oje, oje."

Ich setzte mich neben sie. „Was ist denn, Tante?"

„Oh, Veronica, du bist es. Was für ein Glück, dass du da bist. Mein Bruder Harry scheint mich ganz vergessen zu haben. Er sollte mich hier treffen, bevor wir zu einem Spaziergang aufbrechen. Hast du ihn gesehen?"

Ich nahm sie sanft an den Händen und half ihr auf. „Suchen wir zusammen nach ihm."

Sie erlaubte, dass ich sie aus dem Salon und die Stufen hinauf führte. Wenn ihre Gedanken auf Wanderschaft waren, war sie zumindest zugänglich für den Vorschlag, dass sie sich ausruhen sollte. Als ich sie in ihr Zimmer gebracht hatte, kehrte ich in den Salon zurück.

Matt und Willie waren wieder da. Matt schaute von der Zeitung auf, während Willie weiter las.

„Ist sie in Ordnung?", fragte er.

„Ich glaube schon. Sie dachte wieder, ich wäre ihr ehemaliges Dienstmädchen. Sie hat uns zugehört, wie wir den Automaten und den Mord besprochen haben, und das hat sie verstört. Es tut mir leid, ich habe nicht nachgedacht."

„Gewöhnlich führen Gespräche über unsere Ermittlungen keine ihrer Episoden herbei. Vielleicht war es der Gedanke, dass der Automat außer Kontrolle war." Er kehrte zu der Zeitung zurück und las zu Ende. „Verdammt noch mal", murmelte er, als er fertig war. „Das ist eine Katastrophe."

Ich setzte mich mit einem Seufzen neben ihn. „Was können wir tun?"

„Einen weiteren Artikel schreiben, der diesen diskreditiert", schlug Duke vor.

„Dafür ist es zu spät", sagte Willie. „Der Bulle ist aus dem Lasso geschlüpft, und man wird ihn nicht wieder einfangen können, ganz gleich, wie sehr wir es versuchen."

Sie hatte recht. Es gab nichts, was wir tun konnten, außer zu hoffen, dass die öffentliche Reaktion nicht so ungünstig ausfallen würde, wie wir annahmen. Vielleicht würde niemand glauben, was die Zeitung behauptete.

Matt gab allerdings nicht so leicht auf. Er verbrachte den Abend damit, eine Stellungnahme zu schreiben, die die Tatsache beinhaltete, dass Mrs. Trentham zum Verhör wegen des Mordes an ihrem Mann von Scotland Yard abgeholt worden war. Er fertigte Kopien an und schickte sie gleich am Morgen an alle großen Tageszeitungen.

Nachdem er sich zum Frühstück mit Willie, Duke und mir hingesetzt hatte, bekamen wir Besuch von Brockwell. Der Inspektor wirkte noch zerknitterter und unordentlicher als sonst, und auch müde.

„Hast du gestern Nacht überhaupt geschlafen?", fragte ihn Willie.

Er bediente sich am Buffet am Kaffee, ohne eingeladen worden zu sein. Nicht, dass es uns etwas ausgemacht hätte. Er war fast schon Teil des Haushalts. „Ich wurde heute Morgen von einem Schutzmann geweckt, der mich in Kenntnis gesetzt hat, dass Mrs. Trentham aus ihrer Zelle entkommen ist."

„Entkommen!", riefen wir alle.

„Wie?", fragte ich. Er trank seine Tasse aus und füllte sie mit weiterem Kaffee aus der Kanne nach. Er stellte sie auf den Tisch und kehrte zum Büffet zurück, um sich einen Teller mit Würstchen und Toast zu füllen. Matt trommelte mit den Fingern auf dem Tisch, während er den Inspektor mit finsterem Gesicht und zusammengepressten Lippen beobachtete.

Willie brach aber als erste ein. „Jasper! Wie ist sie geflohen?"

Brockwell öffnete eine Serviette und steckte sie sich in den Kragen. „Sie hat ihre Magie an dem Automaten benutzt. Sie hat ihn zu sich gerufen, besser kann man es nicht beschreiben."

„Ihn zu sich gerufen?", wiederholte ich. „Wie weit von der Zelle entfernt befand sich der Automat?"

„Sowohl der Raum mit den Beweismitteln als auch die Zellen für die Untersuchungshaft sind im Keller, aber an unterschiedlichen Enden des Gebäudes."

Das war gewiss zu weit. Obwohl ich nicht versucht hatte, den Teppich fliegen zu lassen, während ich in einem anderen Raum stand, bezweifelte ich, dass man Bewegungszauber auf eine solche Entfernung wirken konnte.

Brockwell hatte wohl den Gang meiner Gedanken erraten. „Etliche Zeugen haben gesehen, wie der Automat das Schloss an ihrer Zellentür aufbricht."

„Aber haben sie gesehen, wie er aus dem Beweismittelraum ausbricht?"

„Da könnten Sie etwas auf der Spur sein."

Ich wartete darauf, dass er fortfuhr, aber er biss von einem Würstchen ab und kaute langsam. Nachdem er geschluckt und einen Schluck Kaffee genommen hatte, tupfte er sich den Mund mit der Serviette ab, bis er schließlich fortfuhr.

„Der Schutzmann, der im Beweismittelraum Dienst hatte, ist verschwunden."

„Wie kann er denn einfach verschwinden?", fragte Willie. „Seid ihr zu ihm nach Hause gegangen?"

„Dorthin ist er nicht zurückgekehrt, genauso wenig hat er sich am Yard abgemeldet. Wir haben überall gesucht. Er ist verschwunden."

„Behandeln Sie ihn als Opfer oder als Verdächtigen?", fragte Matt.

„Ich halte mich für alles offen. Vielleicht ist ihm etwas zugestoßen, oder er hat sich mit Mrs. Trentham verbündet und den Automaten befreit. Ich lasse meine Männer nach Hinweisen auf eine Verbindung zwischen ihnen suchen."

„Wird üblicherweise ein Schutzmann abgestellt, um im Beweismittelraum Dienst zu haben?", fragte Matt.

Brockwell schnitt das Würstchen durch und wollte es sich gerade in den Mund stecken, als Willie hinübergriff und ihn am Arm nahm. Mit einem Seufzen senkte Brockwell seine Gabel auf den Teller. „Während des Tages und am Abend hat ein Sergeant dort Dienst, aber in den meisten Nächten ist es nur ein Schutzmann."

Wie Brockwell war ich nicht sicher, was ich von dem Schutzmann halten sollte, ob er Opfer oder Komplize war. Ich versuchte immer noch, zu verstehen, was geschehen war – und wie. Entweder war Mrs. Trentham eine mächtigere Magierin, als wir gedacht hatten, oder sie hatte Hilfe dabei gehabt, den Automaten aus dem Beweismittelraum zu befreien.

„Ich nehme an, Sie haben den Zeitungsartikel gelesen", sagte Matt.

Brockwell nickte. „Meine Vorgesetzten haben ihn mir spät gestern Nachmittag vorgelegt. Ich habe erklärt, dass Mrs.

Trentham sehr wahrscheinlich den Automaten kontrollierte und er nicht aus eigenem Antrieb arbeitete."

„Was haben sie davon gehalten?"

„Sie vertrauen sich mir nicht an, Glass. Vielleicht erfahren Sie beim Commissioner mehr, da Sie beide besser bekannt sind und Sie nicht direkt für ihn arbeiten." Er schnitt das Würstchen durch. „Wenn ich raten müsste, würde ich sagen, ihm gefällt es nicht, Magie überhaupt bei einer so ernsten Angelegenheit wie einem Mord erwähnt zu sehen. Ob Mrs. Trentham den Automaten gelenkt hat oder er sich irgendwie aus ihrer Kontrolle befreit hat, ist nicht relevant. Tatsache ist, in einen Automaten wurde Magie gewirkt, und der Automat hat einen Menschen getötet."

Für mich klang es, als würde er nicht nur raten, was seine Vorgesetzten dachten, sondern seine eigenen Gedanken ausdrücken. Mit diesem Gedankengang stand er bestimmt nicht allein da. Die talentfreie Öffentlichkeit würde genauso kritisch sein und der Magie die Schuld geben. Sogar Magier würden der Magie die Schuld geben.

Ich gab ihr die Schuld.

Ich rieb mir über die Schläfen, wo allmählich Kopfschmerzen aufkamen. Wir waren genau in der Lage, in der wir uns nie hatten wiederfinden wollen. Einer Lage, in der Magie öffentlich anerkannt war und in der allgemeinen Bevölkerung Furcht auslöste.

Mir war schlecht.

„Jemand muss eine Aussage herausgeben, die die Existenz von Magie leugnet", sagte Duke. „Das ist die einzige Möglichkeit."

Matt rieb sich die Stirn. „Das wird niemand glauben. Auf jeden Fall nicht genügend Leute. Nach Monaten mit Gerüchten und Andeutungen, die mit Barratts Artikeln begannen, wird das für zu viele eine Bestätigung sein."

Willie fluchte tonlos. „Was wirst du tun, Jasper?"

„Meine Aufgabe." Brockwell trank seine Tasse Kaffee aus und wischte sich den Mund mit der Serviette ab. „Ich habe den Auftrag, Mrs. Trentham zu finden und sie vor Gericht zu stellen. Ihr wird man den Mord an ihrem Mann anlasten."

„Sie wird zu ihrer Verteidigung die außer Kontrolle geratene Magie anbringen", sagte Matt. „Wollen das die Behörden?"

„Das müssen Leute mit mehr Macht als ich entscheiden." Brockwell faltete seine Serviette und legte sie neben seinen leeren Teller. „Ich will Coyle befragen. Deshalb bin ich hier. Ich will, dass Sie mitbekommen, Glass. Sie auch, India. Gestern habe ich ihn nicht wegen seiner Beteiligung zur Rede gestellt, da es noch nicht genügend Beweise gab und Mrs. Trentham ihm nichts vorwerfen wollte. Aber das hat sich alles mit ihrem Verschwinden geändert."

Matt stimmte zu, sich ihm anzuschließen. „Er hat ihr vielleicht bei ihrer Flucht geholfen. Sollen wir gleich gehen?"

„Das ist ein hervorragender Plan." Brockwell erhob sich, genauso machten es Matt, Duke und Willie.

Ich schaute auf meinen Teller hinab. Ich hatte kaum etwas gegessen.

„India?", fragte Matt. „Stimmt etwas nicht?"

„Ich muss etwas beichten." Ich erhob mich auch und schaute ihm in die Augen. „Gestern, nachdem ich mich von Duke und dem Inspektor getrennt habe, habe ich mit Lord Coyle gesprochen."

Matt runzelte die Stirn. „Du bist allein gegangen?"

„Sie haben ihn ohne mich zur Rede gestellt?", fragte Brockwell. „India, das ist eine polizeiliche Angelegenheit. Sie haben vielleicht die Ermittlung gefährdet."

„Unsinn", fuhr ich ihn an. „Ich bin doch wohl fähig, ihm Fragen zu stellen. Er hat geleugnet, irgendwie in Mrs. Trenthams Leben involviert zu sein, und ihr den Mord ganz angelastet. Ich schätze, seine Antworten wären nicht anders gewesen, ganz gleich, wer ihn fragt." Ich wandte mich zu Matt. „Was die Tatsache angeht, dass ich es allein getan habe, ja, das habe ich. Glaubst du, mir wäre etwas passiert, in seinem eigenen Haus, während seine Frau und seine Angestellten anwesend sind?"

Er wirkte, als wäre er verblüfft durch meinen Ausbruch. Auf jeden Fall fielen ihm keine Worte ein.

„Ich habe ihm gesagt, falls er noch einmal auf dich schießen lässt, würde ich die Magier von London dazu aufrufen, ihn zu meiden."

Ich stand auf und marschierte aus dem Speisezimmer. Ich würde mich nicht dafür entschuldigen, dass ich Coyle zur Rede gestellt hatte. Ich hatte Coyles Haus mit dem erleichterten Gefühl verlassen, dass er nicht noch einmal versuchen würde, Matt umzubringen, falls er überhaupt derjenige gewesen war, der auf ihn geschossen hatte. Ich war auch mit einem Gefühl des Stolzes gegangen. Coyle hatte meine Drohung ernst genommen. Ich hatte ihn mich fürchten lassen, meinen Einfluss in der Gemeinschaft der Magier. Und das hatte ich allein getan. Es war ein sehr zufriedenstellendes Gefühl.

Willie holte auf mich auf und schlug mir auf die Schulter. „Schön für dich, India. Endlich wirst du deinem Mädchennamen mal gerecht." Als ich nichts erwiderte, fügte sie an: „Steele wie Stahl, und du hast ein stählernes Wesen."

„Ich verstehe schon, Willie."

Sie drückte mir die Schulter und rannte die Stufen vor mir hinauf.

Matt nahm ihren Platz ein. „Du bist wütend auf mich", sagte er.

„Nein. Ich weiß, dass du dir nur Sorgen machst."

„Aber warum habe ich dann das Gefühl, dass du wütend bist?"

„Ich würde mich nicht wissentlich in Gefahr begeben, Matt. Ich war völlig sicher, als ich mit Coyle bei ihm zu Hause gesprochen habe, und das weißt du auch."

„Ich wünsche mir trotzdem, ich wäre bei dir gewesen", murmelte er.

Ich blieb stehen und stellte mich vor ihn. „Das hätte untergraben, was ich sagen wollte. Meine Drohung wäre nicht so wirksam gewesen, hätte ich meinen Mann gebraucht, um mich zu begleiten." Ich nahm seine Hände in meine. „Er muss wissen, dass ich fähig bin, stark und rachsüchtig zu sein, selbst wenn dir etwas geschehen wäre, und ich trauern würde. Ansonsten wäre meine Drohung auf taube Ohren gestoßen."

Er seufzte. „Du hast recht. Es ist nur so, dass ich mich gerade völlig nutzlos fühle. Die Ermittlung ist ohne mich vorangeschritten, und du brauchst mich nicht mehr."

Ich nahm sein Gesicht. „Natürlich brauche ich dich. Ich will dich an meiner Seite, immer. Aber dieses eine Mal musste ich mein Argument allein vorbringen." Ich gab ihm einen raschen Kuss auf den Mund. „Jetzt hör auf, dich selbst zu bemitleiden, und mach dich bereit, einen Besuch bei Coyle anzutreten."

„Oho! Also lässt du mich heute mit dir kommen?"

„Ich vermute, dich zu bitten, noch einen Tag zu Hause verbringen, ist zum Scheitern verurteilt."

Er berührte meine Finger, während wir zusammen die Stufen hinaufgingen. „Stimmt. Es gibt nur ein gewisses Maß an Stickerei und sinnlosem Geplauder, das ein Mann aushalten kann."

* * *

BROCKWELL BEGANN SEINE BEFRAGUNG, indem er Lord Coyle dieselben Fragen stellte, die ich ihm schon gestern gestellt hatte. Seine Lordschaft gab dieselben Antworten. Er bestätigte, dass er Mr. Trentham seiner zweiten Frau vorgestellt hatte und bei ihrer Hochzeit anwesend gewesen war, aber er hätte Mr. Trentham nicht ermordet, und auch nicht seine erste Frau oder Albina Mirnov.

„Mrs. Trentham hat allein gearbeitet", sagte er. „Und ich habe diese Anschuldigungen langsam satt."

Dieses Mal war Hope dabei, und die Befragung wurde im Salon durchgeführt. Sie setzte sich zu mir auf das Sofa, während ihr Mann in seinem üblichen Ohrensessel saß, eine Zigarre in der Hand. Der Geruch nach Rauch, sowohl abgestanden als auch frisch, hing an den Möbeln und trieb in der Luft. Kurz war der Geruch verschwunden, nachdem sie geheiratet hatten, aber inzwischen rauchte Lord Coyle wieder, und er war zurück.

Bisher war Hope leise und reglos geblieben. Ich erwartete ständig, dass sie ihre eigene Meinung einbrachte, aber das tat sie nicht. Sie spielte einfach nur die Gastgeberin, indem sie Tee einschenkte, den keiner trank, und still da saß, während Brockwell ihren Mann mit Fragen löcherte.

„Dann habe ich eine neue Anschuldigung für Sie", sagte der Inspektor. „Über Nacht ist Mrs. Trentham aus ihrer Zelle geflohen."

Lord Coyle hatte an seiner Zigarre gezogen, aber er hörte auf. Er nahm sie heraus. „Und Sie glauben, ich hätte ihr geholfen?" Ein tiefes Lachen kam in seiner Brust auf, zusammen mit einem heftigen Husten. Sobald der Husten nachließ, steckte er die Zigarre wieder in den Mund. „Machen Sie sich nicht lächerlich. Sie glauben, ich wäre einflussreicher, als ich bin, wenn Sie annehmen, ich könnte das tun. Was meinst du denn, meine Liebe?", fragte er Hope. „Bin ich mächtig genug, um eine Gefangene aus einer der Untersuchungshaftzellen von Scotland Yard zu befreien?"

Hope blähte die Nasenflügel. „Das kann ich nicht wissen."

Er lachte wieder.

„Also bieten Sie Mrs. Trentham keinen Unterschlupf?", fragte Brockwell.

„Nein."

„Sie haben ihr nicht geholfen, oder ihr von einem Ihrer Männer helfen lassen?"

„Nein."

„Und doch profitieren Sie von ihrer Flucht", erklärte Matt.

„Weshalb? Es kommen doch trotzdem noch Sie drei her und belästigen mich, genauso wie Ihre beiden Leibwächter." Er wedelte mit der Hand zu Duke und Willie hin, die still an der Tür standen.

„Wäre sie nicht geflohen, hätte für Sie das Risiko bestanden, dass Sie ihre Einmischung beim Mord an ihrem Mann preisgibt, und vielleicht auch an seiner ersten Frau und Mrs. Mirnov."

Coyle nahm seine Zigarre wieder heraus. „Ich habe mich nicht eingemischt."

Matt drängte weiter. „Mit ihrem Verschwinden geht einher, dass es nicht zu einer Verhandlung kommen wird. Sie sind sicher, solange sie nicht vor Gericht auftaucht, wo sie nicht kontrollieren können, was sie sagt."

„Kann ich das nicht?", fauchte Coyle.

Neben mir fuhr Hope zusammen.

Coyle hob seine Zigarre und musterte die glühende Spitze. „Sie denken zu beengt. Sie alle. Überlegen Sie doch, wer sonst noch von ihrer Flucht profitiert. Das bin nicht nur ich." Da keiner von uns antwortete, wurden seine Lippen breit, als er lächelte. „Haben Sie den Zeitungsartikel gelesen?"

„Was hat der denn damit zu tun?", fragte Brockwell.

„Er legt nahe, dass die Regierung genauso viel Grund hat, Mrs. Trentham verschwinden lassen zu wollen", sagte Matt. „Sie würde nicht wollen, dass Magie bei der Verhandlung Erwähnung findet. Eine Verhandlung, die von der Öffentlichkeit und den Zeitungsschreibern sehr genau beobachtet werden würde."

Coyle deutete mit der Zigarre auf Matt. „Ich wusste, dass Sie das verstehen würden, Glass. Also sehen Sie, Inspektor, Mrs. Trentham musste verschwinden. Sie ist vermutlich tot. Lebend ist sie ein zu großes Risiko für die Behörden, die die Magie unterdrückt sehen wollen."

„Sie wollen die Magie unterdrückt sehen", stellte ich klar.

„Schon, aber ich bin nicht der Einzige. Tatsächlich hat auch Ihr Mann ein Motiv. Ich habe ihn zu etlichen Gelegenheiten sagen hören, dass er nicht möchte, dass die Magie weithin bekannt wird."

„Jetzt bist du kleinlich und albern", zischte Hope.

Lord Coyle strich sich über den Schnurrbart. „Komm, meine Liebe, ärgere dich nicht. Ich weiß, dass Glass dein geliebter Vetter ist, aber ich zeige doch nur auf, dass das Verschwinden von Mrs. Trentham mehr Leuten als nur mir und dir nützt. Ich wäre nicht überrascht, wenn der Inspektor den Auftrag bekommt, in seinem Bericht festzuhalten, dass Mrs. Trentham für schuldig am Mord an ihrem Mann befunden wird, und dass der Automat nichts damit zu tun hat." Er wandte sich an Brockwell. „Vielleicht ermutigt man Sie, zu schreiben, dass sie das in ihrem Verhör so gesagt hat. Wäre das nicht von großem Nutzen für so viele, wenn dieser Bericht dann an die Presse durchsickern würde?"

Brockwell leugnete es nicht. Er wusste besser als sonst jemand, dass eine Manipulation der Tatsachen durch seine Vorgesetzten im Raum stand. Falls sie sich für diesen Weg entschieden, gab es nichts, was er dagegen tun konnte. Ich war mir nicht sicher, ob ich überhaupt wollte, dass er etwas tat. Coyle hatte recht. Das Szenario, das er ausmalte, war für uns am besten.

Nur dass es den Tod von Mrs. Trentham bedeutete, oder zumindest ihr dauerhaftes Verschwinden. Es lief mir eiskalt den Rücken hinab.

Brockwell erhob sich und setzte sich seinen Hut auf. „Danke für Ihre Zeit, mein Lord. Wir finden selbst hinaus."

„Hope wird Sie begleiten." Coyle lächelte seine Frau an, aber seine Augen erreichte es nicht. „Sie genießt die wenigen seltenen Momente mit ihrem Vetter. Oder nicht, meine Liebe?"

Hopes Brust hob und senkte sich, als sie tief atmete. Sie ging voraus durch den Salon, marschierte vor uns die Stufen hinab. Als wir an der Eingangstür auf sie aufholten, berührte Matt sie am Ellbogen, um ihre Aufmerksamkeit auf sich zu ziehen.

„Ich weiß, dass es mich nichts angeht, aber … ist alles in Ordnung?", fragte er leise.

Sie hob das Kinn. „Ja."

„Tut er dir weh?"

„Er hat mir kein Haar gekrümmt."

Ich vermutete aber, dass Coyle sie auf andere Arten verletzte. Als jemand, der durch Eddie Hardacre gelitten hatte, meinen ehemaligen Verlobten, wusste ich, dass manche Männer, die Macht über Frauen hatten, nicht immer zur Gewalt griffen, um sie unter Kontrolle zu halten.

„Ruf uns, falls du irgendetwas benötigst", drängte sie Matt.

Hope klammerte sich an seinen Arm und gab ihm einen raschen Kuss auf die Wange. Sie flüsterte ihm etwas ins Ohr, bevor er sich abwandte und sich uns an der Tür anschloss.

Wir fuhren Brockwell zum Scotland Yard und kehrten dann nach Hause zurück. Der Inspektor versprach uns, uns über jegliche Entwicklungen auf dem Laufenden zu halten, aber ansonsten gab es nichts mehr zu tun. Die Ermittlung war abgeschlossen. Es fühlte sich allerdings noch nicht an, als wäre sie das.

Wir verbrachten den Nachmittag antriebslos drinnen. Trotz des Ärgers, dass er eingesperrt war, ging Matt nicht aus. Die Ankunft von Lord Farnsworth beim Dinner war eine willkommene Ablenkung. Sogar Matt begrüßte ihn begeistert. Er klopfte Seiner Lordschaft auf den Rücken und lud ihn ein, sich uns im Salon zu einem Pokerspiel anzuschließen.

Tante Letitia beharrte aber darauf, zuerst mit ihm zu sprechen. Sie klopfte auf den Platz neben sich auf dem Sofa und flüsterte ihm etwas zu. Lord Farnsworths Lippen wölbten sich zu einem Lächeln, und sein Blick hob sich zu Willie.

Willies Augen wurden groß. „India. Geh und finde heraus, was sie da sagt."

„Nein."

Sie schnalzte mit der Zunge und beobachtete sie unter gesenkten Lidern. Sie hatten aufgehört, einander Geheimnisse zuzuflüstern, und Tante Letitia Stimme wurde wieder normal laut.

„Hatten Sie Glück damit, eine neue Kandidatin zur Ehe zu finden?", fragte sie ihn.

„Nun ja, noch nicht, aber ich habe noch nicht aufgegeben."

„Schön zu hören, Davide. Stellen Sie sicher, dass es ein robustes Mädchen ist, die keinen Hirngespinsten nachhängt." Sie warf einen beredten Blick zu Willie.

Willie keuchte und schaute Tante Letitia so finster an, wie sie konnte.

Lord Farnsworth fiel es nicht auf. „Ein paar Hirngespinste sind bei einer Frau in Ordnung." Er lachte leise. „Aber natürlich kein Wahnsinn. Davon ist bereits genug in meinem Blut." Als ihn Tante Letitia ausdruckslos anschaute, tippte er sich an die Schläfe. „Meine Mutter. Bei ihr ist da oben etwas locker."

Tante Letitias Lippen wölbten sich zu einem O.

„Aber ich stimme zu, dass das Mädchen robust sein sollte", sagte er. „Ich möchte nicht, dass sie leicht eingeschüchtert wird."

„Ganz genau. Und suchen Sie nicht nur nach Mädchen. Sie brauchen eine reifere Frau, keine Debütantin."

„Ganz richtig. Reife ist ein Muss."

„Und es spielt keine sonderlich große Rolle, ob sie die richtige Abstammung oder Erziehung hat."

Er schaute sie entgeistert an. „Jetzt aber langsam, Lettie. Sie haben sich zu lange mit Amerikanern herumgetrieben."

Ich lächelte unter vorgehaltener Hand. Neben mir schnaubte Willie.

Matt lud Lord Farnsworth ein, sich ihm, Cyclops und Duke am Kartentisch anzuschließen. Willie protestierte, dass sie nicht eingeschlossen wurde, und Cyclops sagte ihr, sie solle einen weiteren Stuhl heranziehen.

Ich lehnte ganz ab und schloss mich Tante Letitia auf dem Sofa an. „Was hast du denn Lord Farnsworth vorhin zugeflüstert?"

Sie lächelte und beugte sich dichter heran. „Ich habe ihm gesagt, dass Willie seit seinem letzten Besuch sehr viel über ihn geredet hat."

„Das hat sie doch nicht."

„Er schien ziemlich erfreut darüber."

„Natürlich. Er steht gerne im Mittelpunkt der Aufmerksamkeit. Das bedeutet nicht, dass er mit ihr zusammen sein will, oder sie mit ihm. Tante Letitia, du musst aufhören, zu versuchen, sie zusammenzubringen. Das wird nicht gehen."

Sie tat meine Zweifel ab. „Unsinn. Es könnte sehr wohl gehen. Sie passen gut zusammen."

„Als Freunde, nicht als mehr. Sie hat mir gesagt, dass sie kein Verlangen nach ihm hat."

„Was hat denn Verlangen mit Ehe zu tun?"

Ich seufzte. Das führte zu nichts. „Er wird niemanden heiraten, der so weit unter ihm steht. Du hast ihn gehört. Ausgerechnet du solltest das doch verstehen."

Sie schniefte. „Ich hatte früher Vorurteile, aber so bin ich nicht mehr."

„Nicht in diesem Fall, denn er gehört nicht zur Familie." Meine Worte drangen nicht zu ihr durch, wenn man nach dem schwachen Lächeln auf ihren Lippen ging. „Tante Letitia, das muss aufhören. Keine Verkupplungen mehr. Auf jeden Fall nicht für Willie. Wenn du für Lord Farnsworth jemanden suchen willst, schau doch die Verwandtschaft deiner Freundinnen an. Sicher hat jemand eine Nichte oder Tochter, die weder verrückt ist, noch ..." Ich wedelte mit der Hand zu Willie, nicht sicher, wie ich sie mit einem einzelnen Wort beschreiben sollte.

Tante Letitia versprach es mir, aber ich war mir nicht sicher, dass ich es glauben konnte. Ich tröstete mich mit der Tatsache, dass eine Verbindung zwischen Willie und Lord Farnsworth etwas war, das keiner von ihnen wollte, also würde ihr Plan früher oder später ohnehin untergraben werden, wenn sie darauf beharrte.

Sie spielten bis in den Abend hinein Poker, und ich schloss mich ihnen an, als Tante Letitia sich zurückzog. Als die Uhr Mitternacht schlug, war es, als hätte das Geräusch etwas in Farnsworth ausgelöst. Plötzlich warf er die Karten weg, ohne darauf zu achten, dass sie aufgedeckt waren, und machte eine Ankündigung.

„Ich vergaß beinahe, weshalb ich heute Abend hergekommen bin. Ich habe etwas erfahren, das vielleicht interessant für Sie ist. Whittaker und der Innenminister treffen sich heute Nacht." Er tippte sich mit dem Finger an die Seite der Nase. „Im Geheimen."

„Woher wissen Sie das?", fragte Matt mit einer großen Dosis Skepsis in der Stimme.

„Ich habe die Angestellten im Club bezahlt, damit sie es mir erzählen, falls sie Unterhaltungen zwischen den beiden Männern mithören."

„Weshalb habe ich nicht daran gedacht, die Angestellten zu bestechen?", murmelte Matt.

Lord Farnsworth nahm seine Karten wieder, ein selbstzufriedenes Lächeln auf dem Gesicht. „Für Sie hätten sie nicht spioniert. Sie sind kein langjähriges Mitglied wie ich. Sie vertrauen mir."

„Weswegen treffen sie sich denn?", fragte Duke.

Lord Farnsworth legte zwei Streichhölzer in die Mitte. „Ich weiß es nicht, aber es lohnt sich, es herauszufinden, meinen Sie nicht? Also, wer kommt mit mir?"

„Sie wollen ihnen nachspionieren?", fragte ich. „Heute Nacht?"

Sie blinzelten mich alle an. „Natürlich", sagte Willie. „Willst du mit?"

Ich warf einen Blick zu Matt. Er presste die Lippen aufeinander und tat so, als würde er seine Karten mustern. „Ich bleibe zu Hause", sagte ich. „Genau wie Matt."

Plötzlich schaute er auf.

„Ich muss schon sagen, India, sie können doch nicht einen

guten Mann aus seinem eigenen Kampf heraushalten", sagte Lord Farnsworth.

„Erst vor Kurzem hat jemand auf ihn geschossen. Er wäre beinahe gestorben. Er ist ein wandelndes Ziel, Davide. Ganz zu schweigen davon, dass Sir Charles der Schütze sein könnte."

Lord Farnsworths Augen wurden groß, als er Matt betrachtete. „Sie sehen erstaunlich gut für jemanden aus, der beinahe gestorben ist."

Matt warf seine Karten mitten auf den Tisch. „Ich bin stark."

„Ihr vier geht", sagte ich. „Wir werden hierbleiben und euren Bericht erwarten."

Lord Farnsworth schlug vor, dass sie sofort aufbrachen, um vor Whittaker und dem Innenminister am Treffpunkt anzukommen, damit sie sich verstecken konnten. Zum Glück würde es am südlichen Ende des Broad Walk im Regent's Park stattfinden. Da der mit Bäumen gesäumt war, sollten sie keine Schwierigkeiten haben, im Dunkeln verborgen zu bleiben.

Nachdem sie gegangen waren, kuschelte ich mich auf dem Sofa an Matt. Er legte allerdings nicht die Arme um mich. Er war immer noch enttäuscht, dass er von seinem eigenen Abenteuer ausgeschlossen worden war.

„Hör auf, so ein trotziges Gesicht ziehen", tadelte ich ihn. „So ist es am besten."

„Aber es ist nicht gerecht."

„Du benimmst dich wie ein Kind."

Er hörte auf, das Gesicht zu verziehen, und legte schließlich die Arme um mich.

Ich strich ihm übers Kinn, dann gab ich ihm leichte Küsse von der Kehle bis zum Ohr.

„Die Bediensteten und Tante Letitia sind schon zu Bett gegangen, und wir sind allein. Leg doch ein paar Kohlen mehr aufs Feuer."

Sein Blick wurde hitzig, und ein verschmitztes Lächeln trat auf seine Lippen. „Dann wird es hier drin aber ganz schön heiß."

„Ja, wird es." Ich knöpfte seine Weste auf. „Du ziehst lieber mal ein paar Kleidungsstücke aus, um dich abzukühlen."

KAPITEL 13

Cyclops kehrte fast zwei Stunden später allein nach Hause zurück. Duke, Willie und Lord Farnsworth hatten beschlossen, in eine ihrer liebsten Spielhöllen zu gehen, nachdem sie den Regent's Park verlassen hatten, und hatten es Cyclops überlassen, den Bericht abzugeben.

Der Bericht war sehr kurz. Sie hatten nichts mitgehört. „Whittaker und der Innenminister haben sich am südlichen Ende des Broad Walk getroffen, und wir waren hinter den Bäumen in der Nähe verborgen. Leider gingen sie, während sie redeten, und hätten wir versucht, ihnen zu folgen, hätten sie uns gesehen."

„Verdammt", murmelte Matt.

„Zumindest wissen wir, dass sie etwas vorhaben. Niemand trifft sich mitten in einer Januarnacht in einem öffentlichen Park, außer man will nicht, dass jemand etwas mithört."

Das deutete auf jeden Fall auf eine verdächtige Verbindung hin, und die einzige Verbindung, die ich mir vorstellen konnte, war, dass Whittaker für die Regierung spionierte. Ein so geheimer Spion, dass sie sich nicht einmal im Bureau des Innenministers treffen konnten.

Am folgenden Vormittag erklärte Matt, dass er Sir Charles Whittaker zur Rede stellen würde. „Man bekommt auf keine andere Art Antworten", erklärte er mir, als er sich anzog.

„Er wird dir wohl kaum klare Antworten geben, wenn er für England spioniert", sagte ich.

„Vielleicht rutscht ihm trotzdem etwas durch." Er knotete seine Krawatte fertig und schloss die Knöpfe seiner Weste. „Zieh dich an, wenn du mit mir kommen willst."

Ich gähnte, während ich aus dem Bett stieg. „Geh und weck einen der anderen auf. Du brauchst einen Wächter."

„Lass sie schlafen. So früh am Tag wird niemand auf mich schießen."

Ich beäugte ihn zweifelnd. „Wie kommst du zu diesem Schluss?"

„Niemand wird erwarten, dass ich an einem Sonntag vor dem Frühstück unterwegs bin."

Meiner Meinung nach war das keine besonders belastbare Theorie, aber Matt wollte meine Widerworte nicht hören. Er ging, während ich mich anzog, um Woodall Nachricht zu schicken, die Kutsche fertigzumachen.

Sobald wir sicher in der Kutsche saßen, bat ich um eine der Pistolen, die in dem Fach unter dem Sitz aufbewahrt wurden. Matt sagte kein Wort, während er sie hervorholte und nachsah, ob sie geladen war. Er reichte sie mir, und ich schob sie in meinen Muff, zusammen mit nur einer Hand. Die andere passte jetzt nicht mehr hinein.

„Fühlst du dich besser?", fragte er.

„Nicht sonderlich. Ich bezweifle, dass ich jemanden erschießen kann, bevor er oder sie dich erschießt, besonders, wenn wir überrascht werden."

Er beugte sich vor und legte je eine Hand zu meinen Seiten auf den Sitz. Sein Gesicht war sehr nah an meinem. „Du bist schön und mutig."

„Komplimente funktionieren nicht, Matt. Das sollten wir nicht allein machen. Wir hätten einen der anderen aufwecken sollen."

Er küsste mich kurz, dann lehnte er sich zurück. Klugerweise blieb er still, bis wir bei Sir Charles' Wohnort ankamen.

Die Vermieterin holte ihn und ließ uns auf der Veranda stehen, völlig ungeschützt. Ich musterte die Straße, aber sie war still. Niemand war so früh an einem kalten Sonntagmorgen unterwegs. Als Sir Charles die Tür öffnete, hatte er zumindest den Anstand, uns in den Eingangsbereich zu einzuladen, wo es wärmer war. Der Geruch nach Speck ließ meinen Magen hungrig grollen.

„Kommen Sie, um mir wieder vorzuwerfen, auf Ihren Mann geschossen zu haben, Mrs. Glass?", fragte er.

„Wir wissen, dass Sie es nicht waren", sagte Matt.

Ich hätte ihm gesagt, dass wir nichts dergleichen wussten, aber wir hatten auf dem Weg hier herüber beschlossen, dass wir ihn denken lassen mussten, dass wir ihn nicht mehr verdächtigten. Wir wollten nicht, dass der Besuch von seinem Kurs abgelenkt wurde.

Sir Charles verbeugte sich schwach. „Es freut mich, dass ich freigesprochen bin. Aber jetzt bin ich gespannt, was das Wesen dieses Besuchs angeht."

Matt kam direkt zur Sache. „Letzte Nacht wurden Sie gesehen, wie Sie mit dem Innenminister sprechen."

Sir Charles wurde ganz reglos. Er starrte Matt an, nach einem Augenblick schaute er über die Schulter und deutete an, dass wir in den Salon nebenan kommen sollten. Er schloss die Tür. „Worum geht es hier?"

„Wir wollen wissen, weshalb Sie uns für den Innenminister ausspionieren."

„Was bringt Sie denn darauf?"

„Wir sind keine Narren, Whittaker, also behandeln Sie uns nicht als solche. Sie sind ein Spion der Regierung, und Sie spionieren uns aus. Meine Frau."

Whittaker schnaubte. „Das ist lächerlich."

„Weshalb haben Sie uns dann hier hereingebracht und die Tür geschlossen?"

Whittakers Kehle bewegte sich, als er schluckte. „Was wollen Sie, Glass?"

„Ich will wissen, ob Sie konkret India nachspionieren, oder allen Magiern."

„Das beantworte ich nicht. Bitte gehen Sie."

Matt drängte weiter. „Sie waren Mitglied des Clubs der Sammler, bevor Sie sich auch nur bewusst waren, dass es sie gibt, also vermute ich letzteres. Ich möchte annehmen, die britische Regierung will wissen, wer alle Magier sind, und sie im Auge behalten. Das würde ich tun, wenn ich in ihrer Lage wäre. Ich nehme an, Sie waren entscheidend dabei, eine Akte über India anzulegen."

„Ich hätte nicht gedacht, dass Sie gerne Geschichten erzählen, Glass."

„Sie können es auch gleich zugeben", fuhr Matt fort. „Es gibt nichts, was ich dagegen tun kann. Tatsächlich möchte ich gar nichts tun. Wie es der Zufall so will, stehen wir auf derselben Seite. Die Regierung will die Magie unter Verschluss halten, sodass sie nur in den Schatten existiert, wie es jahrhundertelang der Fall war. Genauso wir."

Sir Charles ging weiter in den Raum. „Ich bin nicht der Einzige, der weiß, dass Mrs. Glass mit Mr. Charbonneau an der Schaffung eines neuen Zaubers gearbeitet hat. Das ist kein Geheimnis."

„Ich habe es aufgegeben. Wirklich", fügte ich an, als er mir einen skeptischen Blick zuwarf. „Die Sache ist die, ich bin zu dem Schluss gekommen, dass die Zauber von Magiern missbraucht werden können, die nicht unbedingt an andere denken. Neue Zauber können gefährlich sein. Manche könnten sogar als Waffen eingesetzt werden. Das will ich nicht."

„Und genauso wenig will es die Regierung, oder nicht?", sagte Matt.

Sir Charles leugnete es nicht. Für mich war das Bestätigung genug, dass er tatsächlich als Spion für den Innenminister arbeitete. „Was ist mit Mr. Charbonneau? Hat er beschlossen, es aufzugeben?"

„Das muss er. Allein kann er es nicht."

„Und es gibt niemand anderen, außer Sie, dem es möglich ist, neue Zauber mit ihm zu schöpfen?"

„Niemanden." Ich nahm die Pistole im Muff fester. „Und Sie können sich sicher sein, dass ich das nicht länger tun möchte. Das Problem mit Mr. Trenthams Automat hat mir bewiesen, wie gefährlich es sein kann, wenn ein Zauber gestohlen wird und in die falschen Hände fällt."

Er neigte den Kopf. „Gestohlen? Sprechen Sie von dem neuen Zauber, den sie mit Charbonneau geschöpft haben?"

Ich nickte.

„Ich habe natürlich in der Zeitung über den Automaten gelesen, aber ... wurde der gestohlene Zauber wiedergefunden, als Mrs. Trentham festgenommen wurde?"

„Leider nicht."

„Wir vermuten, dass Coyle hinter dem Diebstahl des Zaubers aus Charbonneaus Haus steckt", sagte Matt. „Wir glauben, er hat sie gedrängt, es zu tun."

Sir Charles tippte sich mit dem Finger an den Oberschenkel, während er darüber nachdachte. Es war das einzige äußerliche Zeichen, dass es ihm Sorgen bereitete. Der nüchterne, elegante Gentleman wirkte so unerschütterlich wie eh und je.

„Was wird denn der offizielle Standpunkt zu diesem ganz konkreten Vorfall sein, und zur Magie allgemein?", fragte Matt. „Ich vermute, das haben Sie gestern Nacht mit dem Innenminister besprochen."

Sir Charles tippte sich weiter auf den Oberschenkel. „Das können Sie selbst lesen. Ich habe die Zeitungen dieses Vormittags oben. Offensichtlich hat Mrs. Trentham ihren Mann umgebracht. Es hat nichts mit dem Automaten zu tun. Sie hat ihn einfach beschuldigt, um der Verurteilung zu entgehen. Scotland Yard hat sie sogar dazu gebracht, es zu gestehen."

Matt nickte, überhaupt nicht überrascht. „Es wird mehr als nur ein paar Aussagen brauchen, um das Interesse der Öffentlichkeit an Magie zu dämpfen."

„Ich stimme zu."

„Was also wird der Innenminister als nächstes tun?"

Sir Charles stieß ein raues Lachen aus. „Er erzählt mir doch nicht seine Absichten, Glass." Er warf einen Blick zur Tür. „Sind wir fertig?"

„Eine Frage noch", sagte Matt. „Arbeitet Coyle ebenfalls für den Innenminister?"

Sir Charles schaute Matt direkt in die Augen. „Coyle hat nur seine eigenen Interessen im Sinn."

„Arbeiten Sie auch für ihn?"

„Nein."

„Weshalb haben Sie sich dann insgeheim mit ihm getroffen und mit ihm über India gesprochen?"

„Sie irren sich. Jetzt, wenn es Ihnen nichts ausmacht, es riecht, als wäre mein Frühstück fertig." Er legte die Hände auf den Türknauf, doch bevor er sie öffnete, wandte er sich an mich. „Sagen Sie mir, Mrs. Glass, ist es möglich, dass der Automat läuft, ohne dass ein Spielzeugmachermagier ihn steuert?"

„Nein. Ich nehme an, jedes Mal, wenn er scheinbar gelaufen ist, ohne dass ihn jemand gesteuert hat, hat Mrs. Trentham tatsächlich den Zauber geflüstert. So etwas wie schadhafte Magie gibt es nicht. Sie hat gelogen, als sie uns erzählte, dass er aus eigenem Antrieb gelaufen ist, damit sie später den Mord an ihrem Mann völlig dem Automaten in die Schuhe schieben konnte. Ich bin sicher, das war alles sie."

„Sie war eine geübte Lügnerin", murmelte Matt.

Sir Charles verbeugte sich schwach vor mir. „Vielen Dank. Das ist tatsächlich etwas Nützliches."

Sobald Matt und ich sicher in der Kutsche saßen, hatte ich endlich das Gefühl, ich könne wieder wie gewohnt atmen. Meine Brust war während dieser ganzen Begegnung eng gewesen. „Glaubst du, wir haben etwas erreicht?", fragte ich.

„Er weiß, dass wir auf derselben Seite stehen, dass wir das Gleiche wollen. Vielleicht wird jetzt die Regierung ihre Ressourcen darauf konzentrieren, diese jüngsten Gerüchte zu unterdrücken, und die daraus folgende Angst, anstatt sich Sorgen zu machen, was du als nächstes tun könntest."

Es war ein gewisser Trost, dass wir einen Waffenstillstand mit Sir Charles geschlossen hatten, denn genauso fühlte es sich an. Wir waren jetzt auf derselben Seite, da ich das Zauberschöpfen aufgegeben hatte. Wir alle wollten Großbritannien sicher vor jenen halten, die die Magie für unlautere Zwecke einsetzen wollten.

Jetzt mussten wir nur noch alle Kopien des gestohlenen Bewegungszaubers finden und sie zerstören. Diese Aufgabe würde nicht leicht werden, aber zumindest wussten Sir Charles und der Innenminister jetzt, wo sie mit ihrer Suche beginnen mussten – bei Coyle.

* * *

DIE ZEITUNGEN BRACHTEN TATSÄCHLICH weitere Artikel zum Thema Magie und insbesondere dem Trentham-Mord und dem Automaten. Obwohl alle berichteten, die Polizei hätte verlauten lassen, dass Mrs. Trentham gestanden hätte, die einzige Verantwortliche für den Mord an ihrem Mann zu sein, und dass Magie nichts damit zu tun hätte, waren die Kolumnen geteilter Meinung. Die meisten glaubten der offiziellen polizeilichen Aussage – aber nicht alle.

Bezeichnenderweise war ihre Flucht aus der Untersuchungshaftzelle bei Scotland Yard nicht erwähnt worden. Offiziell wartete sie auf ihre Verhandlung.

„Sie können ihre Flucht nicht ewig geheim halten", sagte Cyclops, der die Titelseite der Zeitung umblätterte, die er am Frühstückstisch las. Wir waren von Sir Charles nach Hause gekommen, um festzustellen, dass der Großteil des Haushalts gerade erst aus dem Bett gestiegen war. Nur Tante Letitia fehlte, die ihr Frühstück lieber in ihrem Zimmer einnahm.

Willie, die sich neben ihn an den Tisch setzte, schnalzte mit der Zunge. „Ich bin noch nicht fertig."

Duke ging auf seinem Weg zum Buffet vorbei, und Willie hielt ihre leere Kaffeetasse in seinen Weg. „Noch einen", sagte sie, ohne von der Zeitung aufzuschauen.

Duke verdrehte die Augen. „Ja, Ma'am."

Cyclops hob seine leere Tasse und reichte sie ebenfalls mit einem Lächeln Duke. „Danke, Duke."

„Für dich tue ich es nur, weil du jetzt ein arbeitender Mann bist, und so ein Mann hat das Recht, am Sonntag frei zu haben."

„Warum machst du es dann für Willie?"

„Sie hätte mir eine in den Arm verpasst, wenn ich es nicht getan hätte."

Willie schaute auf. „Ich habe auch die ganze Woche gearbeitet. Genau wie du, Duke."

„Das ist nicht dasselbe, und das weißt du auch", sagte Duke.

Ich faltete die Zeitung, die ich las, und griff nach einer weiteren. „Wir gehen heute alle in die Kirche, und wir mischen uns unter die anderen Gläubigen. Ich will die Reaktionen der Öffentlichkeit auf diese Artikel abschätzen können."

„Ich denke, wir sollten uns trennen", sagte Matt. „Du und ich gehen in unsere übliche Kirche mit Tante Letitia, und die drei sollten in anderen Gegenden gehen. Dadurch erfahren wir die Meinungen von unterschiedlichen Arten von Leuten."

„Gute Idee", sagte Willie. „Nicht jeder in der Stadt denkt wie Lord und Lady Porzellantässchen aus Mayfair."

„Du gehst nirgendwo hin, Matt", sagte ich ihm. „Du kannst zu Hause bleiben. Tante Letitia und ich gehen ohne dich."

Er grollte, nahm aber meine Entscheidung an, als ich mich weigerte, nachzugeben.

Es erwies sich, dass Menschen aus demselben Stadtteil auch nicht alle gleich dachten. Allein schon in unserer Kirche gingen die Meinungen auseinander. Manche glaubten der offiziellen Aussage, dass Mrs. Trentham ihren Mann ermordet und einfach Magie und den Automaten als Sündenbock benutzt hatte. Andere waren skeptisch und nahmen an, die Regierung würde die Existenz der Magie vertuschen. Von jenen, die behaupten, sie würden an Magie glauben, hielten nicht alle den Automaten für verantwortlich an dem Mord. Bei den anderen Kirchen gingen die Reaktionen genauso durcheinander.

Was allerdings klar wurde, war, dass die Magie in den Gedanken der meisten Leute weit vorne stand. Wie Willie es ausgedrückt hatte, der Bulle war aus dem Lasso geschlüpft, und man konnte ihn nicht wieder einfangen.

Nach dem Mittagessen traf Brockwell ein. Für ihn war es ungewöhnlich, eine Mahlzeit zu verpassen, wenn er es anders einrichten konnte, und er sagte uns, dass er gerade von Scotland Yard gekommen war, wo er den ganzen Vormittag gewesen war. Ich erkannte, dass er mit uns über etwas reden wollte, aber zurückhaltend vor Tante Letitia war. Als sie sich schließlich entschuldigte, schloss er die Tür selbst hinter ihr.

„Raus damit, Jasper", sagte Willie. „Du benimmst dich, seit du angekommen bist, als würdest auf einem Hornissennest sitzen."

„Das ist wahrscheinlich keine große Überraschung, schätze ich", sagte er und ging, um sich vor den Kamin zu stellen. „Mrs. Trentham wurde gestern Nacht tot aufgefunden."

Ich war die Einzige, die keuchte. Nicht, dass ich überrascht war. Ich hatte es erwartet. Aber es war trotzdem noch etwas schockierend, das es passiert war. Vor nur wenigen Tagen hatte ich mit ihr gesprochen. Ich hatte ihr geholfen, den Spielzeugladen aufzuräumen, nachdem sie den Automaten angewiesen hatte, dort einen Schlamassel anzurichten.

„Wie ist sie gestorben?", fragte Matt.

„Ein Pistolenschuss in den Kopf", sagte Brockwell.

„Eine Hinrichtung", murmelte Cyclops. „Man hat nicht mal versucht, es wie einen Unfall aussehen zu lassen. Nur jemand, der glaubt, er stünde über dem Gesetz, macht so etwas."

„Oder jemand, der das Gesetz vertritt", sagte Matt.

Wir schauten alle zu Brockwell, der sich an den Koteletten kratzte. Als es ihm klar wurde, senkte er die Hände. „Das ist nicht alles. Der Konstabler, der im Beweismittelraum Dienst hatte, wurde nicht gefunden."

„Glaubst du, er ist auch tot?", fragte Willie.

„Ich weiß es nicht, aber ich glaube nicht, dass er unschuldig ist. Er hat noch nicht sehr lange unter der Adresse gewohnt, die er angab. Er hat sich für diese Nacht auch freiwillig zum Dienst im Beweismittelraum gemeldet. Das ist an sich schon ungewöhnlich. Kein Konstabler wäre lieber drinnen im Dienst, wenn er auch draußen sein kann. Besonders nicht einer, der ein neuer Rekrut ist und mit großer Empfehlung kommt."

Cyclops hob den Kopf. „Wie lange ist es denn her, dass er seine Ausbildung abgeschlossen hat?"

„Vor drei Wochen. Interessanterweise war er kein junger Mann."

„Die meisten Anwärter haben gerade mal die Schule hinter sich", erklärte uns Cyclops. „Sie nennen mich Pa."

„Besteht die Möglichkeit, dass du bei deinen Aufsehern mehr über ihn herausfindest?"

Cyclops nickte. „Ich versuche es morgen."

„Hast du die Zeitungen gelesen?", fragte Willie Brockwell. „Da steht, dass Mrs. Trentham gestanden hat, ihren Mann ermordet zu haben. Deine Vorgesetzten wollen nicht, dass Magie hineinspielt."

„Das haben sie mir heute Morgen so gesagt, als sie mich befragt haben."

„Sie über was befragt?", wollte ich wissen.

„Magie, meine Erfahrungen damit und mit den Ermittlungen an Ihrer Seite. Sie haben mir eine Menge Fragen über Sie gestellt, India."

Matts Gesicht verhärtete sich. „Was haben Sie gesagt?"

Brockwell nahm wieder Platz. „Sie sind sich der Existenz von Magie bereits bewusst. Das wissen Sie, Glass. Es wird nicht helfen, zu versuchen, es zu leugnen." Er wandte sich an mich. „Ich habe nur gesagt, dass Sie eine Bürgerin sind, die sich ans Gesetz hält und niemandem schaden will. Ich habe ihnen versichert, dass Sie keine Magie mehr praktizieren, da Sie kein Geschäft mehr betreiben."

„Haben sie wegen meiner Zauber mit Fabian gefragt?"

Er nickte. „Ich habe ihnen gesagt, Sie hätten damit aufgehört, nachdem Sie gesehen haben, was für einen Schaden die Zauber anrichten können. Ich habe ihnen nicht gesagt, dass der Zauber gestohlen wurde, und er es war, den Mrs. Trentham bei dem Automaten eingesetzt hat."

„Sie werden es bald herausfinden", sagte Matt. Er erzählte Brockwell von unserem Treffen mit Sir Charles, und Sir Charles' Treffen mit dem Innenminister. „Er ist ein Spion für die britische Regierung, und er hatte den Club der Sammler infiltriert, um Magier und Sammler auszuspionieren."

Brockwell kratzte sich gedankenverloren über die Koteletten. „Interessant. Das bedeutet, dass sie die ganze Zeit an Magie geglaubt haben, noch bevor ich Ihnen auch nur begegnet bin, obwohl manche versucht haben, es vor mir zu leugnen."

„Vielleicht wissen sie es schon eine Weile", sagte ich. „Vielleicht sogar jahrhundertelang."

Diese Aussage ließ eine drückende Stille zurück. Die wurde erst unterbrochen, als Tante Letitia zurückkehrte.

Brockwell blieb den Rest des Tages bei uns und schien die Ablenkung von seiner Arbeit zu schätzen zu wissen. Das Wetter klärte sich kurz vor dem Sonnenuntergang auf, aber wir verließen das Haus nicht. Es schien nicht gerecht, einen Spaziergang zu unternehmen, wo ich doch wollte, dass Matt drinnen blieb. Seinerseits wirkte er nicht mehr aufgebracht, weil er zu Hause bleiben musste. Er beschwerte sich nicht, obwohl ich ihn einmal dabei erwischte, wie er sehnsüchtig auf den Himmel draußen schaute.

Wir empfingen an diesem Nachmittag zwei Briefe. Einer kam von Louisa, die mehr über den Trentham-Fall wissen wollte, und der zweite von Mrs. Delancey, die vorschlug, dass wir ein Treffen des Clubs der Sammler brauchten, um die jüngsten Entwicklungen zu besprechen.

„Sie scheint vergessen zu haben, dass wir keine Mitglieder sind", sagte ich.

„Gehst du denn zu so einem Treffen, wenn du eingeladen wirst?", fragte Matt.

Ich schüttelte den Kopf. Ich wollte mit niemandem über Magie sprechen. Zumindest nicht mit jenen, die sich dazu aufschwangen, die Kuratoren magischer Gegenstände zu sein.

Am folgenden Tag geschah nicht viel, während wir darauf warteten, dass Cyclops von der Arbeit zurückkam. Ich ging am Vormittag mit Tante Letitia einkaufen und hörte den Unterhaltungen zu. Magie war in vielen Mündern, aber die Meinungen dazu, ob sie nun existierte oder nicht, gingen auseinander. Eine beliebte Theorie war, dass es nur ein Schwindel der Zeitungen war, die die Öffentlichkeit dazu verleiten wollten, mehr Exemplare zu kaufen. Wenn man bedachte, dass die Zeitung, die als erstes nahegelegt hatte, der Automat hätte Trentham ermordet, ein Schmutzblatt war, konnte diese Theorie noch Schwung bekommen.

Das hoffte ich. Unserer Sache würde es helfen.

Matt begrüßte uns bei unserer Rückkehr begeistert. Rasch wurde mir klar, dass es nicht an etwas lag, das er zu berichten hatte, sondern weil er die Ablenkung brauchte. Ihm war zu Hause langweilig, wenn er nur Duke und Willie zur Gesellschaft hatte. Sie gingen nach dem Mittagessen aus, während Matt etwas Zeit mit Tante Letitia verbrachte, bis sie sich aufmachte, um sich in ihrem Zimmer auszuruhen.

Kurz danach kam Cyclops mit Brockwell nach Hause, obwohl es zu früh war, als dass er schon mit der Arbeit fertig sein könnte. Wenn man ihre ernste Miene betrachtete, hatten sie wohl Neuigkeiten dabei.

Ich schenkte Tee aus der warmen Kanne ein und lud sie ein, sich hinzusetzen.

Cyclops nahm die Tasse und hielt sie in seiner großen Hand. „Ich habe meine Aufseher gefragt, ob sie sich an den Konstabler aus seiner Ausbildung erinnerten, denjenigen, der in der Nacht der Flucht von Mrs. Trentham verschwunden ist. Das tat keiner."

Ich ließ beinahe die Teekanne fallen. Das war keine Antwort, mit der ich gerechnet hatte. „Aber er war doch erst vor drei Wochen noch in der Ausbildung."

„Er war überhaupt nicht in der Ausbildung", fuhr Cyclops fort. „Brockwell hat ihre Aufzeichnungen prüfen lassen. Der Konstabler war niemals dort."

Matt beugte sich vor. „Wie ist er dann Scotland Yard zugeteilt worden?"

„Seine Papiere und Empfehlungsschreiben von der Akademie sind in den Akten", sagte Brockwell. „Ich habe sie erst heute Vormittag selbst in Augenschein genommen. Alles war in Ordnung. Die Unterschriften wirkten echt, der Briefkopf und die Formulare sind alle korrekt."

„Gute Fälschungen", sagte Cyclops.

„Das war keine einfache Amateurarbeit. Die wurde Wochen im Voraus geplant und penibel ausgeführt." Brockwell klang beeindruckt. „Derjenige oder diejenigen, die dahinter stehen, wussten, was sie taten."

„Coyle", knurrte Matt.

„Oder die Regierung", sagte ich. „Die hat mit Mrs. Trenthams Verschwinden genauso viel gewonnen wie er."

„Ich bin mir nicht so sicher. Ihnen wäre es vermutlich lieber, wenn sie Coyle bei der Verhandlung die Schuld zuschiebt, anstatt ganz zu verschwinden und bei der Öffentlichkeit Fragen zu hinterlassen. Ihr plötzlicher Tod bedeutet, dass die Journalisten problematische Fragen stellen werden, genauso wie wir das tun. Aber wenn sie vor Gericht gestanden hätte, hätte man diese Fragen zugunsten der Regierung beantworten können. Sie hätten sie überzeugen können, zu sagen, was immer sie wollten, indem sie ihr ein großzügiges Urteil anboten."

Ich war wohl leicht blass geworden, denn Matt kam zu mir

und ging vor mir in die Hocke. Sanft nahm er meine Hände in seine und legte sie mir auf die Knie.

„Wäre es dir lieber, wenn man der Regierung den Mord an ihr anlasten müsste?", fragte er.

„Ich … ich weiß es nicht. Nur der Gedanke daran, dass Coyle so skrupellos ist, lässt es mir eiskalt den Rücken hinablaufen."

„Wir wussten schon seit einiger Zeit, dass er kein guter Mensch ist."

„Es fühlt sich jetzt anders an."

„Ja." Seine Daumen rieben über meine Fingerknöchel. „Ich muss Hope warnen. Wir werden sie jetzt besuchen."

„Das ist nicht klug", sagte Brockwell. „Coyle könnte dort sein."

Matt erhob sich. „Hope ist meine Cousine. Ich mag sie ja vielleicht nicht, aber ich habe die Pflicht, sie zu schützen, wenn ich kann. Falls Coyle da ist, dann eben gut. Ich will, dass er weiß, dass uns klar ist, was er macht. Sie müssen nicht mitkommen, Inspektor."

Brockwell nippte langsam an seinem Tee, bis die Tasse leer war, dann stellte er sie sanft auf der Untertasse ab. „Ist es in Ordnung, wenn ich hierbleibe, bis Willie nach Hause zurückkehrt?"

„Seien Sie unser Gast", sagte ich.

Matt und Cyclops verließen das Zimmer, doch ich blieb zurück, um kurz mit dem Inspektor zu reden. „Wie stehen die Dinge zwischen Ihnen und Willie?", fragte ich.

„Nun ja." Er atmete schwer aus und ließ sich wieder in den Sessel zurücksinken. „Sie macht ihr eigenes Ding, und ich mache meins. Manchmal kreuzen sich unsere Wege." Das klang wie ein geschäftlicher Austausch.

„Aber Ihre Zuneigung ist schon von Dauer?"

„Ja, genau wie ihre."

Ich war erleichtert, das zu hören. Hätte es eine negative Antwort gegeben, hätte ich meinen Instinkten nie wieder vertrauen können.

„Ich weiß, dass wir unkonventionell sind", fuhr er fort, „aber so gefällt es uns vorerst."

„Vorerst? Also sehen Sie eine Zukunft, in der sich das ändern könnte? Vielleicht wollen sie irgendwann einmal etwas … Sicheres?"

„Sie meinen eine Ehe?" Er lachte leise. „Ich glaube nicht an die Wahrsagungen der Roma. Ich glaube an das Wesen des Menschen, und das ist nicht vorhersehbar."

Dagegen konnte ich nichts einwenden.

„Vielleicht heiraten wir eines Tages, vielleicht nicht. Das ist doch das Schöne am Leben, India. Wir wissen niemals, was im nächsten Kapitel passieren wird."

KAPITEL 14

ord Coyle war tatsächlich zu Hause, und Hope ebenso. Während wir darauf warteten, dass der Bedienstete Seine Lordschaft holte, konnten wir allein mit Hope sprechen. Cyclops blieb an der Tür, um die Augen offen zu halten, während Matt neben ihr auf dem Sofa Platz nahm. Neben ihm wirkte sie mit ihrer zierlichen, schlanken Gestalt und fragilen Schönheit zart. Es war leicht, sich vorzustellen, dass sie schwach war und gerettet werden musste, aber ich wusste es besser. Ich hätte gedacht, Matt hätte es auch gewusst, aber ich war nicht mehr so sicher.

„Wir haben nicht lang", sagte er. „Also bitte hör dir an, was ich zu sagen habe, ohne mich zu unterbrechen. Du wirst einige Wahrheiten über Coyle und seine Machenschaften erfahren."

„Ich weiß, was er ist, Matt." Zumindest tat sie nicht so, als wäre sie eine Jungfrau in Nöten.

„Du hast uns gesagt, er fügt dir keinen körperlichen Schaden zu, aber es gibt andere Arten von Schädigung. Ist er grausam zu dir?"

Sie berührte einen großen Diamantring an ihrem Finger. „Er kann großzügig sein."

„Aber freundlich?"

Ihr Blick ging zur Seite. Er richtete sich auf mich. „Unsere

Beziehung ist nicht wie eure, falls du das meinst. Wir können nicht alle so ein Glück haben."

Matt schnalzte mit der Zunge, frustriert über ihre unbefriedigende Antwort. „Ich habe es ernst gemeint, als ich gesagt habe, dass ich dir helfen kann. Falls du jemals etwas brauchst, komm bitte zu mir. Als dein Cousin und der Erbe von Rycroft ist es meine Pflicht ..."

„Sprich nicht vor mir über deine Pflicht", fuhr sie ihn an.

Matt zuckte zurück, als hätte sie ihn geschubst. Er war nicht daran gewöhnt, ein solches Angebot ins Gesicht geworfen zu bekommen. Sonst nahmen Frauen seine Unterstützung bereitwillig an.

„Er versucht, dir zu helfen", sagte ich. „Das ist nicht seine Schuld."

Sie presste die Lippen aufeinander. „Diese Ehe ist niemandes Schuld, India, und ich bin kein hilfloses Opfer. Ich bekomme etwas bei dieser Ehe. Mehr als Coyle, dessen kann ich euch versichern."

„Und führt er dir das vor Augen?"

Sie blinzelte fest.

Cyclops räusperte sich und ging von der Tür weg. Ein paar Augenblicke später trat Lord Coyle ein. Er blieb mitten im Raum stehen und musterte unsere Gesichter. Er wusste, dass in seiner Abwesenheit etwas vorgefallen war. Ohne Zweifel würde er versuchen, es später bei Hope herauszubekommen.

Anstatt seinen üblichen Platz im Sessel einzunehmen, ging er, um sich hinter sie zu stellen. Er legte ihr eine Hand auf die Schulter. Es war die Hand, die seine Zigarre hielt. Sie berührte ihre Nase, dann wandte sie das Gesicht ab. Der Rauch stieg in ihre Haare auf, und etwas Asche fiel ihr auf den Ärmel.

„Ein weiterer Besuch von meiner Lieblingsmagierin", sagte Lord Coyle gesellig. „Was bereitet mir denn dieses Mal das Vergnügen, Mrs. Glass?"

Während ich angenommen hatte, dass Matt den Großteil des Gesprächs übernehmen würde, musste ich nun antworten, da Coyle sich an mich richtete. Ich schaute ihm die Augen. „Wir wollten Ihnen sagen, dass wir uns Ihrer Einmischung in den Trentham-Mord bewusst sind."

„Wie ich Ihnen gesagt habe, das hat nichts mit mir zu tun."

„Wir wissen, dass Sie einen Ihrer Männer bei Scotland Yard eingeschleust haben. Sie haben es wirken lassen, als hätte Mrs. Trenthams Magie auf den Automaten gewirkt, um ihr bei ihrer Flucht zu helfen, aber in Wahrheit war es alles sein Werk."

„Was bringt Sie auf den Gedanken, dass er für mich arbeitet?"

„Niemand sonst könnte hinter der Flucht stecken. Die Regierung wollte sie lebend, damit sie aussagt. Nur der echte Mörder hat etwas bei ihrem Tod zu gewinnen."

„Tod?", wiederholte Hope. „Sie ist tot?"

Lord Coyles Daumen strich über ihre Kehle. Sie wurde reglos. „Schon gut. Reg dich nicht auf, meine Liebe."

Ihr langer Hals bewegte sich, als sie schluckte, aber sonst blieb sie völlig reglos.

„Mrs. Trentham ist durch einen Schuss in den Kopf gestorben", sagte Matt. „Bei uns besteht kein Zweifel daran, dass sie erschossen wurde, um zu verhindern, dass sie preisgibt, wer hinter den Morden an ihrem Mann, seiner ersten Frau und Mrs. Mirnov steht. Hätte Mrs. Trentham aussagen dürfen, hätte sie die Person beschuldigt, die die Morde in die Wege geleitet hat, um sich zu retten."

Coyle knurrte. „Vielleicht ist sie eigenmächtig geflüchtet. Vielleicht war der Konstabler, der ihr bei der Flucht geholfen hat, ihr Liebhaber oder ein bezahlter Komplize."

„Ich habe nicht gesagt, dass er ein Konstabler war", erklärte ich.

Coyle hob die Zigarre an die Lippen. „Das war geraten."

Hope nutzte die Gelegenheit, dass sie losgelassen wurde, um auf dem Sofa wegzurücken. Sie starrte direkt nach vorne, ihr Gesicht weiß, ihre Atmung abgehackt. Langsam drehte sie sich, um ihren Mann anzuschauen. „Hast du es getan?", flüsterte sie. „Hast du ihr bei der Flucht geholfen und sie dann getötet, um sie zum Schweigen zu bringen?"

Lord Coyle zog an seiner Zigarre. Rauch bauschte sich von seiner Nase um den Mund wie bei einem Drachen nach oben. „Du hast doch noch nie alles geglaubt, was man dir erzählt. Das mochte ich an dir. Du hast alles infrage gestellt. Du hast die

Dinge aus allen Blickwinkeln betrachtet, bevor du eine Entscheidung triffst. Hast du vergessen, wie man das macht, meine Liebe? Hat die Ehe mit mir dich zu behaglich gemacht?" Er nahm die Zigarre zwischen den Lippen heraus und musterte die Spitze. „Eine Schande."

Hope presste sich eine Hand auf den Bauch und wandte ihm den Rücken zu. Sie starrte auf den Teppich hinab.

„Kann ich einen Besuch von diesem törichten Polizisten erwarten?", fragte Coyle.

„Wir haben keine Beweise", sagte Matt. „Nicht ohne den Konstabler."

Coyle knurrte. „Ich habe die Zeitungen gelesen. Wie günstig für die Regierung, dass Mrs. Trentham die Schuld gegeben wird, nicht der Magie."

„Günstig für viele."

Coyle deutete mit seiner Zigarre auf Matt. „Darin stimmen wir überein. Aber ich versichere Ihnen, Glass, ich habe niemanden ermordet, genauso wenig habe ich die Morde in Auftrag gegeben. Es war wohl alles Mrs. Trentham. Sie hat die Morde geplant und sie ausgeführt, weil sie hoffte, Mirnov würde sie heiraten und Kinder mit ihr haben. Es war schon äußerst gewagt, wenn Sie mich fragen, wenn man bedenkt, dass er von seiner ersten Frau keine Kinder hatte." Er zog an der Glockenschnur. „Aber manchen Leuten macht es eben Spaß, ein riskantes Spiel zu spielen, um zu bekommen, was sie wollen, das ist meine Erfahrung. Stimmt es nicht, meine Liebe?"

Der Butler trat ein, und wir erhoben uns, um zu gehen.

Hope tat das auch. „Ich bringe euch hinaus."

Coyle nahm sie am Arm. „Bleib. Leiste mir Gesellschaft."

Langsam sank sie wieder auf das Sofa. Mit der Zigarre zwischen den Lippen legte Coyle ihr wieder eine Hand auf die Schulter. Hope fuhr zusammen.

Matt zögerte. Er wollte Hope retten, aber er wusste, dass er nichts tun konnte, außer sie verlangte nach seiner Unterstützung. Hope wollte seine Hilfe nicht in Anspruch nehmen.

Noch nicht.

* * *

Es war meine Idee, Mr. Mirnov als nächstes aufzusuchen. Falls Coyle recht hatte, und Mrs. Trentham ihren Mann und Albina ermordet hatte, um Mirnov zu heiraten, musste er doch Ahnung davon haben. Nun, da sie tot war, hoffte ich, er würde es zugeben.

Cyclops setzte sich neben Woodall auf den Kutschersitz, um unsere Umgebung besser im Blick zu behalten, während Matt den Blick auf die Aussicht durch das hintere Fenster gerichtet hielt. Als wir in der Brick Lane ankamen, erklärten beide, dass man uns nicht gefolgt war. Trotzdem waren meine Nerven strapaziert, während wir rasch über den Markt gingen.

Ein Straßenverkäufer trat vor Mirnov heraus und rief: „Holen Sie sich hier Kastanien!" Das reichte schon, dass mir das Herz an die Rippen hämmerte.

Wir fanden Mr. Mirnov, der seinen üblichen Platz am Ende des Marktes eingenommen hatte. Er stand an seinem Karren, den Rücken uns zugewandt, und richtete ein paar Spielzeugsoldaten neu der Reihe nach aus. In der Nähe drückte sich ein kleiner Junge herum. Er warf einen sehnsüchtigen Blick auf die Soldaten und kam einen Schritt vor, nur um stehen zu bleiben, und vorsichtig einen Blick auf Mr. Mirnov zu werfen.

„Komm näher", sagte Mr. Mirnov. „Du kannst mit ihnen spielen."

Der Junge zögerte.

„Keine Angst davor. Ich tue dir nichts."

Ich konnte nicht sehen, worauf er deutete, als er auf das ,davor' zeigte.

„Mr. Mirnov", sagte Matt.

Sowohl Mirnov als auch das Kind wandten sich uns zu. Das Kind ließ einen Blick auf Cyclops fallen, keuchte und floh, aber Cyclops war zu verblüfft vom grausigen Anblick von Mr. Mirnovs Gesicht, um es zu merken. Das waren wir alle.

Mr. Mirnov berührte die Haut neben der langen Verletzung an seiner Wange. Die Nähte ließen ihn aussehen wie das Monster aus dem Mary-Shelley-Roman. „Genauso schlimm wie die Kinder", bemerkte er trocken.

„Sollte da nicht ein Verband drauf?", fragte Cyclops.

„Der bleibt nicht dran. Ausgerechnet Sie sollten doch nicht so starren.“

Cyclops fingerte an seiner Augenklappe herum und schaute weg.

„Was ist passiert?“, fragte Matt.

„Die Familie meiner Frau hat beschlossen, dass es Zeit ist, mich für den Mord an meiner Frau bezahlen zu lassen.“ Er spie die Worte aus, als wären sie bitter. „Es ist besser, als eine Gliedmaße zu verlieren, schätze ich. Oder mein Leben.“

Ich keuchte. „Sie glauben, sie werden versuchen, Sie zu töten?“

„Ich bin überrascht, dass sie das noch nicht getan haben. Die Roma-Gesetze sagen: Auge um Auge.“ Er wollte die Verletzung schon berühren, hielt sich aber davon ab. „Diese Verletzung bedeutet, dass sie sich meiner Schuld nicht gewiss sind. Wenn sie das wären, wäre ich jetzt nicht hier.“

„Wir wissen, dass Sie Ihre Frau nicht getötet haben, und wir können die Shaws in Kenntnis setzen, wenn Sie mögen.“

Er starrte mich an, ihm stand der Mund offen. „Ja! Bitte, setzen Sie sie in Kenntnis! Woher wissen Sie, dass ich es nicht wahr? Hat jemand anders gestanden?“

„Erst müssen Sie etwas anderes für uns bestätigen“, sagte Matt. „Erzählen Sie uns von Ihrer Bekanntschaft mit Mrs. Trentham.“

Mirnov lehnte sich an seinen Karren zurück. „Ich habe über ihre Festnahme gelesen.“ Er seufzte schwer. „Ich schätze, es ist nur richtig, wenn ich jetzt gestehe. Ich habe sie mehrmals getroffen. Das letzte Mal war, als Sie uns im Rose and Crown gesehen haben. Wie Sie vermutlich erraten haben, haben wir nichts Geschäftliches besprochen.“

„Haben Sie eine Ehe besprochen?“, fragte ich.

„Nein! Ihr Mann war gerade erst gestorben. Jetzt, da ich weiß, dass sie ihn getötet hat, schätze ich, es wäre nicht überraschend gewesen, hätte sie es vorgeschlagen, aber damals wäre ich schockiert gewesen. Ich hatte keine Ahnung, dass sie ihn ermordet hat. Keine Ahnung.“ Er rieb sich übers Kinn, kam der Wunde aber zu nahe und fuhr zusammen. „Gütiger Gott, sie hätte mich als nächstes töten können, wären wir verheiratet gewesen."

Matt erzählte ihm, dass sie Mr. Trentham wegen seiner Unfruchtbarkeit getötet hatte, und dass sie vermutlich den Mord an ihm einige Zeit geplant hatte. „Sie wollte magische Kinder. Sie war auch eine Spielzeugmachermagierin. Wussten Sie das?"

Er nickte. „Sie hat es mir gesagt, aber behauptet, es wäre ein Geheimnis. Nur ihr Mann wisse es. Sie hat mir sogar ihren Wunsch mitgeteilt, eines Tages Kinder zu haben."

„Magische Kinder?", fragte ich.

„Sie sprach nur von Kindern." Er schüttelte den Kopf. „Ich kann nicht glauben, dass sie ihn wegen seiner Unfruchtbarkeit getötet hat." Er runzelte die Stirn. „Augenblick, Sie sagen, sie wollte magische Kinder. Legen Sie nahe, dass sie auch meine Frau getötet hat? Damit sie mich dann heiraten konnte, nachdem sie zur Witwe wurde?"

„Das glauben wir", sagte ich sanft. „Sie hat die Morde ein paar Monate voneinander getrennt begangen, damit kein Verdacht auf sie fällt. Es tut mir so leid."

Er lehnte sich schwerer an den Karren, seine Schultern sanken herab. Die Erkenntnis, wie er unwissentlich in den Mord involviert war, setzte sich allmählich durch. „Mein Gott."

Es war eine Menge, was er verarbeiten musste, und wir ließen es ihn verdauen, bevor wir fortfuhren. Was wir als nächstes sagen würden, würde ein weiterer Schock sein.

„Wir haben allerdings einen anderen Verdächtigen", sagte Matt nach ein paar Augenblicken. „Jemanden, der die Morde entweder selbst begangen hat, oder Mrs. Trentham dazu gezwungen. Jemand, der wollte, dass die Abstammung der Spielzeugmacher weitergeführt wird."

Mr. Mirnov richtete sich auf. „Wer?"

„Darum müssen Sie sich keine Sorgen machen. Aber um ein klareres Bild zu bekommen, brauchen wir noch eine Antwort von Ihnen."

„Fahren Sie fort."

„Sie sagen, Mrs. Trentham hatte eine Eheschließung während Ihrer ganzen Bekanntschaft niemals erwähnt, aber hat sie mit Ihnen geflirtet?"

Sein Gesicht wurde rot. Er räusperte sich. „Ja. Ziemlich stark sogar."

Matt, Cyclops und ich wechselten einen Blick.

„Weshalb? Was bedeutet das?", fragte Mirnov.

„Es bedeutet, dass Mrs. Trentham tatsächlich Ihre Frau getötet hat", sagte Matt. „Es tut mir leid."

Mr. Mirnov kniff die Augen zusammen und bohrte sich die Finger in die Augenhöhlen. Sein Kinn bebte, und seine Atmung wurde abgehackt. Wir gaben ihm noch einen Augenblick, um sich wieder zu sammeln, bevor wir uns verabschiedeten.

„Einen Augenblick", rief er, während wir uns entfernten. „Sie haben gesagt, Sie würden die Shaws für mich in Kenntnis setzen. Ist das ein Versprechen?" Er deutete auf seine Verletzung. „Mir ist nicht danach, es selbst zu machen."

„Natürlich", sagte Matt.

„Dankeschön. Passen Sie auf den Hund auf. Das ist nicht meine einzige Verletzung. Es ist nur die Einzige, die Sie sehen."

Lieber Gott.

Matt legte mir eine Hand auf den unteren Rücken und lotste mich zwischen den Marktständen durch.

„Also war es nicht Coyle", sagte ich, während wir unsere wartende Kutsche erreichten. „Mrs. Trentham hat allein gehandelt und versucht, ihn zu beschuldigen, genau wie er es behauptet hat, ansonsten hätte sie nicht mit Mirnov geflirtet."

„Coyle und Mrs. Trentham könnten zusammengearbeitet haben", erklärte Matt. „Ich habe keinen Zweifel daran, dass sie Mirnov heiraten und seine Kinder gebären wollte, aber ich glaube, Coyle hat ihr geholfen, ihren Traum in die Wirklichkeit umzusetzen, genauso wie er ihr vor Jahren geholfen hat, Trentham zu heiraten."

„Aber diesmal ist der Plan gescheitert", fügte Cyclops an. „Sie wurde erwischt."

„Und darum musste er sie loswerden, oder riskieren, dass sie ihn beschuldigte", schloss ich.

Wir fuhren schweigend zum Mitcham Common. Je mehr ich darüber nachdachte, desto mehr vermutete ich, dass Matt recht hatte. Sowohl Mrs. Trentham als auch Lord Coyle musste man die Morde an Mr. Trentham, seiner ersten Frau und Mrs. Mirnov anlasten.

Aber nur Coyle war der letzte Mord an Mrs. Trentham zur Last zu legen. Er hatte sie getötet, um sich zu schützen, denn er konnte nicht darauf vertrauen, dass sie ihn bei ihrem Verhör nicht beschuldigen würde.

Ich blinzelte hinauf zu den unheilschwangeren dunklen Wolken und zog meinen Mantel dichter um meine Kehle, weil es kalt war. Ich hatte immer gewusst, dass er ein skrupelloser, mächtiger Mann war, aber mir wurde gerade erst klar, wie weit er gehen würde, zugunsten der Magie.

Ich legte meine Hand um die von Matt. Falls ihm irgend- etwas zustieß, wusste ich, wem ich es zum Vorwurf machen musste.

Coyle würde herausfinden, wie weit ich gehen würde, um ihm ebenfalls das zu nehmen, was er liebte.

* * *

DAS LAGER der Shaws war verlassen. Es gab niemanden dort, nicht mal den Hund. Das Feuer war gelöscht worden, obwohl die Asche noch warm war, und es waren keine Besitztümer mehr dort. Keine Stühle, keine Kochgeräte, kein Zelt und kein Lebens- zeichen. Wären nicht die Zugpferde gewesen, hätte ich ange- nommen, sie wären aufgebrochen.

„Sie werden bald aufbrechen", sagte Cyclops.

Matt drehte ein verbranntes Holzscheit im Feuer mit der Stie- felspitze um. Die Kohlen glühten. „Kürzlich waren sie noch hier."

Wohin waren sie gegangen? Weshalb waren sie verschwunden?

Es fing an, eiskalte Tropfen zu regnen. Dummerweise hatte ich meinen Regenschirm in der Kutsche gelassen, und mein Mantel hatte keine Kapuze.

„Gehen wir", sagte Matt. Er rief Cyclops, der gerade dabei gewesen war, in eines der Fenster des Wagens zu schauen.

Cyclops wandte sich davon ab.

Die Tür des Wagens sprang auf. Der Mann namens Lancelot

stand im Eingang und deutete mit einer Schrotflinte auf Cyclops'
Kopf. „Keine Bewegung, oder ich bringe Ihren Freund um."

Cyclops hob langsam die Hände. Matt und ich taten es
genauso. Matt machte einen Schritt zurück, um mir näher zu
sein.

„Ich habe gesagt, keine Bewegung!" Lancelot stieg langsam
die Leiter herunter bis zum Boden.

Hinter ihm kam Mrs. Shaw heraus. Sie befahl jemandem,
drin zu bleiben – den Kindern? – und kam ebenfalls die Leiter
herab. Sie musterte Cyclops von Kopf bis Fuß, dann wandte sie
sich zu uns. „Das ist das zweite Mal, dass Sie hier in unserem
Lager herumstochern."

„Wir wollen Ihnen nichts Böses, Mrs. Shaw", sagte Matt. „Ich
würde es schätzen, wenn Lancelot seine Waffe senkt."

Mrs. Shaw näherte sich, eine Hand auf der Hüfte. „Der erste
Besuch ist kostenlos. Für den zweiten müssen Sie bezahlen.
Reichen Sie Ihre Wertsachen herüber." Sie hielt eine offene Hand
hin. „Ihren Ring, Mrs. Und Ihre Uhren."

Der einzige Ring, den ich trug, war mein Hochzeitsring. Von
dem konnte ich mich trennen. Matt würde einen neuen kaufen.
Aber meine Uhr hatte Monate des Bastelns bedurft, und dass ich
Sprüche hineinsprach, bevor sie wirklich die Meine geworden
war. Nachdem diejenige, die meine Eltern mir geschenkt hatten,
kaputtgegangen war und nicht mehr hatte repariert werden
können, hatte Matt mir eine neue gekauft. Anfangs hatte ich
gedacht, sie würde niemals wie meine eigene werden, sodass sie
läutete, wenn mir Gefahr bevorstand, und mir das Leben rettete.
Aber letztlich hatte sie sich beweisen können.

Wenn sie sie mir abnahm, würde ich noch einmal ganz von
Neuem beginnen müssen.

Matt gab ihr seine Uhr. Nicht seine magische, sondern die
gewöhnliche, die er hatte, um einfach auf die Uhr zu schauen.
Die andere war gut versteckt. „India, mach, was sie sagt."

Aber ich würde nicht so leicht nachgeben. „Wir sind nicht
hier, weil wir Ihre Gesellschaft vermisst haben, Mrs. Shaw. Wir
sind gekommen, um Ihnen etwas über Albina und ihren Tod zu
erzählen. Aber das werden Sie nie erfahren, wenn Sie uns
ausrauben."

Mrs. Shaws Lippen teilten sich zu einem stillen Keuchen. „Albina?", sagte sie schwach.

Lancelot drückte das Ende der Schrotflinte an Cyclops' Schläfe. „Glaub ihnen nicht, Ma!"

Cyclops schloss sein Auge und schluckte.

„Schießen Sie nicht!", rief ich. „Bitte, senken Sie die Waffe."

Mrs. Shaw trat einen Schritt vor. In diesem Augenblick regnete es stärker. Es war, als hätte sich der Himmel aufgetan, und ein Meer würde durchrauschen. Ich war sofort klatschnass. Eiskaltes Wasser glitt in meinen Kragen, lief meinen Rücken hinab, und bildete Pfützen auf dem bereits nassen Boden.

Mrs. Shaw schien es nicht aufzufallen. Ihre mitternachtsdunklen Augen bohrten sich in mich. Sie packte mich an den Armen. „Ich will von meiner Albina erfahren. Erzählen Sie mir von Albina!"

Matt nahm sie am Handgelenk. „Lassen Sie meine Frau los!"

Lancelot schwang sich herum und richtete die Waffe auf Matt. „Fassen Sie meine Mutter nicht an!"

Als wären seine Rufe ein Signal, lief ein Hund unter einer Baumgruppe in der Nähe hervor. Die knurrende, bellende Kreatur raste auf uns zu. Von ihren gezackten Zähnen tropfte Greifer. Schlamm wirbelte hinter ihm auf, von scharfen Klauen hochgeschleudert.

Meine Taschenuhr läutete zu einer Unheil kündenden Warnung in meinem Pompadour. Das hohe Geräusch war über den prasselnden Regen und den bellenden Hund hinweg kaum hörbar. Ich nahm sie mit bebenden Fingern heraus. Wenn der Hund mich angriff, würde meine Uhr mich retten.

Der Hund lief weiter auf uns zu, aber nicht auf mich.

Auf Matt. Meine Uhr würde ihn nicht retten.

„India!", rief er. „Zurück!"

Ich bewegte mich nicht.

Aus dem Augenwinkel sah ich, wie Cyclops sich auf Lancelot stürzte und versuchte, ihm die Schrotflinte abzuringen.

Die Flinte ging los.

Aber der Hund kam immer noch.

KAPITEL 15

Der Regen hielt den Hund nicht auf. Er kam weiterhin näher, direkt auf Matt zu, seine messerscharfen Zähne bei jedem wilden Bellen gefletscht. Sein muskulöser Körper trug ihn mit einer beunruhigenden Geschwindigkeit heran.

Cyclops brüllte, dass man den Hund zurückrufen solle. Es kamen noch weitere Stimmen dazu, alle versuchten, einander zu überschreien, aber plötzlich schienen sie alle gedämpft zu sein, als wären sie unter Wasser, oder ich wäre es. Meine Aufmerksamkeit richtete sich auf den Hund, alles andere wurde ausgesperrt. Sogar der eiskalte Regen hatte keine Wirkung mehr auf mich.

Ich sprach den Zauber.

Ich hatte ihn auswendig gelernt, und darum kam er mühelos zu mir. Ich stellte mir die Geschwindigkeit und Richtung vor, von der ich wollte, dass meine Uhr sie nahm, und in diesem Augenblick, während der Hund noch etwa drei Meter von Matt entfernt war, flog meine Uhr von meiner ausgestreckten Hand. Die Kette legte sich um die Schnauze des Hundes. Das Wesen blieb stehen, rutschte im Schlamm aus, um vor Matts Füßen zum Stillstand zu kommen. Mit den Pfoten schob er an der Uhrenkette, doch es nutzte nichts. Die Kette blieb fest an Ort und Stelle, sodass der Hund einen Maulkorb hatte. Ich sprach den

Spruch noch einmal, und die Uhr selbst tippte den Hund auf die Nase. Vor Überraschung wurde er reglos.

Ein Mann raste aus den Wäldern, aber er war nicht bewaffnet, und zwei Frauen kamen aus dem Wagen gesprungen. Alle drei sprachen gleichzeitig laut, dann schlossen sich Mrs. Shaw und Lancelot an.

„Ruhe!", rief Cyclops. Er richtete die Waffe auf Lancelots Kopf. „Ruhe jetzt, oder ich schieße."

Seine Drohung brachte alle bis auf einen der Shaws zum Schweigen. „Lassen Sie meinen Hund frei!", fuhr uns der Mann an, der aus dem Wald gekommen war. Er ähnelte Lancelot verblüffend und hatte die gleichen dunklen Augen wie ihre Mutter.

Matt schnappte den Hund am Hals und ging mit ihm zum Wagen. Er befahl den Frauen und Kindern, zu gehen, und sie gehorchten, ohne eine Frage zu stellen. Sie hatten die Ereignisse wohl durch die Fenster beobachtet. Matt ließ den Hund nach drinnen und schloss die Tür. Er nickte mir zu.

Ich stellte mir die Uhr vor, wie sie sich um die Hundeschnauze löste, und sprach wieder den Bewegungszauber. Ein leises Klopfen kam aus dem Inneren des Wagens. Matt öffnete die Tür nur weit genug, dass die Uhr durchschlüpfen konnte. Der Hund versuchte sie zu fangen, doch sie entging ihm. Er bellte frustriert. Matt schloss die Tür wieder und nahm die Uhr. Er sprang zurück auf den Boden und reichte sie mir mit einem schwachen Lächeln.

Ich erwiderte es und holte zur Stärkung Luft. Zum Glück hatte es gewirkt. Ich war mir nicht ganz sicher gewesen, ob ich konzentriert genug war, es unter Druck zu schaffen. Offensichtlich schon.

Die Shaws hatten aufgehört, zu reden, und starrten mich mit einer Mischung aus Verwunderung und Unsicherheit an. Selbst die stattliche Matriarchin war sprachlos.

Matt streckte eine Hand im Handschuh vor. „Meine Uhr und den Ring meiner Frau, wenn Sie so freundlich wären."

Mrs. Shaw reichte unsere Habseligkeiten zurück.

Matt steckte seine Uhr ein. „Ich bin bis auf die Haut durchnässt. Ich wurde beinahe von einem Hund aufgefressen. Meine

Frau und ich sind einfach nur durchtränkt. Mir steht der Sinn danach, zu gehen, ohne Ihnen zu sagen, was wir über Albinas Tod wissen."

„Nein!", rief Mrs. Shaw. „Kommen Sie aus dem Regen in den Wagen." Sie wollte uns zum Wagen drängen, aber ich weigerte mich.

„Ich bin bereits nass, und ich gehe nicht in die Nähe dieses Hundes", sagte ich.

Der Regen hatte ein wenig nachgelassen, fiel aber immer noch stetig. Zumindest musste ich nicht mehr länger Tropfen aus den Augen blinzeln.

„Wer hat meine Tochter getötet?", drängte Mrs. Shaw. „War er es? War es dieser Nichtsnutz von einem Mann?" Sie spie auf den Boden. Ihre Schwiegertöchter machten es genauso.

„Nein", sagte Matt.

Mrs. Shaw schaute mich zur Klarstellung an.

„Es war nicht Mirnov", sagte ich. „Es war Mrs. Trentham."

Die Brüder wechselten Blicke. Mrs. Shaw starrte Matt an.

„Die Frau des rivalisierenden Spielzeugmachers", rief Matt ihr in Erinnerung. „Ihr Mann war ebenfalls ein Magier, genau wie sie, obwohl das nur wenige wussten. Sie wollte magische Kinder, fand aber heraus, dass ihr Mann das nicht konnte. Um ihren Traum zu erfüllen, hat sie sich an den Mann Ihrer Tochter gewandt, weil sie hoffte, er könnte ihr die Kinder schenken, die sie wollte. Sie hat Albina umgebracht, und dann, ein paar Monate später, brachte sie ihren Mann um."

Lancelot stürzte sich vor, nur um auf Cyclops' Befehl hin innezuhalten. „Wo ist sie?"

„Tot", sagte Matt. „Das können Sie in der Zeitung nachlesen, wenn Sie mir nicht glauben."

Lancelot fluchte laut. Sein Bruder senkte den Kopf. Ihre Mutter allerdings schaute Matt in die Augen. Sie atmete nicht schwer oder schluckte, ihr Kinn bebte nicht, es gab keine Tränen. Nur Resignation, die ihr den Rücken beugte.

„Also ist es vorbei", sagte sie.

„Es ist vorbei", wiederholte ich. „Sie sollten sich bei Mr. Mirnov entschuldigen. Sie haben ihn mit schrecklichen Verletzungen zurückgelassen."

Sie knurrte. „Er war kein guter Mann für meine Albina. Er hat verdient, was er bekommen hat."

Lancelot lehnte sich an den Wagen zurück und schaute aus zusammengekniffenen Augen zum Himmel empor. Regen lief ihm übers Gesicht. Er tropfte aus seinen Haaren fiel und ihm in den Mund, als er ihn öffnete, um einen gequälten Schrei auszustoßen. Eine der Frauen ging zu ihm, doch er schüttelte sie ab.

„Das hat sie selbst über sich gebracht", rief er. „Albina hat ihren Tod selbst herbeigeführt."

Die Frau runzelte die Stirn und schaute zu ihrer Schwägerin. Aber Mrs. Shaw und der andere Mann schienen es zu verstehen. Mrs. Shaw senkte endlich das Kinn. Sie ging mit schlurfenden Schritten zu ihrem anderen Sohn, als würde der Schlamm ihre Stiefel schwer machen. Er legte ihr den Arm um die Schultern. Sie hatte noch niemals so klein oder zerbrechlich ausgesehen, genau wie jede andere ältere Frau in Trauer, die ihre geliebte Tochter verloren hat.

„Was meinen Sie?", fragte Matt.

„Sie hat vor vielen Jahren den magischen Rivalen ihres Mannes verflucht", sagte Lancelot. „Als er mit einer anderen Frau verheiratet war."

„Ja, um die Kraft seiner Magie zu verringern. Das wissen wir."

Lancelot schüttelte den Kopf. „Der Fluch hat seine Magie nicht betroffen. Er hat ihn unfruchtbar gemacht. Albina wollte, dass ihre eigenen Kinder von Mirnov die einzigen magischen Spielzeugmacher der nächsten Generation werden. Ohne Rivalen wären sie die Besten in ganz London gewesen."

Guter Gott. Ich konnte es kaum glauben. Sie war genauso skrupellos gewesen wie Mrs. Trentham. Einen Mann so zu verfluchen war fast genauso schlimm, wie einen Mord zu begehen. Sie hatte verhindert, dass er Kinder bekam, und damit hatte sie die Saat für ihr eigenes Leben gelegt, das so grausam zu einem verfrühten Ende gekommen war.

Trentham hatte einmal behauptet, seine Magie wäre vor dem Fluch stark gewesen. Aber das konnte nicht der Fall gewesen sein. Das war sie niemals gewesen. Die Beschreibung, die er uns gegeben hatte, wie sie früher gewirkt hatte, kam wohl vom

Verhalten der stärkeren Magie seiner Frau. Er hatte gelogen, um sich in meinen Augen mächtiger darzustellen. Oder vielleicht hatte er es geglaubt, nachdem er die Lüge so oft wiederholt hatte.

„Wusste Mirnov das?", fragte Matt.

„Er wusste von dem Fluch, aber nicht, was er anrichtete. Er hat angenommen, er hätte die Magie des anderen Mannes betroffen, und Albina hat ihm nie etwas anderes verraten." Lancelot ging zu seiner Mutter und seinem Bruder und legte eine Hand auf Mrs. Shaws Schulter.

Sie packte zu. „Albina wollte immer mehr als das, was sie hatte", sagte sie traurig. „Wäre sie nur mit diesem Leben glücklich gewesen, wäre sie noch da. Sie hätte vielleicht sogar Kinder von einem anderen Mann. Der Samen dieses Mirnov ist genauso schwach wie der seines verfluchten Rivalen." Sie und ihre Schwiegertöchter spuckten alle wieder auf den Boden.

Matt machte eine Geste zu Cyclops, und Cyclops nahm die Kugeln aus der Schrotflinte. Er steckte sie ein und lehnte die Waffe an den Wagen. Matt legte mir eine Hand auf den Rücken und lotste mich weg.

„Darf ich Ihnen die Zukunft lesen?", rief Mrs. Shaw. „Ich schulde Ihnen etwas, weil Sie uns das erzählt haben. Wüssten Sie gerne Ihre Zukunft, Mrs. Glass?"

„Gewiss nicht", sagte ich.

„India." Cyclops wies mit dem Kopf auf Matt. „Willst du nicht wissen, was passiert, damit du etwas Schlimmem aus dem Weg gehen kannst?"

„Die Zukunft lässt sich nicht ändern", sagte Mrs. Shaw. „Nur vorhersagen, damit man sich vorbereiten kann."

Cyclops tippte sich vor ihr an den Hut. „Dann hat India recht. Wir wollen es nicht wissen."

Wir gingen zurück über den Anger durch den Schlamm, wichen den tiefsten Pfützen auf. Wir waren völlig durchnässt, und die Heimfahrt war elend kalt, obwohl Matt mich in die Decke und seine Arme wickelte.

Es war auch eine stille Fahrt. Er schaute nach, ob uns jemand folgte, aber das tat keiner. Ich jedoch war verloren in Gedanken. Matt hatte recht gehabt, als er gesagt hatte, wo immer wir uns in letzter Zeit hinwandten, es ging ständig um die Abstammung der Magier. Louisa heiratete Oscar wegen seiner Magie. Coyle hatte Mrs. Trentham geholfen, einen weiteren Spielzeugmachermagier zu heiraten. Sie oder sie beide hatten getötet, damit sie ihren unfruchtbaren Mann loswurde und einen weiteren heiraten konnte. Albina hatte das Leben eines Paars ruiniert, damit sie Londons einzige Spielzeugmachermagier-Kinder gebären konnte.

Kein Wunder, dass Matt seine Talentfreiheit in letzter Zeit stark zur Kenntnis nahm.

Ich kuschelte mich an ihn und schloss die Augen. „Ich liebe dich", murmelte ich.

Seine Arme spannten sich an, und er küsste mich auf den Kopf. „Ich liebe dich auch."

* * *

EIN BAD WAR GENAU DAS, was ich brauchte. Ich legte mich hinein, bis das Wasser sich abkühlte, und ging dann nach unten. Nach einem raschen Gespräch mit Mrs. Bristow über ein paar Haushaltsangelegenheiten schloss ich mich den anderen im Salon an. Alle waren da. Ausgebreitet auf ihren Schößen, den Tischen und sogar dem Boden waren Dutzende Zeitungen. Sie hatten wohl eine Ausgabe jeder Tageszeitung gekauft.

Sie schauten bei meinem Eintreten auf, und ihre ernsten Gesichter sagten mir alles, was ich wissen musste. Die Nachrichten waren nicht gut.

Matt faltete die Zeitung zusammen, die er gelesen hatte, und steckte sie unter eine weitere auf dem Tisch neben ihm. „Fühlst du dich besser?", fragte er.

„Sehr viel besser."

„Ihr hättet bei so einem Wetter nicht ausgehen sollen", sagte Tante Letitia in ihrem schnippischsten Tonfall. „Ihr könntet euch den Tod holen."

„Es ist nur Regen, Tante", sagte Matt.

„*Kalter* Regen."

Klugerweise fuhr er nicht fort. Er wirkte sehr ansehnlich mit seinem halb getrockneten Haar und dem frischen Gesicht, und als er mich anlächelte, flatterte mein Herz. Etwas stimmte allerdings nicht. Das Lächeln, das er mit zuwarf, war eines, das er einsetzte, wenn er mich ablenken wollte.

Anstatt mich neben ihn hinzusetzen, nahm ich eine Zeitung und musterte die Seite. Sie war bei einer Kolumne über Magie geöffnet.

„Ignoriere es einfach", sagte Duke, bevor ich sonderlich weit gekommen war. „Es ist von jemandem geschrieben, der nichts über Magie weiß."

„Dieser Journalist ist ein Idiot." Willie warf ihre Zeitung auf den Boden und nahm eine weitere. Nach einem Augenblick warf sie sie auch hinab. „Noch ein Idiot. Warum gibt es davon so viele im Zeitungsgeschäft?"

„Barratt ist kein Idiot", erklärte Duke.

„Er arbeitet auch nicht mehr für die Zeitungen. Er hat seine Anstellung verloren, weil sie nicht die Dinge aus dem Blickwinkel eines Magiers sehen wollten. Sie wollten alle nur mehr Ausgaben verkaufen, mit diesem gequirlten Haufen Sau…" Sie warf einen Blick auf Tante Letitia. „Zauberunsinn."

Ich grinste. Willie war es normalerweise gleich, ob ihre Worte irgendjemanden angriffen, sogar Tante Letitia. Vielleicht wurde sie ja reifer. Das war doch mal ein vielversprechender Gedanke, besonders für Brockwell.

Ich las den Artikel zu Ende und legte ihn beiseite; ich nahm eine weitere Zeitung. Es war allerdings ähnlich, mit einer weiteren Kolumne über Magier und Magie. Der Herausgeber der dritten Zeitung hatte ein ebensolches Stück geschrieben. Die Artikel fragten nicht mehr, ob es Magie gab. Das Argument war weitergezogen zu einer Frage der Ethik. Sollten Magier ihre Handwerke ausüben und magische Waren verkaufen dürfen? Sollte eine Grenze existieren, die für ihre Warenverkäufe galt? Gildemeister wurden zitiert, genauso Mitglieder der Öffentlichkeit, aber keine Magier. Es war, als hätten sie sich versteckt. Sehr wahrscheinlich hatte einfach niemand einen aufgesucht und gefragt.

Im dritten Artikel stand ein Vorschlag. „Der Verfasser schlägt vor, dass jede Gilde eine Liste mit Magiern führt, die in ihrem besonderen Handwerk begabt sind", sagte ich. „Damit wird es, wenn wieder etwas schief geht, wie bei diesem Automaten, leicht sein, den Schuldigen zu finden."

„Das ist absurd", sagte Tante Letitia.

Ich biss mir auf die Zunge. Ich hielt das nicht für eine schreckliche Idee, aber es bedurfte sehr viel mehr Nachdenkens, bevor ich eine durchdachte Meinung zum Besten geben konnte.

„Ich bin mir sicher, eine solche Liste gibt es bereits", sagte Matt. „Aber es werden nicht die Gilden sein, die sie haben."

Ich hob den Blick zu seinem. Er bezog sich auf die Regierung.

„Coyle hat eine." Cyclops tippte sich auf die Stirn. „Selbst wenn er sie hier oben führt."

Tante Letitia senkte die Zeitung. „India, ich glaube, du solltest die Coyles zum Abendessen bei uns einladen. Vielleicht kannst du auch ein paar weitere deiner Freunde einladen. Lady Louisa Hollingbroke, Lord Farnsworth …" Sie starrte in die Ferne, suchte ohne Zweifel nach weiteren adligen Namen, die sie der Liste hinzufügen konnte. Zum Glück erwähnte sie die Rycrofts nicht.

„Nein", sagte Matt, bevor ich es tun konnte. „Hope ist willkommen, aber Coyle ist es nicht."

„Er ist dein Cousin, Matthew."

„*Sie* ist meine Cousine. Er ist ein Blutegel. Er wird nicht zum Abendessen eingeladen."

„Sie würde wohl kaum ohne ihn kommen."

„Gut", sagte Willie begeistert. „Wir wollen sie nicht hier, sie ist eine echte Schl…"

„Willie!", rief ich.

Sie grinste mich gerissen an. „Ich wollte doch schlanke Frau sagen."

Duke schnaubte. „Wolltest du nicht."

Ich ging durch das Zimmer, nahm Zeitungen, las ein paar Absätze, bevor ich sie wieder ablegte. Als ich schließlich an den Tisch in der Nähe von Matt kam, nahm ich rasch beide Zeitungen, nur um diejenige wegzulegen, die oben darauf war. Er versuchte nicht, mich davon abzuhalten, diejenige zu lesen, die er hatte verstecken wollen, aber ich konnte seinen bohrenden Blick auf mir spüren, während ich las.

Der Artikel war etwas anders als die anderen. Er nahm einen

kompromisslosen Standpunkt ein, bei dem nahegelegt wurde, gefährliche Magier sollte man in Irrenhäuser wegsperren, zum Schutz der Öffentlichkeit. Er erwähnte die Gefahr, die aufkam, falls die Magie fehlerhaft war oder wenn der Magier ein kriminelles Naturell besaß.

„In diesem Artikel gibt es eine Menge Fehlinformationen", erklärte Matt. „Zum einen wissen wir, dass Mrs. Trentham deinen Zauber benutzt hat, nicht ihre eigene Magie, und keine anderen Magier haben darauf Zugriff."

„Nur dass wir das nicht wissen. Mein Zauber wird vermisst. Wir haben das Original niemals wieder gefunden."

Er fuhr fort, ohne sich unterbrechen zu lassen. „So etwas wie fehlerhafte Magie gibt es nicht. Alles, was der Automat getan hat, hat er getan, weil Mrs. Trentham ihn dazu beauftragt hat."

„Das befeuert doch nur den zweiten Teil des Arguments – wenn der Magier ein verbrecherisches Naturell besitzt." Ich faltete die Zeitung und legte sie wieder auf den Tisch. „Niemand wird uns wegsperren, einfach nur, weil wir Magier sind. Nach dieser Logik müsste man doch jeden einsperren, der eine Waffe oder ein Messer trägt. Oder sogar Leute, die Rattengift im Haus haben! Nur weil jemand Zugriff auf eine mögliche Waffe hat, bedeutet das nicht, dass er oder sie einen Mord begehen will."

Er schob sich hoch und marschierte zum Kaminsims, wo er sich zum Feuer drehte. „Du hast größeres Zutrauen zu den Behörden als ich."

„Wenn es zum Schlimmsten kommt, gehen wir nach Amerika. Gabriel kann mit uns kommen, denn er würde auch aus England fliehen müssen, oder riskieren, dass man ihn einsperrt." Ich berührte ihn an der Schulter, bis er mich anschaute. Die Leere in seinen Augen machte mir Sorgen. „Aber so weit wird es nicht kommen, denn ich werde einen Handel mit der Regierung abschließen."

Er runzelte die Stirn. „Was für einen Handel?"

„Ich werde anbieten, eine Liste aller bekannten Magier anzufertigen. Falls dann jemals irgendetwas Magisches schief geht, kann man diese Liste zurate ziehen und den richtigen Magiern Gerechtigkeit zuteilwerden lassen."

„Oder man könnte diese Liste nutzen, um alle Magier zusammenzutreiben und einzusperren."

„Deswegen werden sie diese Liste nicht führen. Das tun wir."

Matts Lächeln war erst träge, zögerlich, schließlich wurde es zu einem Grinsen. „Das könnte vielleicht eine Lösung sein, mit der jeder arbeiten kann."

* * *

MATT und ich verbrachten die nächsten beiden Tage damit, unsere Liste zu beginnen, und ein Dokument über ihre Ziele, Vorteile und die Regeln rund um ihren Einsatz und ihre Verwahrung aufzusetzen. Wir wollten alles beisammen haben, bevor wir an Sir Charles Whittaker und den Innenminister herantraten.

Während dieser Zeit ließ das Interesse der Öffentlichkeit an der Magie nicht nach. Wenn überhaupt wuchs es noch. Zeitungsartikel gab es weiter in der Form von Kolumnen, obwohl nur wenige aus der Sichtweise der Magier waren. Nicht alle Artikel waren gegen Magier. Tatsächlich schlugen manche vor, dass sie es nicht verdient hatten, schlecht gemacht zu werden für etwas, das gar nicht ihre Schuld war. Es kamen Rufe auf, dass man Magiern gestatten sollte, zu den Handwerkergilden zu gehören und offen zu handeln, um den öffentlichen Markt entscheiden zu lassen, ob er für ihre Produkte bezahlen oder die ihrer talentfreien Mitbewerber kaufen wollte.

Diese Artikel waren aber nur wenige und selten. Oscars journalistische Stimme war verdächtigerweise abwesend. Er war von keiner Zeitung beauftragt worden, einen Artikel zu schreiben, trotz seiner Erfahrung. Der Grund wurde am folgenden Vormittag offenbar.

Er war zu sehr damit beschäftigt gewesen, sein Buch zu veröffentlichen.

Ein Stapel von Exemplaren zog als erstes meinen Blick auf sich, als Tante Letitia und ich an einem Buchladenfenster vorbeikamen. Der leuchtend orange und schwarze Umschlag mit der eleganten vergoldeten Schrift würde bestimmt auffallen, aber der Titel würde dafür sorgen, dass es nur so von den Regalen gerissen wurde.

DAS BUCH DER MAGIE stand dort in großer Schrift. Der Untertitel verriet, dass es ein Buch über „die Fakten, Mythen, Geschichte und Riten der Zauberei in England und auf der ganzen Welt" war, „geschrieben von einem modernen Magier."

Ich kaufte eine Ausgabe und fing auf dem Heimweg an zu lesen. Bei meiner Ankunft lief ich hinauf in Matts Bureau, wo Bristow sagte, dass er arbeitete. Ich legte das Buch auf seinen Schreibtisch.

„Wir müssen Oscar aufsuchen", kündigte ich an.

Er las den Umschlag, dann blätterte er auf die erste Seite und begann zu lesen. „Das wird sogar eine noch größere Sensation herbeiführen."

Ich setzte mich auf den Rand seines Schreibtisches. „Ich schätze, darum geht es ja gerade. Er hat beschlossen, die Veröffentlichung zu übereilen, um die derzeitige Presse auszunutzen."

Matt las weiter. „Nashs Kapitel über magische Geschichte ist ziemlich trocken verfasst, obwohl der Inhalt faszinierend ist. Ich hoffe, er muss für seinen Beitrag nicht leiden. Ich würde es verabscheuen, zu sehen, dass er seine Anstellung bei der Universität verliert."

„Falls irgendwer leidet, wird es der Verfasser des Buches sein. Ich hoffe, Oscar ist auf die Konsequenzen vorbereitet."

Matt blätterte um. „Er ist wahnsinnig, dass er seinen Namen darauf setzt."

„Alles andere wäre doch feige von ihm, und ganz gleich, was du von ihm hältst, ein Feigling ist er nicht. Genauso wenig Louisa. Ich bezweifle, dass sie es Oscar unter Pseudonym hätte veröffentlichen lassen."

„Das liegt daran, dass sie nicht den Hauptteil des Gegenwindes abbekommt. Er schon. Sie sind noch nicht verheiratet, und allmählich glaube ich, das werden sie vielleicht auch nie sein." Er legte das Buch auf den Schreibtisch und tippte auf den Umschlag. „Er hätte sie sich sichern sollen, bevor das veröffentlicht wird. Nun hat sie keinen Grund mehr, die Ehe durchzuziehen."

„Du glaubst, sie würde die Verlobung auflösen? Weshalb?"

Er deutete auf das Buch. „Das war es, was sie wollte. Indem

sie sich mit ihm verlobt hat, war es ihr möglich, an seiner Seite zu sein, um sicherzustellen, dass er es rasch zum Abschluss brachte. Sie hat es auch finanziert, nehme ich an, und ihn unterstützt, nachdem er seine Anstellung bei der *Gazette* verloren hat. Aber nun, was holt sie denn aus einer Heirat mit ihm noch heraus?"

Ich zuckte mit den Schultern. „Die Hoffnung, dass ihre Kinder mit ihm magisch werden? Ist das nicht das, was wir immer angenommen haben, dass sie von ihm wollte?"

„Finden wir es doch heraus, oder?" Er erhob sich und ging an mir vorbei zur Tür, nur um sich umzudrehen und sich das Buch vom Schreibtisch zu schnappen.

Ich musste rasch gehen, um mit ihm mitzuhalten. Dass er so dringend loswollte, lag vermutlich nicht so sehr daran, dass er Oscar treffen wollte, sondern eher, dass er verzweifelt wieder aus dem Haus wollte.

Ich beharrte darauf, dass er sich wie ein Kutscher kleidete und aus dem Haus schlich, wo er Woodall anweisen konnte, den Tag freizunehmen. Fünfzehn Minuten später fuhr er die Kutsche nach vorne, wo ich alleine einstieg. Ich war zufrieden damit, Willie auf einer Seite von ihm sitzen zu sehen, Duke auf der anderen. Willie hatte eine Decke über dem Schoß, und ich fragte mich, ob sie darunter ihre Pistole bereithielt.

Die Fahrt zu Louisas Haus ging zum Glück ohne Zwischenfälle vonstatten. Duke und Willie blieben bei den Pferden und der Kutsche, während Matt und ich ins Haus gingen. Wie wir erwartet hatten, fanden wir dort auch Oscar. Sie lächelten uns groß an, während sie eine Flasche Bollinger Champagner verteilten.

Oscar deutete auf Matts Kleidung. „Machen Sie einen auf Elendsviertel, Glass?" Er wartete nicht drauf, dass Matt antwortete, sondern tippte stattdessen auf den Rand einer Sektflöte, die er in den tintenverschmierten Fingern hielt. „Möchten Sie ein Glas?"

„Es ist ein bisschen früh am Tag für mich", sagte ich.

Matt sagte einfach: „Nein. Mein Glückwunsch übrigens."

Oscar beäugte ihn argwöhnisch. „Kommt jetzt die Stelle, wo

Sie mich tadeln? Mir sagen, was für ein Narr ich bin, dass ich die Leben aller Magier aufs Spiel setze?"

„Das scheinen Sie ja schon selbst herausgebracht zu haben."

Oscar lachte leise. Ich vermutete, er war bereits ein wenig betrunken. „Nein, ich habe einfach nur gesagt, was ich dachte. Ich weiß, dass Sie niemals für dieses Buch waren."

Matt verzog das Gesicht noch mehr. Vielleicht hätte ich ihn doch nicht mitnehmen sollen. Er war schon zu lange im Haus eingesperrt, und ich machte mir allmählich Sorgen, dass er ein bisschen verrückt geworden war.

Louisa flatterte vom Getränkewagen, wo sie ihr Glas aufgefüllt hatte, herüber zum Sofa. „Kommen Sie, legen wir doch unsere Differenzen beiseite. Heute ist ein einzigartiger Tag, was immer Sie von dem Buch halten." Sie hob das Glas.

Oscar stieß mit seinem Glas an ihres, und sie nippten beide.

Matt machte weiter ein finsteres Gesicht. Ich machte mir Sorgen, dass er seine Wut nicht länger für sich behalten konnte. Vielleicht sollten wir dieses Treffen rasch beenden und gehen.

„Habt ihr beschlossen, die Veröffentlichung des Buches vorzuverlegen, damit es zu jüngsten Artikeln passt, die die Magie betreffen?", fragte ich.

Oscar grinste, wirkte sehr zufrieden mit sich. „Da das Buch fertig war, habe ich den Drucker darum gebeten, und er war derselben Meinung. Das Gute daran, dass ich ein Tintenmagier bin, ich kann ziemlich schnell schreiben. So schnell sich meine Gedanken bilden. Ich mache sehr wenige Fehler."

Louisa warf ihm ein gewissermaßen herablassendes Lächeln zu, wie eine Lehrerin einem Kind, das endlich etwas geschafft hatte, mit dem es viel Mühe gehabt hatte. „Oscar hat gearbeitet wie ein Dämon, seit er von der *Weekly Gazette* entlassen worden ist. Es sollte nächste Woche gedruckt werden, aber alles hat sich verändert, als wir die Berichte in den Zeitungen sahen. Zum Glück gab es diese Trentham. Wäre nicht der magische Automatenmord an ihrem Mann gewesen, dann hätten wir nach einer Möglichkeit suchen müssen, dass die Buchläden es ausstellen, aber wie es sich erwiesen hat, wollen sie mehr Exemplare, als wir besitzen."

„Ihnen ist schon klar, dass Mrs. Trentham gestorben ist",

knurrte Matt. „Und sie hat mit dem Automaten ihren Mann getötet. Er hat nicht aus eigenem Antrieb agiert."

Louisa wedelte mit der Hand, die das Glas hielt. Ein bisschen Champagner schwappte über die Ränder. „Es geht doch darum, wir müssen keine Öffentlichkeitsarbeit für die Bücher machen. Die verkaufen sich wie von selbst."

„Was für ein Glück, dass ich meine Anstellung verloren habe, damit ich das Ding zu Ende schreiben konnte!" Oscar stieß wieder mit seinem Glas an das von Louisa. „Jetzt, da es alles vorbei ist, glaube ich, ich will meinen Beruf zurück. Ich vermisse ihn."

„Ach, mach das nicht", sagte sie.

„Weshalb nicht? Du hast immer gesagt, es würde dir nichts ausmachen, wenn ich weiter arbeite."

„Ja, aber nicht dort."

Er blinzelte sie an. „Was ist falsch an der *Gazette*?"

„Sie haben dich entlassen. Sie wollen nicht, dass du dort noch arbeitest."

„Das war früher. Nun, da offen über Magie geredet wird, werden sie wollen, dass ich aus meinem einzigartigen Blickwinkel darüber schreibe. Ich werde morgen mit dem Herausgeber reden."

„Nein!" Ihre Vehemenz schien sogar sie selbst zu überraschen. Sie drückte sich eine Hand auf die Brust. „Mach das nicht, Oscar."

Er runzelte die Stirn. „Weshalb willst du nicht, dass ich bei der *Gazette* arbeite?"

Sie wandte sich an ihn und nahm ihn an der Hand. Er zog sie zurück, und sie seufzte. „Benimm dich doch nicht wie ein Kind. Ich sage nur, zwischen dir und den Herausgebern der *Gazette* ist eine Menge vorgefallen. Willst du nicht neu anfangen? Irgendwo, wo dich keiner kennt?"

„Nein. Bis auf einen oder zwei Leute sind die üblichen Angestellten der *Gazette* großartige, pflichtbewusste, intelligente Menschen. Ich glaube, sie werden sich freuen, mich zurückzuhaben, um aus meiner Perspektive als Magier über Magie zu schreiben."

Louisas Lächeln wurde strapaziert. „Lass mich mit ein paar

Leuten reden. Mein Vater war mit dem Herausgeber eines Magazins befreundet. Ich bin sicher, er würde mir einen Gefallen tun und dich anstellen."

Oscar wandte sich von ihr ab. „Ich würde mir lieber selbst Arbeit suchen, und ich möchte zur *Gazette* zurückkehren, wenn sie mich nehmen."

„Na, das werden sie nicht, oder? Sie haben dich entlassen. Spar dir doch die Mühe und rede nicht mit ihnen."

„Du weißt doch nicht, ob sie mich nicht wieder einstellen. Das kannst du nicht wissen." Sein Kinn spannte sich an. „Oder?"

Sie nippte.

„Louisa! Weshalb kann ich nicht zurück zur *Gazette*?"

Sie schluckte. „Du wurdest entlassen, und niemand mag Speichellecker."

Oscars Nasenflügel blähten sich. „Weshalb vermeidest du es, mich anzusehen?"

Sie schaute auf und hielt seinen Blick fest.

„Hast du dafür gesorgt, dass ich entlassen werde?", fuhr er sie an.

Sie schluckte.

„WARST DU DAS?"

Sie fuhr zusammen, verschüttete Champagner über den Rand ihres Glases. Sie nahm es in die andere Hand und schüttelte die Tropfen von ihren Fingern ab. Sie löste den Blick nicht von ihm. „Du hättest doch ewig gebraucht, um das Buch abzuschließen, wenn du weiter dort gearbeitet hättest. Die Zeitung hat zu viel von deiner Zeit beansprucht. Und so konntest du dich ganz darauf konzentrieren, ohne abgelenkt zu werden."

„Ohne abgelenkt zu werden", stieß er hervor. „Du hast mich hier eingeschlossen, ich habe gearbeitet, bis mir die Finger abfallen, und kaum geschlafen. Und jetzt finde ich heraus, dass du dafür gesorgt hast, dass ich entlassen werde!"

„Ich werde dir eine andere Anstellung besorgen, Oscar. Hör doch auf, so albern zu sein. Dieses Buch ist alles, worauf es ankommt."

„Es ist nicht alles, worauf es ankommt! Nicht für mich. Und versuch bloß nicht, mir eine andere Anstellung zu suchen. Ich finde selbst etwas, ohne dass du und deine verdammten über-schätzten Verbindungen auf mich herabschauen."

„Niemand schaut auf dich herab." Sie nahm ihm die Champagnerflöte aus der Hand. „Vielleicht hast du jetzt genug getrunken."

Einen Augenblick lang dachte ich, er würde sie sich zurück-holen, aber stattdessen schien ihm wieder einzufallen, dass sie nicht allein waren. Er richtete sich seine Krawatte und zerrte an seinen Manschetten. „So streiten wir üblicherweise nicht. Es war nur eine Überraschung, dass ich erfahren habe, dass meine Verlobte sich ohne mein Wissen in mein Leben eingemischt hat. Wir lieben einander, oder nicht, Liebling."

Louisa setzte sich, ein Lächeln war wie auf ihr Gesicht geklebt. Der Augenblick dehnte sich, und eine unbehagliche Stille machte sich breit.

Oscar räusperte sich. „Vielleicht nicht unbedingt lieben, aber wir mögen einander. Mögen einander sehr. Und natürlich gibt es gegenseitige Vorteile bei unserer Vereinigung. Wir wollen sie beide so."

Je länger er redete, desto mehr klang er, als würde er sich überzeugen wollen. Oder wollte er sie überzeugen?

„Wir freuen uns auf die Hochzeit." Sobald ich es gesagt habe, wünschte ich, ich könnte es zurücknehmen. Ich war mir nicht mehr sicher, ob es eine Hochzeit geben würde.

Matt allerdings schien das Problem bei meiner Frage nicht zu sehen. „Jetzt, da das Buch herausgekommen ist, möchten Sie sich bestimmt als nächstes auf den glücklichen Tag konzentrieren."

„Gewiss", sagte Oscar mit großer Begeisterung. „Wir freuen uns darauf, oder nicht, mein Liebling?" Er nahm Louisas Hand in seine. Sie verzog das Gesicht.

Matt erhob sich und knöpfte seine Jacke zu.

„Gehen Sie schon?", fragte Oscar, der sich ebenso erhob. „Bitte bleiben Sie. Wir genießen Ihre Gesellschaft."

„Ja, erzählen Sie uns von Fabian", sagte Louisa, die sich mir zuwandte. „Wie geht es ihm? Haben Sie ihn kürzlich gesehen? Geht es ihm gut?"

Oscar stieß schnaubend ein lautes Lachen aus. „Bin ich dir so wichtig, wie er es ist?"

„Sei nicht so kindisch", spuckte sie aus.

„Ich? Kindisch? Du bist diejenige, die einen anderen liebt, der dich nicht will. Das ist doch die Spitze der Albernheit."

Louisa leerte ihr Glas, erhob sich und ging zum Getränkewagen.

Matt bedeutete mir, dass wir gehen sollten. Ich folgte ihm nur zu gerne nach draußen. Ihre Beziehung war nicht gesund, und ich hatte Sorgen um ihre Zukunft, falls sie die Hochzeit tatsächlich abhielten.

Oscars wütende Stimme hallte auf den Stufen hinter uns her. „Liebst du ihn? Oder ist er dir lieber, weil seine Magie stärker ist als meine? Liegt es daran, dass du Kinder mit Eisenmagie möchtest, anstatt nutzlose Tintenmagier?"

Es war eine Erleichterung, ihre Streitigkeiten hinter uns zu lassen, doch als die Eingangstür sich hinter uns schloss, kam mir ein Gedanke. „Kutscher!", rief ich, während Matt sich auf den Kutschbock setzte. „Ich würde gerne noch einen Halt auf dem Heimweg einlegen."

„Ganz gewiss, Mrs. Glass", sagte er mit gespielter Ernsthaftigkeit. „Möchten Sie bei Lowell and Son Halt machen, um Ihrem Mann ein Geschenk zu kaufen? Dort machen Sie gute Handschuhe, und Mr. Glass ist ein toller Kerl. Er hat es verdient."

„Sie sollten keinen liederlichen Gerüchten lauschen. Heute wird nicht für meinen Mann eingekauft. Ich würde gern an der Residenz von Mr. Charbonneau Halt machen."

Matt berührte seine Hutkrempe. „Ganz recht, Mrs. Glass. Und darf ich sagen, wie hübsch Sie heute aussehen."

Willie, die sich neben mich stellte, die Hand auf der offenen Kutschtür, verdrehte die Augen. „Bei euch beiden wird mir schlecht."

So viel also dazu, dass sie reifer wurde.

KAPITEL 16

abian hatte es verdient, über die jüngsten Entwicklungen in der Trentham-Ermittlung auf dem Laufenden gehalten zu werden, und ich wollte auch Oscars Buch und die Zeitungsartikel mit ihm besprechen. Als der kenntnisreichste Magier, den ich kannte, war mir seine Meinung wichtig. Seine erste Frage, als er mich sah, betraf aber den gestohlenen Zauber.

„Hat man das Original wieder gefunden?", fragte er, nachdem er seine Überraschung überwunden hatte, Matt in einen Kutschermantel gekleidet zu sehen.

„Leider nicht", sagte ich, während ich voraus in den Salon ging. Ich stellte mich an den Kamin und nahm meine Handschuhe ab. Die Hitze taute meine gefrorenen Finger sofort auf.

„Sind Sie sicher, dass Sie keine weitere Kopie angefertigt haben, bevor er gestohlen wurde?", fragte Matt.

„Natürlich bin ich sicher!" Fabian holte tief Luft und hob entschuldigend eine Hand. „Es tut mir leid. Ich hätte nicht schreien sollen. Ich bin aufgebracht."

„Natürlich bist du das", sagte ich sanft. „Das bin ich auch."

„Was macht der Inspektor deswegen? Hat er Coyles Residenz durchsucht?"

„Nein."

„Weshalb nicht?"

„Weil er nicht genug Beweise hat", ließ sich Matt vernehmen. Er klang etwas genervt von Fabian, sehr wahrscheinlich, weil es ihm nicht gefiel, von Fragen bedrängt zu werden. „Selbst wenn er sie hätte, ist der Zauber vermutlich nirgends, wo man ihn finden wird. Ganz zu schweigen davon, dass Coyle inzwischen Kopien angefertigt haben könnte."

„Also geben wir einfach auf? Wir stellen Coyle nicht zur Rede?"

Matt stellte sich vor Fabian auf. Neben dem perfekt geschneiderten Anzug, den Fabian trug, und seinem perfekt frisierten Haar hätte Matt in seiner Kutscherkluft unterwürfig wirken sollen, aber das Gegenteil war der Fall. Seine Größe und Haltung verliehen ihm ein einen Hauch Überlegenheit, den Fabian in diesem Augenblick nicht besaß. Tatsächlich wirkte Fabian ziemlich verstört.

„Ich weiß, das ist nicht das, was du hören möchtest", sagte ich sanft. „Aber wir können den Zauber nicht weiter verfolgen. Wir müssen akzeptieren, dass die anderen ihn besitzen."

„Coyle", stieß er hervor.

Ich setzte mich, ein Signal, auf das hin auch Fabian und Matt sich hinsetzten. „Wir müssen hoffen, dass er zufrieden damit ist, ihn zu besitzen, und nicht versucht, jemanden zu finden, der ihn auf eine Art einsetzt, die sich dem Ruf der Magier als abträglich erweist."

„Wie diese Trentham."

„Wie die arme Mrs. Trentham."

„Sie war nicht arm, India. Sie hat sich den Ärger selbst ins Haus geholt, als sie sich mit Coyle eingelassen hat. Sie muss schon etwas Schuld auf sich nehmen."

Er hatte recht, und ich konnte die Schuld nicht ganz Coyle anlasten. Mrs. Trentham war gierig gewesen. Zweimal hatte sie einen Mann gewollt, der bereits einer anderen gehörte, nicht, weil sie einen von ihnen geliebt hatte, sondern weil sie ihr vielleicht Magierkinder hätten schenken können. Aber wie viel an ihrer Lage war denn ihre Schuld gewesen, und wie viel Albinas Fluch auf Mr. Trentham, sodass Mrs. Trentham wahnsinnig wurde?

„Eines, was daraus mit Sicherheit hervorgegangen ist, ist die

Tatsache, dass wir das Richtige tun, indem wir unsere Experimente beenden", sagte ich. „Ich weiß, du willst weiter neue Zauber schöpfen, Fabian, aber das können wir nicht."

Fabian legte die Ellbogen auf die Armstützen und die Finger aneinander. „Du hast recht. Ich stimme zu. Es ist zu gefährlich." Er lächelte zufrieden. „Coyle wird enttäuscht sein, dass es keine weiteren Zauber mehr gibt, die er stehlen kann."

„Was wirst du jetzt tun?", fragte ich.

„Mein Bruder hat mich beauftragt, Geschäftskontakte hier in London aufzubauen." Er verzog das Gesicht. „Ich mag das Eisengeschäft nicht, aber wenn ich wünsche, dass mein Stipendium weiter besteht, muss ich mich eben ins Zeug legen, wie man hier sagt." Er zwinkerte. „Ich werde auch die Recherche über Magie weiterführen. Laut Professor Nash gibt es einige exzellente Bibliotheken mit sehr alten Büchern über das Thema, aber viele sind in privaten Händen, und ihm wurde kein Zugriff darauf gestattet. Er hofft, mit meinem Geld und meinen Kontakten würde sich das ändern. Wir werden zusammmen recherchieren."

Ich erhob mich und streckte eine Hand aus. „Ich freue mich, dass du etwas zu tun hast. Ich habe mir Sorgen gemacht, dass du dich langweilst."

Er nahm meine Hand und küsste sie, anstatt sie zu schütteln. Wir gingen zusammen hinaus, Matt hinter uns. „Hast du Mr. Barratts Buch gelesen?", fragte Fabian.

„Teilweise. Und du?"

„Ja. Es ist sehr gut, richtet sich aber an Leser, die kein Wissen über Magie haben. Ich mische mich nicht sehr oft unters Volk, doch meine Angestellten sagen mir, es wird jetzt bei den Leuten eine Menge über Magie geredet. Sie dürsten nach Wissen. Manche sind natürlich gegen Magier, aber einige sind neugierig und befürworten sie. Es ist eine spannende Zeit, um in London zu sein."

Ich blieb still. Ich wollte seine Begeisterung nicht dämpfen und ihn daran erinnern, was passieren könnte, wenn jene, die gegen die Magie waren, die lautesten Stimmen besaßen. Er hatte recht damit, dass das gut und gerne eine spannende Zeit werden könnte. Aber es war auch besorgniserregend.

Der Butler öffnete die Tür, und Matt ging voraus die Stufen hinab zur Kutsche.

Fabian berührte mich an der Hand, um mich aufzuhalten. „Weshalb ist er so angezogen? Ist das ein Spiel, das ihr zum Spaß macht?"

Ich lachte. „Etwas in der Art."

Er küsste mir den Handrücken. „Du bist sehr tolerant, was seine seltsame amerikanische Art angeht."

Daraufhin musste ich nur noch mehr lachen.

ICH BESUCHTE CATHERINE AM FOLGETAG, aber Ronnie erzählte mir, dass sie nicht bei der Arbeit war. Ihr ältester Bruder war krank, also war sie gegangen, um ihrem Vater im Familienladen auszuhelfen. Dort fand ich sie mit ihren beiden Eltern und dem jüngsten Bruder Gareth.

Mr. und Mrs. Mason begrüßten mich herzlich, wenn auch etwas steif. Catherine nahm mich in eine warme Umarmung, und Gareth grinste mich an, auf eine Art, die ohne Zweifel die Herzen der Mädchen zum Schmelzen brachte. Von den vier Geschwistern war er der Tunichtgut mit dem attraktiven Gesicht und der lockeren Art, aber der wenigsten Disziplin. Seine Eltern und älteren Geschwister verzweifelten an ihm. Ich war überrascht, ihn im Laden zu sehen. Gewöhnlich war er mit den Störenfrieden vor Ort unterwegs, während er hin und wieder einen Botengang für seinen Vater erledigte. Er schien zu arbeiten, obwohl er vielleicht auch nur Zeit totschlug, bis sich etwas Interessanteres ergab.

„Wie schön, dich zu sehen, India", sagte Catherine. „Wie geht es allen zu Hause?"

„Alle in bester Verfassung, vielen Dank. Geht es Orwell gut?"

„Er hat eine Erkältung", sagte Mrs. Mason.

„Nur ein leichter Husten", erzählte mir Gareth. Er grinste wieder, aber diesmal war es spielerisch. „Wie geht's denn dem großen Piraten, India?"

Catherine funkelte ihn an. Mr. und Mrs. Mason taten so, als würden sie nicht zuhören.

„Nate geht es gut", sagte ich und nutzte Cyclops' echten Namen. „Er ist bald mit der Polizeiausbildung fertig. Wegen seiner Erfahrung konnte er eine Menge überspringen. Der Rest ist ihm ganz leicht gefallen, besonders, sich die Gesetze zu merken." Ich beschloss, es hier zu beenden. Noch mehr, und meine Begeisterung klang vielleicht erzwungen.

Ich hoffte auf irgendeine Art Anleitung von Catherine, wie sie weiter fortfahren wollte. Weiter über Cyclops reden, oder das Thema ganz lassen? Sie hatte uns erzählt, sie hätte einen Plan, der dazu führen würde, dass ihre Eltern ihn akzeptierten, aber falls dieser Plan schon in Bewegung gesetzt war, hatte sie nicht die Gelegenheit gehabt, es mir zu erzählen.

Es war ihr Vater, der die Stille unterbrach. „Geh schon, Gareth. Du hast dich lang genug herumgedrückt. Diese Uhr wird sich nicht von selbst ausliefern."

Der Junge nahm sich eine Schachtel vom Tresen und schob sie sich unter den Arm. Als er an mir vorbeikam, zwinkerte er. Er öffnete die Tür, musste aber zur Seite treten, als sich ein Mann an ihm vorbeischob, als wäre er gar nicht da. Da sein Kopf gesenkt und der Hut tief in die Stirn gezogen war, hatte er Gareth vielleicht gar nicht bemerkt.

Gareth machte eine unflätige Geste hinter dem Rücken des Mannes und ging dann.

„Kommen Sie aus der Kälte raus, Sir", sagte Mr. Mason. „Kann ich Ihnen helfen?"

Der Mann sah auf, und mein Herz wurde schwer. Das war kein Kunde. Es war Mr. Abercrombie.

Ich versuchte mir eine höfliche Art einfallen zu lassen, mich zu entschuldigen, bevor er mich sah, aber es war zu spät. Sein schmaler Schnurrbart zuckte vor Ekel, als er mich bemerkte. Darunter wölbten sich seine Lippen zu einem wenig überzeugenden Lächeln.

„Ich wusste nicht, dass Sie noch mit den Masons befreundet sind", sagte er.

„Weshalb sollten Sie das denken?", fragte Catherine, bevor jemand etwas erwidern konnte. „Manche halten mich ja vielleicht für albern, aber ich kann Ihnen versichern, ich bin treu. India ist meine beste Freundin, und das wird sie immer sein."

Sie schob ihren Arm durch meinen. „Guten Tag, Mr. Abercrombie. Wir wollten gerade gehen."

„Einen Augenblick." Er nahm Oscars Buch aus der Manteltasche. „Ich nehme an, das haben Sie gelesen, Mrs. Glass?"

„Ja", sagte ich argwöhnisch. Worauf wollte er denn hinaus?

Er schob es sich wieder in die Tasche und nahm seinen Zwicker heraus. Er setzte ihn sich auf die Nasenspitze und bog ihn, damit er dort auch blieb. Mit seinen zurückgekämmten Haaren und den scharfen Zügen wirkt er wie eine Ratte, die gerade aus dem Kanal gekrochen war. „Sie sollten Ihresgleichen sagen, dass sie aufpassen sollen."

Ich stutzte.

„Weshalb?", fragte Catherine.

„Ehrliche, hart arbeitende Handwerker sind wütend. Wir werden nicht dastehen und zusehen, wie unser Lebensunterhalt zugrunde gerichtet wird, nur wegen Ihresgleichen, Mrs. Glass."

Ich trat einen Schritt auf ihn zu. Trotz meines rasch schlagenden Herzens und hämmernden Blutes lächelte ich so gelassen wie möglich. „Mr. Abercrombie, ich fühle mit allen ehrlichen, hart arbeitenden Menschen, aber dazu gehören Sie nicht. Sie sind doch nur von Ihrem guten Namen getragen worden, bis Ihre reichen und adligen Verbindungen erfahren haben, was für eine Qualität Ihre Uhren haben, und dass Sie nachgelassen hat, seit Sie das Familiengeschäft übernommen haben."

Die Muskeln seines Gesichts bewegten sich alle gleichzeitig, als lägen sie miteinander im Krieg. „Ihr Vater hat gemogelt! Ihr Großvater ebenfalls!"

„Magie ist kein Mogeln. Sie ist eine Gabe, mit der manche geboren werden, genauso wie Schönheit oder Intelligenz."

Er schnaubte.

Ich ging zurück. „Wenn ich Sie wäre, würde ich mich eher darauf konzentrieren, Ihren verlorenen Ruf wieder aufzubauen, anstatt sich um mich Sorgen zu machen. Diese Besessenheit von mir wird Sie noch in den Ruin treiben."

„Besessenheit? Ha! Und es werden Sie sein, die in den Ruin getrieben werden. Sie sind eine Hexe. Wissen Sie, was man Hexen in der Vergangenheit angetan hat?"

Obwohl jede Faser in mir danach brüllte, sich abzuwenden und ihn zu ignorieren, blieb ich an der Tür stehen. „Zum Glück leben wir in einer aufgeklärten Ära."

„Tun wir das? Oder sind wir nur einen kleinen Schritt davon entfernt, die Hexen einzusperren und den Schlüssel wegzuwerfen?"

Mir wurde es kalt bis aufs Mark. An seinem öligen Lächeln erkannte ich, dass mein Gesicht gezeigt hatte, wie sehr seine Worte mich erschüttert hatten. So sehr ich auch ruhig und unbetroffen wirken wollte, ich konnte meine Nervosität nicht verbergen. Er mochte gut und gerne Recht haben.

„Hinaus!", fuhr Mrs. Mason ihn an. „Hinaus aus unserem Laden!" Zuerst dachte ich, sie würde mit mir sprechen, doch ihr kalter Blick bohrte sich in Mr. Abercrombie. Sie wedelte mit den Händen in seine Richtung, scheuchte ihn weg.

„Wie bitte?", stotterte er.

„Sie haben meine Frau gehört." Mr. Mason kam hinter dem Tresen hervor. „Gehen Sie sofort. Sie sind hier nicht mehr willkommen."

Catherine öffnete die Tür und lächelte ihn an.

Mr. Abercrombie schniefte. Mit einem letzten finsteren Blick zu mir huschte er an uns vorbei und eilte über den Bürgersteig, mit kurzen, aber festen Schritten.

Catherine warf die Tür zu. „Auf Nimmerwiedersehen." Sie staubte sich die Hände ab, als hätte sie ihn persönlich hinausgeworfen.

Mrs. Mason nahm mich in eine Umarmung, die so warm war wie die ihrer Tochter vorhin. „Pass auf, India. Du musst mir versprechen, dass du Leute wie ihn im Auge behält."

Ich erwiderte die Umarmung, heftiger, als ich gedacht hatte, dass ich sie je wieder umarmen könnte. Trotz ihrer Angst, dass ich wegen meiner Magie Gefahr an ihre Tür bringen würde, war sie eine langjährige Familienfreundin. Sie würde sich immer um mich kümmern, um meiner Eltern willen.

* * *

ES BEREITETE MIR GROSSES VERGNÜGEN, den anderen nach dem Abendessen zu erzählen, wie die Masons Mr. Abercrombie aus ihrem Laden geworfen hatten. „Es war äußerst befriedigend, den Schock auf seinem Gesicht zu sehen."

„Ich wäre gern dabei gewesen", sagte Cyclops, ohne von seinen Karten aufzusehen. Wir hatten uns nach dem Abendessen in den Salon zurückgezogen. Willie, Cyclops, Duke und ich spielten Poker, während Matt, Chronos und Tante Letitia lasen.

„Es scheint, als hättest du dir wegen der Masons nun keine Sorgen mehr zu machen", sagte Duke zu Cyclops.

Cyclops gab weitere Karten an Duke aus, nachdem er zwei weggelegt hatte. „Was hat denn der Rauswurf von Abercrombie damit zu tun, dass sie mich akzeptieren?"

„Das heißt, dass sie gute Menschen sind."

„Ich weiß, dass sie gute Menschen sind."

„Aber sie haben dich noch nicht akzeptiert."

„Das heißt nicht, dass sie keine guten Menschen sind. Sie denken einfach nur an Catherines Zukunft, und wie schwer es für sie sein wird, wenn sie mit mir zusammen ist."

Duke seufzte. „Du bist die ganze Zeit so nett. Das wird echt nervig."

Willie warf ihr ganzes Blatt weg und gab auf. „Genau."

Sowohl Duke als auch Cyclops zogen sich ebenfalls zurück, was bedeutete, dass ich gewann. Ich holte meine Gewinne ein und fügte die Streichhölzer meinem Stapel hinzu.

Ich schaute zu Matt, der neben seiner Tante auf dem Sofa saß. Er las eine Zeitung, während sie einschlief, ein Buch lag offen auf ihrem Schoß.

Chronos saß auf einem weiteren Stuhl am Feuer, las ebenfalls. Sein Buch hielt ihn bestens wach. „Das liest sich nicht schlecht. Das Kapitel, das von Nash geschrieben wurde, lässt aber zu wünschen übrig. Der Kerl klingt wie bei einer Geschichtsvorlesung." Er lachte leise. „Aber Barratts Kapitel sind unterhaltsam. Er ist ein guter Schriftsteller mit einem Stil, der der Masse gefällt. Es ist kein Wunder, dass sich das Buch so gut verkauft."

„Ich habe gehört, es wird nachgedruckt", sagte Cyclops.

Mein Großvater war eindeutig zufrieden, zu sehen, dass die Magie offen besprochen wurde. Wenn es um Magie ging, war er darauf versessen, dass ihre Möglichkeiten erkundet wurden, dass die alten Wunder abermals zum Leben erweckt wurden. Wäre es nach ihm gegangen, würden Magier nicht nur frei leben, wir würden tagtäglich neue und spektakuläre Zauber erschaffen, ganz gleich, was die Folgen waren. Manchmal bewunderte ich ihn für seine kindliche Begeisterung, aber zum größten Teil machte ich mir Sorgen, was er als nächstes tun würde.

Ich ließ das Spiel sein und ging durch das Zimmer, um die Beine zu strecken. „Hast du aufgehört, den Erweiterungszauber an andere Magier zu verkaufen?", fragte ich ihn.

„Schon", sagte er.

„Kannst du mich anschauen, wenn du das sagst?"

Er seufzte und legte das Buch ab. „Du bist manchmal noch bevormundender als deine Großmutter."

„Ich bin stolz darauf, wie sie zu sein", schoss ich zurück, nur um ihn zu ärgern.

„Ich habe aufgehört, den Erweiterungszauber an andere Magier zu verkaufen. Bist du jetzt zufrieden?"

„Ja."

Er kehrte zu dem Buch zurück. „Wie geht es Charbonneau?"

„Ihm geht es gut, obwohl der Diebstahl des Zaubers aus seinem Haus ihn immer noch aufbringt."

„Ich würde mir keine Sorgen machen, wenn ich er wäre. Er hat doch bestimmt Kopien angefertigt."

„Er behauptet, das hätte er nicht. Auf jeden Fall ist es nicht das, was ihn oder uns Sorgen bereitet. Wir machen uns Sorgen, dass andere den Zauber für niederträchtige Zwecke einsetzen."

„Das kann keiner. Kein Magier ist stark genug, ihn zu nutzen, nur für das eigene Handwerk, was ziemlich einschränkend ist." Er lächelte zu mir auf. „Keiner ist so stark wie du, India. In deinen Adern fließt Steele-Blut."

Ich lächelte. Meine Talente als Magierin zu loben, kam der Tatsache, dass er stolz auf mich war, noch am nächsten. Die Hoffnung, es wäre anders, würde für mich nur zu Enttäuschungen führen. Das hatte ich schon vor Monaten gelernt.

„Coyle verabscheut dieses Buch bestimmt", sagte Chronos, der umblätterte. „Das ist Grund genug, zu hoffen, dass es sich gut verkauft. Er macht sich bestimmt Sorgen, dass der Wert seiner Sammlung sinken wird."

Matt schloss sich uns an und lehnte sich an den Kaminsims. „Falls überhaupt, wird er gesteigert. Je mehr Leute magische Gegenstände wollen, desto höher ist der Preis, den er für Gegenstände in seiner Sammlung verlangen kann."

„Aber er will sie nicht verkaufen", sagte Chronos. „Er will sie einfach nur begehren, und sie ein paar ausgewählten wenigen Freunden vorführen."

Ich schmiegte mich an Matts Seite und legte eine Hand auf seine Brust über dem Herzen. „Ich denke, Coyle begehrt Informationen mehr als seine Sammlung. Nun, da Informationen über Magie offener zur Verfügung stehen, verliert er ein wenig von seiner Macht."

Ich fragte mich abermals, wie die Verbindung zwischen Lord Coyle und Sir Charles Whittaker wirklich aussah. Obwohl Sir Charles es leugnete, hatte er gewiss Informationen über mich mit Coyle geteilt. Das hatten wir gehört.

Matt küsste mich auf die Schläfe. Ich neigte den Kopf nach oben, und er küsste mich auf den Mund.

Duke gab ein angeekeltes Geräusch von sich. „Ihr zwei sorgt dafür, dass ich ausgehen und mich betrinken will."

Willie schlug ihm auf den Rücken, als sie an ihm vorbeikam, unterwegs zum Buffet. „Klingt gut für mich. Was ist mit dir, Cyclops?"

Cyclops wirkte, als würde er ablehnen, überlegte es sich aber anders. „Also gut."

Willie stieß ein Johlen aus. „Das wird ja fast wie in alten Zeiten. Matt, willst du, dass wir zu viert gehen?"

„Nein, danke", sagte er. „Weshalb lädst du nicht Brockwell ein?"

Sie schüttelte so vehement den Kopf, dass ich Angst hatte, er würde ihr von den Schultern fallen. „Liebhaber sind nicht erlaubt."

„Was ist mit Farnsworth?", fragte Duke.

Sie stemmte eine Hand in die Hüfte. „Hast du nicht gehört, was ich gerade gesagt habe?" Sie warf den Kopf herum und marschierte aus dem Salon.

Wir starrten ihr alle mit offenem Mund nach. Sie und Farnsworth waren Liebhaber?

Tante Letitias Augen öffneten sich plötzlich, und sie lächelte. „Ich wusste es."

Um Matts und Indias Geschichte weiterzulesen, suchen Sie nach:
Das Komplott des Spions
Buch 12 der Reihe Glass & Steele von C.J. Archer

Abonnieren Sie den Newsletter von C.J., um über neue ins Deutsche übersetzte Bücher informiert zu werden. Abonnenten erhalten außerdem einen exklusiven Zugang zu einer **KOSTENLOSEN** GLASS UND STEELE-Kurzgeschichte.
Abonnieren: WWW.CJARCHER.COM

HOLEN SIE SICH EINE KOSTENLOSE KURZGESCHICHTE.

Ich habe eine Kurzgeschichte zur Reihe *Glass & Steele* geschrieben, die vor DIE TOCHTER DES UHRMACHERS SPIELT. Sie heißt DAS SPIEL DES VERRÄTERS und folgt Matt und seinen Freunden ins Wildwest-Städtchen Broken Creek. Sie enthält Spoiler für DIE TOCHTER DES UHRMACHERS, das sollte man also vorher gelesen haben. Das Allerbeste ist aber, dass die Geschichte KOSTENLOS ist, exklusiv für Abonnenten meines Newsletters. Tragen Sie sich jetzt auf meiner Webseite ein, falls Sie das nicht bereits getan haben: WWW.CJARCHER.COM

Wenn Sie bereits Abonnent sind, finden Sie die Anleitung in meinem Newsletter.

Ich hoffe, Ihnen hat **Der Fluch des Spielzeugmachers** genauso viel Spaß gemacht wie mir beim Schreiben. Als Indie-Autorin ist es für den Erfolg des Buches entscheidend, es bekannt zu machen. Wenn Ihnen dieses Buch gefallen hat, sagen Sie es doch bitte weiter und schreiben Sie eine Rezension in dem Shop, in dem Sie es gekauft haben.

ÜBER DIE AUTORIN

C.J. Archer begeistert sich für Geschichte und Bücher, seit sie denken kann, und wähnt sich glücklich, dass sie beides vereinen konnte. Sie verbrachte ihre frühe Kindheit in der dramatischen Schönheit des Outbacks von Queensland, Australien, lebt inzwischen aber mit ihrem Mann, zwei Kindern und einer frechen schwarzweißen Katze namens Coco in Melbourne.

Abonnieren Sie C.J.s Newsletter auf ihrer Webseite, um informiert zu werden, wenn sie ein neues Buch herausbringt: http://cjarcher.com/deutsch/

facebook.com/CJArcherAuthorPage
x.com/cj_archer
instagram.com/authorcjarcher